A Touch so Dark

Hester O. Tate & Rae L. Hadley

RAE L. HADLEY
HESTER O. TATE

Um euch das bestmögliche Leseerlebnis zu garantieren, findet ihr auf der letzten Seite eine ausführliche TRIGGERWARNUNG. Bitte seid euch eurer eigenen Verantwortung bewusst.

A TOUCH SO DARK

Hester O. Tate & Rae L. Hadley

2. Auflage, 2022

Rogue Books I.Service
Inh. Carolin Veiland
Franz-Mehring-Str. 70
08058 Zwickau

www.hester-o-tate.de
Mail: hester.tate@outlook.de
Instagram: rae.l.hadley_hester.o.tate / Facebook: Hester O. Tate

Lektorat: Melina Coniglio, www.melinaconiglio.de
Korrektorat, Buchsatz: Marie Döling, www.writeinpieces.jimdofree.de
Covergestaltung: Sarah Scheumer – www.sarahscheumer.de
Bildquelle: depositphotos

Druck: Scandinavianbook GmbH

WIR TRAGEN NARBEN auf unserer Haut,
spüren sie auf unserer Seele. Einzelne heilen, andere bleiben für immer. Doch jede von ihnen macht uns zu dem Menschen, der wir sind. Einzigartig und wertvoll.

Für alle, die Narben tragen.

Playlist

Jacob Whitesides – Killing Me
Adna – Run, Lucifer
Halsey – Hold me Dwon
Bishop Briggs – Dark Side
Boy Epic – Kanye's in my Head
SHY Martin – Out of my Hands
Jacob Banks – Chainsmoking
The Weeknd – High for This
Tomee Profitt, Sam Tinnesz – Heart of the Darkness
Ruelle – Game of Survival
Jacob Lee – Demons
Adna – Beautiful Hell

Zergehe in meiner Dunkelheit,
während du die Welt in Finsternis kleidest
und mich in Schwärze.
Doch die Wirklichkeit wird heller,
wenn sich die Königin zum König krönt.

MARIE DÖLING

Kapitel 1
Harvey Cavendish

Wenn ich kämpfte, vergaß ich, wer ich war.
Wer ich wirklich war.

ICH VERSCHLOSS DIE Aktentasche und warf Staatsanwalt Winchester einen letzten arroganten Blick zu, ehe ich den Gerichtssaal verließ.

Obwohl die Beweislage gegen meinen Mandanten erdrückend gewesen war, hatte ich den Spieß umdrehen und dafür sorgen können, dass er nicht verurteilt wurde. Es interessierte mich einen Scheißdreck, welche Feinde sich gegen mich stellten. Es gab immer ein Leck, das ich aufspürte. Nicht umsonst lag meine Erfolgsquote bei neunundneunzig Prozent.

»Ich werde in Revision gehen!«, rief der Mistkerl mir nach.

Vor der hohen Flügeltür blieb ich stehen und lächelte in mich hinein. »Wie wäre es, wenn du dorthin gehst, wo die Sonne nicht scheint?« Ich drehte mich nicht um, ich wusste auch so, dass er kurz davor war, zu explodieren.

Seine Wut war meine Bestätigung.

Sein Hass die Luft, die meine Lunge füllte.

Vor dem Saal hatte sich die hungrige Meute aus Journalisten zusammengefunden. Das Blitzlichtgewitter begann und die ersten Fragen prasselten auf mich ein.

Eine Blondine hielt mir das Mikrofon entgegen und stierte mich an, als sei ich ein saftiger Braten. »Mister Cavendish, wie ist es Ihnen gelungen, diesen mysteriösen Zeugen aufzutreiben, der das Blatt gewendet hat?«

Mittlerweile hatten sich die Hyänen an meine Erscheinung gewöhnt, doch am Anfang war ich nur der volltätowierte Neuling gewesen. Es waren Monate vergangen, bis ich mir Respekt verschafft hatte, aber die Reaktionen der Konkurrenz bestätigten mich in meinem Tun – und meinen unziemlichen Methoden, die oft an der Grenze des Legalen kratzten.

»Wenn ich Ihnen mein Geheimnis verraten würde, wäre ich nicht der Beste auf meinem Gebiet«, gab ich gelassen zurück.

Meine kryptische Antwort ließ Blondie die Stirn runzeln. Bevor sie mir die nächste Frage stellen konnte, mischte sich jedoch eine männliche Stimme ein.

»Sind Ihre Tätowierungen nicht hinderlich, was Ihre Karriere anbelangt?«

Mein Blick glitt zu dem fetten Typen mit Hornbrille und Halbglatze. »Offensichtlich weniger hinderlich als ohne Tattoos.«

Das saß. Er blinzelte mir mit offenstehendem Mund entgegen.

»Die Fragestunde ist beendet.« Ich drängte mich an den wild durcheinanderrufenden Journalisten vorbei, die mir am Arsch klebten wie eine verdammte Efeuranke an der Hausmauer.

Jedes Mal, wenn ich durch das Gerichtsgebäude ging, wurde ich von argwöhnischen Blicken begleitet. Diese schmierigen Sesselfurzer, die sich nicht damit abfinden konnten, dass ein aufstrebender Anwalt den Laden aufmischte. Alteingesessene Kerle, die noch immer der Meinung waren, Tätowierte gehörten vor den Richter, nicht neben ihn.

Ich trat nach draußen in die Abenddämmerung. Es wurde

wieder Zeit für einen Besuch im Untergrund. Die letzten zwei Wochen hatte mir der Scheißkerl von Mandant dermaßen im Nacken gesessen, dass der Ausgleich zu meinem Job auf der Strecke geblieben war.

Energisch zupfte ich an den Aufschlägen meines Sakkos und verschwand in den Tiefgaragendurchgang. Ich wusste genau, wo ich meine aufgestaute Energie ablassen konnte.

In der Hölle Chicagos.

Meine Nerven waren zum Zerreißen gespannt. Ich konnte es kaum erwarten, die Woche in dem Club abzuschließen, der mein gesamtes Leben verändert hatte.

Hastig durchquerte ich die Garage und drückte auf den Knopf meines Autoschlüssels, der den Audi entriegelte. Beim derzeitigen Verkehr würde die Fahrt zu meiner Penthousewohnung in der Nähe des Lincoln Parks eine gute halbe Stunde dauern. Wenn ich hin und wieder die Busspuren nutzte, etwas weniger.

Ich stieg ein und ließ den Motor aufheulen. Eine rasante Fahrt nach Hause würde die Dämonen in mir wecken, dafür sorgen, dass ich auf den Abend vorbereitet war. Viel zu schnell bahnte mir einen Weg durch den Feierabendverkehr, begleitet von Hupkonzerten und einem brüllenden Radfahrer, den ich eventuell abgedrängt hatte. Grinsend fuhr ich in die Tiefgarage des Wohnkomplexes und stellte den Wagen auf meinem Parkplatz ab. Mein Herz pochte schneller, aber nicht schnell genug, um den üblichen Adrenalinrausch zu spüren. Dazu fehlte mir Blut.

Ich stieg aus, ging zum Lift und fuhr hinauf in den letzten Stock, der mir allein gehörte. Von hier aus hatte ich einen perfekten Blick über die Skyline Chicagos, und das Beste war: keine angrenzenden Nachbarn.

Ich holte meinen Wohnungsschlüssel aus der Aktentasche und ließ den Daumen über die scharfe Kante gleiten. Es war nur ein verdammter Schlüssel ... ein Gegenstand. Und doch erinnerte er mich täglich daran, wem ich ihn vor einer gefühlt langen Zeit in die Hand gedrückt hatte.

Ein Versprechen.

Das erste Mal in meinem Leben, dass ich bereit gewesen war, jemanden in meinen geschützten Bereich zu lassen.

Eine Entscheidung, die mir den letzten Rest meiner Seele herausgerissen hatte.

Ich kniff die Lippen zusammen, als ich die Tür öffnete und den Schlüssel auf die Ablage schleuderte, sodass das Klirren gegen Marmor in meinen Ohren widerhallte.

In all den Jahren hatte ich mich nicht an die Stille hier gewöhnt. Kein Geräusch, nicht einmal das Ticken einer Uhr. Ich drückte nicht auf den Lichtschalter, sondern ging direkt zum Sofa und ließ mich in das Leder sinken.

Die Stille in Kombination mit der Dunkelheit sorgte dafür, dass meine Dämonen an der Hülle dessen kratzten, was als Herz bekannt war. Der Teil des Körpers, der für viele dafür verantwortlich war, etwas zu empfinden. Außer für mich. Es war nicht mehr als ein Organ, das Blut durch meinen Körper pumpte. Keine Gefühle, keine Emotionen, nur pure Kälte.

Ich griff nach der Karaffe auf dem niedrigen Glastisch und schenkte mir ein Glas Whisky ein. Highlands, rauchig und torfig, der erträglichste Einstieg dieses Abends.

Es war fast Mitternacht, als ich vor dem abgefuckten Club stand, der über ein Untergrundsystem verfügte. Er lag in einem der gefährlichsten Viertel der Stadt – Austin.

Von hier aus hatte man einen Blick auf die in den Himmel ragenden Wolkenkratzer in Downtown. Das privilegierte Leben war so nah und doch unerreichbar. Schießereien, Raubmorde und Überfälle standen hier auf der Tagesordnung. Die Arbeitslosenrate war hoch, Dealer überschwemmten das Viertel und verkauften Drogen für die ansässigen Gangs.

Das gefundene Fressen für einen Anwalt, aber wenn ich eines gelernt hatte, dann: Halte dich von Fällen fern, deren Verdächtige dich identifizieren können.

Nicht umsonst hielt ich mir alle vom Leib, die in Austin angesiedelt waren. Zwar war die Chance, dass mich jemand erkannte, gering - niemand ging davon aus, dass sich ein Anwalt in den Untergrund wagte, um dort blutige Kämpfe auszutragen - dennoch war sie vorhanden.

Ich überquerte die Straße und ging auf den grellblinkenden Nachtclub zu. Dem Türsteher hielt ich das Erkennungszeichen entgegen, das mich als Kämpfer identifizierte. Ein Totenkopf, durch den sich eine Schlange wand, aus einem ovalen Stück Epoxidharz. Es hatte mich etliche Monate gekostet, es zu erhalten.

»Geh rein«, brummte er und verschränkte seine fleischigen Hände vor der Mitte.

Dir auch einen angenehmen Abend, Arschloch.

Der Gestank nach billigem Parfüm, abgestandenem Rauch und Schweiß empfing mich, als ich eintrat. Nutten rekelten sich an Stangen, drängten sich zu Freiern oder hielten Ausschau nach Beute. Ich verschwand im Nebengang und betrat Zimmer 1, wo ich den Teppich zur Seite schob und die Luke öffnete. Kaum zu glauben, dass sich darunter ein weitläufiges Untergrundsystem befand. Ich stieg die Treppe hinab und fand mich im betonierten Gang wieder. Lichter flackerten an der Wand, eine schwere Stahltür trennte mich vom Showroom.

Ich ließ meine Knöchel knacken, genoss das Hochgefühl kurz vor dem Kampf und ging dann voran. Als ich das Portal öffnete, verschaffte ich mir einen Überblick. Etwa fünfzig Personen hielten sich im Raum auf, Männer und Frauen gemischt. Der Ring war beleuchtet, der Rest abgedunkelt. Nicht das Preisgeld trieb mich hierher, sondern der Drang, meine Wut zum Ausdruck zu bringen, ohne dabei als Schwächling angesehen zu werden.

»H, das wurde auch Zeit. Ich dachte schon, du kommst nicht.«

H. So war ich hier bekannt. Dicky, der Kampfrichter, der eigentlich keiner war, klopfte mir auf die Schulter. Er war Ende fünfzig, mit schütterem Haar und einer mageren Statur. Wenn er nicht im Ring stand, hatte er meist eine Zigarette zwischen den Lippen.

»Habe ich jemals gekniffen?«, knurrte ich und trat einen Schritt näher, sodass er beide Hände in die Luft hielt.

»Alles gut, Mann. Man darf ja wohl noch scherzen.«

Mit mir war nicht zu scherzen. Ich wollte Blut, Schmerz und die Kälte fühlen, die mir das Leben so einfach machten. Die Blicke der anderen ignorierte ich, während ich zu den provisorischen Umkleiden ging, die durch eine billige Tür vom Zuschauerraum getrennt waren. Mein Kontrahent saß auf der Bank, ließ seine Schulter kreisen, die er sich bei einem unserer Kämpfe ausgekugelt hatte.

Ich wusste nie, gegen wen ich antrat, bevor ich hier war. Das war der Kick, denn davon hing ab, ob der Kampf lange dauern oder schnell vorbei sein würde.

Heute würde ich ihn nicht hinauszögern. Je mehr Adrenalin durch meinen Körper jagte, umso besser.

»Bereit, dir die Knochen brechen zu lassen, Arschloch?« Seine Stimme war leise, hätte jeden einschüchtern können, der dafür empfänglich war, aber nicht mich. Sicher nicht mich.

Ich öffnete den Schrank, warf die Kleidung hinein und griff nach der Hose, die ich immer trug. Bei jedem verdammten Kampf. Ich schlug die Tür wieder zu und lächelte Mr. Wichtigtuer an. »Mir gefiel dein Gejammer, als ich deine Schulter erwischt habe, deutlich besser, als diese Pseudodrohung.«

Sein Gesicht verfinsterte sich, die Sehnen an seinem Hals traten hervor. Ich liebte es, einen Stier zu reizen; mit dem roten Tuch zu schwingen.

Betont entspannt ging ich nach draußen, bewegte meine Finger, schüttelte meinen Körper aus. Ein Blick auf die Zuschauermenge verriet mir, dass sie nach unserem Blut gierte. Wetten wurden abgeschlossen, Köpfe zusammengesteckt.

Im Laufe der Jahre hatte ich gelernt, genau auf meine Umgebung zu achten, auf die Details, die das Hirn sonst ausblendete. Deswegen fiel mir die Blonde an der Säule auf, die einen Drink in der Hand hielt. Meine erste Einschätzung sagte mir, dass sie nicht wie die üblichen Bitches hier war. In ihrem Blick lagen weder Lust noch Gier, sondern Verhaltenheit und Wachsamkeit.

»Ab in den Ring!«, brüllte Dicky. Ich nannte ihn Entertainer, weil er die Meute bei Laune hielt und den Kampf erst abpfiff, wenn jemand kurz vorm Krepieren war oder freiwillig aufgab.

Es gab keine Regeln.

Es ging ums nackte Überleben.

Untergrundkämpfe gaben mir den Kick, den ich brauchte, um in einer Welt bestehen zu können, die von korrupten Politikern beherrscht wurde. Blut und Schmerz formten den Charakter, verwandelten mich in das Arschloch, das dem Beschuss vor Gericht standhielt.

Mein Kontrahent, der sich an mir vorbeigedrängt hatte, um seine nicht vorhandene Autorität unter Beweis zu stellen, stieg in den Ring. Er war groß, hatte kurzgeschorene Haare und die Statur eines Bullen. Der erste Fehler, den ein Anfänger gern beging, war, von Masse auf Zielgenauigkeit zu schließen.

Ich betrat den Ring von der gegenüberliegenden Seite und nickte ihm kurz zu.

»Bereit, zu sterben?«, fragte er mit einem Grinsen.

Bare Knuckle Fighting. So hieß der Wahnsinn, auf den wir uns hier einließen. Man schlug mit bloßen Fäusten auf jemanden ein.

»Wenn dein Hirn nur so groß wäre wie dein Maul«, erwiderte ich. In der Umkleide war es nur Knochenbrechen gewesen, nun war er auf meinen Tod aus. Sprunghafter Kerl.

Er winkelte die Arme an und ballte die Fäuste. Schweiß rann über seine Stirn, noch bevor wir überhaupt begonnen hatten. Der Typ war ein Großmaul. Ein Umstand, der ihm oft zum Verhängnis wurde.

»Seid ihr bereit?«, brüllte Dicky in die Runde und warf die Arme in die Luft. Die Meute tobte, Rufe erklangen.

Mich interessierte das Zurschaustellen der Kämpfer nicht. Dicky verzichtete auf das verfickte Intro, wenn ich kämpfte. Er ließ uns gleich zur Sache kommen.

»H gegen Rollo. Lasst die Fäuste fliegeeeeeen!« Mit einer hastigen Bewegung seiner Arme gab er uns zu verstehen, dass wir beginnen konnten. Jetzt war der Moment endlich da. Es war wie der Schuss, der durch die Venen jagte, wenn man sich die Dröhnung gab. Wie der langersehnte Schluck eines Alkoholsüchtigen.

Denn das war ich. Süchtig. Nach Schmerzen, Blut und der Gewissheit, an meine Grenzen zu gehen.

Wir umrundeten uns nur ein einziges Mal. Kein vorsichtiges Herantasten. Bei illegalen Fights ging es nicht darum, vorsichtig zu sein, man setzte alles auf eine Karte und wusste, dass man den Ring vielleicht nicht mehr lebend verlassen würde.

Mein erster Schlag traf ihn an seinem Kinn. Sein Kopf flog zurück, während sein Arm wie von allein ausholte. Ich wich nach hinten, stolperte einige Schritte zurück gegen die Bande und ließ mich wieder nach vorn schnellen.

Mehrere Minuten trieben wir ein Spiel miteinander, keine Faust traf ihr Ziel. Schweiß strömte an mir hinab und ich fokussierte mich.

Es war nur der Bruchteil einer Sekunde, in der ich abgelenkt war, als die Blonde am Ring vorbeiging, aber es reichte aus, um einen Treffer zu kassieren.

Es hieß nicht umsonst, dass Sterne vor den Augen tanzten. Im Laufe der Monate hatte ich gelernt, den Schmerz zu verdrängen und die Dauer der Sichteinschränkung zu verringern. Nur deshalb gelang es mir, einen entscheidenden Vorteil herauszuschlagen.

Es war an der Zeit, den Kampf zu beenden.

Ich duckte mich unter seinem nächsten Schlag weg, holte aus und jagte ihm meine Faust in seine Milzgegend. Stöhnend taumelte er rückwärts, spuckte Blut und starrte mich mit aufgerissenen Augen an. Es surrte in meinen Ohren und mein Blickfeld wurde rot, während Adrenalin durch meine Adern jagte. Es war mein Sauerstoff.

In dem Augenblick, als er gegen die Bande fiel, wusste ich, dass es vorbei war. Ich hatte gewonnen. Den Gong nahm ich nur am Rand wahr. Primitive Erregung durchfuhr mich, als der Kampf für beendet erklärt wurde.

Die Zuschauer johlten und Scheine wechselten ihre Besitzer. Schon seit zwei Jahren kämpfte ich hier illegal, und ich war genau so gut, dass ich nicht auffiel, aber auch nicht zu den Losern zählte. Was mit der Suche nach Rache begonnen hatte, war mit der Zeit zu einem Ventil geworden.

Ich riss die Arme in einer Siegespose in die Luft, ehe ich den Ring verließ. Fremde Hände klopften auf meine Schultern, der Gestank von Bier drang zu mir.

Wie immer nach einem Kampf verschwand ich sofort, ich blieb niemals hier. Bevor ich die Umkleiden erreichen konnte, stellte sich mir jedoch eine Brünette in den Weg. Ihre Wangen waren knallrot, die Lider blau geschminkt, als hätte sie selbst zwei Fäuste abbekommen.

»Mein dunkler Held, ich kann dein Licht sein«, schnurrte sie und fuhr mit den Fingern über meinen blutverschmierten Oberkörper. Ihr Blick schrie förmlich Nimm mich. Diesen Wunsch würde ich ihr nicht erfüllen. Ich hatte keine hohen Anforderungen an meine unverbindlichen Ficks, aber diese Kleine war sogar mir zu abgefuckt. Ich griff nach ihren Handgelenken und drückte die Schlampe von mir weg. Es war nicht sie, die mich interessierte, sondern jemand völlig anderes. Eine Unbekannte.

»Verpiss dich«, knurrte ich.

Sie schnaubte und wedelte mit dem Mittelfinger vor meinem Gesicht. »Fahr zu Hölle!«

Ich lächelte zynisch. Die Dunkelheit in mir interessierte es nicht, wenn man sie mit Licht lockte. Sie wollte nicht bekehrt oder geheilt werden.

Ich trat durch die billige Tür und mein Blick fiel auf die Blonde, die mit Verbandszeug in der Hand neben meinem verletzten Kontrahenten stand. Obwohl er sich vor Schmerzen krümmte, machte sie keine Anstalten, schnell zu handeln. Es schien sie nicht zu interessieren, dass er heute vielleicht krepieren könnte.

Ein gezielter Schlag in die Milzgegend – ein kleiner, aber wirkungsvoller Riss. Leben oder Sterben?

Wirst du für ihn entscheiden, Süße?

Die Kälte in ihrem Blick zeigte mir, dass sie das Schicksal anderer nicht interessierte, und die Arroganz, dass sie keinen Respekt vor mir hatte. Sie wollte spielen. Es war nicht nur ihr Äußeres, das mich reizte, es war die unbändige Härte in ihren Augen, die einen starken Kontrast zu ihren vollen Lippen und den weichen Gesichtszügen bildete.

Ein Engel mit angesengten Flügeln, der mit durchgestreckten Schultern und einem Drink in der Hand durch die Hölle spazierte. Der Ort, an dem sich meine Dämonen zu Hause fühlten.

Mich interessierte das Unschuldige nicht.

Ich wollte die Dunkelheit.

Sie.

Kapitel 2

Livia Moriarty

Dieser Ort glich der Hölle.
Doch war er der Teufel?

ICH WAR NICHT das erste Mal an diesem Ort. Hatte gesehen, wie liebende Familienväter sich das Gesicht im Ring zertrümmern ließen, wie Anzugträger zu zügellosen Tieren wurden. Das, was sich einem hier offenbarte, war die Fratze der Wahrheit. Die Menschen kamen her, um ihre niedersten Triebe zu befriedigen. Und ich liebte es, sie dabei zu beobachten. Die Verruchtheit dieses Ortes zu genießen und mich ein stückweit zu Hause zu fühlen.

Der nächste Kampf hatte längst begonnen, doch ich sah nicht zu. Meine Gedanken waren bei diesem Kerl, während ich seinen Gegner halbherzig versorgte. Ich wusste, dass es nicht gut um ihn stand, aber es interessierte mich nicht.

Stattdessen sah ich erneut seine Augen vor mir, die mich durchdringend musterten. Als könnte er in den meinen lesen, was in mir vorging. Etwas, das ich den meisten Typen an diesem Ort nicht zutraute. Ausnahmen bestätigten aber zweifellos die Regel, das wussten wir doch alle.

Es war nur der Bruchteil einer Sekunde gewesen, bevor er in den Ring gestiegen war, doch es hatte gereicht, um meine Aufmerksamkeit zu wecken. Ich hatte jeden seiner gezielten Schläge verfolgt, das Spiel seiner Muskeln. Hatte versucht, die unzähligen Tattoos zu erahnen, die nach und nach von Blut überdeckt worden waren. Er war fokussiert gewesen, schnell und unbarmherzig.

Ich hatte früh lernen müssen, Menschen auf den ersten Blick einzuschätzen. Andernfalls hätte es mich in meiner Kindheit und Jugend vieles gekostet. Ebenso hatte ich gelernt, wie ich mich durchschlug und über Wasser hielt. Mein Aussehen war zu meinem Kapital geworden - und dennoch besaß ich mehr Stolz als jede Bitch, die in ihren endlosen High Heels an diesem Abend hier herumstolzierte. Ich hatte bei alldem nie das verloren, was man Stil nannte.

Schnell schüttelte ich die Erinnerungen ab, während er auf der anderen Seite des Raumes saß, der sich Kabine schimpfte. Ich war nicht hier, um mich von einem Typen ficken zu lassen, der glaubte, dass es ihn nur einen Blick kostete.

Sein Kontrahent saß röchelnd vor mir. Sämtliche Farbe war aus seinem Gesicht gewichen, wäre da nicht das Blut, das aus seiner Nase und seinem Mundwinkel lief.

Vor einigen Wochen war ich an diesen Ort gekommen, um dem Leben, das ich mir in Chicago aufgebaut hatte, zu entfliehen. Um mich wieder ein stückweit frei zu fühlen.

Heute hatte ich das, was ich mir als Kind erträumt hatte. Ein geregeltes Leben, einen guten Job, keine Geldsorgen. Leute grüßten mich, die die Nase rümpfen würden, wüssten sie, wen sie wirklich vor sich hatten. Wo ich herkam. Ich musste mir keine Gedanken machen, wovon ich am nächsten Tag leben sollte. Nicht wie zu der Zeit, bevor ich alt genug gewesen war, mit meinem Aussehen Geld zu verdienen.

Sein Ächzen riss mich aus den Gedanken an die Vergangenheit. Ich hob die Augenbrauen und musterte ihn erneut. Er würde jeden Moment sein Bewusstsein verlieren. Die Schläge hatten ihn hart getroffen, vermutlich quillte das Blut aus irgendeinem Organ und breitete sich dort aus, wo es nicht sein sollte.

»Mach was, Schlampe!«, keuchte er, und seine schwulstigen Finger griffen nach meinem Handgelenk.

Mein Blick blieb einige Sekunden an diesem Anblick haften, ehe ich ihm in das fahle Gesicht sah und mich ein wenig zu ihm hinab beugte. »Wenn du deine Griffel nicht sofort von mir nimmst, werde ich dich verrecken lassen.«

Mit letzter Kraft zeichnete sich auf seinem Gesicht ein schmieriges Grinsen ab. Er machte sich über mich lustig, obwohl er jeden Moment ohnmächtig werden und sterben könnte, wenn er keine ärztliche Hilfe bekam.

»Loslassen. Sofort«, fauchte ich mit gedämpfter Stimme und entriss ihm mein Handgelenk. Seine Kräfte schwanden deutlich. Für einen Moment spielte ich mit dem Gedanken, den Dreckskerl zum Sterben zurückzulassen. Doch es war keine Schlagzeile, die wir hier im Untergrund gebrauchen konnten.

Auf der Bank stand eine Tasche, die ich öffnete. Ich fand die eingepackte Nadel und klemmte sie mir zwischen die Lippen, während ich weitersuchte. Als ich das Fläschchen Midazolam in die Finger bekam, stellte ich es neben ihn.

Ich nahm die Nadel und riss die Verpackung auf, ehe ich sie auf eine der Einwegspritzen steckte. In Seelenruhe stach ich sie in die Flasche des Sedativums und zog die nötige Dosierung auf.

Aus dem Augenwinkel sah ich, wie der Typ vor Schmerzen das Gesicht verzog. Es löste nichts in mir aus. Was ich spürte, war der Blick, der meinen Rücken zu durchbohren schien. Ich musste nicht hinsehen, um zu wissen, dass er mich beobachtete.

»Halt still«, forderte ich den lächerlichen Kerl auf, den sie Rollo nannten. Ich griff nach seinem Arm, streckte ihn und suchte die erstbeste Vene in seiner Ellenbeuge, in die ich ihm die

Nadel rammte. Als ich sie wieder herauszog, warf ich sie achtlos in einen Mülleimer, der neben mir stand. Im nächsten Moment sackte der bullige Kerl in sich zusammen.

»Immer das Gleiche«, murmelte ich und öffnete die Tür der Kabine einen Spalt, um meinen Kopf herauszustrecken. »Dicky, ich brauche zwei starke Typen. Der Kerl muss ins Krankenhaus, der stirbt hier weg. Die sollen ihn einfach vor dem Eingang abladen und abhauen. Keine Ahnung, ob die Zeit noch reicht.«

Wer sich hierauf einließ, wusste, dass er mit seinem Leben spielte. Ich konnte mit den Mitteln hier Blessuren versorgen und Schmerzen lindern, aber der Kerl brauchte eine Operation, wenn er überleben wollte. Doch niemand hier würde etwas für ihn riskieren. Es war eine unausgesprochene Regel, dass jeder Kämpfer im Notfall lediglich vor einem Krankenhaus in einem anderen Stadtteil abgeladen wurde. Einem, in dem Leute arbeiteten, die ebenfalls in all das hier verstrickt waren. Wen es zu schlimm getroffen hatte, der starb. Entweder hier oder auf dem Weg zur nächsten Klinik.

Ich trat einen Schritt zurück, als zwei Typen, deren Namen ich nicht kannte, Rollo unterhakten und ihn aus der Kabine schleiften. Wie ein nasser Sack hing er zwischen ihnen.

Einen Moment zu lange schaute ich den dreien nach, bevor ich die Tür der Kabine wieder schloss und mich langsam umdrehte; direkt in zwei kalte, blaue Augen sah, die meine fixierten.

Sekunden verstrichen. Keiner von uns sagte etwas oder regte sich. Ich wich der Kälte nicht aus, die mir entgegenschlug. Damit beeindruckte er mich nicht.

Ich schritt zu ihm hinüber. Das Klackern meiner teuren Louboutins hallte durch den kleinen Raum, bis ich direkt vor ihm stehenblieb. So dicht, dass meine nackten Beine fast seine Knie berührten. Ich konnte die Hitze spüren, die sein Körper nach dem Kampf ausstrahlte.

»Du bist neu hier.« Es war eine Feststellung, auf die ich ihm keine Antwort schuldig war.

Wortlos umfassten meine schmalen Finger sein markantes Kinn. Ich zwang ihn, seinen Kopf ein wenig von einer Seite zur anderen zu drehen, damit ich die Blessuren untersuchen konnte. Doch es fühlte sich an, als würden sich unsere Blicke gefangen halten. Ich nahm alles andere nur am Rande wahr.

Als sein Gesicht wieder meinem zugewandt war, ignorierte ich den Schauer, der meine Wirbelsäule hinabkroch. Verlor mich in diesem Eis, dessen Kälte mich einhüllte. Ich war mir sicher: Wenn es brach, könnte ich darin ertrinken.

Er griff nach meiner Hand, deren Finger noch immer an seinem Kinn lagen. Eine Berührung, die einem elektrischen Schlag glich, der durch meinen Körper jagte. Für den Bruchteil einer Sekunde hielt ich den Atem an.

»Mach deine Arbeit«, knurrte er und sein Griff wurde fester, sodass ich ihn losließ. Er hatte mich zurück in die Realität geholt.

Auf meine vollen Lippen schlich sich ein selbstsicheres Lächeln. »Wenn du meine Arbeit wärst, würdest du nicht mehr vor mir sitzen und Forderungen stellen, H. Wünsch es dir lieber nicht.«

Ich sah, dass er etwas erwidern wollte, doch letztlich gab er nur mit einem verächtlichen Schnauben meine Hand frei.

Etwas zu hastig wandte ich mich ab und ging zurück zu der Tasche, die auf der anderen Bank stand. Ich schnappte mir das Desinfektionsmittel, sterile Tücher und ein Klammerpflaster, bevor ich zurückging.

Dann sprühte ich das Desinfektionsmittel auf eines der Tücher, das ich vorher aus der Verpackung geholt hatte. Ohne Vorwarnung wischte ich über die Wunde, die über seinem Auge klaffte. Nicht so schlimm, dass ich sie nähen musste, aber sie konnte zu einer hässlichen Narbe werden, wenn sie unversorgt blieb.

Er zuckte nicht. Ich wusste, dass es brannte – und manchmal amüsierte es mich, wenn die harten Typen nach einem Kampf schon deswegen begannen, zu jammern. Als hätten sie ihre Männlichkeit im Ring gelassen.

»Ein Klammerpflaster reicht. Aber lass es mindestens eine Woche drauf, sonst schleppst du demnächst eine Nutte weniger ab«, sagte ich trocken, während ich es aus der Verpackung nahm und es sorgfältig auf die Wunde klebte.

Er erwiderte nichts. Unbeeindruckt schob ich seinen Arm beiseite, damit ich seine Rippen abtasten konnte. Meine Finger glitten über jede einzelne, brannten bei jeder Berührung mit seiner Haut. Ich hatte mich etwas hinuntergebeugt, wich seinem direkten Blick somit aus. Doch dafür hüllte sein herber Duft mich ein, ebenso wie die Wärme, die er ausstrahlte.

Bevor ich mich sammeln konnte, griff er nach meinem Kinn und zwang mich, ihn anzusehen. So dicht, dass sich unsere Nasenspitzen fast berührten.

Ich hielt in der Bewegung inne. Meine Hand lag noch immer auf seinen Rippen. Mein Atem stand still.

»Es wäre allerdings schade, wenn du keine Bekanntschaft mit meinem Bett machst«, sagte er provokant, ohne seinen Griff zu lockern.

Mein Kiefer spannte sich an. Ein halbherziges Lächeln zeichnete sich auf meinem Gesicht ab. »Und du denkst, dass ich das jemals tun werde? Freiwillig?«, hauchte ich so dicht an seinen Lippen, dass ich sie beinahe berührte. Ergründete jeden Farbsprenkel in seiner Iris. »Niemals.« Ich umfasste sein Handgelenk mit meinen Fingern und bohrte meine langen Nägel in seine Haut, damit er von mir abließ.

Ich spürte den Moment, in dem er seinen Griff löste. Bevor ich reagieren konnte, stand er auf. Drängte meinen Körper zurück, der vor seinem zierlich und zerbrechlich wirken musste.

Wortlos starrte ich auf die zahlreichen Tattoos, die auf seiner Brust prangten. Ich wollte zurückweichen. Abstand zwischen uns bringen. Doch seine Arme nahmen mich gefangen, ehe ich seine Hände an meinem Hintern spürte.

Im nächsten Moment verlor ich den Halt unter meinen Füßen. Mein erschrockenes Keuchen erfüllte den Raum, als ich ganz automatisch meine Beine um seine Hüften schlang. Haltsuchend krallten sich meine Finger in seine Schultern.

Das Nächste, was ich spürte, war die kalte Betonwand in meinem Rücken, gegen die er mich presste. Unsere Gesichter auf Augenhöhe. Blonde Strähnen irritierten mich für einen Moment, bis ich mich erinnerte, dass es meine eigenen waren. Mein Herz raste. Mein Atem ging flach und unregelmäßig, während sich sein heißer Körper gegen meinen drängte.

»Nicht ganz freiwillig ist viel reizvoller«, raunte er so dicht an meinem Mund, dass ich jedes Wort förmlich spürte. Die Wärme seiner Haut kroch meine nackten Oberschenkel hinauf, die sich an ihn pressten.

»Fick. Dich.« Viel zu leise verließ es meine Kehle. Mir fehlte der Atem. Mein Puls raste, als wäre ich auf der Flucht. Das Adrenalin jagte durch meine Adern, schärfte meine Sinne. Der größte Verrat meines Körpers. Jedes Zucken seiner Bauchmuskeln übertrug sich auf mich.

Ich sah das kurze Flackern in seinen Augen, als er glaubte, dass er mich hatte. Doch es fachte meinen Stolz an. So einfach würde ich es einem Mann niemals machen. Nie.

Meine Finger glitten federleicht über seinen Nacken, zeichneten die Konturen der Tattoos nach, die sich über seinen Hals erstreckten. Unsere Blicke voneinander gefesselt. Mein Daumen glitt über seine Lippen. Berührte dabei fast die meinen, weil sich unsere Gesichter so nah waren.

Dann ließ ich meine Hand zurück in seinen Nacken wandern. Überwand die wenige Distanz, die uns noch trennte. Hauchzart verschloss ich seinen Mund, fast schon unschuldig und keusch, und zog seine Unterlippe zwischen meine Zähne.

Im nächsten Moment breitete sich der metallische Geschmack auf meiner Zunge aus. Mein Biss war fest genug, um seine Haut leicht aufplatzen zu lassen.

Er keuchte. Ich hoffte auf die Sekunde, in der er von mir abließ. Doch stattdessen keilte er meinen Körper nur fester zwischen sich und dem Beton ein.

Reflexartig hatte sich eine seiner Hände von meinem Hintern gelöst. Seine Finger lagen an meiner Kehle, drückten meinen Kopf an die harte Wand. Doch so sehr mein Herz auch gegen meine Brust schlug, ich hatte keine Angst vor ihm.

Blut quoll aus seiner Unterlippe. Nicht viel, aber genug, damit sich ein triumphierendes Lächeln um meine Mundwinkel bildete.

»Forderst du mich heraus?«, knurrte er, ehe er sich den roten Tropfen von den Lippen leckte.

»Vielleicht.« Mein Flüstern glich einem Keuchen. Ich wusste, dass er mich in der Hand hatte. Nicht eine Sekunde hätte ich eine wahre Chance gegen ihn. Wenn er wollte, konnte er mich benutzen. All mein Stolz würde mich davor nicht bewahren können.

Er hatte die Macht über mich. Ich würde fallen. So tief wie niemals zuvor.

War es das, was ich suchte? Den freien Fall in die Dunkelheit?

Kapitel 3
Harvey Cavendish

Sie war pures Eis. Und sie ahnte nicht,
dass sie auf direktem Weg in meine Hölle spazierte.

OBWOHL MEINE HAND an ihrer Kehle lag und ich sie zwischen mir und der Betonwand eingeklemmt hatte, zeigte sich kein Funken Angst in ihrem Blick.

Sie war tough, niemand, der leicht einzuschüchtern war. Es waren oft Kleinigkeiten, die die eigentlichen Absichten des Gegenübers verrieten, aber dieses kleine Biest hier hatte ihren Körper unter Kontrolle, vielleicht sogar, ohne es zu wissen.

Ich kannte Angst in all ihren Abstufungen. Die Angst vor der Verurteilung, vor etlichen Jahren im Knast, die Angst vor dem Tod und der Bestrafung. Davon war jedoch nichts in ihren ungewöhnlich grünen Augen zu sehen. Sie waren kalt wie die Antarktis.

»Wer bist du?«, knurrte ich und drückte meinen Oberkörper stärker gegen ihren, wodurch ihre Titten an mich gepresst wurden. Sie wandte den Blick nicht ab, hielt meinem stand, was mich faszinierte. Ich tippte auf harte Kindheit oder Nutten-Vergangenheit.

»Deine Rettung oder dein Untergang, hängt von dir ab«, gab sie ruhig zurück, wobei ihre Mundwinkel leicht zuckten. Ihre

Lippen waren einen Spalt geöffnet, eine feine Blutspur zeichnete sich auf ihnen ab. Mein Schwanz wurde hart.

»Dein Name?«, raunte ich an ihrem Mund, berührte ihn nur so leicht, dass es zu kribbeln begann. Der metallische Geschmack breitete sich auf meiner Zunge aus.

»Catherine.« Kein hektisches Atmen, kein Zittern in ihrer Stimme. Scheiße, sie war verdammt gut.

Ich drückte leicht zu. Gerade so viel, dass es sie reizte. »Und jetzt die Wahrheit.«

Ihre vollen Lippen verzogen sich zu einem schmalen Lächeln. »Lass dich auf eine kleine Wette ein, H. Verliere ich, verrate ich dir meinen Namen.«

»Und wenn du gewinnen solltest?«

Sie blinzelte kein einziges Mal, während sie mich fixierte. »Dein Name interessiert mich nicht. Wenn ich Informationen will, hole ich sie mir anders.«

Jetzt hatte sie meine volle Aufmerksamkeit. »Du willst also nur spielen? Suchst den Kick?«

»Was ist? Zu feige, mich loszulassen?«, wich sie meiner Frage aus.

Sie wollte sich auf eine Herausforderung einlassen? Das konnte sie haben. In einer ruckartigen Bewegung trat ich zurück und löste ihre Beine von meinem Körper, sodass ihre Fußspitzen wieder den Boden berührten. Mit beiden Händen stützte sie sich an meiner nackten Brust ab. Kleine, weiche Hände, die die Härte in ihr niemals hätten erahnen lassen.

Als ob sie etwas Giftiges berührt hätte, zog sie ihre Arme zurück. Sie richtete sich zu ihrer vollen Größe auf, reichte mir trotz ihrer lächerlichen Schuhe aber nur bis zum Kinn. Eis und Feuer lieferten sich einen unerbittlichen Kampf in ihren Augen. Es war so verdammt heiß.

Sie wischte sich eine blonde Strähne aus dem Gesicht und

reckte das Kinn. Ein armseliger Versuch, mir ihre nicht vorhandene Überlegenheit zu demonstrieren.

»Ich wette mit dir, dass ich dich in unter drei Sekunden auf den Boden befördern kann.«

Ich lachte auf. »Unter dr-«

Es war nur ein kurzer Augenblick. Eine verschwommene Bewegung. Der Schmerz in meinem Schritt erfasste mich mit voller Wucht und meine Knie gaben nach, als ich vornüber kippte. Das Miststück rotierte zur Seite, sodass ich auf dem harten Betonboden aufkam, während ich mir stöhnend meine Eier hielt.

Der Schmerz hielt mich derart im Griff, dass ich den heißen Atem an meinem Ohr kaum merkte. »Wage es niemals wieder, aus einer Königin eine Sklavin zu machen.« Ihr Tonfall hatte sich verändert, war härter, leidenschaftlicher. Ich wollte aufstehen, sie packen, aber heilige Scheiße, sie hatte mit der Genauigkeit eines Scharfschützen getroffen. Klackernde Absätze verrieten mir, dass sie verschwand.

Heiße Wut explodierte in meinen Adern, erzeugte einen roten Schleier vor meinen Augen. Ich wurde verarscht. Von einer kleinen Bitch, die sich um Verletzungen kümmern sollte, anstatt sie zuzufügen.

Keine Ahnung, wie viel Zeit verging, bis ich endlich wieder normal atmen konnte. Die Wut war nicht verschwunden, als ich mich auf die Bank zog und die Beine anwinkelte.

»Ah, hier hat wohl jemand eine intensive Begegnung mit Catherine hinter sich«, dröhnte Dickys Stimme zu mir, als er die Kabine betrat und mich musterte. Er zog lange an seiner Zigarette und blies den Rauch in kleinen Wölkchen aus. In der anderen Hand hielt er ein Bier.

»Willst du leben oder sterben?«, knurrte ich und schnappte mir das Handtuch aus meinem Spind, bevor ich damit über mein Gesicht wischte.

»Sei nicht sauer auf die Kleine, H. Sie ist … eigen, aber verdammt gut. Eine abgebrühte Alte.«

»Wer ist sie?«

Er zuckte mit den Achseln. »Dan hat sie hier eingeschleust. Es heißt, sie arbeitet mit Toten. Manche behaupten sogar, sie verspeist deren Hirne.« Dicky tippte sich gegen die Schläfe, seine Stirn lag in Falten. »Aber hat was in der Birne, die Gute. Und sie hält die Klappe. Das, was wir hier brauchen.«

Wenn sie es nicht täte, würde sie ohnehin beseitigt werden. Es gab eine goldene Regel bei Underground Fights. Man sprach niemals mit einer Person darüber, die nichts damit zu tun hatte. Es kam nicht selten vor, dass man eine Leiche in irgendeinem Hinterhof fand. Dan, der Besitzer des Clubs, kannte keine Gnade. Bei ihm gab es keine zweite Chance.

»Wie lange ist sie schon hier?«

Er schürzte die Lippen und schien seine wenigen Hirnzellen zu aktivieren. »Hm, zwei Wochen erst, hat aber schon dreien das Leben gerettet. Wo warst du überhaupt in der Zeit? Der Boss hat dich vermisst.«

»Hatte zu tun«, brummte ich. »Wann tritt Chester wieder in den Ring?«

»Chester ist tot.«

Der pochende Schmerz in meinem Schritt verschwand wie von Geisterhand, ein eiskalter Schauer lief über meinen Rücken. »Tot?«

Dicky nickte. »Hat sich mit den Falschen angelegt. Dan glaubt, die Graves haben ihn ausgeschaltet.«

Die Graves waren eine Gruppe Wahnsinniger, die Austin im Griff hatte. Sie lieferten sich andauernde Straßenkämpfe mit verfeindeten Dealern. Scheiße. Chester war meine Chance gewesen, an neue Informationen zu kommen. In den letzten

Monaten hatte ich mich kaum vom Fleck bewegt. Ich musste wissen, wer Holly umgebracht hatte.

Ich wehrte mich gegen das Gefühl der Trauer, als ich an sie dachte. Der einzige Mensch, der dazu fähig gewesen war, etwas Gutes in mir zu sehen, obwohl ich sie ständig davon hatte überzeugen wollen, dass in der Finsternis kein Licht entstehen konnte.

»Wir sehen uns«, sagte ich knapp und stand auf, griff in den Spind und schnappte mir meine Sachen. Ich sehnte mich nach der Kälte, nach dem Rausch einer schnellen Fahrt. Holly war tot. Sie war Geschichte. Dennoch würde ich alles daran setzen, ihren Mörder zu finden.

Das war ich ihr schuldig.

Chesters Tod warf mich zurück. Ich musste nun einen anderen Weg finden, um an den Scheißkerl ranzukommen, der mir ihren Mörder liefern würde.

Mit voller Wucht knallte ich die Tür zu, sodass das metallische Geräusch in meinen Ohren widerhallte. Es war an der Zeit, einen Schritt tiefer in die Finsternis hinabzusteigen.

Dicky räusperte sich. »Gut. Und denk daran: Was dich nicht umbringt, sorgt dafür ...« Er hielt inne und blickte nach oben, als wollte er sein Gehirn zu einem vernünftigen Satz überreden. »Ah, es sorgt dafür, dass du nicht sterben musst, mein Freund.« Dicky klopfte mir auf die Schulter, aschte dabei auf meine Haut. Er bemerkte es nicht, drehte sich um und wankte davon.

»Falsch«, flüsterte ich. »Was mich nicht umbringt, wird dafür sorgen, dass andere sterben werden.«

Qualvoll.

Nach Erlösung flehend.

***

Die Schmerzen in meinen Eiern machten sich auch am nächsten Tag noch bemerkbar. Mürrisch ging ich den langen Flur entlang zu meinem Büro. Der gesamte zwölfte Stock des Towers gehörte mir, genügend Platz, um sich auszubreiten. Ich hatte mich gegen Firlefanz entschieden und die Einrichtung in Schwarz-Weiß gehalten.

Gut gegen Böse.

Hell gegen dunkel.

Mir war heute nicht danach, eine gehörnte Ehefrau zu vertreten, ein verfluchter Serienkiller wäre mir lieber.

Melanie, meine persönliche Assistentin, die ich hin und wieder fickte, stellte gerade den Kaffee auf meinen Schreibtisch. Sie trug ihre schwarzen Haare offen, die Lippen waren rot geschminkt und erinnerten mich an den blutigen Kampf, der meine Dämonen wieder in Ketten gelegt hatte.

Die Rollläden waren vollständig geöffnet, sodass grelles Licht in den Raum fiel. Reflexartig hob ich mir die Hand vor die Augen. »Verdammte Scheiße, Melanie, verdunkle den Raum. Ich bin kein Engel, der beleuchtet werden will.«

Sie hob eine perfekt gezupfte Augenbraue, was mich angesichts der Menge an Botox, die in ihrem Gesicht ein Zuhause gefunden hatte, wunderte. Das Pflaster über meinem Auge erwähnte sie mit keinem Wort. »Natürlich, Boss. Außerdem wird der Teufel in Ihnen gebraucht. Wir haben einen schwierigen Fall.«

Das Klackern ihrer Absätze auf dem Teakholzboden erinnerte mich an die kleine Bitch von gestern. Allein das Geräusch reichte aus, dass ich jetzt sofort herausfinden wollte, wer so lebensmüde war, mit mir zu spielen.

»Es gibt keine schwierigen Fälle, nur unfähige Anwälte.« Ich stellte die Aktentasche neben den Schreibtisch und warf einen Blick auf den Papierstapel. »Das gehört alles zum Fall?«

Erst als die Rollläden auf Halbmast standen, stöckelte Melanie zu mir. Der Bleistiftrock schmiegte sich eng um ihre Hüfte, aber es reichte nicht aus, um mich geil werden zu lassen. Nicht heute – nicht nach der letzten Nacht.

»Cassandra Plummings. Sie wird beschuldigt, ihren Ehemann ermordet zu haben.«

Was sich im ersten Moment nach einem typischen Langweilerfall anhörte, erwies sich beim zweiten Mal Hinhören als Jackpot. Plummings war demnach in meine Falle getappt. »Und lassen Sie mich raten, Melanie, sie war es nicht.«

Stumm nahm ich die Tasse in die Hand und blickte in die tiefschwarze Flüssigkeit. Ich musste herausfinden, wer die Kleine war, die sich gestern mit mir angelegt hatte. Es wäre nicht das erste Mal, dass ich nur einen falschen Namen hatte und mich auf die Suche begeben musste.

»Natürlich nicht«, riss mich Melanies nervtötende Stimme aus den Gedanken. »Sie schwört auf ihr Leben, dass sie unschuldig ist.«

»Sie sollte auf ihre Handtäschchen schwören, dann würde ich ihr vielleicht glauben.«

Melanie schnalzte mit der Zunge. »Oh, ist heute ein besonders sarkastischer Tag, Boss? Ist Ihr neuer Sportwagen erst Ende des Monats lieferbar?«

Ein Grund, warum ich Melanie noch nicht gefeuert hatte, war, weil sie mir Kontra bot. Es machte die Sache interessanter, die Scheiße erträglicher, die nur dazu diente, mein zweites Leben zu verschleiern.

»Wo ist das Hauptproblem an der Beweislage?«, überging ich ihre Bemerkung und zog den Stapel zu mir. Wie ich Papierkram hasste. Es war weitaus spannender, im Gerichtssaal für Furore zu sorgen, indem man die Zeugen aus ihren dunklen Ecken hervorlockte und die schmutzigen Geheimnisse vor den

Geschworenen auspackte. Ich liebte es, die Verzweiflung in ihren Augen zu sehen, die Gewissheit, dass sie geliefert waren.

Nichts schmeckte besser als der Sieg.

»Laut Forensik ist die Todesursache Verbluten durch Erstechen. Ich bezweifle allerdings, dass es einer hundert Pfund Person mit manikürten Fingernägeln, einer Nadelphobie und Reinheitswahn gelingt, ihren Ehemann zu erstechen.«

Ich blätterte durch den pathologischen Endbefund. Die Klinge war weit in den Zwischenrippenraum eingedrungen. Nach der Größe des Toten hätte sich das Standgebläse alias Plummings auf die Zehenspitzen stellen oder ihre High Heels ausführen müssen. Ich überflog die Zeilen und landete bei der obduzierenden Pathologin.

»Dr. Livia Moriarty, Assistenzärztin«, brummte ich und nahm einen Schluck Kaffee. »Reichen die Sparmaßnahmen mittlerweile so weit, dass ungebildete Frischlinge eingesetzt werden?«

Melanie zuckte mit den Schultern, wobei ihre Titten kurz nach oben hüpften. Ich wartete nur auf den Moment, an dem sie den obersten Knopf sprengen würden. »Wir wissen doch alle, dass Dr. Grisham die Arbeit gern an seine Untertanen weitergibt.«

Grisham.

Ich hatte nur aus einem Grund dafür gesorgt, dass der leitende Pathologe seine Position nicht verlor: Er war leicht manipulierbar und ich hatte ihn mit seiner heimlichen Alkoholsucht in der Hand. Eine weitere Spielfigur, die mir entscheidende Vorteile verschaffte. Heute stach mir allerdings zum ersten Mal der Name Dr. Livia Moriarty entgegen.

»Soll ich ein Gespräch mit ihr führen?«, fragte Melanie.

Ich ließ die Flüssigkeit in der Tasse kreisen. »Nein. Das übernehme ich. Bei dieser Plummings handelt es sich um eine einflussreiche Unternehmerin. Ein prestigeträchtiger Fall.«

Es interessierte mich einen Scheißdreck, wie viel Kohle und politische Unterstützer sie an ihrer Seite hatte, in diesem Fall zählte nur eines: Plummings steckte nach meinen monatelangen Recherchen zufolge mit Dexter Harris unter einer Decke. Sie hatte zumindest einen Deal mit ihm abgeschlossen, was mich diesem Scheißkerl einen großen Schritt näherbrachte.

»Natürlich. Rufen Sie mich, wenn Sie etwas benötigen«, schnurrte sie.

Nein, ich würde sie heute nicht ficken. Dass Plummings mich als ihren Anwalt ausgesucht hatte, bedeutete, dass mein Netzwerkaufbau Früchte trug. Es hatte sich herumgesprochen, dass ich wie ein Terrier handelte, was meine Fälle anbelangte.

»Und übrigens, Boss«, hauchte sie dicht an meinem Ohr, wobei ihr süßliches Parfüm zu mir wehte. »Dass der neue Sportwagen erst später geliefert wird, ist bedauerlich, aber kein Grund, sich verprügeln zu lassen. Das hätte ich auch erledigen können. Mit weitaus weniger Beweisspuren.« Sie dachte immer noch, dass ich in meiner Freizeit diverse Kampfsportarten betrieb.

Ich hob meinen Blick. Es waren oft nur Sekunden, die die Temperatur im Raum um einige Grade sinken ließen. Kein Wort, kein Geräusch. Nur ein Blick.

Melanie schluckte, begann, mit den Fingern an ihrem Ausschnitt zu nesteln. Unsicherheit spiegelte sich in ihren braunen Augen wider. »Sie wissen, wo Sie mich finden, wenn Sie weitere Informationen benötigen.« Ihre Wangen waren knallrot geworden. Sie zog ihren Rock zurecht, ehe sie sich umdrehte und aus meinem Büro verschwand.

Wie ich es liebte, mit einem einfältigen Dummerchen wie ihr zu spielen.

Ich warf einen Blick auf meine Rolex. Der Verkehr würde sich um diese Zeit in Grenzen halten, die ideale Gelegenheit, Dr. Livia

Moriarty einen Besuch abzustatten, um den Tathergang mit ihr zu rekonstruieren.

Ich hasste die Pathologie. Den Geruch nach Formaldehyd, die verschissenen Nerds, die glaubten, ihr Doktortitel gäbe ihnen Autorität.

Ich trank den Kaffee auf ex und krallte mir den Befund, bevor ich zum mannshohen Spiegel neben der Fensterfront ging. Das Klammerpflaster erfüllte seinen Zweck, aber es deckte nicht den Bluterguss an der Schläfe ab, der die nächsten Tage alle möglichen Farben annehmen würde. Die perfekte Tarnung, wenn man als tortured hero durchgehen wollte. Ein gefundenes Fressen für die untervögelten Schlampen, die meine Manipulation niemals durchschauen würden.

Ich zupfte an meiner Krawatte und holte den Autoschlüssel aus der Hosentasche. Wenn Melanie wüsste, dass ich heute mit meinem neuen Sportwagen hier war.

Kapitel 4

Livia Moriarty

Ich führte zwei gegensätzliche Leben.
Und ich liebte und hasste sie zugleich.

ICH LIEBTE DIE Ruhe dieses Ortes. Er war der Gegensatz zu meinen nächtlichen Aktivitäten. Ich wusste selbst nicht, wieso ich diesen Kick immer wieder suchte. Vor wenigen Jahren hätte ich noch alles dafür gegeben, aus dieser Szene zu verschwinden. Hatte von einem besseren Leben geträumt. Nun besaß ich es und stellte fest, dass mir dennoch etwas fehlte. Wir Menschen wollten immer das, was wir nicht hatten.

Den Kontakt zu meiner Familie hatte ich schon abgebrochen, bevor ich mein Studium beendete. Ich hatte sie nicht länger ertragen, doch wie ich meine Eltern kannte, hatten sie genau das erwartet – ungeachtet dessen, dass sie sich einen Scheiß um mich gekümmert hatten. Sie waren nie für mich da gewesen, ich hatte mir alles erkämpfen müssen. Für sie existierte ich nicht – hatte ich nie. Sogar noch weniger als meine älteren Brüder Jackson und Jason. Letzterer lag mittlerweile unter der Erde, schaffte mit Dealen also auch kein Geld mehr in die Kasse, die ohnehin nur dazu gedient hatte, Alkohol und Drogen für den Eigenkonsum zu kaufen. Allem voran für meine Eltern.

Ich betrachtete das schmale Skalpell zwischen meinen Fingern. Wie das Metall im Schein der grellen Lampe schimmerte. Den kalten Glanz, der mich an die Augen der letzten Nacht erinnerte.

Ein flüchtiges Lächeln schlich sich auf meine Lippen. Noch allzu gut war mir sein Gesichtsausdruck in Erinnerung, als mein Knie die schmerzhafteste Region seines Körpers getroffen hatte.

So etwas lernte man, wenn man in den Straßen von Detroit aufwuchs. Dumm nur, dass ich nicht wie eine aussah, die als Teenagerin Kickboxen trainiert hatte. Es war lange her, man sah es meinem Körper nicht mehr an. Ich war schlank, doch keines dieser Topmodels, die hier teilweise herumliefen. Ich hatte Kurven, auch wenn einige Männer meine Oberweite sicher nicht als besonders üppig bezeichnen würden. Doch das spielte keine Rolle, denn am Ende wollten sie mich trotzdem, obwohl es nicht im Preis enthalten war. Mein Körper war schon immer unbezahlbar gewesen. Egal, wie ausweglos mein Leben ausgesehen hatte.

Die Tür flog auf und knallte scheppernd gegen die Wand.

Ich zuckte kaum merklich zusammen. Schloss für einen kurzen Moment die Augen und umfasste das Skalpell in meiner Hand fester. Niemand störte mich bei einer Autopsie. Wie gern würde ich mich umdrehen und es irgendwo hineinrammen, wo es wehtat. Einfach nur, damit er die nächsten Wochen zu Hause blieb und meine Nerven nicht weiter strapazierte.

»Da möchte jemand zu Ihnen, Dr. Moriarty.«

Ich ließ noch zwei Sekunden verstreichen, ehe ich mich langsam umdrehte. »Wer? Wer möchte zu mir, Jonah?« Ich sah ihn durchdringend an. Praktikanten konnten etwas Furchtbares sein.

Er gestikulierte wild mit den Armen und ich beobachtete ihn unberührt dabei. Es kostete mich all meine Beherrschung, nicht die Kontrolle über das kleine Messer in meiner Hand zu verlieren.

»So ein Anwalt. Harvey Cavendish«, brachte er endlich mühevoll hervor.

Ich wusste, dass er nicht der Klügste war – eben nur für Hilfsarbeiten hier eingestellt. Botengänge, putzen, Taschentücher an Angehörige verteilen. Solche Dinge eben. Im Grunde war er ein netter Kerl, doch er strapazierte ständig meine Geduld. Seine Art war mir zu präsent und ich hatte immer wieder den Eindruck, dass er meine Aufmerksamkeit einforderte. Aber ich wurde ihn nicht los. Grisham bestand darauf, dass wir ihn brauchten. So musste er sich um noch weniger Dinge kümmern und konnte in Ruhe seinem Alkohol frönen. So sehr ich meinen Vorgesetzten dafür verachtete, spielte es mir gleichzeitig in die Karten. Mehr Verantwortung und Eigenständigkeit für mich.

»Was für ein Anwalt?«, fragte ich und rümpfte die Nase. »Ist auch egal. Ich habe keine Zeit. Er soll einen Termin machen.« Ich wandte ihm wieder den Rücken zu.

Das Geräusch der Tür, wie sie ins Schloss fiel, verriet mir, dass Jonah verschwunden war. Ich atmete durch und betrachtete den Jungen, dessen Leiche auf meinem Tisch lag. Etwas jünger als ich. Mitte zwanzig. In dem Alter, in dem auch mein großer Bruder gestorben war. Ich war gerade zweiundzwanzig gewesen. Nie würde ich diesen Tag vergessen.

Ich legte das Skalpell aus der Hand und zog das weiße Tuch über den leblosen Körper, als ich vor der Tür eine hitzige Diskussion vernahm. Oder viel mehr Jonahs panische Stimme. Ich verstand zwar kein Wort, aber augenscheinlich wollte mein ungebetener Gast nicht gehen. Anwälte eben. Sie waren schlimmer als jede Zecke, die sich an einem festbiss. Aber ich hatte meine Methoden, um solche Menschen loszuwerden.

Mein Blick wanderte an mir hinab. Kurz haderte ich mit mir,

ehe ich die Schleife in meinem Nacken öffnete und den weißen Einwegschutz beiseite warf, auf dem sich erste Blutflecken abzeichneten. Mein weißer Kittel darunter war noch sauber. Das luftige Sommerkleid, das ich heute trug, ohnehin.

Ich weigerte mich, in alten Lumpen zur Arbeit zu kommen. Da spielte es auch keine Rolle, dass meine Patienten mich nicht sahen.

Erneut griff ich nach dem Skalpell und ließ es in die Tasche des Kittels gleiten.

Die beigen Louboutins von letzter Nacht kündigten mich an, als ich auf die Tür zuging. Ich hatte sie einfach noch einmal anziehen müssen. Sie erinnerten mich an meinen kleinen Triumph. Wenn ich sie betrachtete, tauchten die Bilder wieder vor mir auf. Nicht von jenem Moment, als er mich mit schmerzverzerrtem Gesicht angestarrt hatte und am liebsten getötet hätte. Sondern von jenem, in dem er mich gegen den kalten Beton gepresst und seinen heißen Körper gegen meinen gedrängt hatte. Noch immer konnte ich jedes Zucken seiner Muskeln spüren, das tief in mir verebbte.

Ich schob die Erinnerungen beiseite. Erst dann öffnete ich die Tür, in dessen Rahmen Jonah mit ausgestreckten Armen und dem Rücken zu mir stand. Als würde er mich mit seinem Leben verteidigen. Süß.

»Er will nicht gehen«, sagte er aufgebracht, ohne mein Sichtfeld freizugeben.

Wortlos schob ich ihn weg. Er stolperte fast über seine eigenen Füße. Nachdem er sich gefangen hatte, stand er verloren in der Ecke des Vorraumes, in dem sich sonst die Menschen aufhielten, die ihre Angehörigen identifizieren mussten.

Eins. Zwei. Drei.

Die Sekunden verstrichen. Mein Herz schlug so fest gegen meine Brust, dass ich es in meiner Kehle spürte, als wir uns gegenüberstanden. Es schnürte sie zu. Kein Wort brachte ich über die Lippen.

Ich erkannte ihn nicht an dem Pflaster, das über seiner Augenbraue prangte. Auch nicht an den Tattoos, die aus dem Kragen seines Hemdes den Hals hinaufwanderten und seine Hände zierten. Ich erkannte ihn an den kalten, blauen Augen, die mich an die gefrorene Oberfläche eines tiefen Sees erinnerten. Eines Sees, dessen Eisschicht mich in trügerischer Sicherheit wiegte, bevor ich in dessen Mitte einbrach. In die Tiefe gerissen wurde. Gefangen in der Kälte. Ausweglos. Bis es mich in die endlose Dunkelheit herabzog.

»Harvey Cavendish also.« Ich konnte nicht anders, als ihn kurz zu mustern. »Ich kann mich nicht daran erinnern, einen Termin mit Ihnen zu haben.« Ohne ihn aus den Augen zu lassen, schob ich die Hände in die Taschen meines Kittels. »Ich bin mir sicher, dass Sie Hilfe benötigen, aber die Pathologie ist die falsche Abteilung. Die Psychiatrie hat vielleicht offene Sprechstunden für Sie, Mister.« Ich hob kurz die Augenbrauen. Die einzige Regung in meinem Gesicht, ehe ich an ihm vorbeiging. Ohne ihn noch einmal anzusehen, verließ ich den Vorraum.

»Lassen Sie sich einen Termin geben«, rief ich noch, als ich bereits auf dem Gang war. Ein paar Räume weiter befand sich mein Büro, das ich mit meinem Arbeitsausweis öffnete.

Ich warf die Tür hinter mir zu und wollte gerade dieses weiße, lästige Teil abstreifen, als ich innehielt. Der Knall, mit dem das Holz sonst zuschlug, blieb aus. Ich musste mich nicht einmal umdrehen, um zu wissen, wieso dem so war.

»Noch einmal: Wir haben keinen Termin«, brachte ich mit Nachdruck hervor, ohne ihn vom Anblick meines Rückens zu erlösen. Im Stillen betete ich, dass er mich nicht erkannt hatte. Löste demonstrativ das Haargummi, mit dem ich die rote

Mähne zu einem unordentlichen Knoten auf meinem Kopf gebändigt hatte. Die üppigen Wellen breiteten sich fast bis zur Taille aus. Meine Kopfhaut durchfuhr ein angenehmes Kribbeln.

»Livia, hm?«, erfüllte seine tiefe Stimme mein Büro.

Das nächste Kribbeln, das mich erfasste, jagte durch meinen gesamten Körper. Der erste Schub an Adrenalin schoss durch meine Venen.

»Wie bitte?«, fragte ich irritiert, drehte mich endlich zu ihm um und setzte meine Unschuldsmiene auf. Ich wusste, welche Wirkung meine Rehaugen auf Männer hatten, auch wenn sie grün waren. Sie waren treu und groß und einnehmend. Das reichte.

Er kam langsam auf mich zu. Zwei Schritte, dann blieb er stehen. Doch ich sah, wie er jeden meiner Gesichtszüge studierte. Wie sein Blick an meinen Augen hängenblieb, zu meinen vollen Lippen wanderte.

Dort stand er, mitten in meinem Büro. Fixierte mich, als wäre ich seine Beute.

Für den Bruchteil einer Sekunde fühlte ich mich wie ein verschrecktes Reh, das dem bösen Wolf gegenüberstand. Aber der Moment war so flüchtig, dass ich ihn tief in mir vergrub. Stattdessen straffte ich meine Schultern und wandte mich ihm gänzlich zu.

Uns trennten drei Schritte. Höchstens. Ich erkannte die kleine Kruste, die sich auf seiner Unterlippe gebildet hatte, und mein Mundwinkel zuckte verräterisch. Doch ich hatte mich schnell wieder unter Kontrolle. Blickte zu ihm hinauf, als könnte mich kein Wässerchen trüben.

»Jonah macht meine Termine«, fügte ich mit einem Lächeln und provozierenden Augenaufschlag hinzu.

»Ich denke nicht, dass ich nach gestern einen Termin brauche«, sagte er eisig und stieß die Bürotür hinter sich mit seinem Fuß zu, ohne hinzusehen. Lautstark fiel sie ins Schloss.

Ich blinzelte. Sah ihn ratlos an. »Wie bitte?«

»Ich muss zugeben, hier hätte ich eine Frau wie dich als Letztes vermutet.« Er kam einen weiteren Schritt auf mich zu.

Ich wich zurück. Spürte die Kante meines Schreibtisches, die sich in meinen Hintern bohrte. Erinnerte mich an den festen Griff seiner Hände, doch ich schob das Gefühl beiseite.

»Eine Frau ... wie mich? Worüber reden wir hier gerade?« Meine Hände umklammerten die Schreibtischkante. Vermutlich müsste ich mich gleich beherrschen, um ihm nach gestern nicht auch noch eine reinzuhauen. Mir stand schon jetzt der Sinn danach. Wie er sich vor mir aufbaute, in seinem sündhaft teuren Anzug, und auf mich hinabsah, als wäre er der Jäger und ich die Gejagte.

Er irrte sich. Und ich würde es ihm beweisen.

»Stell dich nicht dumm, Catherine. Ich habe gehört, du sollst ein ziemlich kluges Köpfchen sein.« Er überwand auch den letzten Schritt zwischen uns. Warf die Akte, die er bis eben in der Hand gehalten hatte, hinter mich auf den Tisch. »Wir wissen also beide, wovon ich spreche.«

»Stimmt, ich bin schlau. Darum wäre es nett, wenn Sie etwas Abstand wahren könnten. Mein kluges Köpfchen sagt mir nämlich, dass sich das so gehört und besser wäre. Für mich ... und für Sie«, zwitscherte ich lieblich und blickte zu ihm hinauf, als könnte keine Lüge meine Lippen verlassen.

Die Hölle würde mich mit offenen Toren, Paukenschlägen und Trompeten empfangen, wenn mein Tag gekommen war.

»Vielleicht ... sollte ich deine Erinnerung ein wenig auffrischen.« Er griff nach einer meiner langen Haarsträhnen, wickelte sie sich bedächtig um den Finger. Zoll für Zoll.

Der Ruck, als er daran zog, schoss durch meinen Kopf. Er zwang mich, ihm direkt in die Augen zu sehen. Wir waren uns ebenso nah wie gestern.

»Lass. Mich. Los.« Ich betonte jedes Wort. Warnend. Wusste, dass der Stolz verräterisch in meinen Augen aufblitzte.

Als ahnte er, dass ich erneut zutreten könnte, schlang er einen Arm um meine Taille und hob mich mühelos auf meinen Schreibtisch. Drängte sich zwischen meine Beine, ohne von meinem Haar abzulassen.

Mistkerl.

Zum ersten Mal seit langem verfluchte ich meinen Hang zu Kleidern, als der Stoff meine Oberschenkel hinaufrutschte. Ich warf einen flüchtigen Blick auf meine blasse Haut, die nur noch knapp bis zur Mitte bedeckt war. Doch ich gab mir nicht die Blöße, wie ein schüchternes Mädchen daran herumzuzupfen. Ich wusste, dass ich damit nur mehr Aufmerksamkeit erregen würde, als das Gegenteil zu bezwecken.

»Sind wir wieder beim Du, ja?«, fragte er fast schon amüsiert, doch ich hörte die Provokation in seiner Stimme.

»Wenn es nach dir geht anscheinend noch weiter, so, wie du mich anfasst«, fauchte ich missbilligend.

Er griff mit der anderen Hand an meine Kehle und Bilder schossen mir durch den Kopf. Von letzter Nacht. Das Gefühl jagte erneut durch meinen Körper. Er drückte nicht einmal zu, doch mein Herz schlug so fest, dass ich Angst hatte, es würde jeden Moment aus meiner Brust springen.

»Wir hätten gestern bereits viel weiter sein können«, raunte er dicht an meinem Ohr. Sein heißer Atem streifte die empfindliche Haut meines Halses; suchte sich einen Weg durch seine warmen Finger. »Du schuldest mir etwas.« Er hob den Kopf leicht an.

Unsere Blicke trafen sich erneut. So dicht, dass wir jeden kleinen Farbunterschied in unseren Iriden erkennen konnten. Doch ich sah nur diese Tiefe, die sich hinter den seinen verbarg. Diese kalte Unendlichkeit, die mich anzog. Die mein Herz stolpern ließ, wenn ich daran dachte, in ihr zu versinken.

»Ich kann mir nicht vorstellen, dass du dazu heute in der Lage bist«, hauchte ich dicht an seinem Mund, schob meine Hände unter sein Jackett und ließ sie über den glatten Stoff seines Hemdes wandern. Spürte jedes Zucken seiner Muskeln unter meinen Berührungen. »Tut mir fast etwas leid für die Nutte, der ich ihr Einkommen heute Nacht ruiniert habe«, flüsterte ich lieblich, als sich meine Nägel direkt in die Stelle seiner Rippen bohrten, von der ich wusste, dass dort der Bluterguss der letzten Nacht prangte.

Doch er schien damit gerechnet zu haben, zuckte nicht einmal zusammen und sah mich stattdessen mit hochgezogenen Augenbrauen an. Dann ließ er von meiner Haarsträhne ab, legte seine Hand auf mein Knie, wanderte langsam meinen Oberschenkel hinauf. Jeder Zoll trieb meinen Puls weiter in die Höhe. Mein Atem stockte, als sich seine Finger unter den Stoff meines Kleides schoben.

»Du meinst, weil du ihren Platz heute Nacht einnehmen wirst?«, raunte er so dicht an meinen Lippen, dass ich jedes seiner Worte spürte. Mehr, als dass ich sie hörte.

Mein Blut rauschte mir in den Ohren. Ich bemerkte seine Finger, die eng um meinen Hals lagen. Er würde meinen Herzschlag fühlen können; wie er die Hitze durch meinen Körper trieb, während seine Fingerspitzen den Druck immer wieder leicht veränderten.

»Hast du davon letzte Nacht geträumt? Mich in deinem Bett zu haben?«, flüsterte ich atemlos, während sich meine Hände in den Stoff seines Hemdes gruben. Als könnte ich dort den Halt finden, den ich brauchte, um nicht in den Strudel gezogen zu werden, der durch mein Innerstes wirbelte.

»Du wirst niemals wissen, wie es sich anhört, wenn ich

deinen Namen stöhne, H.« Da war er. Mein Stolz. Er verbrannte fast in der Hitze, die meinen Körper erfasst hatte. Ich spürte meinen warmen Atem mit jedem meiner Worte, so nah waren sich unsere Gesichter.

Konnte das Eis seiner Augen meinen Körper in Brand setzen? Ich wusste nicht, wann ich zuletzt so empfunden hatte. Ein Sturm aus Emotionen tobte durch meinen Körper. Ich hatte keine Kontrolle.

Über das, was geschah.

Was er mit mir tat.

Über mich.

Kapitel 5
Harvey Cavendish

Gnade war kein Wort,
das in meinem Leben existierte. Nicht mehr.

IN IHRE AUGEN zu sehen, war wie auf einen Abgrund zuzulaufen. Mit der Gewissheit, dass man sich hinabstürzen würde. Dennoch ging man immer weiter, Schritt für Schritt, bis der Rausch des freien Falls zu spüren war.

»Reden oder sterben?«, stellte ich sie schonungslos vor die Wahl. Die Kleine wusste noch nicht, dass sie keine hatte; dass ich es war, der die Entscheidung traf. Aber ich liebte es, die Hoffnung im Blick der anderen zu sehen ... und wie sie letztendlich verschwand, weil ich sie ihnen nahm.

»Hm ... dachte nicht, dass du ein langweiliger Wir-müssen-reden-Typ bist«, entgegnete sie mit rauchiger Stimme und arbeitete sich mit ihren Fingern weiter vor. Langsam, bedächtig, als hätte sie alle Zeit der Welt. Als sei der Tod nur ein kleines Übel.

»Hinter wem bist du her?«

Sie schürzte die Lippen, strich mit ihren Händen über meine blanke Haut unter dem Gürtel.

»Dein Bambi-Blick nützt dir nichts. Warum treibst du dich im Untergrund herum?«, knurrte ich, packte ihre Handgelenke und riss ihre Arme nach hinten. Livia war eine Meisterin ihres Fachs, aber sie konnte ihre wahren Absichten nicht vor mir verbergen. Ich sah in ihren Augen, dass sie ihre Zeit nicht aus Spaß in der Hölle Chicagos verbrachte.

Ein überraschter Laut entkam ihrem Mund, die einzige Reaktion auf meine Handlung.

Ich brachte mein Gesicht nah an ihres. »Wer bist du? Hat dich jemand auf mich angesetzt?«

Livia schwieg eisern, als würde sie einen hochrangigen Mafiaboss decken. Sie war eine harte Nuss, hatte eine besondere Art von Erziehung genossen, anders konnte ich mir diese Abgebrühtheit nicht erklären.

Die Zeit im Untergrund hatte mich eines gelehrt: Ich war nirgends vor Feinden sicher. Das Mafianetzwerk breitete sich immer weiter aus. Es würde mich nicht wundern, wenn sie für die Mexikaner oder die Russen arbeitete.

»Schade, dass du sterben musst. Ein Exemplar wie du ist mir selten untergekommen«, sagte ich kalt. Langsam löste ich meinen Griff und trat einen Schritt zurück. Sie könnte mich jederzeit enttarnen. Ein Risiko, das ich nicht bereit war, einzugehen. Zu viel stand auf dem Spiel, und sie wäre nicht die Erste, die ich aus dem Weg räumte … aber anders. Völlig konträr zu den Scheißern, die ich sonst manipulierte.

»Du glaubst, ich fürchte mich vor dem Tod? Anfänger.«

Dieses Mal würde sie mich nicht verarschen. Als ich bemerkte, wie sich ihr Ellbogen zur Seite bewegte, griff ich in einer blitzschnellen Bewegung in ihre Manteltasche und fasste nach dem kühlen Metall. Ich kannte die Tricks der abgefuckten Schlampen.

Etwas in ihrem Blick veränderte sich, die Selbstsicherheit verschwand.

»Suchst du das hier?«, fragte ich leise und drückte das Skalpell gegen ihre Kehle. Sie hielt still, bewegte sich keinen Millimeter. Nur der aufwallende Zorn in ihren Augen verriet mir, dass sie es hasste, jemandem ausgeliefert zu sein. Und das war sie. Ihr Leben lag in meinen Händen.

»Tu es doch«, forderte sie mich heraus.

Nein, sie hatte keine Angst vor dem Tod. Ich wettete, sie sehnte sich in den Tiefen ihrer Seele sogar danach. Sie war eine ebenbürtige Gegnerin, eine willkommene Abwechslung, wenn man es so wollte. »Was hattest du im Club zu suchen?«

Sie lächelte schmal, öffnete ihren Mund und leckte sich über die Unterlippe. Ich presste die Klinge fester gegen ihre Haut. Sie zog die Luft in einem leisen Zischen ein und eine feine Blutspur rann an ihrem Hals hinab. Ihre Pupillen weiteten sich, drängten das Grün bis zum äußeren Rand.

Die Bitch stand darauf. Sie liebte es, beherrscht zu werden, auch wenn sich ein Teil von ihr dagegen wehrte.

»Ich wollte meinen Spaß haben«, entgegnete sie knapp und blickte interessiert in meinen Schritt. »Tut es noch weh?«

Das ging zu weit. Die Zeit des Spielens war vorbei. Livia musste lernen, dass es Regeln gab, an die sie sich in meiner Anwesenheit zu halten hatte.

»Sieh mich an«, knurrte ich, ohne das Messer einen Hauch zu bewegen. Der Unterton in meiner Stimme verfehlte seine Wirkung nicht.

Sie hob den Blick, mimte die Unschuldige, obwohl unter ihrer Fassade der Teufel darauf wartete, mit seiner Gabel zuzustechen. »Und jetzt? Du glaubst, ich fürchte mich vor dir? Du bist nur ein weiterer Typ auf meiner Abschussliste.«

Sie wollte mich reizen; dazu bringen, dass ich mich verriet. Dass ich ihr eine Information lieferte, die für sie wichtig war. Eine wie sie trieb sich nicht im Untergrund Chicagos herum, ohne einen triftigen Grund zu haben.

Ich warf das Messer auf den Schreibtisch, packte sie am Kinn und küsste sie hart. Mit meinem Becken schob ich sie fester gegen die Schreibtischplatte.

Ich fuhr unter ihr Kleid, griff nach ihrem Slip und zog ihn leicht zu mir. Ein lustvolles Stöhnen war die Antwort, als ich losließ und der Stoff gegen ihre Haut klatschte. Livia griff in meine Haare, zog meinen Kopf näher und versenkte ihre Zunge in meinem Mund. Sie schmeckte nach Härte, Leidenschaft, Feuer.

Trotz ihres hervorragenden Schauspiels war es nicht schwer, sie zu durchschauen. Sie war jemand, der mit seinen Reizen spielte wie eine Spinne, die im Netz darauf wartete, zuzuschlagen.

Keuchend löste ich mich von ihr. »Du hast dich mit dem Falschen angelegt, Süße.«

Ich brauchte Zeit. Sie konnte der Schlüssel zu einem noch unbekannten Schloss sein, und es gab nur eine Möglichkeit, dieses Biest zum Singen zu bringen. An einem Ort, an dem sie niemand vermutete; niemand suchen würde.

Die schnelle Bewegung ihrer Augen verriet ihren nächsten Schritt. Ich hätte meinen Schwanz verwettet, dass sie ein Geheimversteck unter dem Schreibtisch hatte.

Ehe sie nach dem unbekannten Gegenstand greifen konnte, wirbelte ich sie herum und drückte sie mit voller Wucht nach unten. Sie stöhnte auf, sobald sie auf der Tischplatte auftraf. Zettel flogen durch die Luft und ein metallischer Klang, als etwas auf den Boden fiel, hallte durch den Raum.

Ich fasste nach dem Gegenstand und holte eine Spritze hervor. Die milchige Flüssigkeit verriet mir, dass es sich um ein Narkotikum handelte.

»Du Scheißkerl!«, fauchte sie, trat nach hinten aus und erwischte mich am Knie. Stöhnend kippte ich nach vorn, presste mich gegen ihren Rücken und hielt sie mit einem Arm fest umschlungen, während ich die Hülle der Spritze zwischen die Lippen nahm und daran zog.

Ehe die Kampfkatze die Gelegenheit erhielt, sich umzudrehen, rammte ich ihr die Nadel in die Stelle, an der ich ihre Halsschlagader vermutete, und injizierte ihr das Mittel.

»Du Sch-Schwein«, keuchte sie und begann, zu wanken.

Ich warf die Spritze in den Mülleimer und fing Livia auf. Es wäre schade, wenn sie eine Beule vom Sturz auf den Boden bekommen würde. Kraftlos sank sie in meinen Armen zusammen und schloss die Augen.

»Keine Sorge, Süße, ich bringe dich an einen sicheren Ort. Und dann werden wir uns unterhalten.«

***

Es war kurz nach zweiundzwanzig Uhr, als ich die ersten Bewegungen auf dem Sofa wahrnahm. Ich zupfte an meiner Krawatte, löste den Knoten und warf sie achtlos zur Seite. Es brannte kein Licht im Wohnzimmer und die umliegenden Wolkenkratzer erhellten den Raum nur so viel, dass ich die Regungen ihrer Miene erkannte. Bereit für einen unterhaltsamen Abend, griff ich nach dem Whiskyglas und schlenderte zur Vitrine.

Wonach war mir? Nach etwas Rauchigem von den Inseln oder etwas Herberem aus den Highlands? Ich entschied mich für eine seltene Abfüllung des Highland Park, öffnete die Glastür und holte die Flasche hervor.

»W-Was zur H-Hölle?«, kam es in dem Moment von der Couch und ein Schaben erklang, als versuchte Livia, sich aufzusetzen. Schwierig, wenn ihre Hände hinter dem Rücken gefesselt waren.

Ich goss den Whisky zwei Finger breit in das Glas und stellte die Flasche auf dem Sideboard ab, bevor ich zu meiner Gefangenen ging und mich auf den Stuhl vor ihr setzte. Trotz der Substanz, die ich ihr nachträglich verabreicht hatte, versuchte sie, die Kontrolle über ihren Körper zu behalten.

»Ich muss wissen, wer du bist. Du hast mir keine andere Wahl gelassen, als dich auf Sedativa zu setzen.« ... um dich anschließend unter einem Leichentuch nach draußen zu transportieren. Diesen Teil verschwieg ich ihr allerdings. Auch jenen, dass die Security des Klinikkomplexes seit Monaten von mir geschmiert wurde, um über gewisse ... Dinge hinwegzusehen und keine Fragen zu stellen. Selbst wenn ein Anwalt mit einer Leiche die Pathologie über den Hinterausgang verließ, vor dem normalerweise die Leichenwagen warteten.

Sie versuchte, sich die Haare aus dem Gesicht zu schieben, aber es gelang ihr nicht.

»Halt still«, knurrte ich, streckte meinen freien Arm aus und schob sie ihr hinter die Ohren. Ihre Haut glühte, als hätte sie Fieber. Ich erkannte im schummrigen Licht, dass ihre Augen glänzten. Sie war eindeutig zugedröhnt und würde singen wie ein kleines Vögelchen. Wenn sie dem feindlichen Lager angehörte, würde es kein Erbarmen geben.

»Was hast du getan?«, fauchte sie und versuchte, sich aufzusetzen, doch sie sackte immer wieder zur Seite.

»Lehn dich einfach zurück. Es wird bald nachlassen.«

Livia war niemand, der einer anderen Person die Kontrolle überließ. Sie wollte kontrollieren, das Zepter in der Hand halten. Mir ausgeliefert zu sein, bedeutete für sie, dem Abgrund näherzukommen; der Tiefe entgegenzublicken - und doch mit aller Gewalt zu versuchen, auf festem Untergrund stehenzubleiben.

»Das wirst du büßen, Arschloch. Wie hast du mich hierhergebracht?«

Das Feuer in ihren Augen reizte mich, sie an ihre Grenzen zu bringen. Zu testen, wann sie sich für das Aufgeben entscheiden würde.

»Und wo bin ich überhaupt?«

So viele Fragen. »In meinem Apartment. Und wie ich dich hierhergebracht habe, muss nicht deine Sorge sein. Niemand sucht nach dir und du wirst nicht vermisst. Mir kam zu Ohren, du hättest deinen Arbeitsplatz wegen Unwohlsein früher verlassen.«

Stille breitete sich zwischen uns aus, während sie fieberhaft zu überlegen schien. Ihr Blick glitt nach unten in ihre Ellenbeuge, an der eine kleine Einstichstelle zu sehen war. »Du kranker Wichser ... was hast du mir außer dem Narkotikum noch gegeben?« Ungewohnte Panik mischte sich in ihre Stimme. Drogenvergangenheit?

»Amobarbital«, antwortete ich ruhig.

Sie riss die Augen auf. »Du glaubst allen Ernstes an den Scheiß mit dem Wahrheitsserum?«

Ich nahm einen Schluck Whisky und stellte das Glas dann am Boden ab. »Merkst du nicht, wie sich deine Zunge lockert? Wie anfällig du für Suggestionen bist?«

Sie zog die Augenbrauen zusammen, presste die Lippen aufeinander, als könnte sie ihren Körper so dazu bringen, ihrem Willen zu gehorchen.

Ich fuhr mit dem Daumen über ihr Kinn. »Ich weiß, dass diese Wahrheitsseren nicht vor Lügen schützen, meine Süße, aber Menschen sind damit dennoch leichter zu manipulieren. Sie singen schneller als sonst, werden kommunikativer. Es wundert mich, dass eine abgebrühte Bitch wie du es nie ausprobiert hat.« Ich zog den Stuhl näher zum Sofa und lehnte mich zurück. »Also ... Der Grund, warum du dich im Club herumschleichst?«

Sie sah stur zur Seite, straffte die Schultern, als wollte sie mir beweisen, wie stark sie war.

»Entweder du suchst oder arbeitest für jemanden«, warf ich ihr einen Brocken hin. »Jemanden aus deiner Familie?«

Wieder keine Antwort.

»Ich tippe auf schwierige Kindheit. Was kompensierst du, Livia?«

Sie drehte den Kopf langsam in meine Richtung, schien all ihre Wut darüber, dass ich sie gefügig machen wollte, in ihren Blick zu legen. Scheiße, sie heizte mich damit richtig an. Ich ballte die Fäuste unter dem Stuhl.

»Fick dich.«

»Ich würde lieber dich ficken.«

Wir sahen einander schweigend an, fochten ein stummes Duell aus. Mit jeder Sekunde, die sie mir standhielt, wurde mein Schwanz härter. Sie wusste genau, wie sie auf Männer wirkte.

In einer blitzschnellen Bewegung schoss ich nach vorn und packte sie an der Kehle. »Wen. Suchst. Du?«

»Nicht wen, sondern was. Das Gefühl nach dem Kick.«

Das war einer der Tricks, wenn man jemandem Amobarbital verabreichte. Unvorhergesehene Aktionen sorgten eher dafür, dass sich die Zunge lockerte. Dass das Gehirn keine Chance hatte, dagegen zu steuern.

Ihre Antwort wunderte mich. Obwohl ich davon ausgegangen war, dass sie für jemanden arbeitete oder hinter einer Person her war, schien sie nur einen Ort zu suchen, an dem etwas Illegales vor sich ging. Tagsüber Pathologin. Jemand, der dafür sorgte, dass Mörder in den Knast wanderten. Nachts eine kaputte Bitch, die sich nach Blut und Tod sehnte.

»Du versteckst dich hinter einem Normalojob?«

»Wie du«, zischte sie und wich meinem Blick aus, als würde sie sich für ihre Schwäche schämen.

Ich stand auf, ging zum Schreibtisch und zog die erste Schublade auf. Die Glock lag herausfordernd vor mir. Ich griff danach und fuhr mit dem Finger über den Lauf. Langsam schloss ich das Fach wieder und ging zurück. Das Klicken, als ich die Waffe entsicherte, lenkte Livias Aufmerksamkeit auf mich.

»Du wirst trotzdem sterben. Das Risiko, dass du die Klappe nicht hältst, ist zu groß.«

Sie rüttelte an ihren Fesseln, stieß einen wütenden Schrei aus. »Wichser! Binde mich los und ich zeige dir, wer von uns sterben wird.«

Neugierig setzte mich wieder auf den Stuhl und betrachtete sie. Ihre Haare waren zerwühlt, und sie keuchte, als hätte sie einen Marathon hinter sich. Doch es war etwas anderes, das meine Aufmerksamkeit erregte. Nicht der wütende Ausdruck in ihren Augen, sondern das feine Zittern ihrer Schultern. Kaum wahrnehmbar.

Livia wollte nicht sterben. Zumindest nicht, bevor sie einen letzten Haken auf ihre To-Do-Liste gesetzt hatte.

Ich beugte mich nach vorn, spannte den Hahn und hielt ihr den Lauf an die Schläfe.

Anstatt zu jammern, stieß sie ein kapitulierendes Schnauben aus. »Gut, du bist doch ein scheiß Anwalt. Handeln wir einen Deal aus.«

Ich behielt den Lauf der Waffe an ihrem Kopf, wartete ab. »Was hast du mir zu bieten?«

»Kommt darauf an, was du suchst.«

Ich lächelte. »Hier und da ein kleiner Gefallen aus der Gerichtsmedizin, wenn ich ihn benötige.«

»Ich soll für dich Beweise fälschen?«, kam es monoton zurück, während sie mich fixierte.

Es wunderte mich, dass sie keine Angst zeigte. Selbst jetzt nicht, als der Tod an ihrer Tür klopfte. »Du besorgst mir Informationen, wann immer ich sie benötige.«

»Und was ich erhalte ich im Gegenzug?«, fauchte sie.

Ich nahm die Waffe von ihrer Schläfe, beugte mich vor und legte meine Lippen an ihr Ohr. Ich spürte, wie sie erschauderte. »Dein Leben, Livia. Entscheide dich.«

Kapitel 6

Livia Moriarty

Viele Menschen wollten die Kontrolle über mich.
Doch sie gehörte niemandem außer mir.

ES KOSTETE MICH all meine Kraft und Konzentration, das Zittern meiner Beine zu verbergen. Ich presste meine Oberschenkel zusammen, während meine Handgelenke noch immer gegen die Fesseln arbeiteten. Doch dadurch schnitten sie tief in mein Fleisch.

»Ich soll immer für dich paratstehen, damit du mich am Leben lässt?«, fragte ich wütend und ignorierte den Schauer, den sein warmer Atem auf meiner Haut auslöste. »Ganz schön hoher Preis für mein Leben.«

Er hatte mir bewiesen, dass ich mit dem Feuer spielte. Ich spürte den Schnitt an meinem Hals trotz der Drogen, die er mir verabreicht hatte – und ich war mir sicher, dass er eine Kugel für mich übrighatte, wenn er keine andere Möglichkeit sah. Doch das konnte er auch jederzeit nachholen, wenn er meine Informationen nicht mehr brauchte.

»Wenn du ein ehrenwerter Mann wärst, würde ich dir vielleicht glauben«, sagte ich gleichgültig, sodass er mich wieder ansah, »aber das bist du nicht. Wir beide wissen, dass dieses Spiel nicht fair ist. Du könntest mir morgen auf offener Straße eine Kugel ins Hirn jagen, wenn dir danach ist.« Ich hielt inne. Ignorierte die Waffe, die in seiner Hand lag, wenn auch nicht mehr auf mich gerichtet.

Noch immer spürte ich, wie ich leicht schwankte. Ich musste mich in das Leder der Couch pressen, damit es nachließ. Der Kontrollverlust über meinen Körper verunsicherte mich mehr, als diese Waffe es je könnte. Wenn der Tod einen holte, dann war es vorbei. Keine Gedanken mehr, keine Ängste oder Gefühle. Dunkelheit und Stille. Das Nichts. Davor fürchtete ich mich nicht. Mich selbst zu verlieren, war eine viel größere Angst. Zu lange hatte ich mitansehen müssen, wo es einen hinführte. Was es aus Menschen machen konnte. Ich hatte viel in meinem Leben getan, doch niemals Drogen genommen.

»Tu es«, presste ich hervor und jeder meiner Muskeln spannte sich an. Ich wollte nicht sterben. Legte es nicht darauf an. Aber ich würde mein Leben nicht an ihn binden. Niemals. Kein Mensch auf dieser Welt verdiente es. Es gehörte allein mir.

»Ich habe dich für ein klügeres Köpfchen gehalten«, sagte er und musterte mich in dem schummerigen Licht, als er die Glock langsam hob und auf mich richtete.

»Nein, H. Du hast mich für so dumm gehalten, dass ich einen Deal mit dir eingehe, für den ich dir vertrauen müsste. Ob du mich jetzt tötest oder in der Sekunde, in der du mich nicht mehr brauchst, macht keinen Unterschied«, erwiderte ich und sah in den Lauf der Waffe.

Mein Herz schlug ruhig. Ganz gleichmäßig pochte es in meiner Brust. Doch ich spürte, wie meine Haut glühte. Den kalten Schweiß, der sich über meine Stirn zog, während die Hitze in meine Wangen kroch.

Er starrte mich an. Suchte in meinem Gesicht nach etwas, von dem ich nicht wusste, was es war. Nur langsam presste er das kalte Metall der Glock wieder an meine Schläfe.

»Ich dachte, du hängst mehr an deinem Leben«, knurrte er, als würde er sich fast ein wenig darüber ärgern, dass ich mich nicht auf seinen Deal einließ. Doch wir wussten beide, dass er abdrücken musste, um sein Gesicht zu wahren. Nie würde er zulassen, dass ich aus diesem Apartment stolzierte und ihn dafür belächelte, dass er keine Frau umbringen konnte, die ihm die Stirn bot.

»Ich hänge an meinem Leben«, flüsterte ich und spürte, wie schwer und leicht zugleich sich meine Zunge sich anfühlte. »Darum gebe ich es nicht in deine Hände, Mistkerl.«

Die Wirkung des Mittels, das er mir gespritzt hatte, strömte in Schüben durch meine Adern. Ließ mich für einen Moment erzittern. Meine gefesselten Hände fühlten sich so kalt an, dass ich die Finger kaum noch bewegen konnte. Ich schwankte. Mein Herz begann, für ein paar Schläge zu rasen, ehe es viel zu ruhig weiter schlug.

Keine Kontrolle. Mein persönlicher Albtraum.

Ich konnte nichts dagegen tun, als sich mein Atem beschleunigte. Egal wie oft ich mich im Stillen daran erinnerte, dass es an den Drogen lag, mein Körper begann, aus dem Ruder zu laufen. Ich verlor die Kontrolle über mich. Das, was ich jahrelang perfektioniert hatte. Was mir schon so oft das Leben gerettet und mir den Weg ermöglicht hatte, den ich gegangen war.

Ich verlor mich.

Obwohl ich wusste, dass es sinnlos war, begann ich, gegen die Fesseln zu kämpfen, die mich daran hinderten, meine Hände zu bewegen. Noch tiefer drangen sie in mein Fleisch und ich spürte, wie warmes Blut über meine Haut lief. Der Schmerz jedoch drang kaum zu mir durch.

Ich wand mich auf der Couch und verzog mein Gesicht schmerzerfüllt. Mein Atem ging flach, unregelmäßig, dann wieder viel zu schnell. Ich versuchte, ihn zu kontrollieren. Vergeblich.

»Mach ... mich ... los«, keuchte ich. Die Panik in meiner Stimme hörte sich fremd an. Weit weg, während das Blut durch meine Venen rauschte und meine Umgebung dumpf erschien. Meine Haare versperrten mir schon wieder die Sicht auf ihn. Klebten an meiner nassen Stirn.

Noch immer kämpfte ich gegen die Fesseln, als würde es um mein Leben gehen. Dass es das tatsächlich tat, spielte keine Rolle. Es war nicht mein Leben, das ich wollte. Ich wollte die Kontrolle zurück.

Ob er etwas sagte, wusste ich nicht. Auch nicht, wo die Waffe war und ob er nur darauf wartete, endlich zielen zu können. In der aufsteigenden Panik rasten tausende Gedanken durch meinen Kopf. Erinnerungen. Das Gefühl, als Jason meine Handgelenke fixiert und mich fest in die Matratze seines Bettes gedrückt hatte. Er auf mir. Wie er mich angesehen hatte, als wäre ich den Dreck unter seinen Nägeln nicht wert. Als hätte ich Schuld daran, wie sein Leben verlaufen war. Und auch wenn ich wusste, dass dem nicht so war, sah ich diesen Blick immer und immer wieder. Ebenso wie den Ausdruck in seinem Gesicht, als der Moment gekommen war, der alles verändert hatte ...

Das Brennen in meinen Augen fühlte sich fremd an. Warme, feuchte Spuren zogen sich über meine Wangen. Ich wand mich so heftig, dass meine Haare endlich aus meinem Gesicht verschwanden und ich fast von der Couch rutschte. Ein schmerzerfülltes Zischen entwich mir, als die Fesseln noch tiefer schnitten, als mehr Blut über meine Finger lief. So sinnlos es auch war, ich konnte nicht aufhören, dagegen anzukämpfen.

Als sich unsere Blicke begegneten, wusste ich nicht, wie viel Zeit vergangen war. Die Waffe lag in seinem Schoß, war nicht mehr auf mich gerichtet. Er saß vor mir, als würde er das

Schauspiel, das ich ihm bot, genießen. Hatte sich in seinem Stuhl zurückgelehnt.

»Ich könnte dich befreien. Für ein paar Gefallen, Livia. Mehr nicht«, sagte er seelenruhig und betrachtete mich eingehend.

Mein Atem ging schwer. Meine Brust hob und senkte sich noch immer viel zu schnell. Das Adrenalin versetzte mich in einen Rausch, der mich die Schmerzen und die Gefahr vergessen ließ. »Ich hasse dich«, keuchte ich atemlos und konnte mich kaum auf ihn konzentrieren.

Ich wollte flüchten. Nicht vor ihm oder der Waffe – vor dem Kontrollverlust. Ich kämpfte wie eine Löwin für eine Freiheit, die ich in diesem Moment nicht mehr besaß. Doch ich würde sie ebenfalls aufgeben, wenn ich mich auf seinen Deal einließ.

Der nächste Adrenalinstoß schoss durch meinen Körper. Mein Herz schlug so fest, dass ich es bis in meine Kehle spürte. Verzweifelt versuchte ich, ruhig zu atmen, doch es war, als würde der Sauerstoff meine Lunge nicht erreichen. Ich stemmte die Handgelenke mit aller Macht gegen die Fesseln, ignorierte den Schmerz und das Blut.

Es fühlte sich an, als wäre gleich alles vorbei. Ich wollte ihn ansehen, doch vor meiner Sicht drehte sich das Zimmer. Meine Lippen zitterten. Ich wollte schreien, doch ich blieb stumm.

Panik.

»Wovor hast du Angst?«, drang seine Stimme wie durch Watte zu mir hindurch.

Ich war nicht in der Lage, ihn zu fixieren. Musste immer wieder die Augen schließen, sie zusammenkneifen. Hörte mein eigenes Wimmern, als ich von der Sitzfläche der Couch rutschte und auf dem Boden aufkam; nur noch die Kraft hatte, halbherzig gegen die Fesseln anzukämpfen.

»Nichts«, flüsterte ich resignierend.

»Das ist eine Lüge, Livia«, sagte er.

Ich spürte, wie er sich auf seinem Stuhl nach vorn lehnte und nach meinem Kinn griff. Fühlte seine Hände an meiner erhitzten Haut, die gleichzeitig so kalt war. In mir tobten die Gegensätze. Es war kaum auszuhalten.

»Sag mir, vor wem du dich fürchtest«, raunte er so nah an meinem Gesicht, dass sein Duft mich einhüllte und ich seinen Atem spürte.

»Vor niemandem«, murmelte ich und versuchte, die Augen offenzuhalten. Ihn anzusehen.

»Wer hat dir etwas angetan?« Er strich mir eine Seite der Haare hinter das Ohr.

Wie in Trance kauerte ich dort. Kraftlos, am Ende, während mich eine lähmende Müdigkeit übermannte. Die Nachwirkungen, wenn die Panik nachließ. Wenn der Körper alles gegeben hatte und aufgeben wollte.

»Ich ... mir selbst«, hauchte ich und sackte weiter in mich zusammen. Lediglich die Couch in meinem Rücken hielt mich noch. Dabei wollte ich mich am liebsten hinlegen und zusammenrollen. Schwach sein.

Ich konnte mich nicht mehr konzentrieren. Nahm seine Reaktionen kaum noch wahr. Konnte sie nicht mehr zuordnen. Spürte nur, wie meine Lider immer schwerer wurden.

»Was hast du dir angetan?« Er packte mein Kinn fester.

Mein Kiefer schmerzte unter seinem Griff, doch kein Laut drang über meine Lippen. Gegenwehr hätte mich meine letzte Energie gekostet.

»Alles ... für dieses Leben. Um Männern wie dir zu begegnen, die es zerstören ...« Meine Stimme brach. Ich wollte ihm noch so vieles sagen und gleichzeitig nichts. Meine Geschichte ging ihn nichts an, mein früheres Leben gehörte allein mir. Spielte in Chicago keine Rolle mehr. Gleichzeitig gab es so vieles, das ich ihm an den Kopf werfen wollte. Aber ich konnte nicht.

»Was hast du getan, Livia?« Seine Stimme war leise. Er war mir so nah, dass ich jedes Wort spürte. Seine Lippen berührten fast meine Haut. Hinterließen ein flüchtiges Kribbeln, das zu schnell verebbte.

»Was ... nötig war ...« Ich nahm meine eigene Stimme kaum wahr. Bemerkte, wie mir der letzte Funke Selbstkontrolle entglitt. Wie mein Körper plötzlich leicht wurde, endgültig in sich zusammensackte.

Ein letztes Mal atmete ich ein. Ließ mich von seinem herben Duft einhüllen, ehe alles um mich herum schwarz wurde. Dunkel. Leicht und still.

Befreiend.

***

Jede Faser meines Körpers schmerzte. Ich hatte Mühe, die Augen zu öffnen. Schummriges Licht drang durch die großen Fenster und durchbrach die Dunkelheit, die in der fremden Wohnung herrschte. Nur meine eigene nicht.

Nach und nach kehrten Fetzen der Erinnerung zurück. Sie reichten, um mich aufzusetzen. Ich bewegte den Kopf zu schnell, wurde mit einem kurzen Schwindel bestraft und presste meine Finger an meine Schläfen.

Zögernd ließ ich sie sinken und blickte auf meine Hände. Blutverschmiert. Meine Handgelenke sahen aus, als hätte ich versucht, mein Leben zu beenden. Sie waren ringsherum aufgescheuert, teilweise so tief, dass noch immer Blut aus den Wunden sickerte. Es würde dauern, bis sie verheilten – doch ich war frei. Die Fesseln waren verschwunden.

Der Stuhl vor mir war leer. Erst als ich aufstand, bemerkte ich, dass er in einem schweren Sessel saß, der schräg gegenüber der Couch stand.

Erschrocken hielt ich inne, wartete auf eine Reaktion von ihm. Wollte er den Ausdruck in meinen Augen sehen, wenn er mich tötete? Hatte er mich deswegen verschont?

Doch es passierte nichts. Lediglich sein gleichmäßiger Atem erfüllte den Raum.

Das war sie, meine Chance. Ich musste hier verschwinden, vermutlich Chicago verlassen, wenn ich ihm entkommen wollte. Meinen Namen ändern und untertauchen. Vielleicht waren meine Kontakte aus dem Untergrund genau das, was mir helfen würde.

Ich sah mich nach der Waffe um, fand sie auf dem Couchtisch und griff sofort danach. Nur um festzustellen, dass die Munition entfernt worden war. Er war eben nicht dumm. Schade eigentlich. Es hätte so einfach sein können.

Leise streifte ich meine Schuhe von den Füßen, schlich barfuß durch das große Wohnzimmer zu irgendeiner Tür, von der ich hoffte, dass sie mich hinausbringen würde.

Verschlossen.

Eine zweite ebenso.

Ratlos stand ich inmitten des dunklen Raumes. Für einen kurzen Moment haderte ich mit mir, die Schränke zu durchwühlen, doch insgeheim wusste ich, dass es ausweglos war. Er hatte an alles gedacht. Ich würde nicht entkommen.

Verzweifelt vergrub ich meine Finger in meinen Haaren und legte den Kopf in den Nacken, starrte an die dunkle Zimmerdecke und atmete tief ein. Versuchte, meine Gedanken zu sortieren. Zu verstehen, wieso er mich am Leben gelassen hatte. Wieso er mich befreit hatte, von den Fesseln, die mich meiner Kontrolle beraubt hatten.

Resigniert ging ich zur Fensterfront hinüber und betrachtete die Lichter, die Chicago selbst mitten in der Nacht erhellten; umfasste zögerlich einen der Griffe, ehe ich ein Element so geräuschlos wie möglich aufschob und mir der kühle Wind entgegenschlug.

Mein Blick wanderte sofort zu ihm. Aus Angst, ich könnte ihn geweckt haben. Doch er regte sich nicht. Sein Atem klang gleichmäßig. Er war tief in den Sessel gesunken, hatte die obersten Knöpfe seines Hemdes geöffnet und die Ärmel hinaufgeschoben.

Entgegen aller Vernunft näherte ich mich ihm, blieb direkt neben ihm stehen. Betrachtete die Kunstwerke auf seiner Haut, die ich in der Dunkelheit nicht vollständig erkennen konnte. Seine Gesichtszüge wirkten so entspannt, wie ich sie bei keiner unserer Begegnungen gesehen hatte.

Langsam hob ich meine Hand. Hielt inne, als meine Fingerspitzen nur noch einen Hauch von ihm entfernt waren. Dann wandte ich mich ab und atmete tief durch. Ich musste den Verstand verloren haben.

Zögernd drehte ich mich in Richtung des Luftzugs und trat der geöffneten Tür entgegen; hinaus in die Nacht, die mich mit all ihrer Kälte und Dunkelheit empfing. Doch der Blick über die Stadt zeigte mir das Gegenteil. Leben vertrieb die Finsternis. Überall brannten Lichter. Weit unten, auf den Straßen, fuhren Autos, liefen Menschen. Diese Stadt schlief nie.

Meine Finger umklammerten die Brüstung des riesigen Balkons, der einer Dachterrasse glich. Ich blickte auf meine blutigen, geschundenen Handgelenke. Erinnerte mich an die Panik, die ich empfunden hatte. So heftig wie nie zuvor. Dabei hatte ich Dinge erlebt, die mich genau das hätten empfinden lassen sollen. Doch meine Kontrolle war alles. Ohne sie wäre ich nichts. Nicht das, was ich heute war.

Dann schlich sich eine Gänsehaut auf meine Arme.

Ich spürte seinen Blick in meinem Rücken. Er musste aufgestanden sein, ohne dass ich es bemerkt hatte.

Ein letztes Mal betrachtete ich die Weite der Nacht, ehe ich mich langsam umdrehte und gegen die Brüstung lehnte.

Wir sahen uns an. Alles um uns herum wurde still. Still und dunkel. So fühlte es sich für mich an.

Jeder von uns schien darauf zu warten, dass der andere eine Bewegung machte; die Jagd wieder eröffnete, ohne zu wissen, was uns an ihrem Ende erwartete. Doch es geschah nichts.

Er trat einen Schritt auf den Balkon und ich presste mich fester an das Metall, das mich vor dem Sturz bewahrte. Ich hatte keine Angst vor ihm, aber vor seiner Nähe.

»Bleib stehen«, forderte ich leise, aber mit Nachdruck. Fixierte ihn mit meinem Blick.

Er lachte. »Wirklich, Livia? Du stellst Forderungen?« Harvey kam näher, ignorierte meine Worte.

Ich hielt den Atem an, als er auf mich zukam - ich war die Beute, auf die er lange gelauert hatte. All die Anspannung, der Kampf, die Panik waren verschwunden. Das, was in diesem Moment in der Luft lag, war etwas anderes. Etwas, das ich nicht zu fassen bekam.

Seine Hände griffen das Geländer rechts und links neben mir. Ich fühlte mich klein und zerbrechlich, reichte ihm ohne meine Schuhe lediglich bis zur Brust. Musste den Kopf in den Nacken legen, um ihn anzusehen.

»Was willst du von mir?«, flüsterte ich.

Es war, als würden meine Hände ohne mein Zutun den Weg zu seiner Haut finden, die das aufgeknöpfte Hemd freigab. Andächtig ließ ich meine Fingerspitzen federleicht über die Linien der Tätowierungen gleiten. Neigte den Kopf etwas zur Seite, studierte jede Regung seines Körpers.

Was wollte ich wirklich?

Kapitel 7

Harvey Cavendish

Ich überdachte meine Ziele nicht.
Es galt nur, sie zu erreichen.

ALS ANWALT FIEL es mir leicht, Menschen zu kontrollieren. Ich studierte sie. Ihre Mimik, Gestik, jede verräterische Bewegung, die sie als Lügner oder Simulanten entlarvten. Aus diesem Grund wusste ich, dass Livia kein Schauspiel veranstaltete.

Sie hatte Angst.

Sie tat alles dafür, die Kontrolle zu behalten.

»Ich verlange eine Antwort auf meine Frage. Wie entscheidest du dich?« Ich stützte mich mit beiden Händen auf dem kalten Geländer ab, verharrte in meiner Position. Sie schien in meinem Blick nach etwas zu suchen – vielleicht nach der Antwort, ob ich es tatsächlich ernst meinte. Ob ich ihr Leben beenden würde.

»Ich werde mich dir nicht beugen.«

»Livia, ich glaube, du verstehst nicht«, flüsterte ich und lehnte mich leicht nach vorn. Ich wusste, dass es ihren Puls zum Rasen brachte, von mir eingesperrt zu werden; ihre persönliche Schutzzone aufgeben zu müssen. »Ich würde dich nicht nur vor einer Kugel verschonen. Ich würde dir zeigen, was leben wirklich bedeutet.«

»Was heißt das?«, hauchte sie, ihr Atem traf auf meinen Mund.

»Du wirst freiwillig deine Kontrolle abgeben. Freiwillig nach unten stürzen, weil es dich reizt. Weil du es willst. Du lebst nicht, auch wenn du dir das einredest. Ich rate dir, dich auf meinen Deal einzulassen. Er ist deine einzige Chance, die Dunkelheit in dir zu akzeptieren, statt dich dagegen zu wehren.«

Sie begann, zu frösteln, und ich wettete darauf, dass es nicht an der kühlen Nachtluft lag. Ich wusste, dass sie einen inneren Kampf ausfocht. Sie hatte noch nicht gelernt, mit ihren Dämonen zu leben, während meine eigenen nichts anderes mehr wollten, als sie zu dominieren.

»Warum bietest du mir das an? Wohl kaum aus Großzügigkeit.«

Ich lächelte leicht, fuhr mit meinen Lippen über ihre, während meine Hände nach ihren Handgelenken griffen und zudrückten.

Sie stöhnte in meinen Mund. Es war eine Mischung aus Lust und Schmerz, eine Mischung aus dem Wunsch, die Kontrolle abzugeben - und sie gleichzeitig zu behalten.

»Ich bekomme Informationen, wann immer ich sie brauche.«

»Und was noch?«

Ich schmeckte sie, drückte meinen Oberkörper gegen sie, sodass ihre Hände zwischen uns eingeklemmt waren. Ich nahm ihre Unterlippe zwischen meine Zähne, biss leicht zu, sodass ein Zittern durch sie hindurchfuhr. »Dich.«

Vier Buchstaben. Ein Wort.

Sie löste sich von mir, presste sich enger gegen das Geländer und sah zu mir nach oben. Ihr Blick hatte sich verdunkelt. »Du bist ein Arschloch.«

»Ein Arschloch, das dir eine völlig andere Welt zeigen wird.«

»Warum?«

»Mich reizen schwierige Fälle.« Das war die Wahrheit. Sie reizte mich. Ich wollte wissen, was sie zu diesem Monster gemacht hatte, das die Kontrolle über sie hatte. Ich wollte wissen, wie weit sie bereit war zu gehen, um eben dieses Monster in Ketten zu legen. Ich hatte es satt, die langweiligen Schlampen zu ficken, die dachten, sie würden danach Mrs. Cavendish werden.

Livia war eine Herausforderung, eine willkommene harte Nuss. Sie interessierte sich nicht für mein Geld, meine Macht oder meinen Status. Livia wollte die Dunkelheit in mir.

Ich warf einen Blick auf meine Armbanduhr. »Ich gebe dir fünf Minuten. Dann verlange ich eine Entscheidung.«

Ruckartig stieß ich mich vom Geländer ab und ging zurück in die Wohnung, wo ich mein Hemd auszog und auf die Lehne des Sofas warf. Ich griff nach der Glock, verschwand im Schlafzimmer und holte die Munition aus dem Kasten. Das klickende Geräusch, als ich sie durchlud, war Musik in meinen Ohren. Ich wollte sie ungern erschießen, aber ich würde es tun, wenn es notwendig war. Niemand, wirklich niemand, brachte mich von meinen Zielen ab. Ich würde jeden benutzen, um das zu bekommen, was ich wollte.

Einen der skrupellosesten Killer der USA.

Ich legte die Glock auf das Sideboard, trat neben das Bett und starrte durch das verspiegelte Fenster nach draußen in die Nacht. Der Lincoln Park war weniger stark beleuchtet, die Schummrigkeit in diesem Raum dafür umso intensiver. Ich drückte den Lichtknopf meiner Uhr. Drei Minuten.

Ich wartete.

Zwei Minuten vor Ablauf vernahm ich zaghafte Schritte. Sie kamen näher. Ich sagte kein Wort, hielt meinen Blick starr nach vorn gerichtet. Ein warmer Luftzug verriet mir, dass sie mir nah war.

Sie trat hinter mich, legte ihre Hände auf meinen nackten Rücken, zeichnete meine Muskeln nach. »Wie viele Tattoos hast du?« Ihre Stimme vibrierte.

»Sechsundzwanzig.«

»Wofür stehen sie? Oder waren es nur Jugendsünden?«, fragte sie mich leise. Sie umrundete mich, stellte sich vor mich und ließ ihren Blick über meinen Oberkörper wandern. Ich ließ sie. Wartete. Atmete leise.

»Nein.«

Sie machte einen Schritt nach vorn, behielt mich dabei im Blick, als fürchtete sie, ich könnte sie packen und an mich pressen. Livia würde noch lernen, dass sie überhaupt keine Wahl hatte. Dass es ihr Körper sein würde, der über ihre Handlungen entschied, nicht ihr Kopf.

»Erinnerungen an deine Familie?«

Ich beschloss, das kleine Spielchen zu beenden. »Jedes steht für einen Typen, den ich beseitigt habe.«

Keine Regung in ihren Augen. Sie schien testen zu wollen, ob ich sie belog.

»Warum wundert mich das nicht, Harvey?« Die Art und Weise, wie sie meinen Namen aussprach, ließ meinen Schwanz zucken. Sie war nicht dumm, sie wusste, wie sie auf mich wirkte. Dass es ein Kräftemessen war, weil niemand von uns gewillt war, nachzugeben.

»Hast du keine Angst?«, flüsterte ich und griff nach ihrem Kinn, umfasste es leicht. Sie öffnete ihren Mund, aber kein Laut war zu hören. Selbst in der schummrigen Dunkelheit konnte ich erkennen, dass ihre Nippel unter dem Kleid hart geworden waren. Eine feine Gänsehaut hatte sich über ihre Arme gezogen.

»Nein«, sagte sie schließlich und trat einen Schritt näher,

sodass sie zum Greifen nah war.

»Deine Entscheidung, Süße. Die Zeit ist abgelaufen.«

Sie schluckte. Ich wusste, wie sehr sie es hasste, ihre Nervosität nicht verbergen zu können. Sie fürchtete sich vor dem Unbekannten. Mindestens so sehr, wie sie sich danach sehnte.

»Ich verlange Regeln.«

»Wir spielen nach meinen. Das ist die Bedingung.«

»Ich möchte nicht, dass etwas gegen meinen Willen geschieht«, überhörte sie meinen Kommentar und straffte die Schultern. Ein kläglicher Versuch, ihre nicht vorhandene Macht über mich zu demonstrieren.

»Nichts wird gegen deinen Willen geschehen. Ich stehe nicht drauf, Frauen zu vergewaltigen.«

Sie presste die Lippen kurz aufeinander, dann nickte sie. »Okay. Ich entscheide mich gegen den Tod.«

»Kluges Mädchen.«

Ich packte sie im Nacken und zog sie näher zu mir, überbrückte die letzte Distanz zwischen uns. Sie griff nach vorn an meinen Oberkörper, bohrte ihre Nägel in meine Haut und heizte meine unbändige Lust auf sie weiter an. Grob umfasste ich ihren Unterarm, riss ihn von mir los, zog ihn hoch und küsste ihn an der Stelle, an der die Fesseln ihn wundgescheuert hatten. Neugierig folgte sie meiner Bewegung, atmete schwerer.

Ich ließ ihren Arm wieder sinken. »Küss mich.«

Ich erwartete, dass sie sich sträubte, aber etwas in ihren Augen veränderte sich.

»Scheiß drauf«, zischte sie, nahm mein Gesicht in ihre Hände und zog es nach unten. Sie küsste mich mit der gleichen Intensität, mit der sie ihren Körper verteidigte. Da war keine Sanftheit, keine Zurückhaltung. Ich griff unter ihren Arsch, hob sie hoch und trug sie zum Sideboard. Unsanft drückte ich sie auf das Holz, bis ihr Rücken die Wand berührte.

Fordernd schob ich meine Hände an ihrem Kleid nach oben, fuhr über ihre Kurven, ließ meine Daumen über ihre Nippel kreisen.

»Scheiße«, keuchte sie und drückte sich mir entgegen. Ich griff den Reißverschluss an ihrem Rücken, zog daran, während sie die Arme hob, damit ich das Kleid über ihren Kopf streifen konnte. Mein Schwanz war so hart, dass ich das Gefühl hatte, jederzeit zu explodieren. Aber nicht jetzt. Auch nicht in zehn Minuten.

Heute würde Livia lernen, was es bedeutete, sich auf mich einzulassen. Ich ging in die Knie, fuhr mit der Zunge über ihr Schienbein, hinauf über ihr Knie, zu ihrem Oberschenkel.

Sie vergrub die Hände in meinen Haaren, versteifte sich. »H-Harvey.«

Ruckartig ging ich in die Senkrechte, griff in ihre Haare und zog daran, sodass sie zischend ausatmete. »Meine Regeln«, gab ich deutlich zu verstehen. »Vertrau mir oder geh.«

Sie war mir so nah, dass ich ihren Herzschlag fühlen konnte. Rasend. Intensiv. Sie wollte es – und dennoch wehrte sie sich. Ein Kampf zwischen Körper und Kopf.

»Livia«, flüsterte ich, »vertrau mir.«

Es dauerte eine gefühlte Ewigkeit, bis sie nickte. Ich lockerte meinen Griff, fasste sie an der Taille und brachte sie näher zu mir, ehe ich mich erneut nach unten neigte. Ich zog eine Spur von Bissen über ihren Bauch, schob einen Finger unter ihren Slip und drückte ihn nach unten. Mit meinen Schultern spreizte ich ihre Beine, blies meinen Atem gegen den Stoff, sodass die Wärme an ihre Klit drang. Ein Zittern durchfuhr sie. Sie schlang die Beine um meinen Hals, stöhnte leise.

Ich zog den Stoff etwas beiseite, reizte sie mit leichten Berührungen, während ich gleichzeitig ihr Handgelenk umschlungen hielt. Sie sollte nicht wissen, auf was sie sich zuerst konzentrieren sollte: Schmerz oder Lust. Kontrolle oder Kontrollverlust. Hell oder dunkel.

Den nassen Stoff vollständig zur Seite ziehend, tauchte ich meine Zunge in ihre Hitze. Sie schrie auf, krallte ihre Finger in mein Haar, zog daran. Keuchend bäumte sich Livia auf, während ich mein Tempo beschleunigte, sie immer weiter mehr reizte.

Es dauerte nur wenige Augenblicke, bis sie sich versteifte, ihre Muskeln anspannte und mit einem erstickten Schrei nach vorn fiel. Ich hielt sie fest, presste meine Lippen gegen ihr zuckendes Fleisch.

Erst als sich ihr Atem normalisierte, zog ich den Slip wieder in seine ursprüngliche Position. Ich packte sie unter ihrem Arsch und half ihr vom Sideboard.

Zittrig kam sie auf die Beine, bückte sich nach ihrem Kleid, um hineinzusteigen, und streifte sich die wirre Mähne zur Seite. Den offenen Reißverschluss an ihrem Rücken ignorierte sie, während sie mich mit großen Augen anblickte. Sie wollte näherkommen, aber ich trat einen Schritt zurück. Mein Schwanz war schmerzhaft hart und ich wusste, dass das, was ich am liebsten mit ihr anstellen würde, weit über ihre Grenzen hinausging.

»Geh. Im Flur liegen deine Sachen und Geld für ein Taxi.«

Verwirrung legte sich auf ihre Züge. Ihre Lippen wirkten geschwollen, ihre Augen glitzerten. Sieh mich nicht so an, verdammte Scheiße.

»Aber ...«

»Geh, Livia.«

Sie verstand. Erkannte, dass ich ihre Grenzen weit überschreiten würde, wenn sie blieb.

Ich war ein Arschloch. Aber kein verdammter Sadist, was sie anging.

Livia war nicht dämlich. Sie wusste, dass Typen wie ich mit Vorsicht zu genießen waren. Vielleicht entschied sie sich deswegen für das Richtige: mir zu gehorchen.

Vorsichtig schritt sie rückwärts, als hätte sie die Befürchtung, ich würde mich sonst auf sie stürzen. Es kostete mich all meine Beherrschung, ruhig stehenzubleiben und meine Dämonen zu besänftigen. Je weiter sie sich entfernte, desto mehr erlangte ich die Kontrolle über mich zurück. Erst als die Tür ins Schloss fiel, ließ ich meine Schultern nach unten sinken und atmete tief durch.

Sie wusste nicht, wie sehr sie mich an meine Grenzen gebracht hatte. Und sie würde es auch nie erfahren.

***

Ein Vorteil, wenn man mit der dunklen Seite seiner Klienten arbeiten musste, war, dass ich mir auf Knopfdruck eine unsichtbare Maske überziehen konnte. Deshalb gelang es mir, eine unbeteiligte Miene aufzusetzen, als Melanie mein Büro betrat.

»Was kann ich für Sie tun, Boss?«

Seit gestern verhielt sie sich wie ein scheues Reh. Sie war zu weit gegangen, das wusste sie. Melanie wusste allerdings auch genau, wie sie meine Gunst zurückgewinnen konnte.

»Machen Sie einen Termin bei Dr. Moriarty in der Pathologie aus. In zwei Stunden.« Meine liebe Frau Doktor würde keine Gelegenheit erhalten, ein Wörtchen mitzureden. Ich würde auch ohne Termin bei ihr aufkreuzen.

»Natürlich.«

Sie umfasste den Türgriff und wollte gerade gehen, als ich sie zurückhielt. »Melanie?«

Vorsichtig sah sie über den Rand ihrer Brille zu mir, die gewohnte Selbstsicherheit hatte Risse bekommen. »Ja, Boss?«

»Heute um achtzehn Uhr in meinem Büro.« Ich wusste, wie gern sie sich von mir ficken ließ. Wie willig sie ihre Schenkel für mich spreizte. Melanie war eine Notlösung. Besser als nichts.

»Natürlich«, schnurrte sie und schmunzelte, bevor sie im Flur verschwand. Ich griff in meine Schreibtischschublade, holte die Glock hervor und verstaute sie im Aktenkoffer. Bei Livia konnte man nie wissen, ob sie einem das Skalpell in den Rücken rammte, wenn man sich umdrehte. Vorfreude durchfuhr mich, als ich an den Termin dachte, der bei ihr sicher für Nasenrümpfen sorgen würde. Sie hasste es, wenn ich den Ton angab, aber sie würde sich daran gewöhnen müssen.

Mein Spiel.

Meine Regeln.

In den nächsten eineinhalb Stunden vergrub ich mich im neuesten Mordfall. Mein Instinkt sagte mir, dass Plummings unschuldig war und ihr jemand den Mord in die Schuhe schieben wollte. Die Indizien sprachen allerdings gegen ihre Unschuld, weshalb es für das Gericht ein Leichtes wäre, sie zu verurteilen. Dieser Umstand sorgte dafür, dass ich Plummings in der Hand hatte. Sie würde mir die Informationen liefern, die ich benötigte. Und zuvor würde die liebe Miss Moriarty mir meine Vermutung bestätigen.

Ich schnappte mir das Sakko, schlüpfte hinein und schloss die Knöpfe des Hemdes an meinen Handgelenken. Sobald ich sie berührte, dachte ich an gestern Nacht. An Livias Striemen, das Blut, ihren Drang, vor mir zu flüchten.

Ich schüttelte den Kopf, überprüfte den Sitz meiner Kleidung im Spiegel und verließ das Büro. Die Fahrt dauerte eine halbe Stunde. Ich hasste es, mir mit verschissenen Autofahrern eine Straße zu teilen, die ihre Führerscheine im Lotto gewonnen hatten.

Am selben Platz wie gestern hielt ich, stieg aus und betrat die Pathologie über den Hintereingang. Mein Ausweis, der mir als Anwalt zustand, öffnete die automatische Tür. Der widerliche

Geruch von Formaldehyd empfing mich, vertrieb die angespannte Härte in mir. Ich hätte so viel mehr mit Livia anstellen können. Mein Körper hatte es gewollt, er reagierte unnatürlich empfänglich auf sie.

»Entschuldigen Sie, Sir, kann ich Ihnen helfen?« Der Security-Typ, dem ich regelmäßig ein nettes Sümmchen zukommen ließ, sah mich emotionslos an. Er versuchte es zumindest. Lächerlich, wenn man bedachte, dass er meinen Recherchen nach noch immer bei seiner Mutter wohnte.

»Ich habe einen Termin bei Dr. Moriarty«, gab ich in autoritärem Tonfall zurück und fixierte ihn. Mein Blick wurde ihm unangenehm, das Blinzeln nahm zu und seine Unterlippe zuckte leicht. Er wurde unsicher.

»Folgen Sie mir bitte.« Kein Wort zu der gestrigen Sache. Guter Mann.

Wir spazierten durch den steril wirkenden Gang an der Leichenhalle vorbei, ehe wir durch eine Sicherheitstür zu den Büros gelangten.

Er klopfte an und wartete.

»Herein!«

Die Stimme passte nicht zu der verschreckten Person, die sich mir gestern Abend gezeigt hatte. Sie schien ihre Maske wiedergefunden zu haben.

»Ich komme zurecht«, teilte ich ihm übertrieben freundlich mit und betrat das schmucklos eingerichtete Büro.

Livia saß hinter dem Schreibtisch, auf dem ausgebreitete Akten lagen, und rollte einen Stift zwischen ihren Fingern. Ihre Miene war verschlossen, ihr Blick klar. Sie hatte die Haare zu einem straffen Knoten gebunden. »Was kann ich für dich tun, Mr. Cavendish?«

Ihre Stimme wies keinen Hauch eines Zitterns auf. Als hätte es die gestrige Nacht nicht gegeben.

Ich trat näher und ließ mich am Sessel vor dem Schreibtisch nieder. »Gut geschlafen?«

Ich sah auf die mit Mullbinden versorgten Handgelenke. Sie behielt ihre Arme am Tisch, obwohl ich sie ungeniert anstarrte.

»Ich wüsste nicht, wie diese Information dazu beitragen sollte, einen Fall zu lösen. Warum bist du hier?« Der Wechsel von weich zu hart gefiel mir. Er erinnerte mich daran, wie wandelbar sie war.

Wortlos griff ich in meine Tasche und legte die Unterlagen auf den Tisch. »Plummings. Du hast die Autopsie an ihrem Mann durchgeführt.«

Sie zog die Augenbrauen zusammen, nahm die Akte an sich und berührte dabei kurz meine Finger. Es war eine natürliche Reaktion ihres Körpers, dass sie zurückzuckte. Sie war zu unerfahren, um es vermeiden zu können. Räuspernd öffnete sie sie und überflog die Zeilen. »Ja, ich habe die Autopsie durchgeführt. Sagen dir die Ergebnisse nicht zu?«

Jetzt hob sie den Kopf, sah mir direkt in die Augen, wollte mir demonstrieren, dass sie keine Angst vor mir hatte. Sie trug grellroten Lippenstift, der sie wie einen Vamp wirken ließ. Absicht?

»Du bist zu den falschen Erkenntnissen gelangt, Dr. Moriarty. Plummings kann ihn unmöglich erstochen haben. Ich verlange, dass erneut eine Autopsie durchgeführt wird.«

»So leid es mir tut, Mr. Cavendish, aber auf ihn wurde eingestochen, als er am Boden lag.«

Ich trommelte mit den Fingern auf dem Tisch. »Dafür gibt es keine Indizien.«

»Es steht so in meiner Akte und wurde von Dr. Grisham gegengezeichnet«, flüsterte sie. »Und meine Arbeiten sind hervorragend. Niemand wird an meiner oder seiner Kompetenz zweifeln.«

Was spielte sie hier? »Es steht also so in deiner Akte … interessant.«

Sie rollte mit den Augen, als wäre ich ein lästiges Insekt, das sie am liebsten gegen einen elektrischen Fliegenfänger werfen würde. »Anwälte wie du sind furchtbar lästig. Sie wollen nicht akzeptieren, dass es keine Chance gibt, den Fall zu gewinnen. Es gefällt mir nicht, dass du Plummings vertrittst. Angesichts unserer … gestrigen Abmachung.«

Ich ahnte, dass sie irgendeine Verbindung zu den Plummings' hatte. Sie mochte in den Jahren gelernt haben, ihre wahren Absichten zu verbergen, aber die Wut in ihren Augen verriet sie. Es war offensichtlich: Sie wollte Plummings tot sehen.

»Mr. Plummings war dafür bekannt, außereheliche Affären zu pflegen. Kurz gesagt: Er hat alles gefickt, was nicht bei drei auf dem Baum war. Es wundert mich nicht, dass ihn jemand abgestochen hat wie das Schwein, das er war. Aber eines wundert mich doch …« Ich kam ihrem Gesicht näher, versuchte, sie zu durchschauen. »Wie profitierst du von seinem Tod? Du bist irgendwo, irgendwann auf ihn getroffen, richtig?«

Sie zuckte nicht einmal mit der Wimper. »Was willst du?«

»Die Wahrheit. Was hast du mit seinem Mord zu tun? Plummings hat ihren Mann nicht umgebracht.«

Die Wahrheit interessierte mich einen Scheiß. Ich würde auf meine Erfolgsquote scheißen, wenn ich dafür alles aus der alten Schachtel quetschen konnte, was nützlich für mich war. Dass Livia in diesen Fall verstrickt war, verkomplizierte die Sache allerdings.

Sie klappte die Akte zu und schob sie wieder in meine Richtung. »Ich weiß.«

Meine Augenbraue schoss nach oben. »Was weißt du?«

Sie zuckte nicht einmal mit der Wimper. »Dass Plummings ihren Mann nicht umgebracht hat.«

Es war nicht die Kälte in ihren Worten, die mich irritierte, es war der gefühllose Ausdruck in ihren grünen Augen. Irgendetwas war hier gewaltig faul.

»Warum willst du, dass sie verurteilt wird?«, hakte ich mit scharfer Stimme nach.

Jetzt schlich sich ein kleines Lächeln auf ihre Züge. »Willst du mir in die Quere kommen, Mr. Cavendish?« Sie spielte mit mir. Erneut. Ein rauchiger Unterton schwang in ihrer Stimme mit, und sie beugte sich leicht nach vorn, sodass ihre Titten nach oben gedrückt wurden.

»Du solltest dir überlegen, mit wem du dich anlegst, Livia. Warum willst du, dass sie den Rest ihres Lebens hinter Gittern verbringt?«

»Willst du stattdessen, dass mir das blüht?«

Stille breitete sich zwischen uns aus. Sie verhielt sich so ruhig, dass ich glaubte, inmitten eines Theaterspiels gelandet zu sein.

Ich sprang vom Stuhl auf, hastete zur Tür und verschloss sie. »Was soll die Scheiße, Livia?«, fluchte ich, ging zu ihr und packte sie am Oberarm, ehe ich sie hochzog. »Du hast ihn umgebracht?«

»Nicht direkt.«

Langsam fügte sich das Puzzle zusammen. Ihre Besuche im Untergrund. Die Abgebrühtheit. Das Versteckspiel. »Du hast jemanden beauftragt, ihn zu töten. Warum?«

Sie zupfte an meiner Krawatte, als gäbe es nichts Wichtigeres als diesen verdammten Knoten. »Ich hatte meine Gründe. Jetzt kennst du die Wahrheit. Was wirst du damit anstellen, Harvey? Mich vor die ausgehungerten Raubtiere werfen?«

Ich fasste nach ihrem eingebundenen Handgelenk und drückte es nach unten. »Das war ein Fehler, Livia. Du hättest wissen sollen, dass du dich niemals zwischen mich und den gewünschten Ausgang meiner Fälle stellen solltest.«

»Ich verstehe das Problem nicht«, gab sie leise zurück. »Plummings sollte angesichts ihrer Machenschaften sowieso eingesperrt werden.«

»Es ist meine Aufgabe, dafür zu sorgen, dass das nicht passiert.«

Sie sah mich kühl an, sagte aber kein Wort.

»Warum hast du ihn umbringen lassen?« Ich drückte fester zu, sodass sich ihre Lippen leicht verzogen und sich kleine Fältchen zwischen ihren Augenbrauen bildeten.

»Das geht dich nichts an. Ich hatte meine Gründe.«

Ich presste die Kiefer fest aufeinander, ließ zu, dass mich die Wut übermannte, ehe ich ihre Hand losließ und einen Schritt zurücktrat. »Gründe, die dich in den Knast bringen werden.«

Kapitel 8

Livia Moriarty

Harvey hielt sich für den bösen Wolf. Aber ich war nicht sein Rotkäppchen. Ich lief nicht davon.

Ich lachte. »Denkst du wirklich, dass mich das ins Gefängnis bringt?«

»Wenn ich dafür sorge, ja«, erwiderte er und ich sah in seinem Blick, dass er es genau so meinte. Er würde mich ans Messer liefern, um seine Ziele zu verfolgen. Doch ich ließ mich nicht beirren.

»Dann versuch's doch«, forderte ich ihn mit einem Lächeln heraus.

Harvey packte mich an den Schultern, als würde er mich wachrütteln wollen. Er ahnte nicht, wie klar mein Verstand war. »Du kennst meine Quote, du lässt mir keine Wahl.«

»Deine Quote …« Ich sah zu ihm auf. Meine Mundwinkel zuckten. »Ich werde sie gleich zwei Mal zerstören. Einmal, wenn du dich lächerlich machst, indem du mich an den Pranger stellst. Und dann, wenn Plummings verurteilt wird.«

Es war der Ausdruck in seinen Augen, der mir verriet, dass ihn meine Selbstsicherheit für einen kurzen Moment irritierte. Doch er war so schnell wieder verschwunden, dass Harvey es vermutlich selbst nicht bemerkt hatte.

»Wieso bist du auf den Deal eingegangen, Livia?«

»Du wolltest mich umbringen. Schon vergessen?«

»Jetzt muss ich dich ins Gefängnis bringen.« Die Kälte in seinen Augen, als er auf mich herabsah, ließ einen unangenehmen Schauer über meine Wirbelsäule fahren.

»Musst du das, Mr. Cavendish?«, hauchte ich, als ich meine Hände über den Stoff seines Hemdes gleiten ließ. Von seinen Bauchmuskeln über seinen Oberkörper, bis meine Finger die Krawatte erreichten und ich erneut an dem Knoten spielte. Dieses Mal, um ihn zu lockern. Nur um den Stoff dann zu greifen und Harvey auf meine Augenhöhe zu ziehen. »Möchtest du mich wirklich an den Knast verlieren?«

Auf seinen Lippen zeichnete sich ein schmales, kaltes Lächeln ab. »Du bist süß, Livia. Als ob das, was ich letzte Nacht mit dir getan ...«

»Nein«, unterbrach ich ihn mit einem Fauchen und zog fester an der Krawatte. Musste mich für den Bruchteil einer Sekunde wieder beherrschen. »Das hat rein gar nichts verändert. Aber im Knast werde ich dir nichts nützen, hier in der Pathologie ... eventuell schon. Wenn mir danach ist.«

»Du hast keine Ahnung, Süße«, knurrte er. Sein Griff um meine Schultern verstärkte sich, wurde schmerzhaft.

Ich lächelte. »Du auch nicht.«

Meine Finger lösten die Krawatte um seinen Hals. Langsam ließ ich sie zu Boden fallen, ohne meinen Blick von ihm abzuwenden. Jede Regung in seinem Gesicht studierend.

Ich öffnete den ersten Knopf seines Hemdes. »Wieso ist die alte Plummings für dich so wichtig?«

Der Zweite folgte. »Wofür brauchst du sie?«

Und der Dritte. »Hast du ihr auch gezeigt, wie man lebt, Harvey?«

Meine Stimme war ein Säuseln, das jeden Mann um den

Finger wickelte. Doch die Worte waren schärfer gewählt als so manches Messer. Für eine Sekunde verletzten sie selbst mich. Der Gedanke, dass er mit der alten Plummings geschlafen haben könnte, ließ meinen Magen verkrampfen. Nicht aus Eifersucht, sondern weil ich es abstoßend fand.

Ganz bewusst wählte ich die Worte, die er mir letzte Nacht bereitwillig mitgeteilt hatte. Jeder Moment war noch so präsent in meinen Kopf. Der Hass, die Angst, die Panik. Als er mich an meine Grenzen getrieben hatte. Die Neugier, die Erregung und die Lust. Das Gefühl meines Körpers, als es vorbei gewesen war und er mich angesehen hatte, als wäre ich alles, was er besitzen wollte.

»Ich sagte dir bereits, dass ich alles tue, um meine Ziele zu erreichen. Du hättest mich gestern auch eine Kugel kosten können, Livia«, machte er seinen Standpunkt deutlich. Seine Hände glitten von meinen Schultern über meine Arme, bis sie meine verbundenen Handgelenke erreichten. Er packte fest zu. Wusste genau, dass er mir damit wehtat. Zwang mich, beim nächsten Knopf seines Hemdes innezuhalten. »Was wird das?«

Noch ein kleines Stück näherte ich mich, sodass sich unsere Körper berührten, unsere Hände dazwischen eingeklemmt. Ich musste den Kopf in den Nacken legen, um ihm ins Gesicht zu sehen. »Das können wir nur herausfinden, wenn du mich loslässt.«

Er traute mir nicht über den Weg. Aber wer konnte ihm das schon verübeln? Ich misstraute ihm ebenso. Wir schenkten uns nichts. Und ich war mir sicher, dass sich daran nichts ändern würde. Egal, was er mir seiner Meinung nach noch zeigte.

Ich erwartete nicht, dass er mir ein neues Kapitel in meinem Leben offenbaren würde. Es war lächerlich. Letzte Nacht war es um mein Leben gegangen. Der Höhepunkt war nur eine kleine Entschädigung für das gewesen, was er mir vorher angetan hatte. Ich würde noch herausfinden, ob ihm bewusst war, dass eine Rache auf ihn wartete.

»Denkst du, ich ändere meine Meinung, nur weil du dich von mir ficken lässt?«, riss er mich aus meinen Gedanken. In seinen Augen lag nach wie vor diese Kälte, doch er ließ von meinen Handgelenken ab.

Ich sah die Herausforderung in ihnen aufblitzen. Er stellte mich auf die Probe. Wartete in Wirklichkeit nur darauf, dass ich etwas versuchte, was ihm in die Karten spielte.

Mit den Handflächen auf seiner Brust schob ich ihn etwas zurück, bis er gegen den Sessel stieß und hinein sank. Ich ließ den Kittel von meinen Schultern gleiten, setzte mich rittlings auf seinen Schoß.

Mit einem Ruck zog ich das Hemd aus seiner Hose, öffnete die letzten Knöpfe, ehe ich es beiseiteschob; meinen Blick langsam über den nackten Oberkörper wandern ließ. Mit den Fingerspitzen fuhr ich federleicht die Linien seiner Tattoos nach. Legte den Kopf etwas schief, als würde ich sie studieren.

Mir entging nicht, dass sich seine Finger in die Lehnen des Sessels gruben, als müsste er sich beherrschen, mich nicht einfach zu packen. Das leichte Zucken seiner Muskeln, wenn ich bestimmte Stellen sanft berührte.

Das Kleid war provokativ nach oben gerutscht, bedeckte meine Beine längst nicht mehr. Doch das spielte nach der letzten Nacht keine Rolle. Ich war nie prüde gewesen, hatte lediglich gelernt, mich so zu geben. Selbstbewusst und reizvoll zu sein, bedeutete für einige Männer einen Freifahrtsschein. Als würden wir Frauen damit unser Einverständnis für alles geben, was sich in ihren kranken Köpfen abspielte.

Harvey beobachtete jede meiner Bewegungen, jede Regung in meinem Gesicht. Er war wie ein Wolf, der auf seine Beute lauerte. Wir beide wussten, dass er mich einfach packen und sich nehmen konnte, was er wollte. Körperlich war ich ihm weit unterlegen. Aber es gab andere Fähigkeiten, mit denen ich ihn zu Fall bringen konnte, wenn er sich nicht in Acht nahm.

Ein Lächeln umspielte meine Lippen, als ich mich langsam vorbeugte. Mein Mund glitt über die empfindliche Stelle hinter seinem Ohr, seinen Hals hinab. Meine Zähne gruben sich sanft in die Haut, ehe ich mit der Zunge über die Stelle fuhr.

Mein eigenes Herz begann, schneller zu schlagen. Sein herber Duft hüllte mich ein. Ich liebte es, wie er auf mich reagierte. Auch wenn ich wusste, welche Wirkung ich auf Männer haben konnte, so reizte es mich bei ihm besonders.

Seine Dunkelheit sehnte sich nach mir. Und ich mich nach ihr.

Forschend ließ ich meine Hände seinen Bauch hinabgleiten, während meine Lippen seinen Hals weiter hinab wanderten. Mit geschickten Fingern löste ich seinen Gürtel.

»Vergiss nicht ... meine Regeln, Süße«, raunte er und so kalt sein Blick auch sein mochte, ich hörte die Erregung in seiner Stimme. Sie ließ mich erschaudern.

Für einen Moment hob ich den Kopf. Wir sahen uns an. Versanken in dem Blick des anderen. Fochten gleichzeitig ein erbittertes Duell aus.

»Deine Regeln? Die gelten vielleicht später wieder«, flüsterte ich und öffnete bedächtig den Knopf seiner Anzughose, zog langsam den Reißverschluss auf.

Ich beugte mich hinunter. Küsste sein Schlüsselbein. Ließ meine Finger über den Stoff wandern, gegen den sich seine Härte drängte. Er wollte mich.

Ich ihn auch.

Nur nicht jetzt.

Es klopfte an meiner Bürotür. »Dr. Moriarty, Ihre Verabredung ist da.« Jonah.

Harvey knurrte, packte bereits meine Hüfte, als ich den Kopf hob und zur Tür sah. »Verabredung?«

»Ich hab den Termin anscheinend … vergessen«, sagte ich unschuldig, doch meine Mundwinkel zuckten.

»Vergiss es, Livia.« Er grub seine Finger tiefer in meine Haut. So fest, dass ich Mühe hatte, den Schmerz zu ignorieren; seinem Blick stattdessen standzuhalten.

»Harvey, wir wissen beide, dass du mich jetzt loslassen musst«, flüsterte ich und beugte mich wieder über sein Gesicht. So weit, dass unsere Münder sich hauchzart berührten. »Zu viele Menschen wissen, dass du hier bist. Und wenn du mich nicht loslässt, schreie ich …« Meine Lippen glitten über seine. Es war kein Kuss, doch es war so intensiv, dass ich mich fast dafür hasste, dieses Spiel beenden zu müssen.

»Das ist ein Fehler«, raunte er.

Ich lächelte an seinen Lippen. »Mich gestern wegzuschicken, war vielleicht auch einer, Mr. Cavendish.«

Jonah versuchte, die Tür zu öffnen. »Alles in Ordnung, Dr. Moriarty?«

Ein letztes Mal biss ich in seine Unterlippe. Spürte, wie sein Griff lockerer wurde. Es war unfreiwillig.

Als ich mich von ihm löste, sah ich den Ausdruck in seinen Augen. Einer, der mir sagte, dass ich es bereuen würde. Dennoch ließ ich mich nur langsam von seinem Schoß gleiten, strich andächtig mein Kleid zurecht und schob mir eine wirre Haarsträhne hinter das Ohr, die sich aus der Frisur gelöst hatte. »Vergiss nicht, dich anzuziehen, H.«

Ich schenkte ihm ein süffisantes Lächeln, als ich nach meiner Handtasche neben dem Schreibtisch griff und an ihm vorbeiging. Ein letztes Mal ließ ich meine Finger flüchtig über die nackte Haut seines Oberkörpers gleiten.

Jonah klopfte erneut, als ich gerade die Tür aufschloss. Er war einfach nervtötend.

»Harvey.« Ich drehte mich noch einmal zum Sessel um, auch wenn er mit dem Rücken zu mir saß und sich bisher nicht gerührt hatte. »Überleg dir gut, wie du mit mir umgehst.«

Es war eine Warnung.

Dann öffnete ich die Bürotür nur so weit, dass ich mich durch den Spalt schieben konnte, und schloss sie direkt wieder hinter mir. Jonah musste nicht alles wissen.

***

Es war bereits kurz nach zwanzig Uhr, als ich einen Blick auf das Ziffernblatt an meinem Handgelenk warf.

Die letzte Begegnung mit Harvey fühlte sich an, als wäre sie eine Ewigkeit her. Dabei waren es nur Stunden. Doch diese zogen sich ins Unermessliche.

Ich hasste diesen Abend.

Staatsanwalt Alexander Winchester saß mir gegenüber, erzählte angeregt von seinen Erfolgen, seinem Haus auf dem Land und all den Dingen, von denen er dachte, dass ich sie hören wollte.

Ich hielt indes mein Kinn auf meinem Handballen abgestützt und tat so, als würde ich ihm völlig fasziniert zuhören. Lächelte hier und da. Ein Augenaufschlag. Ein Lachen.

Ich hatte den Rest der vergangenen Nacht genutzt, um mich über Harvey Cavendish schlauzumachen. Und als ich auf Alexander gestoßen war, hatte mir das ungemein in die Karten gespielt. Die zwei hassten sich wie die Pest. Lieferten sich regelmäßig Duelle vor Gericht. Er war einer der Wenigen, die Harvey die Stirn boten – und er machte mir schon seit Wochen Avancen. Hatte einen Narren an mir gefressen, seit ich seinen letzten Fall gerettet hatte.

Das Restaurant war keine Zufallswahl. Einer aus dem Untergrund schuldete mir einen Gefallen und da ich wusste, dass persönliche Assistentinnen eher zum Ficken gut waren als dazu, ihr Gehirn zu gebrauchen, hatte ich die liebe Melanie hacken lassen. Natürlich speicherte sie Harveys Termine in ihrem Telefon ab. Ob er ihr mit der Glock drohte, wenn sie etwas vergaß?

Jedenfalls war sein Termin heute Abend mit Plummings wie ein Sechser im Lotto. Alexander in die richtige Richtung zu lenken und ihm das Gefühl zu geben, dass alles seine Entscheidung war, glich einem Kinderspiel. Er mochte klug sein, aber eben ein Mann, der mich wollte. Das vernebelte durchaus manchmal das Gehirn.

Unauffällig sah ich zur Tür, als jemand das Restaurant betrat. Mein Herz setzte kurz aus, als Harvey die alte Plummings am Arm ins Restaurant führte. Sie war Ende vierzig, schätzte ich. Blondiertes Haar, teurer Designerfummel. Ich hasste sie allein dafür, dass sie einen Mistkerl wie ihren Mann geheiratet und immer geschützt hatte. Dabei wusste sie von all seinen Eskapaden. Allein dafür verdiente sie lebenslänglich.

Sie bekamen den Tisch hinter dem von Alexander und mir. Ein Zufall, der mir in die Karten spielte. Vor allem, als sich Harvey den Platz aussuchte, bei dem er mir direkt ins Gesicht sah, wenn er an Plummings und Alexander vorbeischaute.

Das Restaurant war in dämmriges Licht gehüllt und ich zwang mich, Winchester die nötige Konzentration zukommen zu lassen. Doch ich spürte es, als er mich bemerkte. Wie sein Blick mich fixierte, sah ich aus dem Augenwinkel.

Ich lachte, dabei wusste ich nicht einmal, was Alexander zuletzt gesagt hatte. Berührte flüchtig seine Hand auf dem Tisch, ehe ich nach dem Weinglas griff und daran nippte. Dem Kellner mein schönstes Lächeln schenkte, als er uns den Hauptgang servierte.

Harvey ignorierend, unterhielt ich mich mit Alexander. Gab mir mehr Mühe, etwas zur Unterhaltung beizusteuern, als vor seinem Eintreffen. Meinem Date fiel es nicht einmal auf. Traurig, aber gut für mich.

Ich legte das Besteck auf den Teller und tupfte mir mit der Serviette den Mund ab, ehe ich mich erhob.

»Du musst mir gleich unbedingt mehr über dein Wochenendhaus in Grand Haven erzählen. Ich liebe das Meer«, sagte ich mit einem Lächeln. »Ich muss mich nur kurz frischmachen.«

Flüchtig sah ich zu Plummings und Harvey. Sie studierte gerade die Weinkarte des Restaurants. Genau der richtige Zeitpunkt.

Langsam ging ich am Tisch vorbei, sah ihn nicht an, doch auf meinen Lippen lag ein Lächeln, das ihn herausforderte. Provokativ ließ ich meine Hand für eine Sekunde über seinen Nacken wandern, seine Schulter hinab. Wie beiläufig fiel etwas in seinen Schoß.

Meine Finger kribbelten nach der kurzen Berührung, aber ich sah mich nicht um. Genoss das Wissen, welcher Anblick sich ihm bot. Die dunkelblaue Spitze des engen Kleides schmiegte sich wie eine zweite Haut an meinen Körper, betonte jede Rundung und jeden Hüftschwung.

Ich atmete einen Moment durch, als die Tür des Hinterausgangs in meinem Rücken ins Schloss fiel. Ich musste mich nicht frischmachen, brauchte nur etwas Luft. Es war lediglich ein Vorwand für meine kleine Botschaft an Harvey gewesen.

Regel Nummer eins: Unterschätze mich niemals.

Rotkäppchen oder die Großmutter?

Wofür entscheidet sich der böse Wolf?

Kapitel 9

Harvey Cavendish

An manchen Tagen reichte ein einziger Spielzug,
um alle schachmatt zu setzen.

SIE VERSUCHTE ES mit allen Mitteln.

Obwohl sich mein Instinkt dagegen sträubte, ging ich derzeit davon aus, dass sie für jemanden arbeitete. Sie hatte erfahren, dass ich heute mit Plummings in diesem Restaurant sein würde. Plummings, die durch die Kaution auf freiem Fuß war und morgen vor Gericht stehen würde.

Was hatte dieses kleine Miststück nur vor? Dass sie mit Winchester an einem Tisch saß, war kein Zufall. Als der untersetzte Wichser mich erkannte, versteifte er sich, was angesichts seiner Statur an eine Meisterleistung grenzte.

Livia benutzte ihn nur. Ich wettete darauf, dass der Taugenichts es nicht bemerkte. Sie wollte dieses Spiel nach ihren Regeln spielen? Es war an der Zeit, ihr die erste Lektion zu erteilen: Lege dich niemals mit jemandem an, der immer einen Trumpf im Ärmel hat.

»Mr. Cavendish, ich bin höchst erfreut darüber, dass Sie mich verteidigen. In Anbetracht Ihrer Erfolgsquote, verbessern sich dadurch meine Chancen, dem Knast zu entgehen, drastisch.«

Ich sah Plummings an. Sie war die typische Geschäftsfrau,

würde nach außen hin niemals zeigen, wie es wirklich um sie stand. Ihre verkniffene Miene drückte Abgebrühtheit aus, die Falten auf ihre Stirn verrieten, dass sie sie zu oft gerunzelt hatte. Plummings gehörte zu jenen, die mit nichts und niemandem zufrieden waren. Umso besser, dass sie bei mir eine Ausnahme machte. Das brachte mich in eine verdammt gute Position.

»Sie müssen mit offenen Karten spielen«, durchbrach ich die Stille und fixierte sie, suchte in ihren blauen Augen nach einem Zeichen von Misstrauen. Nichts.

Sie umfasste den Stiel ihres Weinglases und drehte ihn zwischen den perfekt manikürten Fingern. »Was meinen Sie damit, Mr. Cavendish? Ich versicherte Ihnen bereits, dass ich meinen Mann nicht umgebracht habe.«

Showtime.

»Das wird das Gericht anders sehen, Mrs. Plummings. Die Beweise sprechen gegen Sie.«

Sie lächelte schmal, entblößte dabei eine Reihe schneeweißer Zähne. »Deswegen habe ich Sie engagiert. Ihre Erfolgsquote spricht für Sie, und ich weiß, dass Sie alles daran setzen werden, mich vor dem Knast zu bewahren.«

Der Unterton in ihrer Stimme ließ mich hellhörig werden. Es klang nach einer leisen Drohung.

»Es ist mein Job«, stellte ich klar und lehnte mich nach hinten, trommelte mit den Fingern auf dem Tischtuch. Ich wusste, dass es Menschen wie sie nervös machte, das verriet mir allein ihr Blick. Sie mochte dieses Geräusch nicht, was mir in die Karten spielte, denn Ablenkung bedeutete, dass ich leichter an Informationen gelangen würde.

»Richtig. Aber bei mir werden Sie sich besonders bemühen. Meine Position erlaubt es mir, Sie abzusägen, sollten Sie versagen.«

Sie glaubte, ein abgebrühtes Miststück zu sein; die Trümpfe in der Hand zu haben. Wie sehr sie sich irrte ...

Ich nahm das Weinglas in die Hand, hielt die dunkle Flüssigkeit gegen das Licht. »Sie sind nach einer Verurteilung nicht mehr in der Position, jemanden abzusägen.« Ohne sie anzusehen, verdeutlichte ich ihr die Ausweglosigkeit ihrer Lage. »Eben aus diesem Grund sollten Sie daran interessiert sein, mir Ihre schmutzigen Geheimnisse anzuvertrauen, wenn Sie nicht lebenslang hinter Gittern sitzen wollen.«

Meine Worte verfehlten ihre Wirkung nicht. Mit den Jahren hatte ich gelernt, mit den Ängsten der Klienten zu spielen; durch die dunkelsten Fassaden zu blicken, um zu ihrem erbärmlichen Ich durchzudringen. Jemand, der Macht besaß, musste sie nicht ausspielen. Es reichte allein ihre Anwesenheit und das Wissen, sie nutzen zu können.

»Was meinen Sie damit?«, fragte sie knapp und presste die Lippen aufeinander. Es würde eine hässliche rote Linie an den Stellen zurückbleiben, die nicht zu ihrem Mund gehörten. Wie bei einem Clown.

Ich nahm seelenruhig einen Schluck, genoss die Aromen, die sich auf meiner Zunge verteilten. Beeren, Holz, Thymian. Ein guter Jahrgang. Während ich das Glas wieder abstellte, suchte ich ihren Blick. Die Selbstsicherheit begann, zu wanken. Sie rieb Daumen an Zeigefinger, ein eindeutiges Zeichen ihrer Nervosität.

»Sie haben Kontakte zu Dexter Harris.« Ich studierte ihren Gesichtsausdruck. Sie öffnete die Lippen leicht, umfasste das Weinglas wieder und nahm einen Schluck, senkte den Blick.

Dexter Harris war ein großer Fisch in der Drogenszene. Es war unmöglich, ihn zu schnappen. Das Gute an der Sache war: Ich wollte ihn nicht erwischen, ich wollte ihm eine Kugel zwischen die Augen jagen.

Harris verstand sein Metier, er lebte wie ein Geist im Untergrund und wickelte von dort seine Geschäfte ab. Metamphetaminlieferungen, die einen ganzen Bundesstaat versorgen könnten, Waffenhandel, Menschenschmuggel.

Es existierten keine Fotos von ihm, das verschaffte ihm einen Vorteil. Allerdings hatte ich herausgefunden, dass mächtige Politiker und Firmenchefs hin und wieder auf seine Dienste zurückgriffen.

»Sie spielen mit dem Feuer, Mr. Cavendish«, flüsterte Plummings und verschränkte die Finger ineinander, nachdem sie einen langen Schluck genommen und ihr Glas abgestellt hatte.

»Weitaus weniger als Sie. Was denken Sie, wird passieren, wenn Sie im Knast landen? Sie sind eine potentielle Gefahr für Harris. Stellen Sie sich vor, die Staatsanwaltschaft bietet Ihnen einen Deal an, wenn sie erführe, dass Sie Kontakte zu ihm pflegen.«

Jetzt sah ich es eindeutig. Die aufkeimende Angst in ihren Augen. Interessant, wie schnell offensichtliche Arroganz verflog, wenn man hinter die dunkelsten Geheimnisse kam. »Ob Sie für schuldig erklärt werden oder nicht, liegt allein an mir.«

Sie nahm einen tiefen Atemzug. »Was wollen Sie?«

»Wo finde ich ihn?«

Sie streifte sich eine blonde Haarsträhne hinter das Ohr und ihr Mundwinkel zuckte. »Man kann ihn nur finden, wenn er gefunden werden will.«

»Wie haben Sie die Geschäfte dann abgewickelt?«

Sie überlegte, schien ihre Optionen abzuwägen - aber die hatte sie nicht. Sie saß in der Falle und das wurde ihr in diesem Moment bewusst, als sie kapitulierend seufzte.

»Über einen Mittelsmann.«

»Name.«

Sie rümpfte die Nase. »Nicht hier, um Gottes Willen.«

Ich griff nach meiner Aktentasche, holte einen Zettel und Stift hervor und schob die beiden Dinge zu ihr. »Aufschreiben.«

Sie blickte auf den vergoldeten Kugelschreiber, ihre Finger begannen, zu zittern. »Wer sagt mir, dass Harris mich nicht trotzdem umbringen lässt?«

»Wenn Sie freigesprochen werden, sind Sie keine Gefahr für ihn. Eine Verurteilung würde Sie jedoch Ihren Kopf kosten. Ich habe gehört, er liebt es, seine perverse Vorliebe für Messer an seinen Opfern auszuleben.«

Sie schluckte, griff nach dem Kugelschreiber und kritzelte einen Namen auf das Papier. Ich nahm es entgegen, verzog keine Miene, als ich den Namen las.

Das war unmöglich.

Ich warf einen Blick zu Livia und Winchester, die händchenhaltend am Tisch saßen. Der Fettsack konnte nicht allen Ernstes glauben, dass sich eine wie sie für ihn interessierte.

»Sind wir jetzt fertig?«, vernahm ich Plummings rüde Stimme.

Ich steckte Zettel und Stift weg, ehe ich den Aktenkoffer wieder schloss. »Ja. Wir sehen uns morgen im Gerichtssaal.« Ich stand auf und zupfte meine Krawatte zurecht.

»Aber das Essen wird doch erst serviert.«

»Ich wünsche einen guten Appetit. Genießen Sie es, es könnte Ihr letztes vorzügliches Mahl sein.«

Ich nahm meine Dämonen von der Kette, ließ es zu, dass die Dunkelheit mich übermannte. Dieser Name änderte alles. Er ließ mich die letzten Verhandlungen Revue passieren, erinnerte mich an die Intensität, mit der man versucht hatte, mich in die Ecke zu drängen.

Bevor ich das Restaurant verließ, steuerte ich den anderen Tisch an. Winchester hob den Kopf, der beschissen verliebte Ausdruck verschwand aus seinen kleinen Augen und Hass schlug mir entgegen. Ich grinste. Wie sehr es mich befriedigte, ihn an den Rand des Wahnsinns zu treiben.

»Was wollen Sie hier?«, keifte er und zog seine Hand zurück, als müsste er sich auf eine Schlägerei vorbereiten. Er wollte Livia ficken, daran gab es keinen Zweifel.

»Freuen Sie sich auf morgen, Winchester. Es wird der schlimmste Tag Ihres Lebens werden.«

Er schnaubte, verschränkte die bulligen Arme vor seinem fleischigen Oberkörper. »Sie haben keine Ahnung, wie glasklar der Fall ist.«

Ich trat neben ihn, deutete auf Mrs. Plummings, sodass Livia und er zur Seite sahen. Der Moment reichte aus, um das zu tun, was ich vorhatte. Ohne dass es jemand bemerkte, schnappte ich mir, was ich benötigte, und ließ es unauffällig in meiner Aktentasche verschwinden. »Diese Frau wird morgen frei sein.«

Ich ging zu Livia, streifte mit dem Zeigefinger über ihre entblößte Schulter, trat hinter sie. »Ich freue mich auf morgen.«

Winchester sprang von seinem Sessel. »Ich glaube, Sie sollten gehen. Dringend.«

Ein letztes Mal grinste ich ihn an, dann verließ ich das Restaurant. Der Gegenstand in meiner Aktentasche würde dem Fall eine unerwartete Wendung geben.

Nach monatelangem Stillstand war ich meinem Ziel einen Schritt nähergekommen.

Auge um Auge.

Zahn um Zahn.

Dexter Harris würde durch meine Hand sterben. Die gerechte Strafe für den grausamen Mord an der einzigen Liebe in meinem Leben.

***

Der Tag der Verhandlung war angebrochen.

Winchester als Staatsanwalt und Livia als stellvertretende obduzierende Pathologin hinter einem Tisch zu sehen, war ein grotesker Anblick. Das siegessichere Lächeln, das sie aufgesetzt hatte, erinnerte mich daran, wie schnell es mir gelingen würde, ihre Träume zerplatzen zu lassen.

Sie hätte sich an meine Regeln halten sollen.

Plummings saß neben mir, allerdings nicht mehr mit der Seelenruhe, die sie zu Beginn unseres Restaurantbesuches an den Tag gelegt hatte. Die Geschworenen ließen ihre Blicke durch den Raum schweifen, hielten die Köpfe zusammengesteckt. Sie gingen vermutlich davon aus, dass der Prozess schnell vorüber sein würde.

Es gab keine Zeugen. Dafür eine Tatwaffe mit eindeutigen Spuren.

Der penetrante Geruch von Schweiß vermischte sich mit süßlichem Parfüm. Hier herrschte immer eine besondere Atmosphäre. Es war der Ort, an dem über schuldig oder nicht schuldig entschieden wurde. Die Schaulustigen saßen auf unbequemen Holzsesseln, von der Bühne, wie ich es gern nannte, abgetrennt durch einen schmalen Holzstreifen. Hohe Bogenfenster tauchten den Raum in ein unnatürlich helles Licht. Hier hatte alles begonnen. Ich wettete, dass es hier ebenso irgendwann enden würde.

»Wir müssen g-gewinnen. Wir m-müssen einfach«, stotterte Plummings vor sich hin, nestelte an ihrem vergoldeten Armband, als würde sie daran Halt suchen. Interessant, wie schnell jemand brach, wenn man ihm mit Folter oder Tod drohte.

»Wir werden«, gab ich monoton zurück und warf einen Blick zur Staatsanwaltschaft. Es war erregend, Livia auf der falschen Seite zu sehen. Aber sie würde sie bald wechseln, wenn sie bestehen wollte. Ihr würde überhaupt keine andere Wahl bleiben. Ich würde sie ihr nicht lassen.

Das Gemurmel verstummte, als Richter Andrews den Saal betrat. Der kahlköpfige Schleimscheißer, der es liebte, Politikern in den Arsch zu kriechen, ging schwerfällig zu seinem Platz.

»Setzen«, brummte er und klopfte mit seinem legendären Hammer auf die Holzoberfläche. »Ich erkläre die Verhandlung gegen Cassandra Plummings hiermit für eröffnet. Staatsanwaltschaft.« Er deutete mit dem Kopf auf Winchester, der sich räuspernd erhob.

Ich hörte mir sein Plädoyer nur am Rande an, hielt meinen Blick auf Livia gerichtet, die eine schmale Akte umfasste. Sie hatte die Haare zu einem straffen Knoten gebunden, trug ein dunkelgrünes Kostüm, das ihre Augen glühen ließ. Sie war sich ihrer Ausstrahlung bewusst, schien Winchester um den Finger gewickelt zu haben. Wofür brauchte sie ihn noch?

»... und deshalb plädiere ich auf schuldig«, beendete der Fettsack seinen langweiligen Vortrag und setzte sich wieder.

»Die Verteidigung«, dröhnte Andrews' Stimme durch den Raum, und gab mir mit einer hektischen Bewegung zu verstehen, dass ich mich erheben sollte. Er konnte es scheinbar kaum erwarten, seinen Saunaclub aufzusuchen. Scheißkerl.

Ich stand auf und trat vor ihn. »Euer Ehren, in Anbetracht der fehlenden Zeugen ist es von enormer Wichtigkeit, sämtliche Spuren am Tatort auszuwerten. Korrekt auszuwerten.«

»Einspruch! Eine miese Anspielung bezogen auf die Fähigkeiten von Dr. Moriarty«, rief Winchester dazwischen.

»Nicht stattgegeben«, gab Andrews in autoritärem Tonfall zurück. »Fahren Sie fort, Cavendish.«

Ich wandte mich an die Staatsanwaltschaft. »Nach einem überaus interessanten Gespräch mit Dr. Moriarty, kam ich zu dem Entschluss, dass ihr Bericht fehlerhaft ist und meine Mandantin unschuldigerweise hinter Gitter bringen wird.«

»Einspruch!«

»Ruhe!«, brüllte Andrews und benutzte wieder sein Lieblingsspielzeug, den Hammer. »Wie kommen Sie auf diese Einschätzung, Cavendish?«

Ich lächelte. »Dem Bericht nach zu urteilen, wurde am Boden auf das Opfer eingestochen.«

»Das ist auch korrekt«, mischte sich Livia in herrischem Tonfall ein.

Ich ging auf sie zu. »Als ich mir die Leiche angesehen habe, fiel mir eine Kleinigkeit auf. Natürlich bin ich ein Laie, aber meinen Erfahrungswerten nach zu urteilen, wurden dem Opfer die Stiche erst nach dem Tod zugefügt. Sie können demnach nicht die Todesursache gewesen sein.«

»Einspruch! Dr. Moriarty ist eine erfahrene Assistenzärztin, eine derartige Gegebenheit wäre ihr aufgefallen«, rief der kleine Scheißer dazwischen und schoss von seinem Sessel hoch.

Andrews ignorierte ihn und stierte zu Livia. »Was haben Sie dazu zu sagen?«

Livias Miene fror ein. »Das ist eine Fehleinschätzung. Die Stiche waren die Todesursache.«

Ich hob die Hand, ein Zeichen, dass ich weitersprechen wollte. »Aber das ist nicht die einzige Ungereimtheit in diesem Fall. Wenn am Boden auf ihn eingestochen wurde, hätte sich das Opfer, sofern es noch lebte, gewehrt. Es wurde allerdings keine DNS von Mrs. Plummings unter seinen Nägeln gefunden. Keine Abwehrverletzungen, weder an ihm noch an meiner Mandantin.«

»Es war eine Tat aus Leidenschaft. Plummings kam nach Hause, sie gerieten in einen Streit, die Verdächtige nahm das Küchenmesser und stach auf ihn ein! Ihre Fingerabdrücke wurden auf der Tatwaffe gefunden«, hielt Winchester mit hochrotem Schädel dagegen. Er hatte damit gerechnet, dass der Fall einfach für ihn werden würde.

Ich hob eine Augenbraue. »Es war ein Küchenmesser, natürlich finden sich ihre Abdrücke darauf.«

»Wie kommen Sie zu dem Schluss, dass Ihre Mandantin unschuldig ist?«, wollte Andrews wissen und nahm mich wieder ins Visier.

»Dem Bericht zufolge, wiesen die Stiche eine Tiefe auf, die auf enorme Krafteinwirkung zurückzuführen ist – unmöglich für eine Hundertpfund Person wie Mrs. Plummings. Zudem hätte sie ihren Arm weit hochhalten müssen, um ihren Mann an diesen Stellen zu erwischen. In diesem Fall hätte sie im Stehen nicht die nötige Kraft für die Eindringtiefe aufgebracht. Sollte jedoch das Detail stimmen, dass Plummings am Boden erstochen wurde, hätte man an meiner Mandantin entsprechende Spuren, wie zuvor erläutert, finden müssen.«

Andrews verzog die Augen zu Schlitzen. »Staatsanwaltschaft?«

Livia räusperte sich. »Es wäre durchaus möglich, Euer Ehren. Egal, ob aus dem Stand oder am Boden. Bei einer Tat aus Leidenschaft ist davon auszugehen, dass die Person weitaus mehr Kräfte entwickeln kann als angenommen.«

»Können Sie uns hierfür eine Berechnung vorweisen, die meine Mandantin als Mörderin identifiziert?«, fragte ich Livia mit süffisantem Unterton.

Sie verschränkte die Finger so fest ineinander, dass die Knöchel weiß hervortraten. Ich wusste, dass sie mich am liebsten umlegen würde. »Nein.«

»Natürlich nicht.«

Livia hätte niemals damit gerechnet, dass ich sie zur Närrin halten würde. Der Fall wäre ohne mein Zutun in der Tat nicht gut für Plummings ausgegangen, aber was Livia wirklich den Kopf gekostet hatte, war ich. Sie wollte die alte Schachtel aus persönlichen Gründen hinter Gittern sehen, aber sie war zu überzeugt davon gewesen, dass es einfach werden würde.

Ich ging zu den Beweisen und hielt die versiegelte Plastiktüte mit der Mordwaffe in der Hand in die Höhe. »Ich verlange, dass die Tatwaffe auf DNS und Fingerabdrücke untersucht wird, ebenso wie die Leiche. Von einer unabhängigen Stelle, die nicht in den Fall involviert ist.«

Mein Blick landete bei Livia, deren Miene pure Wut widerspiegelte. Sie wusste, dass sie verloren hatte. Dass sie mich unterschätzt hatte. Ich würde sie nicht in den Knast bringen, aber zumindest wäre eine Verwarnung die Folge, wenn ihr bestimmte Spuren entgangen waren.

»Einspruch, Euer Ehren! Die Lage ist deutlich, Mr. Cavendish versucht nur, das Verfahren hinauszuzögern.«

Jetzt war ich gespannt. Wie würde der Richter reagieren? Eigentlich wusste ich es ganz genau.

»In Anbetracht der Tatsache, dass der Obduktionsbericht scheinbar Fehler aufweist, wird Ihrem Antrag stattgegeben.«

Jackpot! Du bist so leicht zu durchschauen, kleines Arschloch.

Richter Andrews klopfte mit seinem Hammer auf das Holz. Musik in meinen Ohren. »Die Verhandlung wird vertagt, bis die endgültigen Ergebnisse vorliegen.«

Zufrieden nickte ich ihm zu. Die Zeit spielte für mich, aber gegen Winchester und Livia. Sie würden sich den Konsequenzen ihres Handelns erst bewusst werden, wenn sie sie mit voller Wucht trafen.

Niemand versuchte, mich zu verarschen.

Gestern nach dem Restaurant war ich in der Pathologie gewesen, um der Leiche von Mr. Plummings einen Besuch abzustatten. Selbstverständlich war ich offiziell dort, um nach dem Bericht zu fragen, dafür gab es sogar einen Zeugen. Was konnte ich denn dafür, dass der pickelige Assistent von Dr. Moriarty, mich kurz im Obduktionssaal alleingelassen hatte, um mir den Bericht zu bringen, und mir so ermöglicht hat, mit Winchesters Löffel, den ich mitgehen ließ, die Beweise zu verfälschen?

Es war eine willkommene Gelegenheit gewesen, für eine Wendung zu sorgen.

Der Saal leerte sich, während das kleine Biest wie angewurzelt auf ihrem Sessel sitzen blieb. Winchester rauschte mit einem wüsten Fluch an ihr vorbei, der an ihr abzuprallen schien wie an einer Mauer.

Ich ging zu ihr, beugte mich leicht hinunter, sodass nur sie mich verstehen konnte. Die Wut in ihren Augen fachte meine Lust auf sie an. Ich wollte sie über die Schultern werfen, in meine Wohnung schleppen und ihr dort zeigen, wie sich meine Bestrafung anfühlte.

»Du hast eines vergessen, Livia.« Ich stellte mit Genugtuung fest, dass sie erschauderte.

»Und das wäre?«, zischte sie, Röte breitete sich auf ihren Wangen aus.

Ich lächelte. »Der Wolf hat das Rotkäppchen gefressen.«

Kapitel 10

Livia Moriarty

Ich lebte mein Leben, als wäre es ein Spiel.
Doch Spiele konnte man verlieren.

UNBEIRRT STARRTE ICH ihn an. Purer, abgrundtiefer Hass lag in meinem Blick und ich versuchte nicht, ihn zu verstecken. Er war zu weit gegangen.

Langsam erhob ich mich von meinem Platz, schob den Stuhl lautstark nach hinten und wandte meine Augen nicht eine Sekunde von ihm ab. »Das war ein großer Fehler, Harvey.«

Er grinste selbstsicher.

Indes ballte ich meine Hände kurz zu Fäusten, griff die Akte vom Tisch vor mir, ehe ich der Versuchung, ihm eine reinzuhauen, nicht mehr widerstehen konnte.

»Was auch immer du für ein Ziel verfolgst, du hast keine Ahnung, was du hier gerade zerstörst«, fauchte ich mit gedämpfter Stimme und presste die Akte an mich. »Alles Gute bei deinem Rachefeldzug.«

Ich umrundete den Tisch, der uns voneinander trennte; wollte den Saal bereits verlassen, als ich innehielt und mich ein letztes Mal zu ihm umdrehte. »Und ja, du hast recht. Der Wolf hat das Rotkäppchen gefressen. Tu es ruhig, Harvey. Ich werde die giftigste Mahlzeit sein, die du je hattest. Und deine letzte.«

Ohne auf seine Reaktion zu warten, wirbelte ich herum und schritt erhobenen Hauptes aus dem Gerichtssaal.

Innerlich tobten Gefühle in mir, die ich lange nicht verspürt hatte. Ich musste das Zittern meiner Finger verbergen, indem ich die Akte so festhielt, dass meine Knöchel weiß hervortraten. Spürte, wie sich meine Kehle zuschnürte und meine Augen zu brennen begannen. Doch der letzte Funken Kontrolle blieb.

Ich eilte die Stufen des Gerichtsgebäudes hinunter, schob einige Menschen beiseite und stieg in das erstbeste Taxi.

»Pathologie«, wies ich den Fahrer an.

Der Weg fühlte sich an, als würde er Stunden dauern, dabei waren es höchstens zwanzig Minuten. Doch ich hatte es eilig.

Als wir endlich ankamen, drückte ich dem Fahrer irgendeinen Betrag in die Hand, der vermutlich zu hoch war, ehe ich aus dem Wagen stürzte.

Mein Herz raste, als wäre ich den Weg hierher gerannt. Ich ignorierte die Security und schob Jonah aus meinem Weg, als er mir aufgeregt entgegenlief. Aber er folgte mir. »Ich hab schon gehört, was passiert ist, Dr. Moriarty. Es tut mir so leid.«

»Halt den Mund!«, fuhr ich ihn an, öffnete meine Bürotür mit dem Ausweis und stieß sie auf. »War er hier?«

»Wer?« Er sah mich ratlos an.

»Cavendish!«

»Gestern Abend, ja«, antwortete Jonah und blieb im Türrahmen stehen. »Er wollte Ihren Bericht.«

»Um Gottes willen, du Idiot!«, fauchte ich und stieß meine Tür zu, damit ich ihn nicht mehr sehen musste. Es war offensichtlich, dass er an der Leiche herumgepfuscht hatte, auch wenn ich nicht wusste, was genau er getan hatte.

Ich ging zum Schreibtisch hinüber und warf die Akte von Plummings auf den Tisch. Stützte mich mit den Händen auf dem Holz ab und musste für einen Moment die Augen schließen. Durchatmen. Mein Herz raste und stolperte und fühlte sich so schwer an wie schon lange nicht mehr.

»Dieser Mistkerl!«, fluchte ich und vergrub meine Finger in den zurückgebundenen Haaren. Ein schmerzhaftes Ziehen jagte durch meine Kopfhaut, doch es half mir, die Kontrolle nicht gänzlich zu verlieren.

Noch immer brannten meine Augen. Ich wollte schreien und wüten. Und ja, für diesen Moment auch weinen. Er zerstörte alles, was ich mir jahrelang hart erkämpft hatte. Nicht nur erarbeitet. Es war ein Kampf gewesen. Einer, den ich ganz allein bestritten hatte. Der mich Dinge gekostet hatte, die sich jemand wie Harvey Cavendish nicht einmal ausmalen konnte.

Mit einem wütenden Aufschrei fegte ich die Akte mitsamt dem Stifthalter und einem Glas vom Tisch, das klirrend zu Boden ging. Selbsthass überkam mich, als ich warme Tränen auf meinen Wangen spürte, doch ich würde mich davon nicht beirren lassen.

Ich ging um den Tisch herum und loggte mich an meinem Rechner ein. Jetzt noch große Vorsicht walten zu lassen, war überflüssig. Er hatte bereits meinen wunden Punkt getroffen, als er mir die Kontrolle nahm. Meinen Job zu gefährden, für den ich all das überhaupt auf mich genommen hatte, hatte einen Sturm in mir entfacht. Jetzt kämpfte er gegen einen unkontrollierbaren Tornado.

Der Drucker spuckte kurze Zeit später all seine Fälle aus, die meine Kollegen in der Vergangenheit bearbeitet hatten. Ich zog das Papier heraus und betrachtete die Liste. Ein zufriedenes Lächeln stahl sich auf meine Lippen.

Wer suchet, der findet. Die Auswahl ist groß.

Ich wusste, dass ich nicht allzu viel Zeit hatte, um noch an alle Unterlagen zu kommen. Sicherlich würde man meine Zugänge sperren und mich freistellen, bis sich die Sache im Fall

Plummings geklärt hatte.

Unnachsichtig stopfte ich den Zettel in meine Handtasche und eilte aus dem Büro. Jonah schien sich sicherheitshalber in irgendeine Ecke der Pathologie verkrümelt zu haben.

Eilig stieg ich die Treppen ins Archiv hinunter, zog auf dem Weg dorthin den Zettel aus der Tasche, streifte durch die Gänge zwischen den Regalen. Eine Akte nach der anderen fand sich in meinen Armen wieder. Am Ende waren es ein Dutzend.

Ich verließ das Archiv, ohne mich noch einmal umzusehen, steuerte direkt auf meinen Wagen auf dem Parkplatz zu und warf die Unterlagen samt Handtasche auf den Beifahrersitz, ehe ich einstieg. Mein Smartphone verband sich direkt mit der Freisprechanlage, sodass das Freizeichen im Wagen ertönte, bevor ich das Gelände verließ.

»Was ist?«, blaffte Dan in den Hörer.

»Anderer Ton, bitte«, fauchte ich wütend zurück und fädelte mich im Verkehr auf der Straße ein, Richtung Zuhause.

»Was willst du?«

»Du schuldest mir noch einen Gefallen.«

Stille. Ich hörte seinen Atem. Wusste genau, dass vor Wut gerade die Ader an seiner Schläfe pochte. Aber uns beiden war klar, dass ich recht hatte.

»Und welchen hättest du gern?«

»Ich will Hs Verbindungen der letzten zwei Jahre. Bei welchen Fällen er mit wem Kontakt hatte. Egal über welche Kanäle. Smartphone, Bürotelefon, Mails ... Alles«, forderte ich ruhig, während meine Finger ungeduldig auf das Lenkrad trommelten.

»Bist du irre, Via? Das geht zu weit«, schnaubte er ins Telefon.

»Findest du? Geht es nicht auch zu weit, wenn wir testen, wie gut die kleine Zoey ohne meine Behandlung noch leben kann? Oder hast du dein Geld mittlerweile so gut gewaschen, dass du sie dir auf legalem Wege leisten kannst?« Meine Stimme war kalt und hart, auch wenn mein Herz sich für einen kurzen Moment zusammenzog - doch ich ignorierte es. »Ich will alle Informationen. Und ich erinnere dich gern an meine Leidenschaft ... Toxikologie ist so einnehmend. Sie öffnet einem ganz neue Türen.«

»Du wolltest keinen Rachefeldzug«, knurrte er in den Hörer.

»Stimmt. Aber er zerstört alles, wofür ich zu viel ertragen habe. Ich habe nichts zu verlieren. Also tu es oder ich lasse den Untergrund hochgehen.« Ich fuhr in die Tiefgarage meines Apartmentkomplexes und stellte den Wagen ab; blieb regungslos sitzen.

»Ich könnte dich umbringen lassen. Ohne Weiteres, Via«, drohte er mir.

»Ich weiß. Dann schließ dich doch H an«, sagte ich und lachte auf, wurde in der nächsten Sekunde jedoch wieder ernst. »Ich will Informationen. Ansonsten lernst du, wie kluge Köpfchen Spielchen spielen, ohne ihre Fäuste oder eine Kugel zu benutzen.«

Ich legte auf.

Wenn Harvey Cavendish dachte, er wäre der Einzige, der ein Netzwerk in Chicago besaß, dann irrte er sich.

Ich stieg aus dem Wagen und nahm die Unterlagen vom Beifahrersitz, verschwand im Aufzug und ließ ihn direkt in den dreizehnten Stock fahren. In meiner Wohnung schaltete ich lediglich die kleine Tischlampe auf dem Schreibtisch an, ehe ich die Akten auf die Platte fallen ließ und die Handtasche daneben abstellte.

Für einen Moment schloss ich die Augen und rieb über meine Schläfen.

Bis heute hatte ich mich nicht richtig eingelebt. Chicago war ein Zufluchtsort für mich. Keine Stadt, die ich von Herzen liebte.

Aber ich hatte Detroit einfach hinter mir lassen müssen. Wollte alles, was dort geschehen war, vergessen. Auch meine Familie. In meiner Vorstellung hatte dieser Punkt immer Freiheit bedeutet.

Ich fühlte mich aber nicht frei.

Mit einem Seufzen öffnete ich die Augen und verdrängte die Erinnerungen und Gedanken. Schloss die kleine Tür des Schreibtisches auf und verstaute die Akten darin. Ich bekam zwar selten Besuch, doch ich wollte nichts riskieren. Wer wusste schon, was Harvey heute im Gerichtssaal ausgelöst hatte. Ich wartete bereits auf den Anruf, dass ich vorerst suspendiert sein würde.

Ich verstaute den Schlüssel im Hohlraum einer der unzähligen Kerzen, die meine Wohnung dekorierten.

Müde löste ich den Knoten aus meinem Haar und ließ es über meine Schultern fallen. Rieb mir über den verspannten Nacken. Meine Wut machte anderen Gefühlen Platz. Angst davor, wie die Zukunft aussehen würde. Enttäuschung darüber, dass ich es soweit hatte kommen lassen. Und für den Bruchteil einer Sekunde Verletzlichkeit - in jenem Moment, als ich daran dachte, wie er mich in der Nacht in seinem Apartment angesehen hatte.

Die letzte Stunde hatte mich all meine Energie gekostet. Wie in Trance ging ich ins Bad und stieg aus den Pumps, streifte Rock und Bluse ab. Drehte das Wasser der Dusche auf, ehe ich die Unterwäsche ebenso zu Boden fallen ließ und unter den warmen Regen stieg.

Ich legte den Kopf in den Nacken, spürte, wie meine Haare begannen, an meinem Körper zu kleben, und immer schwerer wurden. Wie die Wärme mich langsam einhüllte und sich meine Muskeln entspannten. Doch die Schwere blieb, die sich mir auf die Brust presste.

Meine Vergangenheit hatte dafür gesorgt, dass ich die Welt dort draußen mit anderen Augen sah als viele andere. Ich hatte kämpfen müssen, für jeden Schritt in die richtige Richtung. Eine Richtung, die mir niemand gezeigt hatte. Alles, was ich erreicht hatte, hatte ich mir selbst erarbeitet. Die unzähligen Steine, die mir meine eigene Familie vor die Füße geworfen hatte, hatte ich selbst aus dem Weg räumen müssen.

Ich ließ meine Stirn gegen die kalten Fliesen sinken, während mir das Wasser auf den Rücken prasselte. Löste die Verbände um meine Handgelenke, die mittlerweile vollkommen durchgeweicht waren. Verzog das Gesicht, als sich das Brennen in meinem Körper ausbreitete. Doch es zeigte mir, dass ich lebte. Noch immer. Nichts hatte mich bisher aufgehalten.

Aber vielleicht würde Harvey Cavendish alles ändern ...

Er würde mich töten. Ich wusste, dass er es tun würde - ohne zu zögern. Aber vorher würde ich herausfinden, welchen Plan er verfolgte, um ihm möglichst viele Steine in den Weg zu legen. Wie das ging, hatten meine Eltern mir immerhin bestens demonstriert.

Harvey Cavendish würde sich wünschen, mir niemals im Untergrund von Chicago begegnet zu sein. Weder als Catherine noch als Livia. Der Tritt zwischen seine Beine war nur ein kleiner Vorgeschmack auf das gewesen, was ich ihm als Nächstes antun würde. Wenn er mein Leben beenden wollte, musste ich seines vorher zerstören.

Die verschiedensten Emotionen, die durch meinen Körper strömten, ließen mich erschaudern. Noch immer lehnte meine Stirn an den Fliesen der Duschkabine.

Ich hasste es, wenn ich es nicht kontrollieren konnte. Wenn ich mich selbst nicht unter Kontrolle hatte und meine Gefühle die Chance bekamen, die Überhand zu gewinnen. Es endete nie gut. Gefühlsausbrüche hatten mich immer nur in Schwierigkeiten gebracht. Schon als Kind.

Meine Augen waren geschlossen, die Finger meiner rechten Hand tasteten nach dem Temperaturregler. Ich drehte ihn höher, während der Wasserdampf in der Kabine mich immer weiter einhüllte. Der Strahl, der auf meinen Rücken niederprasselte, wurde heißer. Ein vertrautes Gefühl breitete sich aus, wenn auch kein angenehmes.

Meine Haut begann zu brennen. Die Tropfen stachen wie tausend kleine Nadelstiche. Ich presste meine Handflächen über den Kopf an die Wand, konzentrierte mich auf meine Atmung, auf den Schmerz. Er dämmte alles andere ein.

Als er mir einen Vorgeschmack auf das Leben gegeben hatte, hatte ich für einen kurzen Moment geglaubt, dass die Hölle ein wunderschöner Ort sein könnte.

Doch das war sie nicht.

Sie war das, was ich Zuhause nannte. Das, was ich in diesem Moment empfand, wenn meine Haut in Flammen stand. Die Hölle war Kontrollverlust. Sie war die Spuren, die meinen Körper zierten, wenn man genau hinsah. Die kleine Narbe zwischen Augenbraue und Augenlid, die unzähligen blassen an meiner rechten Schulter, die prägnanteste zwischen meinen Rippen auf der linken Seite.

Doch die größte hatte meine Seele davongetragen.

Ich wusste nicht, wie viel Zeit vergangen war, als ich mit zittriger Hand das Wasser abstellte. Verharrte. Nur langsam die Augen öffnen und den Kopf heben konnte. Ich wankte aus der Dusche, musste mich einen Moment an der Kabinentür und am Waschbecken abstützen, ehe ich ein Badetuch um meinen Körper wickelte.

Der Wasserdampf hatte das ganze Bad eingenommen, hüllte mich ein und verdeckte meinen eigenen Anblick im Spiegel wie ein Schutz. Doch ich brauchte ihn nicht, um zu wissen, dass meine Schultern und mein Oberkörper gerötet waren. Das Brennen verriet es mir; dass meine Augen müde und leer wirkten; dass leichter Schweiß auf meiner Stirn stand, weil das Wasser meinen Körper viel zu stark erhitzt hatte, während sich kühle Wassertropfen aus meinem Haar lösten; über die blasse Haut meiner Arme glitten, die ich ebenso davor schützte, wie mein Gesicht.

Mit zittrigen Fingern öffnete ich die Badezimmertür, taumelte im selben Moment einen Schritt zurück und musste mich erneut mit einer Hand am Waschbecken abstützen. Mit der anderen presste ich das Handtuch an meinen Körper.

Es war der Ausdruck in seinem Gesicht, mit dem er mich musterte, der mich nicht eine Sekunde daran zweifeln ließ, dass er vor mir stand. In meiner Wohnung.

Tausend Fragen rasten durch meinen Kopf.

Wie war er hier reingekommen?

Was wollte er?

War das der Moment, in dem es enden würde?

Würde er sich Zeit lassen?

Doch keine einzige davon war präsent.

Stattdessen versuchte ich, meinen Rücken durchzustrecken. Ignorierte das schmerzhafte Ziehen meiner geschundenen Haut, das mir durch den Körper fuhr.

»Verschwinde, Harvey«, flüsterte ich. Brachte so viel Nachdruck in meine Worte, wie meine Stimme es zuließ, ohne zu brechen.

Er stand mitten im Türrahmen und versperrte mir mit seinen breiten Schultern den Weg. Doch er sagte kein Wort. Seine blauen Augen hielten meinen Blick gefangen. Studierten ihn, als würden sie etwas darin suchen, ehe sie langsam über meinen Körper glitten. So, als hätte er alle Zeit der Welt.

Ich wollte ihn anschreien. Nach irgendetwas greifen und ihn

damit verletzen. Um Hilfe rufen. Irgendetwas. Doch nichts von alldem geschah.

Ich stand dort. Ruhig. Ausgeliefert.

Vor dem Teufel läuft man nicht davon, Livia. Er holt dich.

Wieder und wieder hallten diese Worte in meinem Kopf. Niemals würde ich sie vergessen. Es waren Jasons letzte Worte an mich gewesen.

Nun stand ich ihm gegenüber. Mit dem Wissen, dass er mich wollte.

Der Teufel wird dich finden, Red.

Das hatte er ...

Kapitel 11

Harvey Cavendish

Unsere Machtspiele erinnerten mich an Schach:
Ein falscher Zug und ich würde die Dame verlieren.

ES WAR DIE Irrationalität, die mich direkt zu ihr geführt hatte. Ich hatte sie nicht vernichten, ihr nicht alles nehmen wollen, was ihr geblieben war. Aber niemand mischte sich in meine Fälle ein, in meinen Rachefeldzug. Wenn es mich an mein Ziel brächte, würde ich selbst das Gerichtsgebäude in die Luft jagen.

»Du weißt, dass ich keine andere Wahl hatte«, durchbrach ich die Stille zwischen uns. Ich bewegte mich keinen Zoll. Livia hielt das Handtuch fest gegen ihren Körper gepresst. Das helle Licht im Bad verbarg nichts. Sie hatte eine lange Narbe unter ihrem Schlüsselbein, zwei weitere kleine an ihren Unterarmen.

»Wie bist du hier reingekommen?«, fauchte sie, Wut flackerte in ihren Augen auf.

»Ich bitte dich«, gab ich beleidigt zurück. »Du hättest in ein stabileres Wohnungsschloss investieren sollen.« Dass ich auch die Feuertreppe hätte nutzen können, verschwieg ich ihr.

»Das neue Schloss geht auf deine Kappe. Und jetzt verschwinde«, brachte sie mühsam über die Lippen. »Oder hat dir dein Auftritt heute nicht gereicht?«

Ich trat einen Schritt näher, woraufhin sie zusammenzuckte,

sich aber nicht vom Fleck bewegte. »Bemüh dich nicht, deine Wut zu verbergen. Ich sehe sie auch so.«

Sie zog die Augenbrauen zusammen. »Der Anwalt denkt, die Weisheit mit Löffeln gefressen zu haben.«

»Wut ist eine natürliche Reaktion auf Überforderung. Du willst dich schützen.«

»Vor dir.«

»Vor mir.«

Ich griff nach vorn, umfasste ihre Hände. Ihre Augen waren gerötet, die Haare lagen nass über ihre Schulter. Sie wirkte so unnatürlich zerbrechlich. Als hätte ich sie in einem Moment erwischt, den sie vor der gesamten Welt verborgen halten wollte. »Sieh mich an.«

Stur blickte sie zur Seite, zum Spiegel, weg von mir.

»Livia.«

Ihr Puls raste. Das bemerkte ich an den sichtbaren Schlägen an ihrem Hals. Aber selbst jetzt, in einem Moment der Schwäche, tat sie alles dafür, ihre Mauer aufrechtzuerhalten. Wie sehr sie mich an mich erinnerte ... Verfluchte Scheiße, sie würde mein Untergang sein, wenn ich meine Prinzipien hinten anstellte. Das Problem war: Niemals war mir eine Frau begegnet, die ihr auch nur im Entferntesten ähnelte. Ihr. Holly.

»Gib deine Kontrolle ab«, raunte ich und drückte leicht zu. Ihre Finger waren angespannt, ihr Atem kam in schweren Stößen. Sie hatte Angst, auch wenn sie es niemals zugeben würde.

»Du hast heute einen schweren Fehler begangen, Harvey«, kam es leise zurück. Sie drehte den Kopf wie in Zeitlupe zu mir. Anstatt der üblichen Wut lag Leere in ihrem Blick. Als hätte ich ihr etwas genommen.

»Du hast mir keine Wahl gelassen. Theoretisch hätte ich für eine Anklage gegen dich sorgen können. Stell dich nie wieder zwischen mich und mein Ziel, Livia, nie wieder. Du wirst immer den Kürzeren ziehen.«

»Welches Ziel?«

Ich schwieg. Nichts und niemand würde meine Pläne gefährden. Das Blut, der Schweiß und die monatelange Arbeit würden nicht umsonst gewesen sein.

Sie schnalzte mit der Zunge. »Du bist ein verdammter Feigling, Harvey Cavendish. Ich soll also die Kontrolle abgeben, mich wie ein Schäfchen vor den Wolf werfen.«

»Du wolltest dem Wolf ausgeliefert sein, schon vergessen?« Ich hatte das Spielchen für heute satt. Es war an der Zeit, Livia unter Kontrolle zu bringen, ihr zu zeigen, dass sie nicht um sich schlagen musste. »Lass locker«, verlangte ich leise, aber bestimmend, und verstärkte den Griff um ihre Hände.

»Warum sagst du mir nicht, hinter wem du her bist?«, versuchte sie es erneut und krallte ihre Finger noch fester um das Handtuch.

»Warum sagst du mir nicht, wer dir die Unbeschwertheit genommen hat?«

Sie lächelte schmal. »Typisch Anwalt. Du hast heute im Gerichtssaal einen Narren aus mir gemacht.«

»Nein, Süße, du hast selbst dafür gesorgt. Ich hatte dich gewarnt. Plummings gehört mir.«

Sie wusste, dass sie selbst schuld an ihrer Situation war; dass sie mir nichts vorwerfen konnte und es mich sowieso nicht interessierte. Livia hatte sich für diesen Weg entschieden.

»Wirst du mir irgendwann sagen, was es mit Plummings auf sich hat?«

Ich ließ ihre Hände los, fuhr mit dem Daumen über ihre Unterlippe. »Du liebst doch Spiele, Livia. Lässt du dich auf meines ein?«

»Deine Regeln?«

Ich grinste. »Natürlich.«

Das verräterische Zucken ihres Augenlids verriet, dass ihr dabei nicht wohl war; dass es bedeutete, ihre Komfortzone verlassen zu müssen. Aber ich wusste, dass es sie reizte und sie gar nicht anders konnte, als sich darauf einzulassen.

»Gut. Wie läuft es ab?«

»Du willst lernen, deine Kontrolle abzugeben. Die erste Chance hast du jetzt. Im Gegenzug darfst du mir eine beliebige Frage deiner Wahl stellen.«

Sie nahm die Unterlippe zwischen ihre Zähne, ihre Augen wurden größer, die Pupillen drängten das Grün zur Seite. »Was bedeutet abgeben?«

»Keine Fragen. Entweder du vertraust mir oder nicht.«

»Wie im Gerichtssaal?«

»Wir sind nicht vor Gericht. Du musst lernen, die beiden Dinge voneinander zu trennen.«

Sie atmete in einem langen Zug aus. »Jede beliebige Frage?«

Ich nickte, wusste, wie sehr es sie reizte. Sie hatte erneut keine Wahl und ahnte es. Livia war viel zu neugierig. Sie hasste es, wenn sie Menschen nicht durchschauen konnte.

Ihre Schultern sanken nach unten, fast wie eine innere Kapitulation ihres Kontrollwahns. »Gut.«

Ich fasste wieder nach ihren Händen, zog sie von ihrem Körper weg. Finger für Finger glitt vom Handtuch, bis es schließlich nach unten segelte. Ich presste ihre Hände gegen meinen Oberkörper. »Mach die Knöpfe auf.«

Sie gehorchte, öffnete einen nach dem anderen, bevor sie mir das Hemd von den Schultern schob. Ihre Nippel berührten mich, als sie näher kam. Ich zog zischend die Luft ein, mein Schwanz drückte schmerzhaft gegen die Hose. Wenn sie wüsste, dass ihre Macht über mich nicht so gering war, wie sie vermutete.

»Und jetzt?«, flüsterte sie, als sie sich an meinem Gürtel zu schaffen machte. In geschickten Bewegungen zog sie die Hose nach unten, sodass ich nur noch in Boxershorts vor ihr stand.

Ich starrte sie absichtlich nicht an, kostete das Spiel aus, steigerte meine eigene Erregung. »Geh in die Dusche.«

Vorsichtig ging sie nach hinten, schob die Tür zur Seite und trat ein.

Ich zog meine Shorts aus und warf sie zum Kleiderhaufen. Ihr Mund stand leicht offen, als sie mich von oben bis unten betrachtete; mit der Zunge über ihre Unterlippe leckte. Ich folgte ihr, drehte den Wasserhahn auf und schloss die Tür.

Sie war unsicher, ich merkte es an ihren Bewegungen. Auf der einen Seite wollte sie nackt vor mir stehen, auf der anderen versuchte sie, sich schützen.

»Fass mich an«, raunte ich und wartete, bis ihre Hände wieder auf meinem Oberkörper lagen, die Linien der Tattoos nachfuhren. Sie erkundete meinen Körper, als wäre er eine Landkarte.

Wasser prasselte auf uns hinab, perlte an unserer Haut nach unten. Ihr Blick senkte sich, glitt tiefer zu meinem Schwanz. Scheiße, sie trieb mich noch in den Wahnsinn.

»Harvey?«, flüsterte sie und sah wieder nach oben. Die Unschuld in ihren Augen, ob gespielt oder nicht, heizte mich weiter an. Ich wollte sie gegen die Fliesen drücken, mich tief in ihr versenken, bis sie meinen Namen stöhnte. »Küss mich.«

Ich wartete keine Sekunde, beugte mich nach vorn und nahm ihr Gesicht in meine Hände. Keine Zurückhaltung, keine Unsicherheit, nur der pure Wille, sie zu nehmen.

Sie drückte sich gegen mich, fuhr mit den Fingern an meinen Rippen entlang, während sie mich küsste. Ich ließ mich auf den Boden sinken, zog sie mit mir, sodass sie auf meinem Schoß saß. Mein Schwanz rieb über ihre Klit, entlockte ihr ein leises Stöhnen.

»Harvey, bitte«, keuchte sie und begann, sich auf mir zu bewegen. Ich spannte meine Muskeln an, hielt dem Drang stand, mich in sie zu stoßen.

Livia war keine gewöhnliche Schlampe, sie hatte mehr verdient als einen schnellen Fick in der Dusche.

»Halt still«, knurrte ich, umfasste ihren Arsch und presste ihn gegen mich, sodass sie in ihrem Bewegungsspielraum eingeschränkt war. Irritiert öffnete sie die Augen, ihr Blick war verklärt und so verdammt verletzlich, dass ich etwas fühlte, das längst tot sein sollte: das Bedürfnis, sie zu beschützen.

Ich hatte mir geschworen, nie wieder jemanden an mich heranzulassen. Zu hoch war das Risiko, dass etwas schiefging.

Sie beugte sich wieder vor, küsste mich leicht auf den Mund. Es war kaum wahrnehmbar, aber dennoch intensiv.

»Deine Frage«, raunte ich.

Sie versteifte sich, ehe sie sich wieder auf mich sinken ließ. »Ich habe meine Lektion bestanden?«

»Ja.«

Ihre Lippen streiften über meine, Hitze breitete sich zwischen uns aus. Sie vergrub die Finger in meinen nassen Haaren, zog meinen Kopf enger zu sich. Ich spürte sie lächeln. »Bereit?«

»Immer.«

»Warum hast du dem Gericht verschwiegen, dass ich die wahre Mörderin bin?«

Eine halbe Stunde später saß ich auf ihrem Sofa, während Livia uns beiden einen Drink einschenkte. Es hatte mich enorme Selbstbeherrschung gekostet, mit ihr aus der Dusche zu steigen, ohne sie genommen und zum Schreien gebracht zu haben. Aber heute war nicht der richtige Zeitpunkt. Livia war keine billige Nutte.

Es war dunkel im Raum, nur die Skyline von Chicago sorgte

für schummrige Umrisse in ihrer Wohnung. Livia war nackt, als sie zu mir kam und das Getränk in meine Hand drückte. Sie ließ sich neben mich in die Kissen sinken und fuhr mit den Zehen über meinen Oberschenkel.

»Auf uns, Harvey«, sagte sie leise und stieß ihr Glas gegen meines. Sie behielt mich im Blick, während sie einen Schluck nahm und ich es ihr gleichtat.

»Du willst wissen, warum ich dich nicht ausgeliefert habe?«, brachte ich das Gespräch auf das ursprüngliche Thema zurück und stellte den rauchigen Whisky ab, ehe ich sie an der Hüfte fasste und auf mich zog.

Sie schnupperte misstrauisch an der Flüssigkeit und nickte. »Die Wahrheit, vergiss das nicht.«

»Ich konnte nicht.«

Sie hielt mitten in der Bewegung inne, einen Schluck zu nehmen, und blinzelte mich ungläubig an. Es war einer der seltenen Momente, in denen man Dr. Livia Moriarty fassungslos sah. Wie ein offenes Buch. Ich müsste ihr nur die richtigen Fragen stellen.

»Du konntest mich nicht ausliefern? Warum nicht?«

»Eine Frage, Livia, nicht zwei. Halte dich an die Regeln.«

Sie stellte ihr Glas achtlos neben meines und stützte sich an meinen Schultern ab. Ihr Blick war abwartend, testend, als wollte sie in meinen Augen nach einer Lüge suchen.

»Du konntest mich nicht ausliefern«, wiederholte sie flüsternd und schluckte.

Ich wusste, wie sehr sie es hasste, schwach zu wirken. Wie sehr sie es hasste, wenn man sie mit etwas überfiel, das sie überforderte. Dass es jemanden gab, der sie beschützen wollte.

Ich fuhr mit den Händen ihren Rücken entlang, zog ihren Körper zu mir. Hitze strahlte von ihr aus.

»Ich verstehe es nicht«, setzte sie nach und stemmte sich

gegen meine Nähe. Da war sie wieder. Die unnahbare Livia, die alles dafür tat, niemandem ausgeliefert zu sein.

»Du wolltest eine Antwort.«

»Aber ich habe nicht mit ihr gerechnet.«

Ich strich über den Ansatz ihrer Brüste, sodass sie erschauderte. »Hinter wem bist du her, Livia? Was hattest du mit Plummings zu tun?«

»Ich kann mich nicht daran erinnern, dass ich dir Antworten zugestanden habe«, gab sie süffisant zurück.

Der Drang, sie beschützen zu wollen, wurde größer, doch ich wehrte mich dagegen. Es sollte mir scheißegal sein, wenn die Konkurrenz sie in die Finger bekam.

Warum war es das dann nicht?

»Du legst dich mit verdammt hohen Tieren an. Unterschätze sie nicht. Ich bin etwas länger in dem Metier als du.«

Jetzt lachte sie leise, was die Wut in mir entfachte. Merkte sie nicht, dass sie ihr Schicksal immer wieder herausforderte?

»Du hast irgendwann in deinem privilegierten Dasein die Hölle betreten, Harvey, ich aber wurde in ihr geboren. Kein Mensch hat die Macht über mich, dass ich mich vor ihm fürchte.«

»Du spielst mit deinem Leben.«

»Ich sagte dir bereits, dass es mir nicht viel bedeutet. Es gibt Menschen, die ich fallen sehen will. Wie du. In diesem Punkt sind wir uns sehr ähnlich.«

Ich strich ihr die Haare hinter die Ohren. »Du weißt nicht, worauf du dich einlässt, wenn du das Spielfeld betrittst.«

»Ich muss nicht gerettet werden, Harvey, aber wer weiß, vielleicht bin ich ja deine Rettung.« Sie kam näher, fuhr mit ihren Lippen ungewohnt sanft über meine, als würde sie den kurzen Zeitraum ihres Kontrollverlustes genießen. Als würde sie wissen, dass ihre Dämonen bald wieder die Kontrolle übernehmen würden.

»Ich habe dich gewarnt, Livia«, gab ich leise, aber bestimmt zurück. Dann griff ich nach ihrem Kinn, drückte es zusammen, sodass es schmerzhaft sein musste. »Wenn du das Spielfeld betrittst, hältst du dich gefälligst von meinen Figuren fern, verstanden? Ich kann sonst für nichts garantieren.«

Anstatt auf eine Antwort zu warten, löste ich meinen Griff und schob sie von mir. Ich durfte nicht zu lange in ihrer Nähe bleiben. Es fühlte sich an, als wäre der Teufel gezwungen, im Himmel zu hausen; dem grässlichen Guten ausgesetzt zu sein. Ich wollte keine Helligkeit, kein Licht, keine Vergebung. Die Dunkelheit war mein Zuhause, ich liebte sie, mitsamt den Sünden und den finsteren Mächten.

Ich verschwand im Bad, zog mir die Sachen über und ignorierte das falsch zusammengeknöpfte Hemd. Je schneller ich wieder im Ring war, desto besser. Das letzte Mal war für meine Verhältnisse zu lange her. Ich sehnte mich nach Blut, Schmerz und der Gewissheit, dass ich Harris mit jedem gewonnenen Kampf einen Schritt näher kam. Irgendwann würde ich in sein Visier gelangen, es musste einfach so sein.

Als ich wieder zurück ins Wohnzimmer ging, saß Livia immer noch auf der Couch, den Blick nach draußen gerichtet. »Pass auf dich auf, Harvey. Man weiß nie, welche Substanzen im Kaffee landen könnten.«

Die Kälte in ihren Worten zeigte mir, dass sie wieder ganz die Alte war.

»Pass auf, dass eines Tages nicht die falsche Leiche auf deinem Tisch landet, Süße.«

Als ich ging, wusste ich, dass ich Livia aufhalten musste. Auch wenn es bedeutete, sie irgendwo einzusperren. Sie war eine reale Bedrohung, was meine Pläne anbelangte. Ich musste mehr über sie herausfinden, über ihre Vergangenheit, ihre Netzwerke, die sie jetzt nutzte.

Mein Instinkt sagte mir, dass Livia nicht meine Rettung sein würde … sondern mein Untergang.

Kapitel 12

Livia Moriarty

Ich ging durch die Hölle – und ich würde es immer wieder tun. Sie war mein Zuhause.

DIE WOHNUNGSTÜR FIEL hinter ihm ins Schloss. Ein Frösteln durchfuhr meinen nackten Körper, während mein Blick noch immer starr nach draußen gerichtet war. Ich wusste, wohin er wollte, er brauchte es mir nicht zu sagen. Ohnehin war er mir keinerlei Rechenschaft schuldig. Ich ihm ebenso wenig.

Wenn ihn die Situation nur ansatzweise so sehr aufwühlte wie mich, wäre der Untergrund seine einzige Erlösung. Mir ging es nicht anders.

Ich griff nach dem Drink auf dem Couchtisch und stürzte ihn in einem Zug herunter. Der Alkohol brannte in meiner Kehle. Lenkte von meinen Schultern ab, die noch immer überempfindlich reagierten.

Mit einem Seufzen ließ ich mich tiefer in die Kissen meiner Couch sinken. Sogleich wurde ich von Harveys männlichem Duft eingehüllt, der sich im Stoff eingenistet hatte. Für einen kurzen Moment stahl sich ein flüchtiges Lächeln auf meine Lippen.

Ich angelte mir die weiche Decke von der Lehne und hüllte mich darin ein. Widerstand dem Drang, selbst in den Untergrund zu fahren. Er sollte nicht denken, dass ich ihn kontrollierte oder brauchte. Ich brauchte niemanden.

Dennoch war einer meiner letzten Gedanken, bevor ich einschlief, dass niemand dort sein würde, um ihm zu helfen, wenn es eskalierte.

Der Teufel wird dich finden, Red.

Vielleicht hatte auch ich ihn gefunden …

***

Das Klingeln meines Smartphones riss mich am nächsten Morgen aus dem Schlaf. Es war das, was ich erwartet hatte. Meine Suspendierung, bis sich die Ungereimtheiten im Fall Plummings geklärt hatten. Sie ließ meinen Hass gegenüber Harvey wieder entflammen.

Stundenlang saß ich an meinem Schreibtisch, studierte akribisch die alten Fallakten von ihm, die einen überraschenden Ausgang genommen hatten. Plötzlich aufgetauchte Zeugen, Beweise in letzter Minute und Gerichtsmediziner, deren erste Notizen vom späteren Gutachten abwichen.

Den gesamten Tag verbrachte ich im Morgenmantel und mit unordentlichem Haarknoten auf dem Kopf vor den Papieren. Vergaß das Essen und trank einen Pflaume-Zimt-Tee nach dem anderen, wärmte meine Finger an der Tasse. Kaffee hasste ich.

Es dämmerte bereits, als mein anderes Handy neben mir vibrierte. Ich wischte über das Display und überflog die Nachricht.

Beweg deinen Hintern heute Abend hierher. Ich hab Informationen für dich. Aber überleg dir, ob du deinen Plan nicht verwerfen solltest.

Ich rollte mit den Augen und sperrte den Bildschirm wieder. Der Befehlston missfiel mir. Wären mir die Informationen nicht so viel wert, hätte ich ihn heute Nacht einfach sitzen lassen.

Doch er wusste, dass es mich zu sehr reizte.

Auch wenn ich noch nicht wusste, was ich letztlich mit den Fakten gegen Harvey anstellen würde, ich wollte sie haben. Für den Fall ...

Mit einem Lächeln erhob ich mich vom Stuhl und streckte mich. Mein Rücken schmerzte bereits, meine Haut spannte noch immer unangenehm. Dennoch ging ich ins Bad und machte mich frisch. Trug leichtes Make-up auf, tauchte meine vollen Lippen in das obligatorische, satte Rot. Die blonde Perücke sparte ich mir. Das war nicht mehr nötig.

Das schwarze Kleid schmiegte sich an meinen Körper. Ich verstaute Smartphone und Schlüssel in meiner Handtasche. Die Absicherungen für mein Leben an anderen Stellen, ehe ich die Wohnung verließ und mit dem Aufzug in die Tiefgarage fuhr.

Es herrschte dichter Verkehr, weshalb ich eine Weile brauchte, bis ich Austin und den Club erreichte. Die Security beäugte mich voller Misstrauen, doch ich wusste, wie ich hineingelangte.

Als ich die Katakomben unterhalb der Stadt betrat, durchfuhr mich das übliche Kribbeln. Der Kick. Ich liebte ihn nach wie vor. Doch die letzte Nacht hatte mich gelehrt, dass andere Dinge noch viel mehr bei mir auslösen konnten. Ein Gedanke, den ich schnell beiseiteschob, während ich durch die Meute stolzierte, die den aktuellen Kampf anfeuerte. Direkt auf Dans Büro zu.

»Wo willst du hin, Kleine?«, hielt mich der bullige Typ auf, der ihm Ärger vom Hals hielt.

Ich blickte unbeeindruckt zu ihm hinauf. »Catherine.«

Er starrte mich an. Musterte mich von oben bis unten. Als sein Blick wieder nach oben glitt, blieb er an meinen Haaren hängen. Dann konzentrierte er sich endlich wieder auf mein Gesicht und hielt mir Dans Bürotür auf, um sie direkt hinter mir zu schließen.

Als er den Blick hob, erstarrte er einen Moment, sah mich durchdringend an. »Dein Ernst, Via?«

»Ich sagte doch, dass ich nichts mehr zu verlieren hab. Das Blonde-Schlampen-Image war ohnehin nie meins«, erwiderte ich und ließ mich in den Sessel vor seinem Schreibtisch sinken. »Die Informationen?«

»Hast du es so eilig?«

Meine Augen verengten sich. »Ja.«

Seine Frage gefiel mir nicht. Wir hielten nie Smalltalk. Nicht einmal, wenn ich das Leben seiner Tochter in regelmäßigen Abständen verlängerte.

»Du hast mir versprochen, keinen Rachefeldzug zu starten, als ich dich hierher gelassen habe.« Dan lehnte sich in seinem Sessel zurück und fixierte mich.

Ich tat es ihm gleich. »Oh ... bist du plötzlich ein Verfechter von Ehrlichkeit und fairen Spielen geworden? Das ist mir entgangen.« Ein spöttisches Lachen verließ meine Lippen. »Wieso hast du mich wirklich herbestellt?«

Dan erhob sich von seinem Platz. Ich ebenfalls. Ließ ihn keine Sekunden aus den Augen, als er seinen Schreibtisch umrundete. Ich vertraute ihm nicht. Niemandem auf dieser Welt.

»Du wirkst angespannt, Via«, sagte er wie beiläufig, als er vor mir stand.

»Und du wie ein Arschloch«, gab ich tonlos zurück. »Was soll das werden? Du langweilst mich.«

Bevor ich reagieren konnte, packte er meine Kehle, hob mich so weit an, dass nur noch meine Zehenspitzen den Boden berührten.

»Ich lasse mich von einer kleinen Schlampe nicht erpressen. Auch nicht für meine Tochter. Ich werde andere Wege finden«, knurrte er und drückte fester zu. Solange, bis ich röchelte.

Meine Hände hatten sich um seine Gelenke geschlossen. Ich

bohrte meine Nägel in seine Haut, kratzte ihn und versuchte, mich mit aller Macht zu befreien.

Als er mich losließ, taumelte ich einen Schritt zurück. Mein Atem rasselte leise, als ich den Sauerstoff inhalierte, der endlich wieder in meine Lunge strömte.

»Ich sollte dich an den Höchstbietenden für eine Nacht verkaufen, kleine Via. Und dann dein Leben beenden.« Er kam mir langsam näher.

Ich wich so weit nach hinten aus, bis ich die Wand seines Büros in meinem Rücken spürte. Niemand war hier, der mich retten würde, das wusste ich. Den Gefallen, um Hilfe zu schreien oder zu betteln, tat ich ihm nicht.

»Das ist dein Plan mit mir? Ich bin gespannt, was ich so einbringe«, erwiderte ich mit einer solchen Abgebrühtheit, dass sie selbst mich überraschte, denn mein Herz donnerte wie wild gegen meine Brust, als wollte es mir verzweifelt sagen, dass ich abhauen sollte. Doch dafür war es zu spät.

»Was soll diese Sache mit H?«, fragte er, als er direkt vor mir stand und von oben auf mich herabsah.

Dan war groß. Ein massiger Typ. Verbrachte seine Zeit entweder im Untergrund oder beim Krafttraining, wenn er nicht zu Hause bei seiner Familie war. Einer Familie, von der kaum jemand wusste – außer mir. Allein das war vermutlich mein Todesurteil.

»Das geht dich nichts an, Dan. Außer ... du arbeitest mit mir zusammen«, gab ich mit einem Lächeln auf den Lippen zurück.

Er schnaubte wie ein Bulle, der seinen Gegner gleich aufspießen wollte. »Ich arbeite mit niemandem zusammen. Das hier läuft nach meinen Regeln.«

Ich hätte gern gelacht. Wieso dachten das alle Männer in meinem Umfeld? Und warum wollten sie mich grundsätzlich gleich tot sehen, wenn ich einen Scheiß auf ihre Regeln gab?

Die Bürotür ging einen Spalt auf. Der Bodyguard von vorhin steckte seinen Kopf herein. »H ist da und macht sich für den Kampf gegen Storm fertig.«

Auf Dans Lippen schlich sich ein schmieriges Grinsen, als die Tür wieder zuging. »Ob sich H darüber freut, dass er dich auf dem Silbertablett serviert bekommt?«

Meine Augen verengten sich. »Was hast du vor?«

Er griff in mein Haar. Riss so fest daran, dass ich einen Schritt nach vorn stolperte und meine Hände gegen seine massige Brust stemmte.

»Du würdest sicher eine Menge Geld bringen. Aber es wäre viel mehr wert, wenn H die Drecksarbeit für mich erledigen und dich aus dem Weg räumen würde, wenn er von deinem Plan erfährt«, erklärte er mir.

Mein Herz setzte für einen Moment aus. Wollte er mich zur Siegprämie des nächsten Kampfes machen?

Ich wollte lachen. Ihm sagen, dass Harvey mich nicht einfach töten würde. Doch egal, was am gestrigen Abend geschehen war, es gab keine Sicherheit. Ich wusste nicht, was passieren würde, wenn er erfuhr, dass ich seine Altlasten durchwühlte; nach Antworten in seiner Vergangenheit suchte.

»Zoey wird früher oder später sterben, wenn du mich töten lässt«, erinnerte ich ihn fauchend.

»Ich werde andere Wege finden«, wiederholte er kalt.

Wir wussten beide, dass dem nicht so war. Nicht auf die Schnelle. Ich war bereits in letzter Sekunde durch die Verkettung einiger Umstände in sein Leben geraten. Niemand mit meinen Fähigkeiten würde sich so einfach auf einen Deal mit ihm einlassen. Doch seine Vaterliebe schien nicht so groß zu sein, wie ich immer geglaubt hatte.

Ich hasste mich für diese Dummheit. Für meine Leichtgläubigkeit. Wie hatte ich denken können, dass er alles für sie tun würde? Gerade ich, die von ihren eigenen Eltern vermutlich auch verschachert worden wäre, wenn es ihnen für einige Zeit den Stoff gesichert hätte.

Selbst schuld, Livia.

»Es tut mir fast etwas leid um dich. Du hast einen guten Job gemacht«, riss Dan mich aus meinen Erinnerungen.

Ich lächelte bitter. »Fick dich.«

Seine Faust traf mich unvorbereitet. Doch der Schmerz durchfuhr meinen Körper erst, als das Blut an meinem Mundwinkel hinab rann und sich der metallische Geschmack auf meiner Zunge ausbreitete. Er war nicht heftig genug, dass ich das Bewusstsein verlor. Doch ich hatte Mühe, mein Gegenüber noch zu fixieren. Wankte, bis er mich an meinen Schultern packte.

»Du lernst es nicht, Via«, brummte er, während ich glänzendes Metall verschwommen in seiner Hand sah. Konnte es nicht zuordnen.

Panisch wollte ich zurückweichen, doch er hielt mich fest. Ich hörte das Geräusch einer Schere. Nichts weiter geschah. Lediglich das Pochen in meinem Kopf wurde immer stärker. Die Farben und Lichter im Raum flimmerten vor meinen Augen.

»Ich bin gespannt, ob sich H freuen wird.«

»Und wenn Storm gewinnt?«, flüsterte ich kaum hörbar und spürte den stechenden Schmerz in meinem Kiefer und an meiner Lippe.

»Dann hat er einen guten Fick und ich muss die Drecksarbeit morgen doch selbst machen.« Dan ließ von mir ab und holte seinen Bodyguard herein.

Ich taumelte gegen die Wand, konnte mein Gleichgewicht nicht wiederfinden. Doch bevor ich auf die Knie sank, packte der Typ mich bereits und schleifte mich aus dem Büro. Dan folgte uns und betrat den provisorischen Ring.

Der andere Kerl blieb etwas abseits im Ring mit mir stehen, sorgte dafür, dass ich nicht zusammensackte oder auf die Idee kam, abzuhauen.

Ich hörte Dans Stimme wie aus weiter Ferne, versuchte krampfhaft, wieder klar zu sehen.

Die Menge jubelte, weil er persönlich im Ring stand. Jeder wusste, dass es etwas zu bedeuten hatte. Dass der nächste Kampf etwas Besonderes sein musste.

»H gegen Storm«, kündigte er die Kontrahenten an.

Für einen Moment setzte mein Herzschlag aus. Erleichterung darüber, dass er tatsächlich da war und nicht doch jemand anderes kämpfen würde. Doch ich wusste, dass es nicht mein Überleben sicherte. Wenn Dan ihn aufklärte ... vielleicht war Harvey dann doch bereit, mich auszuliefern. An den Tod.

»Auf den Sieger wartet ein Gewinn«, brüllte Dan. Die Masse grölte und pfiff.

Ich versuchte zu beobachten, was im Ring geschah. Doch die Sicht auf Harvey wurde mir versperrt. Stattdessen sah ich, wie Dan eine rote Haarsträhne in die Luft hielt und vielsagend in die Richtung sah, in der Harvey stehen musste.

»Dicky übernimmt.« Dan verließ den Ring.

Mir wurde übel. Mein Magen verkrampfte sich. Ich spuckte das Blut aus, das sich in meinem Mund sammelte. Meine Beine zitterten, das Adrenalin schoss durch meinen Körper. Mein Herz raste. Ich versuchte, mich halbherzig aus dem Griff des schmierigen Typens zu befreien, der mich wieder aus dem Ring zerrte.

Doch im nächsten Moment packte Dan bereits meine Kehle. »Benimm dich, Kleine. Ansonsten bleibt dir nicht einmal mehr diese Nacht.«

Er schleuderte mich gegen die harte Betonwand, als er von mir abließ. Ich schnappte nach Luft, als sie aus meiner Lunge gepresst wurde. Hatte für wenige Sekunden das Gefühl, nicht atmen zu können, hechelte nach Sauerstoff und wurde erneut festgehalten. Konnte nicht zuordnen, von wem. Tausende Gedanken rasten durch meinen Kopf, solange der Schmerz und das Pochen es zuließen.

Er konnte Harvey noch nichts von meinen Plänen erzählt haben. Wollte es vermutlich erst tun, wenn er den Kampf gewann. Doch ich wusste, dass ich keine Chance mehr hatte, der Situation zu entkommen.

Mein unbändiger Wille kapitulierte. Ich hatte ihm in den letzten Wochen zu viel zugemutet. Und ich wusste, wann Kämpfe aussichtslos waren. Auch das hatte ich gelernt.

Für einen kurzen Moment dachte ich an all jene, die ich gegen meine Eltern ausgefochten hatte. An die kleinen und großen gegen meine beiden Brüder. An den letzten Kampf gegen Jason, den ich beinahe mit meinem Leben bezahlt hatte.

Und für einen kurzen Moment dachte ich sogar an Jackson, meinen großen Bruder, der mich im Stich gelassen hatte. Er hatte meine Kindheit erträglicher gemacht. Mich nicht selten vor den Strafen bewahrt, die auf mich gewartet hatten, wenn ich wieder mit dem Kopf durch die Wand gewollt hatte. Wenn ich gegen das Leben zu Hause rebelliert hatte. Mich geweigert hatte, zu klauen, oder den Alkohol wieder in den Abfluss geschüttet hatte.

Er hatte mir den Rücken freigehalten, wenn ich meine Stunden in der Schule abgesessen oder mich draußen herumgetrieben hatte, um in Ruhe lernen zu können.

Der letzte Tag, an dem wir uns gesehen hatten, war der, an dem ich mich für das Studium eingeschrieben und das WG-Zimmer bezogen hatte. Weit weg von unseren Eltern, auf der anderen Seite der Stadt. Ohne, dass sie etwas davon gewusst hatten.

Seitdem war er verschwunden. Bis heute.

Ich hatte ihn suchen wollen. Während meines Studiums hatte ich mir geschworen, dass ich es tun würde, sobald ich es beendet und einen anständigen Job hatte. Das Leben lebte, das ich immer hatte leben wollen.

Nun war es vielleicht zu spät.

Mein Leben lag in Harveys Händen, wenn er diesen Kampf gewann.

In denen des Teufels.

Kapitel 13

Harvey Cavendish

Ich wollte nicht, dass meine Feinde um Gnade flehten.
Ich wollte nur eines: ihr Blut an meinen Händen.

DIE STIMMUNG IM Raum war anders als sonst. Aufgeladener. Intensiver.

Gierige Blicke lagen auf Livia, die Wettsummen schienen andere Ausmaße zu nehmen, anzügliche Sprüche wurden in ihre Richtung geschleudert.

Sie war der Hauptgewinn, der schmackhaft präsentiert wurde und die Kämpfer dazu animieren sollte, über ihre Grenzen hinauszugehen.

Livia lehnte sich gegen die Säule, warf mir einen Blick zu, der mir durch Mark und Bein ging.

Sei das Arschloch.

Mach keinen verschissenen Fehler.

Aber je mehr ich mich dagegen wehrte, umso intensiver traf mich der Ausdruck in ihren Augen. Die pure Angst, völlig konträr zu der Stärke, die sie sonst ausstrahlte. Was hatte sie getan, dass Dan so weit ging?

»Dicky, was wird hier gespielt?«, knurrte ich.

Dan verschwand über die wuchtige Tür wieder nach draußen. Er schien kein Interesse daran zu haben, wie der

Kampf ausging. Das bedeutete, Livia würde so oder so sterben. Er war niemand, der sich lange auf Diskussionen einließ, sondern sorgte dafür, dass das Problem schnell und sauber von der Bildfläche verschwand.

In diesem Fall war das Problem Livia.

»Hat den Boss verärgert. Ich mag sie, H, aber man verärgert den Boss nicht.« In Dickys Stimme schwang Angst mit und er hatte den Blick gesenkt, als würde der Wichser vor ihm stehen und ihm befehlen, zu spuren. Der untersetzte Typ war Dans Marionette, mehr nicht, aber er war informiert.

»Und deswegen wird sie wie eine Nutte versteigert?«, zischte ich, sodass mich mein Kontrahent nicht hören konnte. Dieser Scheißkerl stand schon lange auf meiner Abschussliste, heute würde er dem Tod ins Auge blicken.

»Is halt so«, nuschelte er und drängte sich an mir vorbei in den Ring. Der Gong erklang, läutete unseren Kampf ein. Obwohl ich hochgewachsen war, überragte mich Storm um einen halben Schädel. Die Falten seiner Glatze erinnerten mich an die Fratze einer Bulldogge.

Er beugte sich zu mir, ballte eine Faust und schlug sie in die gegenüberliegende offene Handfläche. »Heute wird deine Siegesserie zu Ende gehen, du Wichser.«

Ich ignorierte ihn, ging an ihm vorbei und schwang mich in den Ring. Es brauchte mehr, um mich aus der Reserve zu locken. Nicht umsonst hatte ich jahrelang geboxt, um mir in den illegalen Untergrundkämpfen einige Vorteile herauszuschlagen. Bare Knuckle Fighting konnte jedes Mal übel enden. Es war eine Gratwanderung, die mir den Kick verschaffte, mich daran erinnerte, dass ich noch existierte.

Die Zeit des Aufwärmens war vorbei, der Kampf begann. Ich sprang auf der Stelle, ließ meine Schultern ein letztes Mal kreisen. Wir umrundeten uns wie Tiere in einem Käfig, die Meute johlte. Es erinnerte mich an primitive Gladiatorenkämpfe in der Neuzeit.

Bare Knuckle Fighting verlangte absolute Präzision. Ein falscher Schlag konnte dafür sorgen, dass die Hand brach.

Nicht den Schädel anvisieren.

So sehr es mich auch reizte, gegen seine Schläfe zu schlagen, es könnte eine Niederlage für mich bedeuten.

Ich sah Livia nicht an, sie würde nur für Ablenkung sorgen.

Storm preschte nach vorn, holte aus und ich wirbelte nach hinten, spürte den Lufthauch seiner Faust vor meinem Gesicht.

Sein Problem war das Berechnende, das in seinen Augen zu lesen war. Er verriet sich.

Obwohl mein verficktes Hirn mich dazu drängen wollte, zu überprüfen, ob Livia noch an derselben Stelle stand, widerstand ich dem Drang.

»Die Kleine gehört mir«, grunzte er und ballte die Fäuste. Schweiß rann an seiner Stirn hinab. Der Kerl würde alles dafür tun, Livia als Trophäe zu bekommen. Nur über meine Leiche.

Es war die nackte Panik in ihren Augen, die mich anstachelte. Jeder hier wusste, was dieser Wichser mit ihr anstellen würde.

Livia brachte alles durcheinander. Meine Planung, meine Schachzüge, mein verdammtes Denken. Es war das Arschloch in mir, das mich bis hierher gebracht hatte, nicht der Beschützer. Nicht derjenige, der sie um alles auf der Welt vor diesem Schicksal bewahren wollte.

Wir blieben uns nichts schuldig. Während seine Faust gegen meine Rippen prallte, erwischte ich ihn an seinem Hals. Mein Blickfeld schränkte sich ein, die Rationalität und der Blutdurst nahmen überhand, drängten Livia in die hinterste Ecke meines Verstandes.

Ich wusste nicht, wie lange wir schon im Ring waren. Hier verlor ich das Gefühl für Zeit und Raum, nahm nur die Rufe der

Zuschauer wahr, konzentrierte mich auf eine passende Möglichkeit, zuzuschlagen.

Meine Taktik, ihm die Luft zu nehmen, funktionierte. Er war größer, aber weitaus schwerfälliger. Immer, wenn ich ihn aus der Reserve lockte, musste er einen kurzen Abstand sprinten, hüpfen oder zur Seite wirbeln. Bewegungen, die ihn Kraft und Luft kosteten. Er wurde zunehmend zielunsicherer, was jedoch nichts an der Tatsache änderte, dass er alles dafür tun würde, Livia zu vergewaltigen und zu töten.

Ich würde gewinnen. Das wusste dieser Scheißkerl. Umso heftiger schlug er ziellos um sich, in der Hoffnung, irgendein Körperteil von mir zu erwischen. Ich würde Livia vor ihm bewahren. Meine Dämonen würden es tun. Ich übergab ihnen die Führung, ließ sie ihren Blutdurst stillen. Dan hatte einen verschissenen Fehler begangen.

»Gib auf«, brüllte ich und holte aus, verfehlte seinen Kehlkopf und erwischte ihn nur leicht am Hals. Es reichte aus, dass er rückwärts torkelte. Mit blanker Wut in seinen Augen wischte er sich das Blut von den Lippen, schnaubte wie ein Stier, als er brüllend auf mich losging. Ich wirbelte zur Seite, vollführte einen Haken und verpasste ihm einen Schlag in die Nierengegend.

Storm stöhnte auf, fiel gegen die Bande. Das war sein Ende. Ich hatte Livia fast. Es war eine Frage von Sekunden oder wenigen Minuten, Storm würde nicht mehr lange durchhalten können. Schweiß rann an mir hinab, tropfte auf den Boden. Meine Knöchel waren aufgeschlagen, blutig, aber der Schmerz reizte mich nur noch mehr.

Ich ließ ihn auf mich zukommen, fokussierte mich auf einen gezielten Schlag. Lauf nur in dein Verderben!

Sein siegessicheres Grinsen alarmierte mich. Eine verdächtige Bewegung. Das Ausholen seines Armes. Wie in Lichtgeschwindigkeit griff er in seine Hose, während ihn nur ein langer Schritt von mir trennte.

Ich sah etwas Metallisches aufblitzen, wollte mich zur Seite drehen, aber es war zu spät. Er rammte mir das Messer brutal in den Oberschenkel.

Schmerz.

Purer Schmerz.

Das Fremdkörpergefühl verschwand so schnell, wie es gekommen war.

Ich taumelte nach hinten, kassierte ein Fauststakkato gegen meinen Oberkörper, wollte mich wehren, verlor den Halt. Der nächste Schlag traf mich am Kinn, gefolgt von einem weiteren. Mein Kopf wurde nach hinten gerissen, mein Sichtfeld verschwamm und ich fiel. Der Schmerz in meinem Oberschenkel explodierte, als ich auf dem Boden aufkam.

Ich sah eine Bewegung im Augenwinkel, hörte eine Stimme aus weiter Ferne. »Zehn ... Sieben ...«

Dicky zählte. Er musste das scheiß Messer doch gesehen haben, warum brach er nicht ab?

Ich lag am Boden, hatte keine Chance mehr, aufzuspringen.

»Vier ...«

Ich brüllte auf, versuchte, in die Senkrechte zu kommen.

»Eins!«

Es war vorbei. Ich wusste nicht, worauf ich mich zuerst konzentrieren sollte. Er hatte ein Messer benutzt. Obwohl es beim Bare Knuckle Fighting keinen Schiedsrichter gab, existierte eine verdammte Regel: Es wurden nur die Fäuste verwendet, keine Waffen.

Ich bemühte mich, die Augen offenzuhalten, blinzelte den Schleier weg. Gerade so viel, dass mein Sichtfeld etwas schärfer wurde. Storm klopfte sich mit den Fäusten gegen den Oberkörper, grölte wie ein Neandertaler. Nein, er würde Livia nicht in seine Finger bekommen.

Die Menge tobte, als er aus dem Ring stieg und auf seine Beute zuging. Flaschen klirrten, als würden sie auf ihn anstoßen.

Unbändige Wut jagte durch meine Adern, Adrenalin gesellte sich dazu und gab mir die Kraft, mich vom Boden aufzuraffen. Schmerz explodierte in meinem Bein. Scheiße, wenn er die Arterie erwischt hatte, war es vorbei.

»Komm her, Süße, zier dich nicht so«, lachte er.

Ich hörte einen Schrei, als er Livia wie einen Sack Mehl über die Schulter warf. Die roten Wellen hingen an seinem Rücken hinab, während sie mit den Fäusten auf ihn einschlug.

Ich wollte mich nach oben ziehen, als mich jemand mit aller Gewalt nach unten drückte. »Nein!«

Der Gestank von Bier und Zigaretten drang zu mir, brachte mich zum Würgen. Ich drehte meinen Kopf zur Seite und warf Dicky einen tödlichen Blick zu. »Lass mich sofort los.«

Er schüttelte vehement den Kopf. »Wenn du dich einmischst, stirbt sie.« Er sorgte sich um sie. Das sah ich in seinen wässrigen Augen – und das, obwohl er Dan loyal war.

»Wenn ich es nicht tue, wird sie auch sterben. Auf eine andere Art.«

Der Wichser ging mit Livia zum Ring, klopfte dabei auf ihren Arsch, wollte sie mir als Trophäe präsentieren. Ich hatte nur einen verdammten Wunsch: ihn in alle Einzelteile zu zerfetzen!

Brüllend drückte ich Dicky weg von mir, stützte mich am Boden ab und wollte mich hochhieven, als ein ohrenbetäubender Knall an den Wänden widerhallte. Ich hatte das Gefühl, mein Trommelfell würde zerreißen. Alarmiert hob ich den Kopf, blickte in Storms aufgerissene Augen. Blut und Gehirnfetzen spritzten zur Seite, als er mitsamt Livia vornüber fiel und auf dem Betonboden prallte.

Die Menge, die vor einer Sekunde noch gejohlt hatte, verstummte auf einen Schlag.

Mein Herz pochte hart gegen meinen Brustkorb. Livia zog sich stöhnend von ihm hinunter. Ein zweiter Schuss ertönte und begann, in meinen Ohren zu surren. Das war der Moment, in dem sich die Umstehenden panisch in die weitentfernteste Ecke drängten, über andere stolperten, sie zertrampelten wie Ungeziefer. Der Zuschauerbereich lichtete sich, ich erkannte fünf Typen am Eingang der schweren Tür. Mein Augenmerk fiel auf den Riesen, der die Hände im Schoß verschränkt hatte, als würde er das Schauspiel genießen. Die Waffe lag dabei ruhig in seinen Fingern. Er war dunkelhaarig, mit der Statur eines MMA-Fighters, völlig in Schwarz gekleidet.

»Livia«, flüsterte ich und zwang mich, zu ihr zu sehen, obwohl ich den Feind im Blick behalten wollte. Sie hatte sich aufgerappelt, die Haare zur Seite geschoben und taumelte gegen die Säule, hielt sich daran fest.

Dicky stand zu einer Salzsäule erstarrt neben mir.

»Wer ist der Kerl?«

»Ich weiß es nicht«, flüsterte er, ich konnte seine Panik förmlich riechen. Dicky war niemand, der sich vor jedem Scheißer fürchtete. Aber er schien zu wissen, dass er sich eine Kugel einfangen würde, wenn er flüchtete.

Die Angreifer sagten kein Wort. Der Typ, von dem ich annahm, dass er der Anführer war, kam mit gemächlichen Schritten auf uns zu. Seine Miene war starr, kein Funken Emotion lag in seinem Blick. Ich überlegte, wie lange ich brauchen würde, den Abstand zwischen mir und Livia zu überbrücken, aber das war unmöglich.

Meine Gedanken überschlugen sich. Ich sah bereits, wie er ihr eine Kugel in den Kopf jagte.

Als sie sich gefangen hatte, schaute sie zu dem Kerl, der auf sie zukam. Die Kinnlade klappte ihr herunter, ihre Augen waren weit aufgerissen.

»Du hattest immer ein Talent, dich in die Scheiße zu reiten. Bis jetzt habe ich allerdings nicht eingreifen müssen.«

Irritiert beobachtete ich die beiden. Sie kannten sich, auf welche Art auch immer. Livia schwieg, aber sie zitterte kaum merklich.

»Glaubst du wirklich, ich hätte mich nicht nach deiner Laufbahn erkundigt? Ich habe mir in regelmäßigen Abständen Informationen über dich eingeholt, Red. Ich wusste, dass du eines Tages tief in der Scheiße stecken würdest.«

Red? Was zur Hölle?

»Du lebst.« Zwei Worte, so leise gesprochen, dass ich sie kaum wahrnahm.

Ich hatte Livia noch nie so gesehen. Wie in einer Starre, als sei sie eingefroren. Die Stelle, an der mich das Messer erwischt hatte, brannte höllisch. Blut sickerte aus meinem Oberschenkel, rann auf den Boden, vermischte sich dort mit Storms.

»Ja, ich lebe, und du kommst mit mir mit«, befahl ihr der Fremde, der den Laden aufgeräumt hatte, und strich ihr über die Wange. Beinahe fürsorglich.

Meine Sicht verschwamm, ich hörte das Blut in meinen Ohren rauschen. Scheiße, nein. So sehr ich mich auch gegen diesen Flashback wehrte, ich musste an den Abend denken, als ich Holly verloren hatte. Ich war machtlos gewesen. Hatte keine Möglichkeit gehabt, sie zu retten, sie vor dem Tod zu bewahren.

Ich hatte in diesem Moment meinen verfluchten Beschützerinstinkt dafür gehasst, dass er die Dämonen in Schach gehalten, sie an die Wände gekettet hatte.

Livia durfte nicht dasselbe wie Holly geschehen.

Nicht ihr.

Ein scharfer Schmerz schoss durch mein Bein, als ich mich

aufrichtete, zuerst in die Blutlache griff und mich dann an der Bande nach oben zog. Ich atmete die angehaltene Luft zischend zwischen meinen Zähnen aus.

»Livia«, presste ich hervor, was die Aufmerksamkeit dieses Wichsers auf mich lenkte. Er ließ seine Hand sinken, starrte mich mit einem Blick an, der dem eines Teufels ebenbürtig war. Kalte blaue Augen, zahlreiche Narben im Gesicht, ein in Stein gemeißeltes Profil. Aber das hielt mich nicht auf. »Livia, komm her.«

Ein Grinsen schlich sich auf seine Züge, während Livia noch immer wie angewurzelt auf der Stelle stand und den Kerl anstarrte, als handelte es sich um ein Alien. Ich wettete, dass sie ihn kannte. Gut kannte. Nur ein Mensch, der mit den dunkelsten Abgründen ihrer Seele vertraut war, vermochte diese Reaktion in ihr auszulösen.

»Livia kommt mit mir. Du hast den Kampf überlebt, aber wähle nicht den falschen Gegner aus.« Seine Stimme war ruhig, bedacht, aber mit einer unverkennbaren Stärke darin. Der Scheißkerl war es gewohnt, Befehle zu erteilen und Angst zu säen.

Ich sah Hollys Gesicht vor meinem inneren Auge. Es musste der Blutverlust sein, der mich irrational handeln ließ, der mir ein Bild von Livia in mein Sichtfeld projizierte. Livia, die blutüberströmt am Boden lag.

Livia, deren Augen ins Leere starrten.

»Nein«, knurrte ich, zog die Bande auseinander und rutschte nach unten auf den Betonboden. Livia würde nicht auf die gleiche Weise enden. Sie würde nicht von jemandem gegen ihren Willen mitgenommen werden, damit er wer weiß Gott was mit ihr anstellte.

Der Arm dieses Wichsers schoss nach vorn. Er hielt die Glock von sich weggestreckt, visierte meine Brust an.

»Nein«, mischte sich Livia ein und legte ihre Hand auf seinen Unterarm. »Nicht.«

Ich blieb stehen, etwa drei Yards von ihnen entfernt. Mein Bein konnte mich kaum tragen, zitterte unaufhörlich. Er wandte den Blick nicht von mir ab, aber ich erkannte es an seinen zuckenden Kiefermuskeln, dass Livias Worte etwas in ihm auslösten. Wie stand er zu ihr? Wie stand sie zu ihm?

»Ich gehe mit dir, aber lass ihn.«

»Warum?«

Livia lächelte schmal. Mir fiel sofort auf, dass es erzwungen war, aber das konnte der Typ nicht sehen. »Wenn du nicht willst, dass die alte Red zum Vorschein kommt, lass ihn.« Sie sprach so leise, dass es mir schwerfiel, sie zu verstehen.

Ich hatte ein beschissenes Gefühl bei dieser Sache. Sie wollte nicht mit ihm gehen, aber sie würde es tun, damit er mich nicht umbrachte.

Livia wollte nicht, dass ich verreckte.

»Ich lasse dich nicht gehen«, festigte ich meinen Standpunkt und ballte die Fäuste, ignorierte das Blut, das an meinem Oberschenkel hinab rann. Mir war schwummrig und ich musste gegen den Schleier vor meinen Augen ankämpfen, aber ich würde Livia nicht diesem Wahnsinnigen überlassen.

Er griff nach ihrem Oberarm und zog sie mit sich. »Wir gehen.«

Es war der ungewohnte Blick, den sie mir zuwarf, der meine Sicherungen durchbrennen ließ. Livia war keine ängstliche Schlampe, die nicht auf sich selbst aufpassen konnte. Sie wusste, wie sie sich verteidigen konnte, aber jetzt sah ich die nackte Angst in ihren Augen.

»Nur über meine Leiche.« Ich preschte vor. Es war mir scheißegal, was er mir antat, ich wollte sie nur vor ihm bewahren. Ich wollte sie beschützen, wie es mir bei Holly nicht gelungen war.

Ein Knall.

Ein Schrei.

Ein heftiges Brennen an meiner Schulter, ehe ich nach hinten taumelte und den Halt verlor. Ich kam auf dem harten Boden auf. Der Schmerz verlagerte sich in meinen Kopf, Sterne tanzten vor meinen Augen.

Ich hatte das Arschloch in mir zur Seite geschoben, es zugelassen, dass mich meine Vergangenheit im Griff hatte. Mich dazu verleitet hatte, Fehler um Fehler zu begehen, weil sich ein bestimmtes Ereignis niemals wiederholen durfte. Ich spuckte Blut, versuchte, die Augen zu öffnen, aber es gelang mir nicht.

Ich vernahm einen Mix aus Schreien, Stimmen und Geheule. Nichts davon konnte ich zu einem Ganzen zusammenfügen. Eine Sache allerdings wurde mir in diesem Moment mit tödlicher Präzision bewusst: Livia war nicht mein Untergang, sondern ich ihrer.

Ich konnte sie nicht beschützen.

Ich hatte versagt.

Dann wurde alles schwarz.

Livia.

Kapitel 14

Livia Moriarty

Ich überlebte den Albtraum, den man Vergangenheit nannte.
Und dennoch ließ ich einen Teil von mir zurück.

ICH SAH, WIE er das Bewusstsein verlor. Schrie und kämpfte gegen die starken Arme an, die mich in Schach hielten. Wütete. Auch wenn ich wusste, dass es nichts bringen würde. Ich hatte keine Chance.

»Was hast du getan?«, brüllte ich ihn an und schlug mit den Fäusten gegen seine Brust.

»Du hast für heute genug Ärger gemacht, Red«, erwiderte er ohne jegliche Regung und zerrte mich weiter Richtung Ausgang.

Ich stolperte hinter ihm her. Blickte mich immer wieder um. Sah, wie Harvey in seinem eigenen Blut lag und sich nicht regte.

Es war meine Schuld. Wenn wir uns nicht begegnet wären, hätte ich mich nie auf dieses Spiel eingelassen; hätte nicht versucht, Dan für meine Revanche an Harvey zu missbrauchen. Dann ... hätte er nie versucht, mir das Leben zu retten. Er hätte es gar nicht erst gemusst.

Tränen brannten in meinen Augen, rollten über meine Wangen. Meine Brust zog sich schmerzhaft zusammen und mein Herz raste, doch es fühlte sich kraftlos an.

»Erst verpisst du dich einfach und jetzt machst du alles

kaputt«, fauchte ich. Ein Schluchzen kam über meine Lippen, das in meinen eigenen Ohren fremd klang.

Er hielt inne. Mein Gefühlsausbruch schien ihn zu irritieren.

Ich stolperte gegen seine breite Brust, brachte jedoch sofort wieder Abstand zwischen uns. So viel, wie sein fester Griff an meinem Oberarm zuließ.

»Ich habe dir das Leben gerettet. Ohne den Wichser wärst du gar nicht erst in dieser Situation gewesen«, sagte er und blickte auf mich hinab, als wäre ich noch immer ein kleines Kind.

»Das ist Schwachsinn, Jax«, gab ich wütend zurück. »Du hast selbst gesagt, ich hatte schon immer ein Talent dafür, mich in Schwierigkeiten zu bringen.«

»Aber normalerweise nur in die, aus denen du von allein wieder rauskommst. Ich diskutiere nicht mit dir, Red«, erwiderte er und wandte sich ab, um weiterzugehen.

Wut mischte sich in meine Verzweiflung. Er hatte mich im Stich gelassen. Nun führte er sich auf, als könnte er auftauchen und mich bevormunden. Jahrelang war ich ohne ihn klargekommen. Er hatte kein Recht dazu; war mir eine Erklärung schuldig. Und ich schuldete ihm gar nichts.

»Ich hab mich noch nie bevormunden lassen«, flüsterte ich, ehe ich in den Ausschnitt meines Kleides griff. Ohne zu zögern, zog ich die Kappe der Spritze mit den Lippen hinunter.

Er sah es aus dem Augenwinkel. Sein Griff löste sich, weil er mich abwehren wollte, doch ich nutzte die Chance und sprang auf seinen Rücken, bevor er sich gänzlich umdrehen konnte, und rammte ihm die Nadel in die Halsvene.

Schwer atmend bekam ich wieder festen Boden unter den Füßen, während er fluchend seine Hand auf die Stelle presste und zwei Schritte rückwärts taumelte.

»Was war das?«, knurrte er.

Seine Typen kamen mir bedrohlich nah. Ich wich zurück.

»Wer weiß das schon … außer mir«, erwiderte ich und lächelte selbstsicher. Noch nie hatte es mich so viel Kraft gekostet, wie in diesem Moment. »Verschwinde mit deinen Typen. Wohin auch immer. Am liebsten weit weg.« Ich spielte mit der leeren Spritze zwischen meinen Fingern. Betrachtete sie, als würde ich sie studieren. »Du hast eine Stunde. Vielleicht auch zwei … ohne das Gegenmittel. Sag mir, wo ich es hinbringen lassen soll, und verpiss dich. Ich hab mich von Mom und Dad nicht kontrollieren lassen … ich werde es von dir erst recht nicht.«

Wir standen uns im Untergrund von Chicago gegenüber, nachdem wir uns sieben Jahre nicht gesehen hatten, und lieferten uns das erste Duell in unserem Leben. Er war nicht mehr mein Beschützer. Niemand beschützte mich. Jeder verriet mich früher oder später. Jax hatte es damals getan, als er ohne ein Wort aus meinem Leben verschwunden war.

»Was ist aus dir geworden, Red?« Er musterte mich, als wäre ich eine Fremde. Doch ich kannte ihn. Ich war noch immer sein kleines Mädchen. Es würde sich niemals ändern. Und für einen kurzen Moment wünschte ich mir, er könnte wieder mein großer Bruder werden.

»Das, was ihr alle aus mir gemacht habt. Sieh es dir gut an«, erwiderte ich und schüttelte demonstrativ die leere Spritze. »Ein bis zwei Stunden. Die Uhr tickt.«

Und nicht nur seine. Ich musste mit aller Macht dem Drang widerstehen, mich nach Harvey umzusehen. Es herrschte Totenstille in den Katakomben. Niemand sagte etwas. Die meisten waren geflüchtet, um dem drohenden Tod zu entkommen.

Ich hingegen spielte erneut mit ihm.

Einer seiner breitschultrigen Typen warf mir eine Visitenkarte vor die Füße, als hätte er Sorge, ich könnte noch etwas an meinem Körper versteckt haben.

Langsam hob ich sie auf, ohne einen von ihnen aus den Augen zu lassen. Bemerkte, wie sich ein leichter Schweißfilm auf der Stirn meines Bruders bildete. »Ich würde mich hinlegen und schonen. Dann wirkt es nicht so schnell.«

»Wenn du mich sterben lässt, Red, ist niemand mehr da, der dich beschützt«, sagte er, ohne dass ich eine Regung in seinem Gesicht erkennen konnte. Er wandte sich von mir ab und öffnete die Tür, die in den Club führte. Dann hielt er inne. »Dieser Wichser da wird dich noch in viel größere Schwierigkeiten bringen.«

»Du hast mich vor Jason auch nicht beschützt oder vor all den anderen, Jax. Ich komm klar«, gab ich unwirsch zurück, auch wenn tausend Fragen durch meinen Kopf rasten. Was wusste er über Harvey? Und konnte ich mir sicher sein, dass er ihn in Ruhe ließ, wenn er das Gegenmittel hatte?

Mir blieb keine Zeit, den Plan zu überdenken. Wenn sich nicht bald jemand um Harvey kümmerte, würde mein Kampf umsonst sein.

Er sah mich ein letztes Mal an. Sein Blick war eine Mischung aus Enttäuschung und Bewunderung, ehe er mit einem Schnauben und seinem Gefolge den Untergrund verließ. Er wusste, dass ich es ernst meinte. In unseren Adern floss das gleiche Blut.

Meine Finger begannen zu zittern, als die Luke hinter ihnen zufiel. Die Spritze glitt aus meiner Hand, durchbrach die Stille, als sie auf dem Boden aufkam.

Ich wirbelte herum und eilte zu Harvey, neben dem Dicky mittlerweile kniete. Unwirsch schob ich ihn beiseite, bevor auch ich auf die Knie fiel.

»Hol mir die Tasche. Los!«, schrie ich ihn an, bevor ich die Schusswunde in Harveys Schulter betrachtete. Sie schien keine wichtigen Arterien erwischt zu haben. Mein Blick glitt hinab zu der Stichwunde in seinem Oberschenkel.

Ich presste die Lippen zusammen. Spürte erneut die Tränen in meinen Augen aufsteigen, die meine Sicht verschwimmen ließen. Meine Finger glitten über seinen Oberkörper, bis ich seinen Herzschlag unter ihnen spürte.

Langsam beugte ich mich nach unten, bis meine Lippen sein Ohr berührten. »Du darfst nicht sterben. Hörst du?«

Ich richtete mich wieder auf, als Dicky mit der Tasche herbeieilte, mir bereits die Einweghandschuhe reichte, als wüsste er, was er dort tat.

Mir brannte die Frage auf der Zunge, wieso er nichts getan hatte, als Storm auf Harvey eingestochen hatte. Doch ich wusste, dass nicht der richtige Zeitpunkt war, um darüber zu sprechen. Ich musste mich jetzt auf andere Dinge konzentrieren. Darauf, Harveys Leben zu retten, nachdem er es meinetwegen riskiert hatte.

Bevor ich begann, richtete ich mich auf und zog eine weitere Spritze aus einem Strumpfband, das ich um meinen Oberschenkel trug, und reichte sie samt der Visitenkarte Dicky. »Schick jemanden dorthin, dem du vertraust.«

»Catherine …« Er zögerte.

»Bitte. Es wird nichts besser machen, wenn ich Jackson sterben lasse. Und ich brauch dich hier«, flüsterte ich und sah ihn bittend an. Ich würde ihn auch anflehen, damit ich endlich Harveys Leben retten konnte.

Dicky erhob sich und verschwand. Ich hoffte, er würde wiederkommen. Allein würde ich Harvey nicht hier wegschaffen können, wenn ich seine Wunden versorgt hatte. Dabei wollte ich nichts lieber, als diesen Ort verlassen. Jedoch nicht allein.

***

Die Dunkelheit hatte Chicago bereits eingehüllt. Lediglich die umliegenden Wolkenkratzer warfen fahles Licht in mein Schlafzimmer, als ich im Türrahmen stand und ihn aus der Ferne betrachtete. Aus Angst, ich könnte ihn wecken, und davor, was dann geschehen würde.

Eine Stunde hatte es gedauert, bis ich die Kugel aus seiner Schulter geholt und die Wunde versorgt hatte. Bis ich die Einstichstelle an seinem Oberschenkel genäht und ihn mit Dickys Hilfe in mein Auto bugsiert hatte. Er war mir extra hinterhergefahren, um mir zu helfen, Harvey in mein Apartment zu tragen.

Ich fühlte mich mehr denn je wie eine Fremde in meiner Wohnung. Konnte keine Ruhe finden, meine Gedanken nicht kontrollieren - oder die Bilder, die immer wieder vor meinem inneren Auge auftauchten. Ich hatte geweint. Gewütet. Eine Spur der Verwüstung in der Wohnung hinterlassen. Scherben, die das Bild meiner Seele widerspiegelten. Hatte unzählige Male im Bad gestanden. Mit aller Macht gegen den Drang angekämpft, das Wasser aufzudrehen und den Schmerz gegen einen anderen auszutauschen.

Nun betrat ich langsam das Schlafzimmer. Meine zittrigen Finger krallten sich in den Stoff des blutverschmierten Kleides, das ich noch immer trug. Es war sein Blut. Meine einzig sichtbare Verletzung war jene an meiner Lippe, die Dans Schlag hinterlassen hatte.

Das einzige Geräusch, das den Raum erfüllte, war Harveys gleichmäßiger Atem.

Zögernd kniete ich mich neben ihn. Spürte, wie die weiche Matratze etwas nachgab. Berührte mit der Hand die warme Haut seines Gesichts, fuhr seine Konturen nach. Beobachtete jede Regung, die sich in seinen Zügen veränderte.

Meine Hand ruhte an seiner Wange, als ich mich zu ihm hinab beugte. »Du musst mich nicht beschützen, Harvey. Niemand kann das …«, flüsterte ich dicht an seinem Ohr. »Niemand kann mich vor mir selbst beschützen.« Ich schloss die Augen. Ließ mich von seinem herben Duft einhüllen.

Langsam richtete ich mich auf, nur um meinen Kopf auf der unverletzten Seite seines Oberkörpers zu betten. Genoss das Gefühl, in der Weichheit der Laken zu versinken, während ich seinem Herzschlag lauschte. Spürte ihn ebenso unter meinen Fingern, die auf seiner Brust ruhten.

Jede Faser meines Körpers fühlte sich unendlich schwer an. Die Müdigkeit breitete sich wie Blei in mir aus. Doch ich traute mich nicht, die Augen zu schließen. Zu fest schlug mein Herz noch immer gegen meine Brust, aus Angst, er würde vielleicht nicht wieder aufwachen.

Ich wollte nicht sein Untergang sein.

Sein Körper fühlte sich warm an, ließ meine Haut an jenen Stellen kribbeln, mit denen ich ihn berührte. Sein Herzschlag beruhigte mich. Für einen Moment wünschte ich, dass dieser Augenblick nie enden würde. Dass ich dieses Gefühl der Wärme und Geborgenheit einfangen und erhalten konnte, obwohl ich wusste, dass es vergänglich war.

Ich spürte, wie sich seine Muskeln verkrampften. Setzte mich etwas auf und strich ihm eine verschwitzte Haarsträhne aus der Stirn.

Harvey wurde unruhig, seine Lider zuckten nervös. Er musste träumen. Einen Albtraum.

»Alles ist gut, Harvey«, flüsterte ich und streichelte seine Wange.

Harvey murmelte etwas, das ich nicht verstand, und schreckte unter meiner Berührung zusammen. Seine Hände krallten sich in die Laken, sein Körper spannte sich an.

Er griff nach mir. Packte eines meiner Handgelenke so fest, dass die verheilenden Schürfwunden brannten. Sie platzten auf und ein feines Rinnsal warmen Blutes lief über meine Haut. Doch ich wusste, dass er schlief.

»Holly.«

Meine Kehle schnürte sich zu, meine Brust zog sich schmerzhaft zusammen und mein Herz setzte aus. Es war wie der Schuss, der vor nicht allzu langer Zeit durch den Untergrund von Chicago gehallt war. Doch es fühlte sich noch lauter in meinen Ohren an.

Ich sah ihn an. Betrachtete sein Gesicht, in dem der gleiche Schmerz lag, der sich gerade in mir ausbreitete. Der mich einnahm, als hätte er nur auf den Moment gewartet, in dem er mich überwältigen konnte. Der Moment, in dem er mein Herz öffnete – um es in derselben Sekunde zu zerstören.

Minuten verstrichen. Stille. Alles erdrückende Stille hüllte mich ein.

Ich wollte aufstehen, das kochende Wasser auf meiner Haut spüren, die Scherben, die sich in meine nackten Füße bohrten. Ich wollte alles spüren, außer das, was ich in diesem Augenblick empfand.

Aber ich konnte nicht. Harvey hielt mein Handgelenk fest umschlossen, auch als sich sein Körper wieder entspannte.

Tränen liefen über meine Wangen, als ich resignierte und mich zurück neben ihn sinken ließ. Meinen Kopf wieder auf seine Brust bettete und versuchte, mir den Takt seines Herzschlags einzuprägen.

Ich liebte ihn nicht.

Niemand liebte einen Menschen nach so kurzer Zeit. Nicht, wenn man so kaputte Seelen besaß, wie wir es taten. Doch Harvey hatte mich berührt. In vielerlei Hinsicht. Er hatte mich herausgefordert, mich rasend vor Wut gemacht. Meine Ängste herausgekitzelt und mir in der nächsten Sekunde das Gefühl gegeben, lebendig zu sein. Er ließ mich schwach sein, ohne dass ich mich schwach fühlte.

Seine Dunkelheit war es, die ich brauchte, um den Funken Licht in mir leuchten zu lassen.

Doch ich spürte, wie es in diesem Moment nur noch flimmerte und flirrte. Wie eine Kerze im Wind, die sich mit letzter Kraft dagegen sträubte, auszugehen.

Aber ich hatte keine Kraft mehr.

Das leise Schluchzen, das unkontrolliert meine Lippen verließ, hörte sich fremd an. Meine Tränen tropften auf seine Haut, hüllten meine Wange ein, die sich an ihn presste. Meine Nägel krallten sich an ihm fest, als könnte ich dort Halt finden.

Ich kniff die Augen zusammen. Wie im Schnelldurchlauf rasten die Bilder der letzten Stunden an mir vorbei. Wie er um mich gekämpft hatte. Gegen Storm, gegen Jackson. Sein Leben für mich riskiert hatte. Wie er mich angesehen hatte ...

Wer auch immer Holly war ... Ich war nicht sie.

Doch nun wusste ich, wem das Herz gehörte, das in der Dunkelheit schlug.

Kapitel 15

Harvey Cavendish

Livia bedeutete meinen Untergang.
Und dennoch steuerte ich direkt auf den Eisberg zu.

BLUT. DER GESTANK nach Pisse und Müll. Wasserpfützen am Boden.

Ich blickte von den Pflastersteinen auf das Blut auf meinen Händen, das sich mit Regentropfen vermischte.

Wo war ich? Ich versuchte, mich zu orientieren, drehte mich im Kreis und taumelte einige Schritte zurück, als ich einen Körper vor mir liegen sah.

Lange, schwarze Haare, rotes Kostüm. Das Diamantenarmband, das ich ihr letzte Woche gekauft hatte.

»Nein«, flüsterte ich und zwickte mich kraftvoll in den Handrücken. Der Schmerz sollte mich aufwachen lassen, die Erinnerung vertreiben. Es war ein Albtraum, es musste so sein. Ich wollte weglaufen, stattdessen trat ich näher, ging in die Hocke und fiel nach vorn auf die Knie.

»Holly«, flüsterte ich und tastete über ihren blutüberströmten Oberkörper. Ihre weiße Bluse hatte sich rosa gefärbt, an manchen Stellen rot. Stichwunden. So viele, dass ich sie nicht zählen konnte.

Ich rüttelte an ihren Schultern, ihr Kopf wankte wie der einer

Puppe hin und her. Ihre Augen waren aufgerissen, die Todesangst darin zu sehen.

»Nein«, schluchzte ich. »Nein. Bitte nicht.«

Ich krabbelte über sie, nahm ihr Gesicht in meine Hände und strich ihr über die Wangen. Eiskalt. Sie war tot.

Der einzige Mensch, den ich jemals geliebt hatte, war tot.

Plötzlich fühlte sich der Ring in meiner Anzugtasche an wie Blei.

»Harvey?«

Das Bild verschwand, Holly löste sich auf. Ich blinzelte, wollte nach ihr greifen, aber sie war fort.

»Harvey? Wach auf. Du hast lange genug geschlafen.«

Ich kannte die Stimme, doch sie gehörte nicht Holly.

Ich hatte Mühe, meine Lider zu öffnen. Mein Sichtfeld war verschwommen, aber die rote Mähne erkannte ich deutlich.

»Livia«, krächzte ich und bemerkte dadurch meine trockene Zunge. Ich war ausgedörrt.

»Komm, setz dich vorsichtig auf. Du musst etwas trinken, ich will dir keine Infusion mehr geben.«

Mein Körper fühlte sich merkwürdig fremd an. Als ich mich an der Matratze abstützen wollte, jagte ein heftiger Schmerz durch meine Schulter. »Fuck!«

»Nicht! Ich musste dir die Kugel rausholen, sie hat zum Glück die Arterie verfehlt.« Livia griff nach meiner unverletzten Schulter und zog mich zu sich, sodass ich in die Senkrechte kam. Schwindel überrollte mich wie ein Tsunami und ich hatte Mühe, mich an der Kante festzuhalten. »Ich hab dir Tee gemacht.«

»Whisky wäre mir lieber«, brummte ich.

Sie sagte nichts, drückte mir nur eine warme Tasse in die Hand. »Trink. Du brauchst es.«

Langsam nahmen die Umrisse klare Formen an. Ich musste

in Livias Schlafzimmer sein, denn alles hier roch nach ihr. Offensichtlich hatte sie mich mit nach Hause genommen.

»Was ist mit dem Typen, der dich mitnehmen wollte?« Ich drehte den Kopf langsam zur Seite. Livia saß mit einem übergroßen Shirt und einer ausgeleierten Hose neben mir, tiefe Augenringe zierten ihr Gesicht. Sie sah aus wie überfahren.

»Hab mich um ihn gekümmert. Er wird sich so schnell nicht mehr in meine Nähe trauen.« Die Art, wie sie es aussprach, erinnerte mich daran, wozu sie fähig war.

»Dan?«

»Trink zuerst, verdammt«, fauchte sie und schob meine Hand mit der Tasse zum Mund.

Mürrisch nahm ich zwei Schlucke.

»Dan ist tot. Der Typ hat ihn ausgeknipst.«

»Wer war er? Ich habe ihn noch nie gesehen.« Meine Beobachtungsgabe litt sicher unter den Medikamenten, die Livia mir gegeben hatte, aber sogar jetzt merkte ich, wie sie an ihrem Shirt zu nesteln begann. »Livia ... die Wahrheit. Kennst du ihn?«

Sie seufzte leise. »Er ist mein älterer Bruder. Ich habe ihn seit sieben Jahren nicht mehr gesehen. Dicky meinte, dass er ein einflussreicher Dealer geworden ist, sich aber kaum blicken lässt.«

Die Tasse fiel aus meinen Fingern und kam mit einem dumpfen Bong am Boden auf.

Livia sprang auf und torkelte nach vorn. »Verdammt, Harvey, das war mein neuer Schafswollteppich!«

»Ein Ziegenteppich hätte besser gepasst«, kommentierte ich mein Malheur trocken und versuchte, aufzustehen.

»Sehr witzig, Idiot. Bleib sitzen, sonst verpasse ich dir deinen letzten Schuss«, donnerte ihre Stimme durch den Raum, dann schob sie den Teppich zur Seite und hob die Tasse auf.

Ungestüm knallte sie sie auf den Nachttisch und setzte sich wieder zu mir. »Die Rechnung geht auf dich.«

»Dein Bruder ...«, kam ich auf das eigentliche Thema zurück, »Ist er ein Dealer in Austin?«

»Scheint so«, erwiderte sie. »Ich wusste bis gestern nichts davon.«

»Was hast du mit ihm gemacht?«

Sie zuckte mit den Achseln. »Ihm eine kleine Lektion verpasst. Ich habe immer etwas für Notfälle dabei.«

Ich wartete ab, fixierte sie, bis sie nachgab.

»Spritzen mit Substanzen.«

Warum wunderte mich das nicht? »Was ist in Dans Büro passiert? Womit hast du ihn dermaßen verärgert?«

Sie leckte sich über die Lippen und senkte den Blick.

»Livia ...«

»Ich habe von ihm verlangt, Informationen über dich rauszurücken.«

In meinem Kopf wirbelten die Gedanken durcheinander. Scheiß Sedativa, sie behinderten mich beim Denken. »Wolltest du mich vor Gericht auffliegen lassen?«

Sie schnaubte. »Nein, ich wollte wissen, mit wem ich es wirklich zu tun habe. Was dein verdammtes Ziel ist, wer du bist.«

»Weiß noch jemand davon, dass du Dan um diesen Gefallen gebeten hast?«, fragte ich scharf.

Sie schüttelte den Kopf. »Nein. Jetzt ist er sowieso Geschichte.«

Ich rieb mir den Nacken und versuchte, meine Schulter zu heben. Kaum möglich.

»Du hast dir einen Schuss eingefangen. Für mich«, flüsterte sie und fasste mich am Oberarm, hielt ihn fest, sodass ich ihn nicht bewegen konnte. »Du darfst dich nicht zu viel bewegen, zumindest in den nächsten Tagen nicht.«

»Du hast mich hierhergebracht? Warum hast du mich nicht einfach sterben lassen? Wäre ein Problem weniger gewesen.«

Livia war näher an mich gerückt, ein undefinierbarer Ausdruck lag in ihren Augen. »Weil ich es nicht konnte.«

Ich merkte es an der Art, wie sie es aussprach, dass sie es nicht gern zugab. Vielleicht hätte das Monster in ihr dafür gesorgt, dass ich krepierte. Sie aber wollte es nicht.

»Danke«, brummte ich und setzte meine Sohlen auf dem Holzboden auf. Ich wollte aufstehen, meinen Kreislauf in Schwung bringen.

»Du musst dich schonen, Harvey. Deine Verletzung am Oberschenkel ist keine Gefahr mehr, aber du hast Blut verloren.« Sie stellte sich neben mich, als ich mich zu meiner vollen Größe aufbaute und gegen die Sterne anblinzelte. So musste es sich also anfühlen, von den Toten aufzuerstehen.

»Ich muss mich bewegen.«

»Aber langsam. Und du musst etwas essen.«

Wie auf Kommando begann mein Magen, zu knurren. »Wie lange war ich bewusstlos?«

»Ein paar Stunden. Ich musste dich unter eine Kurzzeitnarkose setzen, damit ich dich in Ruhe nähen konnte.«

Ich fühlte mich wie ein Greis, als sie mich ins Wohnzimmer begleitete. Jeder Schritt verlangte mir Kraft ab, als hätte ich noch immer keine vollständige Kontrolle über meine Muskeln.

Ich ließ mich auf dem Sofa nieder und lehnte mich nach hinten.

»Es wird ein paar Stunden dauern, bis es dir besser geht. Ich habe dir auch Muskelrelaxantien gespritzt, das war notwendig.«

»Schon gut. Ich bin gern dein Versuchskaninchen.«

Sie nahm den Hocker und schob ihn vor mich. Erst jetzt im helleren Licht fiel mir auf, dass sie verdammt mitgenommen aussah. Ihre Haut war noch blasser als sonst, die Haare zu einem unordentlichen Knoten gebunden. »Tut mir leid, dass du wegen mir angeschossen wurdest.«

Ich wollte mit den Schultern zucken und hielt mich im letzten Moment davon ab. »Gib es zu, du genießt es, dass ich gelitten habe. Es war nur fair, richtig?«

Ich erwartete, dass sie lächelte, stattdessen blieb ihre Miene starr. »Nein. Du hättest sterben können.«

Als hätte sie zu viel verraten, hielt sie sich die Hand vor den Mund und räusperte sich. »Ich bestelle uns etwas zu essen. Du bekommst nur etwas Leichtes.«

Ich erwiderte nichts, schloss die Augen und ließ zu, dass die Medikamente mich noch immer benebelten.

Stunden später, es war bereits weit nach Mitternacht, fühlte ich mich um einiges besser.

»Hier, dein Schmerzmittel.«

Livia kam mit einem Glas Wasser und einer Tablette zu mir zum Sofa. Nach dem Essen hatte ich weitere drei Stunden geschlafen.

»Danke.«

Unsere Finger berührten sich, als sie mir das Zeug gab. Ein leichter Schlag durchzuckte mich, aber ich wich nicht zurück, sondern suchte ihren Blick. Sie hingegen hatte ihren abgewandt und ging zurück zu dem Tisch, an dem ihr Laptop geöffnet war. Erst jetzt, wo ich klarer denken konnte, wurde mir bewusst, dass die Sache auch ganz anders hätte ausgehen können.

Dass sie jetzt nicht mehr hier sitzen könnte. Nicht mehr in meiner Nähe wäre.

»Du bringst dich immer unnötig in Gefahr, Livia.« Ich schluckte die Tablette und spülte mit dem Wasser nach.

Sie hörte auf, auf die Tasten einzuhacken, und sah zur Seite. »Das liegt mir im Blut.«

Ich stand auf und machte mich auf das Schwindelgefühl gefasst, das dieses Mal nicht eintrat. Ein paar Drinks und ein paar Tage Ruhe, dann wäre ich hoffentlich wieder der Alte. Wenn ich etwas hasste, dann, jemandem ausgeliefert zu sein. Ich ging über den Teppich auf sie zu und trat hinter sie. Sie stoppte in der Bewegung, die Tasten zu malträtieren.

»Steh auf«, flüsterte ich und machte einen Schritt zur Seite.

Sie zögerte, schob dann den Stuhl nach hinten und kam in die Senkrechte. Ihr Blick war fragend, abwartend, misstrauisch. Das Grün ihrer Augen glänzte nicht wie sonst, wirkte matt, als hätte sie keine Minute geschlafen.

»Ich weiß, was du mir sagen willst, Harvey. Dass ich mir ein normales Leben aufbauen und den Kick meiden soll.«

Zumindest was diesen Punkt anbelangte, konnte sie meine Gedanken lesen. Ja, ich ertrug die Vorstellung nicht, dass sie in der Gosse sterben würde. Dass ich eines Tages nicht zur Stelle sein könnte, wenn sie sich wieder in die Scheiße geritten hatte.

»Livia ... du verstehst nicht. Ich gehöre nicht zu den Guten, ich habe Menschen umgebracht, um näher an mein Ziel zu gelangen. Ich werde weiter töten. Aber eines werde ich mit Gewissheit nicht tun: dir bei deinem Himmelfahrtskommando zusehen.« Ich nahm ihr Gesicht in meine Hände, drückte leicht zu. »Lass den Untergrund hinter dir.«

»Und wenn schon«, flüsterte sie. »Was verstehst du denn davon?«

Ich lachte bitter auf. »Mehr, als du dir vorstellen kannst.«

Ihre Augen glitzerten verdächtig. Sie blinzelte, als wollte sie die Tränen zurückhalten. »Dein Ziel ... hat es etwas mit Holly zu tun?«

Es war der einzige Name, der jedes Mal für dieselbe Reaktion sorgte. Mein Herz setzte einen Schlag aus, meine Muskeln verkrampften sich. »Woher weißt du von ihr?«

Sie schluckte. »Du hast im Delirium ihren Namen gesagt.«

Scheiße, wie hatte mir das passieren können? Ich fuhr mir übers Gesicht und zog die Augenbrauen zusammen. Das Letzte, was ich wollte, war, meine Vergangenheit vor Livia auszubreiten. Es ging sie nichts an – und dennoch wäre ich ohne sie wahrscheinlich an meinen Wunden verreckt.

»Alles, wofür du kämpfst, hat etwas mit Holly zu tun, richtig?«, bohrte sie weiter nach, bewegte sich aber nicht vom Fleck. Ich wusste nicht, was sie hören wollte. Wahrheit oder Lüge?

Es war jedoch sinnlos, sie zu belügen, das wusste ich. Irgendwann würde sie sowieso irgendetwas über sie aufschnappen.

»Holly ist der Grund«, gab ich knapp zu und hasste mich sofort dafür. Für die Schwäche, die mich überfiel, wenn ich an sie dachte. An die Angst, die sie in ihren letzten Minuten gehabt haben musste.

»Deine Freundin?«

»Ist die Diskussion nach dieser Frage beendet?«, gab ich scharf zurück.

Sie zuckte nicht einmal zusammen, hielt ihren Blick auf mich gerichtet. »Ja.«

Ich war ihr keine Antwort schuldig, ich könnte einfach schweigen, aber wir hatten zu viele Parallelen. Dieselbe Dunkelheit. »Holly war meine Freundin. Der einzige Mensch, den ich fähig war, zu lieben.«

Die Stille, die sich zwischen uns auftat, ließ mich meinen heftigen Herzschlag noch deutlicher wahrnehmen. Ich hasste es, keine Kontrolle über meinen Körper zu haben.

»Der einzige Mensch, der dich mit Haut und Haar geliebt hat«, ergänzte sie leise und seufzte auf. »Ich bin nicht Holly, du musst nicht auf mich aufpassen.«

»Verstehst du nicht, Livia? Dass du nicht Holly bist, hat etwas verdammt Gutes an sich. Sie ist nämlich tot, du nicht!« Ich konnte nichts dagegen unternehmen, dass meine Stimme lauter wurde. In einer fließenden Bewegung ließ ich meine Arme sinken, ging zum Fenster und lehnte meine Stirn gegen das kühle Glas.

Es war eine Mischung aus Sedativa, Schmerzmitteln und dem Nachhall des Adrenalins, die mich zerstörte. Die aus mir einen Menschen machte, der ich nie wieder hatte sein wollen: Jemand, der sich um ein Leben sorgte. Um ihr Leben.

Sie kam nicht näher, aber selbst aus der Ferne hörte ich ihren Atem. »Du bist nicht für mich verantwortlich, du musst mich nicht beschützen. Ich kam auch vor deiner Zeit klar.«

»Du hast jemanden am Hals, der dich vielleicht umbringen will«, brach es aus mir heraus, und ich dachte an den verfickten Typen, der mit Leichtigkeit Dan und Storm umgebracht hatte. Der gewusst hatte, was Livia verzapft hatte. Jemand, der sie immer im Auge behielt. Den ich nicht kannte.

»Mein Bruder wird mich nicht umbringen.«

»Sagt wer?«

»Selbst wenn, Harvey, es hat dich nicht zu interessieren. Ich brauche niemanden, der sich als mein Beschützer aufspielt.«

Ich wusste, dass sie log. Es war nicht nur ihre höhere Stimmlage, die sie verriet, es war die Art, wie sie die Worte aussprach. Der unverkennbare Nachhall darin. Ich drehte mich langsam um, suchte im schummrigen Licht der kleinen Lampe ihren Blick.

Stark und doch schwach.

Mutig, aber ängstlich.

Verloren.

»Du lügst«, flüsterte ich und trommelte mit den Fingern gegen den Fensterrahmen. »Wie gedruckt.«

In einem kläglichen Versuch, ihre Schwäche vor mir zu verbergen, reckte sie das Kinn in die Höhe. »Du hast meine ärztliche Erlaubnis, zu gehen. Schmerzmittel gebe ich dir mit, deine Wunden solltest du morgen kontrollieren lassen.«

Sie nahm das Glas vom Sideboard, schenkte sich einen großzügigen Schluck ein und verschwand damit im dunklen Flur.

»Nein«, sagte ich leise, sodass sie es nicht hören konnte. Ich stieß mich vom Fensterrahmen ab und folgte ihr. Die Wunde an meinem Oberschenkel brannte wie Feuer, spornte mich jedoch nur zusätzlich an.

»Bleib stehen«, knurrte ich, bevor sie die Tür zum Schlafzimmer öffnen konnte. Sie drehte sich zu mir, umfasste das Glas fester, presste die Lippen zu einer schmalen Linie zusammen.

Ich dachte nicht mehr, ich handelte nur noch. Ging nach vorn und riss ihr das Glas aus der Hand, stellte es mit voller Wucht auf dem Schuhschrank ab. Flüssigkeit schwappte über, tropfte auf meine Hand.

»Geh«, setzte sie nach und umfasste die Türklinke. Ich griff nach ihrem Unterarm, legte meine Finger leicht um ihn. Roch ihren schwachen Duft nach Whisky.

»Wir hatten einen Deal, Livia. Die zweite Lektion folgt«, hielt ich dagegen und schob sie nach hinten gegen die Wand. Ihr Atem kam in einem kurzen Stoß, als sie die Härte in ihrem Rücken spürte. Bevor sie auf die Idee kam, mir ein zweites Mal in die Eier zu treten, entschied ich mich dazu, ihr den gesamten Wind aus den Segeln zu nehmen.

»Du hast gelogen. Es ist gut möglich, dass andere auf dein Schauspiel anspringen, ich aber nicht. Du willst jemanden, der dich beschützt, der sich Sorgen um dich macht, du willst nicht allein klarkommen. Und ich sage dir auch, warum: Weil du nichts anderes kennst. Weil du wissen willst, wie sich die andere Seite der Medaille anfühlt. Verdammt, mach kein verschissenes Weichei aus mir.« Ich ballte die Faust, drückte sie gegen meine

Oberschenkelwunde. Nur so fest, dass die Naht nicht riss, aber der Schmerz stark genug war, um mich zur Besinnung zu bringen.

»In diesem Punkt sind wir uns ähnlich, Harvey. Wir wollen beide keine Schwäche zugeben«, hauchte sie.

»Ich war noch nicht fertig.« Zittrig ließ ich von meinem Oberschenkel ab und stützte mich stattdessen an der Wand ab. »Du lässt mir keine andere Wahl, als dich zu beschützen, Livia. Ich will dich nicht eines Tages tot in der Gosse finden, nur weil du es auf deinem Rachefeldzug, gegen wen auch immer, zu weit getrieben hast.« Ich umfasste ihr Gesicht, brachte es näher an meines. Sie hielt stur dagegen, wollte sich von mir abwenden, aber ich hielt sie fest. Eine Träne floss ihre Wange hinab, tropfte gegen meine Hand. Ich hatte ins Schwarze getroffen, und das wusste sie.

»Du kannst mich nicht beschützen«, sagte sie mit belegter Stimme, während eine weitere Träne den Weg aus ihrem Augenwinkel fand.

»Doch, das kann ich. Vor dir selbst.«

»Ich bin nicht Holly. Du kennst mich nicht, du hast keine verschissene Ahnung von meiner Vergangenheit. Was willst du? Mich brechen?« Jetzt war die altbekannte Wut wieder in ihren Augen zu sehen.

Ich schüttelte den Kopf. »Nein, das völlige Gegenteil.«

»Ich sage es nur noch ein einziges Mal, Harvey: Fühl dich nicht verpflichtet, dich für mich zu interessieren, nur weil ich dein Leben gerettet habe. Ich habe keine Angst vor der Dunkelheit oder vor dem Sterben.«

Meine Schulter machte sich bemerkbar, als sie sich daran festkrallte, mich so auf Abstand hielt.

»Ob du willst oder nicht: Ich werde alles daran setzen, dass du nicht stirbst.«

»Warum?«, hauchte sie. »Wieso tust du das?«

Weil du mir aus einem unerklärlichen Grund etwas bedeutest.

Weil du wie ich gelernt hast, die Dunkelheit als etwas Gutes zu sehen.

Weil ich dich will.

Keines dieser Worte verließ meinen Mund. Das war nicht meine Welt. Liebesschwüre, Gesülze und Mitleidsbekundungen. Ich war Anwalt - gnadenlos, unberechenbar. Und doch weckte Livia eine Seite in mir, die ich normalerweise unter Verschluss hielt.

»Siehst du«, kam es zurück. »Du weißt es selbst nicht.« Sie schob mich zurück. »Verschwinde, Harvey. Wir sind uns nichts mehr schuldig.«

Ohne mich anzusehen, drückte sie die Türklinke nach unten und schlüpfte ins Schlafzimmer. Mein Herz hämmerte wild gegen meine Brust. Die Worte blieben mir im Hals stecken, obwohl mir Reden, Argumentieren und Diskutieren ins Blut übergegangen waren.

Ich hörte, wie sie ihren Kleiderschrank öffnete, begann, darin zu wühlen. Sie schluchzte nicht, sie heulte nicht, sie behielt ihre Fassade aufrecht, solange ich hier war. In diesem Augenblick wusste ich genau, was ich zu tun hatte.

Ich schlug gegen die Tür, sodass sie nach hinten an die Wand knallte. Erschrocken drehte sich Livia um, hielt ein weißes Shirt in der Hand. Die Nachttischlampe erhellte den Bereich dieses Zimmers kaum.

»Was -«

Ich ließ ihr keine Gelegenheit, eine Frage zu stellen, packte sie stattdessen an der Taille und zog sie zu mir.

Der Kuss hatte nichts Sanftes an sich, kein Zögern, keine Reue. Unsere Lippen trafen hart aufeinander. Ich schmeckte sie, ihre Angst, ihren starken Willen. Livia wurde weicher, griff nach vorn und fasste an mein Shirt. Ich drückte sie gegen den Schrank, packte sie am Hals und hielt sie so an der kurzen Leine. »Du wolltest wissen, warum ich das mache?«

Ihr Puls pochte schnell und dumpf gegen meine Finger. Sie nickte.

Das war der Moment, in dem ich das Gefühl hatte, meiner Männlichkeit beraubt zu werden. Der Moment, in dem ich ihr meine größte Schwäche offenbaren musste: sie.

»Weil du mir etwas bedeutest. Weil du gelernt hast, die Dunkelheit als etwas Gutes zu sehen. Weil ich dich will.«

Ich erwartete, dass sie in Lachen ausbrach oder mich als wahnsinnig abstempelte, stattdessen griff sie nach meinem Handgelenk und drückte es mit aller Kraft zurück. Ich ließ los, machte mich auf einen Ausbruch gefasst, stattdessen stellte sie sich auf die Zehenspitzen und legte ihre Lippen auf meine. Ich schmeckte nicht nur den Whisky, sondern auch etwas Salziges. Tränen.

Sie drängte mich zum Bett und ich ließ mich auf die Matratze sinken, während sie sich über mich schob. Als sie ihr Gewicht verlagerte und meinen Oberschenkel erwischte, atmete ich zischend die Luft aus.

»Scheiße«, fluchte sie. »Tut mir leid. Ich glaube, wir sollten das, was auch immer es ist, verschieben.«

Ich zog sie wieder zu mir, aber so, dass sie nur auf einem Oberschenkel saß. »Nur über meine Leiche.«

Dann zog ich ihr Gesicht zu mir, küsste sie wieder und wieder, als würde mein Leben davon abhängen. Wir schoben uns nach hinten, bis ich das Bettende im Rücken spürte. Sie lehnte sich leicht zurück und griff nach meinem Shirt.

»Halt den Arm ruhig«, flüsterte sie, ehe sie sich daran zu schaffen machte und es mir anschließend vorsichtig auszog. Meine Finger fuhren über ihre Oberarme, griffen dann nach ihrem.

»Nein«, sagte sie bestimmt und hielt meine Hand fest. »Das mache ich.« Sie schnappte sich die Enden ihres Shirts und zog es über ihren Kopf.

Obwohl ich sie schon nackt gesehen hatte, musste ich schlucken. Livia war anders. Zerbrechlicher – und doch so stark. Schüchtern und so verdammt sexy zugleich.

Sie sah mir in die Augen, als sie den Verschluss ihres BHs öffnete und ihn nach unten fallenließ. Ihre Brüste hatten genau die richtige Größe, schienen sich meiner Hand anzupassen, als ich sie umschloss. Ich zupfte an ihren Nippeln, reizte sie. Livia legte den Kopf in den Nacken und stöhnte leise. Ich konnte nicht mehr warten.

»Komm her«, raunte ich, fasste in ihre Haare und zog daran. Ich ließ sie die Führung übernehmen, während sie mich küsste und gleichzeitig an meiner Hose nestelte.

»Harvey«, keuchte sie in meinen Mund. »Ich will nicht warten.«

Dieser Satz genügte, damit sich mein Kopf abschaltete. Ich blendete die Schmerzen aus, half ihr bei der Hose und Boxershorts, bis ich völlig nackt unter ihr lag. Kurz richtete sie sich auf, um sich Jogginghose und Slip zu entledigen, dann kroch sie wieder über mich. Ihre Haare fielen wie ein Vorhang um uns. Sie roch so verdammt gut.

»Du bist mir ausgeliefert, Mr. Cavendish«, hauchte sie und legte ihren Zeigefinger auf meine Unterlippe. Sie war so schön. So verflucht schön und kaputt.

»Du bist die Erste, bei der mir das scheißegal ist«, gab ich zurück, packte ihren Nacken und drückte Daumen und Zeigefinger auf zwei empfindliche Punkte. Sie keuchte auf, schob sich über meinen harten Schwanz. Ihr Blick war verklärt, als sie ihn in die Hand nahm und vor ihren Eingang brachte.

Ich hatte das Gefühl, das Atmen verlernt zu haben. Mit der Hand fasste ich sie an der Hüfte, während ich die andere auf der Decke liegen ließ.

Stück für Stück schob sie sich auf mich.

Ich schloss die Augen, übergab ihr das Zepter und biss die Zähne zusammen. Sie war so nass, so heiß. Ein langgezogenes Stöhnen entwich ihr, als ich ihr mit dem Becken leicht entgegenkam und mich vollständig in ihr versenkte.

Es war wie ersticken und Luft holen zugleich. Livia beugte sich nach vorn, stützte sich mit den Händen neben meinem Kopf ab und küsste mich. Dieses Mal nicht hart, sondern kaum spürbar. Sie ließ ihr Becken kreisen, ich schob meine Hand zwischen uns und drückte sie auf ihre Klit.

»Treib mich nicht in den Wahnsinn, Harvey«, wimmerte sie, fuhr mit der Zunge über meine Unterlippe.

»Nichts lieber als das«, gab ich zurück, begann, an ihr zu reiben und sie gleichzeitig so intensiv zu küssen, dass sie nach vorn kippte.

Beim Teufel, ich wollte sie. Tiefer, härter, mehr.

Ich wusste nicht, wie diese Nacht zwischen uns enden würde, aber eine Gewissheit hatte ich: Livia war mein. Sie würde nicht enden wie Holly. Und wenn ich dafür jedes verdammte Arschloch aus dem Untergrund vernichten musste.

***

Ich wachte in der Dunkelheit auf, blinzelte, versuchte, den Schlaf aus meinen Augen zu vertreiben. Bevor ich mich bewegte, lauschte ich. Nur ein gleichmäßiges Atmen, sonst nichts.

Livia.

Ich erinnerte mich.

Langsam setzte ich mich auf, während sich meine Augen an die Dunkelheit gewöhnten. Ich musste nach Hause, meine nächsten Schritte überlegen. Solange Livia in meiner Nähe war, konnte ich nicht klar denken. Ich würde über Kontakte zwei Ex-Navy-Seals engagieren, die sie rund um die Uhr bewachen und im Zweifelsfall einschreiten würden.

Ich schwang meine Beine aus dem Bett und bewegte meine Schulter leicht. Scheiße, die Heilung würde länger dauern.

»Harvey?«, vernahm ich ihre verschlafene Stimme. Die Decke raschelte, als sie zu mir rutschte. »Brauchst du etwas gegen die Schmerzen?« Sie lehnte sich an meinen Rücken, ihre Haare kitzelten mich an den Rippen.

»Nein. Ich werde gehen.«

Livia seufzte leise. »Bleib doch wenigstens bis zum Morgen. Es ist fünf Uhr.«

Ich drehte mich leicht zur Seite, küsste sie auf die Stirn. »Es gibt einiges zu erledigen. Pass auf dich auf, wir sehen uns im Gerichtssaal.«

»Hm?«

Ich lächelte. »In zwei Tagen kommt das Gericht wieder zusammen. Ich erwarte dich im Zuschauerbereich.«

»Schon vergessen? Ich bin suspendiert«, brummte sie und streichelte über meinen Oberarm. Jede Berührung von ihr war ein Reiz.

»Deswegen sollst du auch nicht bei der Staatsanwaltschaft sitzen.« Ich beugte mich nach unten und küsste sie auf die weichen Lippen. Lippen, die in dieser Nacht Dinge mit mir angestellt hatten, die mich wieder hart werden ließen.

»Okay«, hauchte sie. »Ich werde da sein.«

»Und bis dahin ... keine Besuche im Untergrund, verstanden? Ich hole mir einen Lagebericht ein.«

»Ist gut.«

Sie rutschte wieder zurück, während ich meine Sachen einsammelte und hineinschlüpfte, dann verließ ich das Schlafzimmer. Smartphone und Brieftasche lagen auf dem Küchentisch. Je schneller ich mir Erkundungen einholte, umso besser. Die DNA-Analyse von Plummings war so gut wie abgeschlossen.

Ich wählte die Nummer eines Taxibetreibers und gab ihm die Adresse durch, an der er mich abholen sollte. Zeit zum Erholen blieb mir nicht, ich hatte einen Job zu erledigen.

***

Es war der Morgen vor der Verhandlung.

Ich saß im Büro und wählte Livias Nummer. Beim zweiten Klingeln begann es, in meinen Fingern zu kribbeln, beim dritten wurde mir unwohl. Beim vierten hob sie endlich ab. »Was ist? Vermisst du mich schon?«

Ihre Stimme bescherte mir eine Gänsehaut. Trotz der beschissenen Lage, brachte sie mich zum Grinsen. »Denk an heute. Die Verhandlung beginnt um zehn.«

»Das bedeutet, die DNA-Spuren sind vollständig ausgewertet?«

»Ja.«

»Will ich wissen, wie du dem Prozess die Wendung verleihen willst?«

»Nein.« Ich legte auf und winkte Melanie zu mir. Der letzte Fick mit ihr war lange her, das merkte man an ihrer verkniffenen Miene. Sie musste lernen, mich zu teilen. Und seit Livia hatte ich keinen Bock mehr auf eine Schwarzhaarige.

»Ja, Boss?«

»Haben Sie alles vorbereitet? Wo ist Plummings?«

Sie runzelte die Stirn. »Haben Sie meine Nachricht nicht gelesen? Ich habe Sie Ihnen auf den Tisch gelegt. Plummings wird Sie im Gerichtssaal treffen, sie lässt sich von ihrem Chauffeur hinbringen.«

Ich rollte mit den Augen. »Es war ausgemacht, dass wir uns hier treffen. Sie können gehen.« Mit einer entnervten Handbewegung entließ ich sie. Natürlich wollte sie mir etwas entgegenschleudern, es lag in ihrer Natur, aber es blieb zu meiner Enttäuschung bei einem Zusammenpressen ihrer Lippen. Obwohl mich der letzte Kampf fast umgebracht hätte, sehnte ich mich wieder nach der Gratwanderung zwischen Leben und Tod.

Dans Tod hatte sich herumgesprochen, wühlte den Untergrund auf. Der Typ, der ihn umgebracht hatte, führte jetzt den Club.

Livias Bruder.

Ich konnte immer noch nicht glauben, dass dieser Wichser mit ihr verwandt war, aber bei genauem Hinsehen erkannte man die Parallelen.

Was er wohl vorhatte? Inwiefern sein Handeln unsere Kämpfe beeinträchtigte, würde ich noch früh genug herausfinden. Vorher würde ich Plummings vor einem Schuldurteil bewahren.

Heute fuhr ich nicht selbst, sondern ließ mich vom Firmenchauffeur zum Gerichtsgebäude bringen. Bis auf die wenigen blauen Flecken im Gesicht und einem Cut an der Stirn, merkte man mir äußerlich nichts von meiner Nahtoderfahrung an. Die beiden Verbände waren nicht durchgeblutet, ein gutes Zeichen. Livia hatte ihre Arbeit sauber verrichtet.

Blitzlichtgewitter riss mich aus meinen Gedanken. Die Journalistenmeute hatte sich bereits vor dem Gebäude versammelt, verschiedene Fernsehteams kämpften um den besten Platz. Immer diese verschissenen Interviews.

»Roy, fahren Sie in die Tiefgarage. Ich steige dort aus.«

»Natürlich, Sir.«

Obwohl bei brisanten Fällen von einem enormen Medienrummel auszugehen war, hatte es bei Plummings andere Ausmaße angenommen, vor allem seit sich an der Beweislage etwas verändert hatte.

Die vertraute Dunkelheit empfing mich, als Roy den Wagen durch die Tiefgarage bis zum Aufzug lenkte. Er stellte den Motor ab und stieg aus, bevor er mir die Tür öffnete.

»Soll ich hier auf Sie warten, Sir?«

»Nein, ich melde mich bei Ihnen, wenn der Prozess vorbei ist.«

Er tippte sich auf seine Kappe. »Ich wünsche Ihnen viel Erfolg.«

Mir lag zwar ein passender Spruch auf den Lippen, aber er würde bei ihm nur für Verwirrung sorgen.

Ich drückte den Knopf, der den Aufzug zu mir brachte, und stieg ein. Vorfreude durchflutete mich, als ich an Livia dachte. Daran, wie sie im Zuschauerbereich sitzen und mich beobachten würde. Sie würde Augen machen, wenn die DNA-Analyse verlesen wurde.

Ich wandte mich dem Spiegel im Aufzug zu und überprüfte den Sitz meiner Kleidung. Obwohl ich dieses Biest erst seit ein paar Tagen kannte, hatte ich dank ihr zahlreiche Narben und Falten mehr, davon ging ich zumindest aus. Mit einem Ping kam ich im Erdgeschoss an und umging die verdammten Journalisten immerhin vor Beginn der Verhandlung. Ich krallte meine Finger um die Aktentasche, zeigte dem Gerichtsdiener meinen Ausweis und trat ein.

Die besondere Atmosphäre umhüllte mich, rief den skrupellosen Mistkerl in mir zum Dienst. Ich warf einen Blick in den Zuschauerbereich. Livia war noch nicht hier.

Winchester hatte es sich auf seinem fetten Arsch schon bequem gemacht, aber er saß nicht auf seinem üblichen Platz, sondern dahinter. Ein anderer Staatsanwalt hatte den Fall übernommen.

Ich lächelte. Das bedeutete, ihm war der Fall entzogen worden, und ich wusste auch, warum. Alles verlief genau nach Plan.

Mrs. Plummings nickte mir zu, als ich neben sie trat.

»Bereit?«, fragte ich und erntete eisernes Schweigen. Nervosität war mir nicht fremd, wenn man auf der Anklagebank saß, aber bei ihr war es eine andere Form. Sie hatte Angst. Todesangst.

»Was ist los?«, wollte ich wissen und setzte mich hin, stellte die Aktentasche neben mich. »Wir werden gewinnen, keine Panik.«

»N-Natürlich.«

Das Lächeln, zu dem sie sich zwang, hinterließ ein mulmiges Gefühl in meinem Magen. Irgendetwas war hier verdammt faul. Ehe ich die Gelegenheit erhielt, ihr auf den Zahn zu fühlen, trat Richter Andrews ein und die Gespräche verstummten.

Ich warf einen Blick zurück in den Zuschauerbereich und entdeckte Livia. Sie saß in der letzten Reihe, trug eine Sonnenbrille und ein schwarzes Kostüm. Ihre einzige Reaktion auf mich war das Heben ihrer Augenbraue. Ich wusste, wie neugierig sie war.

»Die Verhandlung ist hiermit eröffnet«, meldete sich Andrews mit dröhnender Stimme und ließ den Hammer auf dem Holz aufkommen. »Staatsanwaltschaft, führen Sie die neuen Beweise vor.«

»Ich denke, das ist nicht notwendig, Euer Ehren«, mischte sich Plummings aus heiterem Himmel ein. Ihre Finger zitterten wie Espenlaub.

Andrews runzelte die ohnehin schon faltige Stirn. »Wie darf ich das verstehen?«

Ich beugte mich zu ihr. »Was soll das? Machen Sie keinen

Scheiß!«

Sie sah mich nur kurz an. »Tut mir leid.« Dann wandte sie sich wieder an den Richter. »Ich gestehe den Mord an meinem Mann, ich war es, die ihm zuerst Insulin verabreicht und dann die Messerstiche zugefügt hat.«

Ein Raunen ging durch die Menge, wurde lauter, dröhnte in meinen Ohren. War die Alte jetzt komplett durchgeknallt?

»Ruhe!«, brüllte Andrews und klopfte mehrmals mit dem Hammer.

Erst als das Murmeln verstummte, wandte er sich wieder an Plummings. »Sie gestehen?«

»Ja, und ich hatte einen Komplizen. Alexander Winchester war mein Liebhaber und hat mir dabei geholfen.«

»Was?«, schrie der auf und schoss aus dem Sessel hoch. »Das ist gelogen!«

»Ruhe!«

Was zur Hölle ging hier vor? Ich stand ebenso auf. »Euer Ehren, darf ich mit meiner Mandantin ein Vier-Augen-Gespräch führen?«

Seine kleinen Augen fixierten mich wie seine Beute. »Nein. Nicht bevor die Staatsanwaltschaft die neuen Beweise vorgetragen hat.« Er fuchtelte in die Richtung des Kerls, der die Akte in der Hand hielt. Sein Gesicht war weiß geworden.

»E-Euer Ehren, die Aussage von Mrs. Plummings deckt sich mit den Beweisen. Nach erneuter Untersuchung wurde unter Mr. Plummings' Fingernägeln DNA von Alexander Winchester gefunden.«

Scheiße. Scheiße. Scheiße. Das ergab doch keinen Sinn. Niemand wusste, dass ich die DNA von seinem Löffel im Restaurant unter Plummings' Fingernägel gekratzt habe. Niemand.

Tumult brach im Gerichtssaal aus, Winchester sprang auf und preschte auf mich zu. Ich machte mich schon darauf gefasst, dass er sich auf mich stürzen würde, da sprang ein Gerichtsdiener nach vorn und fing ihn ab. Mit einem dumpfen Prall kamen beide auf dem Boden auf, während Polizisten in den Saal stürmten.

Es war ein Durcheinander aus Armen und Beinen. Ich nutzte den Moment, um an Plummings Schulter zu rütteln. »Was zur Hölle wird hier gespielt?«

Tränen rannen ihre Wangen hinab, die pure Verzweiflung lag in ihrem Blick. »E-Es tut mir leid, ich konnte es Ihnen nicht vorher s-sagen, aber …«

»Räumt den Gerichtssaal, die Verhandlung wird erneut vertagt!« Andrews schrie so laut, dass ich das Gefühl hatte, seinen beiden Assistentinnen würde das Trommelfell platzen. Plummings wurde von zwei Uniformierten ergriffen und hochgehievt.

»Der Tisch, Harvey!«, waren ihre letzten Worte, ehe sie weggezerrt wurde.

Ich drehte mich zum Zuschauerbereich, der sich leerte. Von Livia war nichts mehr zu sehen.

»Der Tisch«, murmelte ich und wandte mich wieder nach vorn.

Plummings wusste etwas. Ich hatte es in ihren Augen gesehen, als die Uniformierten sie weggezogen hatten. Etwas, das sie mir hatte sagen wollen. Ich tastete die Unterseite des Tisches ab und entdeckte im Schlitz einen schmalen Zettel.

Bevor ich ihn herausnahm, blickte ich mich um. Niemand beobachtete mich. Während Andrews nach draußen begleitet wurde, war der Rest mit dem aufgebrachten Winchester beschäftigt. Ich zog ihn heraus und faltete ihn auseinander.

Ich wurde gezwungen. Sie haben meine Tochter.

Als wäre es das letzte Stück, das mir gefehlt hatte, fügte sich das Puzzle zu einem Ganzen zusammen. Ich hörte die Geräusche um mich herum wie durch einen Nebel, sobald die Erkenntnis durch mich hindurch rauschte.

Es war schiefgelaufen.

Ich knüllte den Zettel zusammen und schoss vom Sessel hoch.

Nein. Nein. Nein.

Ich ignorierte die Reporter, die vor dem Saal auf mich lauerten, mir ihre Mikros ins Gesicht pressten.

»Keine Fragen«, brüllte ich. »Aus dem Weg!«

Ich quetschte mich an ihnen vorbei. Schmerz zuckte durch meine Schulter, aber es interessierte mich nicht. Ich wusste, was das zu bedeuten hatte. Dexter sah in ihr eine Gefahr. Es war nur ein mieses Spiel von ihm. Niemals würde er ihre Tochter freilassen, wenn sie die Schuld auf sich nahm. Irgendwie musste es ihm gelungen sein, die Akte mit den neuen Beweisen an sich zu reißen und die Ergebnisse Plummings mitzuteilen. Das wiederum bedeutete, dass Winchester zu seinem Zirkel gehörte oder irgendwie darin involviert war.

Er beseitigte zwei Fliegen mit einem Schlag.

Ich hastete durch die Halle. Meine Wunde zwang mich, das Tempo zu drosseln, aber ich wusste auch so, dass ich zu spät war. Es war nicht das Blitzlichtgewitter vor dem Gebäude, das mein Herz kurz zum Stehen brachte.

Es war ein Schuss.

Geschrei.

Plummings' Körper, der nach hinten geschleudert wurde.

Kapitel 16

Livia Moriarty

Harvey erinnerte mich daran, wer ich war.
Das änderte alles – und gleichzeitig nichts.

ICH STAND BEREITS draußen vor dem Gericht, lehnte mit verschränkten Armen an der Rückseite einer Parkbank und beobachtete das Spektakel, das sich vor meinen Augen abspielte. Die schreienden, flüchtenden Menschen, als der Schuss über den Vorplatz hallte. Und die bewaffneten Polizisten, die aus dem Gebäude stürmten und nach dem Schützen Ausschau hielten.

Mir entlockte es nicht einmal ein Zucken. Ich schob lediglich die Sonnenbrille nach oben in mein Haar, als ich Harvey entdeckte und das Entsetzen auf seinem Gericht sah. Plummings lag in ihrer Blutlache auf dem Boden, zwei Polizisten versuchten, sie zu retten. Riefen nach einem Arzt.

Harvey entdeckte mich. Ich sah die stumme Aufforderung in seinem Blick, doch ich rührte mich nicht. Niemals würde ich der Alten helfen. Er hatte selbst gesagt, dass ich mich nicht bei seinen Spielfiguren einzumischen hatte.

Demonstrativ verschränkte ich wieder meine Arme vor der Brust und erwiderte seinen Blick.

Er kam mit großen Schritten auf mich zu. Hatte mich nach wenigen Metern erreicht und packte mich am Oberarm. »Hilf ihr.«

»Nein!«, war meine energische Antwort und ich zog wütend die Augenbrauen zusammen. Er wusste genau, dass ich sie loswerden wollte. Wie konnte er mich darum bitten?

»Sie ist wichtig für mich«, zischte er und machte Anstalten, mich Richtung Plummings ziehen zu wollen.

Ich stemmte die Absätze meiner Schuhe in den Boden und verlagerte mein gesamtes Gewicht gegen die Bank. »Und ich will sie tot sehen oder im Knast.« Ich versuchte, mich loszureißen, doch es gelang mir nicht. »Denkst du, das hat sich geändert, nur weil wir miteinander geschlafen haben?«

Seit jener Nacht hatten wir uns nicht mehr gesehen. Dafür hatte ich umso öfter an ihn gedacht. Zwei Tage waren vergangen. Es hatte gedauert, bis ich verstanden hatte, was in jenen Stunden passiert war. Den Sinn seiner Worte, was er mir damit hatte sagen wollen. Doch immer wieder tauchte dieser Moment vor mir auf, als er im Delirium in meinem Bett gelegen und ihren Namen gerufen hatte.

»Ich habe dir anvertraut, dass es um sie geht, Livia«, knurrte er und sein Griff um meinen Oberarm wurde schmerzhaft. Er sah nicht, wie die Polizisten die Wiederbelebungsmaßnahmen einstellten. Eine Szene, die meine Mundwinkel triumphierend zucken ließ, ehe ich Harvey wieder in die Augen sah.

»Weil du dachtest, dass es etwas ändern würde? An all dem hier?«, fragte ich und schnaubte spöttisch. »Mich manipuliert man nicht mit Herzschmerz, Cavendish. Du sagtest, deine Spielfiguren sind tabu. Ich halte mich ausnahmsweise an den Deal. Aber gewöhn dich nicht daran.«

Mit einem heftigen Ruck riss ich meinen Oberarm aus seiner Umklammerung. Ich sah die blanke Wut in seinen Augen. Er presste seine Kiefer aufeinander, unterdrückte vermutlich den Drang, mir eine reinzuhauen, so wie Dan vor drei Tagen.

Sollte er mir je wehtun, wäre alles vorbei. Egal, was es war. Er musste mich nicht mit Samthandschuhen anfassen, aber kein Mann auf dieser Welt würde jemals wieder die Hand gegen mich erheben.

»Was? Dachtest du, du erweichst mein Herz mit einer toten Ex? Du hast deine Ziele, ich meine. Ich wollte keine Rache, sondern mich schützen. Aber langsam finde ich Gefallen daran. Danke, Harvey«, durchbrach ich die Stille zwischen uns und griff nach der Sonnenbrille auf meinem Kopf.

»Hör auf mit dem Scheiß, Livia. Wir hatten das bereits«, sagte er wütend. Für einen Moment dachte ich, er würde das andere Thema auf sich beruhen lassen. Doch dann überkamen ihn die Emotionen und er packte mein Kinn. Zwang mich, ihn anzusehen. Kam meinem Gesicht ganz nahe. »Und rede nicht so über sie.«

»Sonst was?« Herausforderung lag in meinem Blick.

»Livia«, knurrte er warnend und sein Griff wurde fester. Ich spürte die Stelle pochen, an der Dan mich getroffen hatte.

»Weißt du was ... bleib in deiner Vergangenheit«, fauchte ich und schlug seine Hand weg. Er rechnete nicht damit, sonst wäre es mir nicht so einfach gelungen. Ich reckte mein Kinn in die Höhe. »Du solltest dich um neue Quellen für Holly bemühen. Bis dann, Harvey.«

Ich wandte mich ab. Schob die Sonnenbrille wieder auf meine Nase und entfernte mich von ihm.

»Livia!«, brüllte er mir wütend hinterher.

Ich blieb stehen. Sah ihn über meine Schulter hinweg an. »Dumm, wenn mein Name das Einzige ist, was du wirklich über mich weißt, nicht wahr?«

Ich schenkte ihm ein Lächeln, bevor ich weiterging; auf keine Antwort von ihm wartete. Ich rechnete auch nicht damit, dass er mir folgen und mich aufhalten würde. Harvey Cavendish hatte seinen Stolz. Aber ich ebenso. Etwas, das er leider allzu oft vergaß.

Er rief meinen Namen noch einmal. Es war ein Befehl und eine Warnung zugleich. Doch ich ging weiter und hob meine Hand über die Schulter, zeigte ihm den Mittelfinger.

Ich wollte in eines der Taxen steigen, die fast immer vor dem Gericht warteten. Aber ehe ich eines entdeckte, hielt ein schwarzer SUV vor mir, und die hintere Tür schwang auf.

»Einsteigen«, knurrte der Typ, der auf der Rückbank saß.

Ich wollte bereits nach der Tür greifen und sie wieder zuschlagen, als ich in den Lauf einer Waffe blickte.

»Einsteigen, Miss«, wiederholte er.

Ich musste aus Chicago verschwinden. Dringend. Ständig wurde ich verschleppt, gefesselt oder mit Waffen bedroht, geschlagen und bevormundet. Ein normales Leben zu führen, musste ich augenscheinlich noch lernen.

Der Drang, mich zu Harvey umzudrehen, war groß, doch ich widerstand ihm. Ich wollte nicht in seiner Schuld stehen. Er sollte sich um seine Vergangenheit kümmern, Holly rächen oder was auch immer ihn sonst noch antrieb. Vermutlich war ich auch nur ein Mittel zum Zweck.

Mit einem Seufzen stieg ich in den Wagen und schloss die Tür.

»Wer möchte jetzt mein Leben?«, fragte ich den Kerl, als würden wir über das Wetter sprechen. Sah ihn gelangweilt an.

Der Wagen setzte sich in Bewegung. Er hielt die Waffe noch immer auf mich gerichtet. »Wenn du irgendetwas aus deinen Klamotten ziehst, drücke ich ab«, erwiderte er lediglich.

»Ach so ... mein Bruder«, seufzte ich und ließ meinen Kopf gegen die Lehne sinken. Erst jetzt erkannte ich ihn wieder. Er war mit Jackson im Untergrund gewesen.

»Der Boss ist ziemlich wütend«, sagte er zu meiner

Überraschung.

Ich lachte nur. »Soll er doch. Kenne ich schon.«

Darauf erwiderte er nichts und wir schwiegen den Rest der Fahrt.

Wir hielten am Rand von Chicago vor einem Anwesen, das einer Festung glich. Hoher Zaun, Kameras, elektrisches Tor. Ich hörte die Hunde selbst im Auto kläffen. Jax ging die Sache ganz schön klischeehaft an.

Als der Wagen vor dem Eingang hielt, stieg ich einfach aus. Der Kies knirschte unter meinen Schuhen und ich hörte, wie sich die Haustür öffnete. Zu meiner Überraschung stand mein Bruder höchstpersönlich darin. Bedienstete hätten mich nicht gewundert, so wie das hier aussah.

»Livia«, begrüßte er mich und ich wartete nur darauf, dass er lächelte und die Arme ausbreitete. Als wäre es ein fröhliches Familientreffen.

Arschloch.

Doch es geschah nichts. Er sah mich abwartend an und ich ging die Stufen zu ihm hinauf, drängte mich an ihm vorbei ins Innere und sah mich flüchtig um. Es war riesig. Modern und viel zu kalt. Hier gab es nichts Persönliches, keine Wärme und kein Leben.

»Von hier aus hast du mich jahrelang gestalkt?«, fragte ich beiläufig und ging einige Schritte durch den Eingangsbereich. Das Klackern meiner Pumps hallte von den Wänden wider.

»So nennst du das also, wenn ich auf dich aufpasse?« Er kniff die Augen zusammen, musterte mich. »Du siehst überraschend fit aus, nach dem, was du vor wenigen Tagen noch durchgemacht hast, Red.«

Ich stöhnte. Wandte mich ihm zu. »Hör auf, mich so zu nennen. Ich bin keine zehn mehr.«

»Du benimmst dich aber genauso kopflos.«

»Fick dich, Jax.«

Schweigen breitete sich aus. Keiner von uns sagte etwas, bis eine kleine, stämmige Frau den Eingangsbereich betrat. Sie war bestimmt Anfang sechzig und sah aus wie eine typische Haushälterin; hatte das gräuliche Haar zu einem strengen Knoten gebunden und trug eine weiße Schürze.

Ich musste mir die Hand vor den Mund schlagen, um das Lachen im Keim zu ersticken.

»Sie müssen die Schwester von Mr. Charlton sein«, begrüßte sie mich und kam mit einem offenen Lächeln auf mich zu. Für einen Moment hatte ich Angst, sie würde mich umarmen. »Es ist so schön, etwas mehr Leben im Haus zu haben.«

Ich starrte sie an. Ließ die Hand langsam sinken. Jetzt war mir nicht mehr zum Lachen zu Mute. »Bitte?« Meine Augen wurden groß.

Sie hielt mitten in der Bewegung inne, war nur noch einen Schritt von mir entfernt. Ihr Blick wanderte unsicher zu meinem Bruder, dessen Gesicht ich keinerlei Regung entnehmen konnte. Er sah mich an, als müsste ich wissen, was hier vor sich ging.

»Was ... soll das heißen?«, forderte ich eine Antwort von Jackson. »Vor allem ... Mr. Charlton. Dein Ernst?«

Seine Haushälterin blickte zwischen uns hin und her, stopfte die Hände in die Taschen ihrer Schürze und verschwand schnell durch die Tür, aus der sie gekommen war.

»Du wirst künftig hier wohnen, Red«, sprach er das aus, was ich bereits geahnt hatte.

Jetzt lachte ich tatsächlich. »Niemals.«

»Das war keine Frage.« Er kam auf mich zu und packte mich an der Schulter, schob mich die Treppe hinauf und ignorierte, dass ich mich dagegen sträubte. Zog mich hinter sich her, als ich versuchte, die Richtung zu ändern und wieder nach unten zu gelangen.

»Hör auf, so störrisch zu sein. Du kommst hier nicht raus. Das Gelände ist bewacht. Und Ronny wird ein Auge auf dich haben. Immer.« Er zerrte mich einen langen Flur entlang.

»Ach, schläft Ronny auch in meinem Bett?« Dumme Frage, aber ich musste sie loswerden. Wenn er mich behandelte, als wäre ich noch seine pubertierende Schwester, konnte ich mich auch so benehmen. »Ich hab einen Job! Eine eigene Wohnung und ein eigenes Leben. Du warst jahrelang verschwunden!«, fuhr ich ihn an, bevor er auf meinen blöden Spruch reagierte.

Jackson ließ sich nicht beirren. Er stieß die Tür am Ende des Ganges auf und schob mich in das Zimmer, das überraschend gemütlich eingerichtet war.

Weiße Holzmöbel, Vorhänge in Altrosa vor den Fenstern, ein weicher Teppich vor dem großen Bett, überall Kerzen und kleine Lampen. Er musste seine Haushälterin losgeschickt haben. Für einen kurzen Moment ließ es mich erschaudern, wie sehr es an meine eigene Wohnung erinnerte. Er war dort gewesen – ganz sicher. Denn hierfür kannte er mich nicht gut genug. Niemals.

»Ich denke, du wirst dich hier wohlfühlen«, durchbrach er die Stille und versperrte mir den Weg aus dem Zimmer, indem er im Türrahmen stand.

»Jax ... nein! Wie gesagt, ich habe einen Job und eine Wohnung«, erinnerte ich ihn und verschränkte die Arme vor der Brust.

»Du bist suspendiert und die Wohnung kann leer stehen, bis alles andere geregelt ist«, gab er unbeirrt zurück.

Die Wut kochte in mir hoch. Ich hatte es satt, von jedem über sein beschissenes Spielfeld geschoben zu werden, als wäre ich eine ihrer Figuren. Ich wollte mich an meinem Bruder vorbeizwängen, doch er packte mich an beiden Oberarmen und schob mich von sich.

Bevor ich reagieren konnte, zog er mein Smartphone aus meiner Manteltasche und verstaute es in der hinteren Tasche seiner Jeans.

»Ist das dein Ernst? Willst du mich hier gefangenhalten?« Ich blickte fassungslos zu ihm auf, ließ resignierend die Arme sinken, weil ich wusste, dass ich keine Chance gegen ihn hatte. Selbst wenn ich ihm eine der Spritzen, die ich bei mir trug, in den Körper rammte, würde ich dieses Grundstück nicht verlassen. Jedenfalls nicht lebend.

»So lange, wie es sein muss. Bis der kleine Wichser dich vergessen hat oder tot ist«, knurrte Jackson und ich sah den Hass in seinen Augen lodern.

»Da läuft nichts«, warf ich ein, auch wenn ich wusste, dass er mich deswegen nicht gehen ließ.

»Sicher, Red. Deswegen riskiert er auch sein Leben für dich, dieser dumme Kerl. Kennt er deine Vergangenheit? Denkst du, er will eine Nutte? Der schnieke Anwalt?« Seine Worte trafen mich wie ein Faustschlag.

Ich wollte protestieren, doch der Kloß in meinem Hals ließ mich schweigen. Stattdessen kämpfte ich gegen die aufsteigenden Tränen meiner Wut. Wie konnte er so etwas sagen? Wenn er mich all die Jahre wirklich beobachtet hatte, wusste er genau, dass ich keine Nutte war.

»Dort ist die Tür zu deinem eigenen Bad. Margret wird dir nachher Essen bringen. Bis du dich eingelebt hast, bleibst du hier«, sagte er kühl und wandte sich von mir ab, zog die Tür hinter sich zu und ich hörte, wie das Schloss betätigt wurde.

Ich wollte gleichzeitig schreien und weinen.

Doch nichts davon geschah.

***

Ich lag auf dem Bett. Es war der vierte Tag, den ich hier verbrachte. Jackson hatte ich nur zwei Mal beim Frühstück gesehen. Wenigstens zu den Mahlzeiten ließ man mich mittlerweile aus dem Zimmer. Doch Ronny hatte wirklich immer ein Auge auf mich – und die Waffe immer am Körper. Außer Margret ging hier niemand unbeschwert mit mir um.

Als es an meiner Tür klopfte, wusste ich, dass sie es sein würde. Sie brachte mir jeden Nachmittag einen Tee oder eine heiße Schokolade, als wäre ich ein kleines Mädchen. Doch ich ließ sie. Mittlerweile war es mir lieber, als nie jemanden zu sehen. Doch heute betrat sie das Zimmer mit einem Stapel Kleider über dem Arm, hinter dem sie fast verschwand.

»Miss, ich soll Ihnen die hier vorbeibringen. Sie sollen sich eines für heute Abend aussuchen«, sagte sie und legte sie auf dem Bett ab, von dem ich mich erhoben hatte.

Ich starrte auf das Dutzend Kleider vor mir. Alle schick und eher festlich.

»Wofür?«, fragte ich und sah sie an. Wenn ich keine hohen Schuhe trug, war ich nicht viel größer als sie.

»Heute Abend findet ein kleiner Empfang mit wichtigen Herrschaften statt, hat Mr. Charlton mir mitgeteilt. Er sagt, dass Ihr Freund Mr. Cavendish auch eingeladen ist«, erzählte sie mir und ich sah die Vorfreude in ihren Augen.

Mir blieb indes das Herz stehen. Mein Magen zog sich zusammen und mir wurde schlecht. Ich musste nach Luft schnappen und ließ mich auf den Stuhl vor dem Schreibtisch sinken.

»Alles in Ordnung?«, fragte Margret besorgt. »Freuen Sie sich denn nicht?«

Ich sah sie aus großen Augen an. War sie so blind? So dumm? Dachte sie, ich ließ mich freiwillig hier einschließen?

»Raus«, flüsterte ich lediglich und deutete auf die Tür, die noch offenstand.

»Aber ...«

»Raus!«, schrie ich und sie verschwand schnell, schloss die Tür hinter sich und verriegelte sie. Vermutlich tat sie all das, weil sie Angst um ihr eigenes Leben hatte.

***

Ich betrachtete mein Spiegelbild. Ließ meine Finger über den glänzenden, rosafarbenen Stoff gleiten, der sich an meinen Körper schmiegte. Die Lippen hatte ich in ein satten, dunklen Beerenton getaucht, die Augen nur leicht geschminkt, das Haar hochgesteckt.

Während ich mein Ebenbild betrachtete, betete ich innerlich, dass Harvey nicht kommen würde. Die Einladung ignorierte. Er konnte nicht so dumm sein und sich auf dieses Spiel einlassen. Es wäre verrückt.

Zögernd griff ich nach dem dünnen Tuch, das zum Kleid passte, und legte es um meine nackten Schultern. Sie brannten bei der Berührung, doch ich ignorierte es.

Es klopfte an der Tür und ich schlüpfte noch schnell in die passenden Schuhe. Dann stand Jackson auch schon vor mir.

»Ich kann Cavendish fast verstehen«, sagte er und ich wollte ihm sein dummes Grinsen aus dem Gesicht schlagen.

Stattdessen griff ich seinen angebotenen Arm und das Tuch rutschte fast von meiner Schulter. Schnell schnappte ich es mir mit der anderen Hand und zog es wieder zurecht.

Jackson entging es nicht. »Noch immer, Red?«

»Das ist meine Sache. Was hast du vor?«, erwiderte ich lediglich und wir gingen den Flur entlang, der uns zur Treppe führte.

»Ich wollte den Mann kennenlernen, der sein Leben für dich riskiert«, antwortete Jackson, während wir bereits die Stufen hinuntergingen.

»Das ist Blödsinn. Das wissen wir beide«, zischte ich und ließ seinen Arm los, als wir unten ankamen und das Esszimmer betraten.

Ich blieb regungslos im Türrahmen stehen, als ich Harvey sah. Presste meine Lippen aufeinander und schüttelte kaum merklich den Kopf. Wieso war er hier? Warum hatte er sich darauf eingelassen?

Er unterhielt sich mit einem anderen Mann, der älter war. Keiner der Herren hier steckte nicht in einem teuren, maßgeschneiderten Anzug. Ich verstand nicht, was diese Farce hier sollte. Was Jackson im Schilde führte.

Unsere Blicke trafen sich. Harvey musterte mich. Keine Regung war in seinem Gesicht zu erkennen und das Gefühl wog schwer auf meiner Brust.

Jackson packte unverhofft meine Schulter und schob mich nach vorn. Ein unkontrollierter und schmerzverzerrter, aber leiser Schrei entwich meinen Lippen. Alle Blicke waren auf mich gerichtet, als ich meinen Bruder wütend ansah. Er hatte es genau gewusst.

Jackson ignorierte es und ging an mir vorbei. Ließ mich verloren dort stehen und unterhielt sich mit irgendeinem Mann, den ich nicht kannte.

Ich atmete kurz durch. Musste mich sammeln. Erst dann ging ich auf Harvey zu, blieb mit etwas Abstand vor ihm stehen und reckte vorsorglich das Kinn in die Höhe. »Was machst du hier? Dir ist klar, dass mein Bruder dich nicht zum netten Abendessen eingeladen hat, oder?«

Er sah auf mich hinab. Schwieg einige Sekunden, ehe er antwortete. »Er führt jetzt den Untergrund und ich muss herausfinden, ob er mich meinem Ziel näher bringt.«

»Und dafür musst du hierher kommen?« Ich sah ihn

verständnislos an. Sollte er seine Informationen während seiner Kämpfe sammeln, statt sich in Jacksons Terrain zu wagen. Harvey war nicht so dumm. Er musste irgendetwas im Schilde führen.

Er beugte sich zu mir hinab. »Für Holly tue ich einiges, Livia.«

Meine Augen weiteten sich. Ein Schlag ins Gesicht und gleichzeitig in die Magengrube. Ich schluckte. Versuchte, mich wieder zu sammeln und mir den Stich, der durch mein Herz zuckte, nicht anmerken zu lassen. Ich hatte es selbst so gewollt.

»Das wundert mich nicht«, entgegnete ich kalt und wandte mich von ihm ab.

Zum ersten Mal sehnte ich mich in dieses Zimmer zurück. Wollte einfach verschwinden. Nicht mitansehen, was Jackson plante und wie Harvey alles riskierte, für etwas, das er nicht mehr ändern konnte.

Wie in Trance lief ich auf die Terrassentür zu, die offenstand. Eine kühle Abendbrise wehte in den großen Raum und es kam mir vor wie eine Ewigkeit, dass ich das letzte Mal draußen gewesen war.

»Livia!« Jacksons herrische Stimme ließ mich innehalten. Ich drehte mich nicht um.

»Keine Sorge, ich lauf schon nicht weg«, erwiderte ich und versuchte, ein Schmunzeln hinterherzuschieben, das ich nicht ernst meinte. Ich würde wirklich nicht weglaufen, weil es reiner Selbstmord wäre. Obwohl es das war, wonach ich mich sehnte.

Er sagte nichts mehr.

Auf der Terrasse angekommen, atmete ich die frische Abendluft ein, schlüpfte aus den Schuhen und betrat den nassen Rasen, den der Regen hinterlassen hatte. Ließ das Tuch von meinen geröteten Schultern gleiten und genoss, wie der kalte Wind sie streichelte.

Ich wollte die Augen vor allem verschließen. In der Dunkelheit hier draußen ertrinken.

Kapitel 17
Harvey Cavendish

Ich stand nur einen Schritt vor dem Abgrund.
Vor mir wartete der Tod. Hinter mir auch.

ZWEI JAHRE LANG hatte ich auf die Gelegenheit hingearbeitet, an einen Informanten zu gelangen, der mich zu Dexter führen würde.

Prellungen, Blutverlust und mittlerweile sogar eine Schusswunde gehörten zu meiner Laufbahn im Untergrund, hatten die Saat aus Hass genährt, die ich gestreut hatte. Ich hatte gewusst, dass irgendwann jemand auf mich aufmerksam werden würde. Dieser Tag war nun gekommen.

Bereits als Livias Bruder Dans Club aufgeräumt hatte, hatte ich geahnt, dass er nicht zu den kleinen Bordsteindealern gehörte. Er hatte mit einer Präzision gearbeitet, um die ihn ein verfeindeter Mafiaboss beneidet hätte.

Als ich mit dem Wagen vorfuhr, wusste ich angesichts seiner Villa, den Scharfschützen auf seinem Dach und den patrouillierenden Soldaten sofort, dass er ein großer Fisch sein musste. Einer, der auf irgendeine Weise mit Dexter Harris verbunden war.

Ich ließ meinen Wagen an der bogenförmigen Auffahrt stehen. Zwei Uniformierte kamen mit Maschinengewehren auf mich zu. Ich zupfte die Fliege zurecht, warf einen letzten Blick in den Rückspiegel.

Der Ausdruck in meinen Augen erinnerte mich an die Zeit nach Hollys Tod. An die ganze Wut, den Schmerz, die Rachegedanken. Ich hatte mir vorgestellt, wie ich ihren Mörder folterte, wochenlang eingesperrt hielt und ihn über seine körperlichen Grenzen hinaus brachte. Dieser Gedanke war es, der mich innerlich ruhig werden ließ, mir dabei half, mich auf eine unvermeidliche Begegnung mit Livia vorzubereiten.

»Aussteigen!«, brüllte der erste Typ, während der andere sein Maschinengewehr so hielt, dass er es in Sekundenschnelle abfeuern könnte.

Ich kontrollierte den Sitz der Manschettenknöpfe, dann öffnete ich die Tür.

»Verkehrtrum an den Wagen stellen«, brummte er unter seiner Sturmhaube, die nur einen Schlitz für die Augen besaß. Ich tippte auf Ex-Marine.

»Wunderbarer Empfang! Danke, Jungs«, sinnierte ich und folgte der Anweisung.

Er tastete mich ab. Gründlicher als ein Security-Mitarbeiter am Flughafen. Als er an meinem Oberschenkel ankam, spannte ich die Muskeln an. Ich hasste es, von jemandem betatscht zu werden, der seine verfluchten Griffel lieber bei sich behalten sollte.

»Er ist sauber«, lautete sein knappes Resümee.

Ich drehte mich um und warf ihm einen arroganten Blick zu. »Dachten Sie, ich würde Granaten in meinen Eiern verstecken? Wenn Sie wissen, wie das funktioniert, informieren Sie mich.«

Er ging nicht auf meine Bemerkung ein, nahm den Autoschlüssel entgegen und machte sich am Kofferraum zu schaffen. Was er wohl sagen würde, wenn er die Fesseln fand? Hätte ich vielleicht vorher rausnehmen sollen, doch das hätte mir den kleinen Spaß vermiest.

Die ganze Prozedur dauerte mehrere Minuten, bis er mich für endgültig sauber erklärte. Ich tippte auf meine Rolex. »Das nächste Mal erwarte ich eine Zeitverbesserung. Von Ex-Marines bin ich anderes gewohnt.«

Er ignorierte mich zwar mit Worten, aber sein Blick sprach für sich. Ich hatte ihn an seiner Schwachstelle getroffen. Das war das Metier, in dem ich mich wohlfühlte. Schwachstellen auszuloten, bis ich irgendetwas fand, das ich gegen denjenigen verwenden konnte.

Ich ging über die breite Eingangstreppe nach oben. Die Villa war im toskanischen Stil gebaut worden, Springbrunnen standen verteilt im Garten. Zumindest Stil hatte das Arschloch.

Der livrierte Typ an der Tür verneigte sich vor mir. »Sir, wen darf ich ankündigen?«

Ein verdammter Butler? Der ließ wirklich nichts aus.

»Harvey Cavendish.«

»Natürlich.«

Wieder vergingen zwei Minuten, ehe der untersetzte Kerl zurückkam und mich bat, ihm zu folgen. Ich kam mir vor wie auf einer beschissenen königlichen Palastfeier, als ich durch die Eingangshalle trat. Wenn man die Kleider der ganzen Nutten hier verkaufte, könnte man sich vermutlich einen netten Sportwagen leisten. Glitzerfummel so weit das Auge reichte, daneben deren Typen in schwarzen Fracks und polierten Schuhen.

»Mr. Charlton erwartet Sie in zehn Minuten in seinem Herrenzimmer. Den Gang geradeaus, die letzte Tür rechts.«

Ich nickte ihm zu, sah Livia auf mich zukommen. Das Kleid konnte die Spuren der letzten Tage nicht verbergen. Müdigkeit und Resignation spiegelten sich in ihren Augen wider, aber es konnte genauso gut zu ihrer Täuschung gehören. Sie war nicht dumm. Auch wenn sie nicht freiwillig hier war, würde sie nach

Mitteln und Wegen suchen, dem Scheiß hier zu entkommen.

Unser Gespräch dauerte wie erwartet nur kurz, ehe sie verschwand. Sie war mit Holly zu weit gegangen, sie hätte niemals über sie reden sollen. Das Recht dazu hatte sie nicht.

»Einen Drink, Sir?«

Der nächste Lackaffe mit einem ... Silbertablett? ... in der Hand stellte sich neben mich. Der Geruch nach Brandy hüllte mich ein. Ich nahm ein kunstvoll geschliffenes Glas entgegen und roch an der Flüssigkeit. Wenn mir nicht schon die Farbe verraten hätte, dass dieser Tropfen mehrere Jahrzehnte alt war, dann der Geruch. Weich, intensiv, voller Aromen. Livias Bruder verstand etwas davon. Ich nahm einen Schluck und nickte anerkennend. Geschmack hatte er, das musste ich ihm lassen.

Ich sah mich in der riesigen Halle um, deren Decke mit Fresken verziert worden war. Kleine Säulen standen in den Ecken, daneben Topfpalmen und ein kleiner Springbrunnen mit einer nackten Venus in der Mitte. Die Möbel waren aus Teakholz, drei Kristalllüster hingen von der Decke, warfen funkelnde Punkte auf die Meute, die sich angeregt unterhielt. Ich vermutete um die fünfzig Personen in diesem Raum.

Wer war der Kerl wirklich? Ich nahm mir vor, morgen Erkundigungen über ihn einzuholen ... sollte ich diese Nacht überleben.

Livia war nach draußen verschwunden. Meinetwegen konnte sie dortbleiben. Sie musste lernen, dass nichts ohne Konsequenzen blieb. Keine Handlung, kein Kuss, kein Fehltritt.

Nach einem Blick auf meine Uhr visierte ich den Gang an, der mit rotem Teppichboden überzogen war. An den Wänden hingen Gemälde, an deren Echtheit ich nicht zweifelte. Nach den wenigen Minuten hier war ich mir sicher, dass der Kerl irgendwie mit Dexter unter einer Decke steckte. Dessen Vermögen verlief sich nach Schätzungen auf mehrere hundert Millionen

Dollar, und ich wettete, seine Bude war um einiges prunkvoller als diese hier.

Ich blieb vor der letzten Tür stehen und klopfte. Einige Sekunden vergingen, Geräusche erklangen. Schritte, die sich näherten. »Herein.«

Ich drückte die Klinke nach unten und betrat den Raum. Rauch hing in der Luft, vermischt mit etwas Süßlichem und dem unverkennbaren Geruch von Brandy.

Charlton stand an seinem Sideboard, mit einer Zigarre zwischen seinen Lippen, und hielt eine Karaffe fest. »Einen Drink?«

Ich hielt ihm das Glas hin. »Ausgezeichneter Tropfen.«

»Demnach haben Sie sich schon bedient. Sie sind eingeladen.«

Davon war ich ausgegangen.

Ich verschaffte mir einen schnellen Überblick über seine Einrichtung. Sie verriet einiges über ihn. Drei Bücherregale, bis zur Decke hoch gestapelt mit Wälzern, schlichte, dunkelgehaltene Möbel, die dem Schreibtisch zweifellos nicht die Show stahlen. Es hieß, der Schreibtisch eines Mannes sagte einiges über seinen Charakter aus. Bei Charlton wusste ich, dass diese Theorie wahr sein musste.

»Palisanderholz«, sagte er gedehnt und deutete auf das wuchtige Möbelstück mit Goldverzierungen auf der Platte, die ein marmorähnliches Muster ergaben.

»Selten.«

Er hatte seine Haare wie ein Gentleman zurückgekämmt, trug einen maßgeschneiderten Anzug und vergoldete Manschettenknöpfe. Diamanten prangten an seiner Krawattennadel.

»Setzen Sie sich, Mr. Cavendish.«

Ich kam seiner Aufforderung nach und ließ mich auf dem Ledersessel nieder. Er nahm mir gegenüber Platz und stellte den Drink ab. Im Entferntesten erinnerten mich seine Augen an

Livias. Nicht von der Farbe her, sondern wegen der unbändigen Kälte darin. Zweifellos Geschwister.

»Ich bin Geschäftsmann, Mr. Cavendish, ich hasse es, um den heißen Brei herumzureden. Fakten - das ist, was ich will. Sollten mir Ihre Antworten nicht gefallen, werden sich meine Leute um Sie kümmern.« Er deutete durch die hohen Bogenfenster nach draußen, wo vermutlich bereits Scharfschützen warteten.

Ich lächelte schmal. »Sie enttäuschen mich, Mr. Charlton. Ein Mann wie Sie würde einen Mann wie mich nicht durch die eigene Hand erschießen? Ehrlich gesagt, hätte ich mehr Stil von Ihnen erwartet.«

Ich nahm einen Schluck und verteilte die Flüssigkeit in meinem Mund. Ein hervorragender Jahrgang.

Sein Mundwinkel zuckte, vorerst die einzige Reaktion auf meine Anspielung, dass er ein verdammter Schisser war, der sich zu schade war, die Drecksarbeit zu erledigen. Er verschränkte die Finger ineinander und lehnte sich nach vorn. »Ich hörte, dass Sie gern mit dem Feuer spielen. Was hat Sie in den Untergrund verschlagen?«

Wir lieferten uns ein stummes Blickduell, keiner war gewillt, nachzugeben.

»Was wollen Sie von mir?«

»Antworten.«

»Rache«, erfüllte ich ihm seinen Wunsch.

»Was hat meine Schwester damit zu tun?«

Ich stellte das Glas neben seines und lehnte mich zurück, tippte mit dem Finger gegen die Unterlippe. »Sie hat sich mehr oder weniger zu weit aus dem Fenster gelehnt.«

Das erste Lächeln, das er zeigte, wenn auch verkrampft. »Das passt zu Livia. Aber wenn Sie auf Rache aus sind, warum haben Sie sie nicht aus dem Weg geräumt? Sie bringt Sie Ihren Zielen wohl kaum näher.«

»Da liegen Sie falsch«, gab ich knapp zurück. »Das Gegenteil ist der Fall. Eine Informantin in der Pathologie zu haben, erweist sich oft als nützlich.«

Er zog die erste Schublade auf, griff hinein und warf einen Stapel auf den Tisch. Die Unterlagen sahen verdächtig nach Fallakten aus. Ich runzelte die Stirn.

»Ihre letzten Fälle, Mr. Cavendish. Interessante Wendungen, die sie genommen haben, vor allem der letzte. Der Plummings-Fall, korrekt?«

In meinen Fingerspitzen begann es, zu kribbeln. Die nächsten Minuten entschieden darüber, ob ich überhaupt noch mitspielen würde. Dieser Scheißkerl wollte ein verdammtes Weichei aus mir machen.

»Meine Ziele sind mir wichtig, das verstehen Sie sicher.«

»Warum die Untergrundkämpfe?«

Er dachte wohl, es wäre zwecklos, ihn anzulügen. Es existierten allerdings Menschen, die es im Laufe der Jahre perfektioniert hatten, ihre Mimik und Gestik zu kontrollierten.

»Zum einen, weil es ein Ventil ist. Zum anderen, weil ich einen Mörder suche.«

Er strich über die Vorderseite der obersten Akte, behielt mich im Blick wie ein Adler eine Maus, ehe er zuschlug. Vergiss eines nicht, du Scheißer, ich bin keine gewöhnliche Maus.

»Welchen Mörder?«

Das war der Moment, in dem ich mich entscheiden musste. Weg eins oder Weg zwei? Wie weit war Livia gegangen? Ich beschloss, alles auf eine Karte zu setzen. Ehrlichkeit hatte mich in meinem Beruf nicht weitergebracht. Nicht umsonst hatte ich meine Lebensgeschichte für einen solchen Zeitpunkt ein wenig angepasst.

»Den Mörder meiner Schwester.« Es kam mir so leicht von

den Lippen, so unfassbar leicht. Nichts und niemand würde mich davon abbringen, Holly zu rächen.

Er griff nach der untersten Akte und öffnete sie. »Jessica Cavendish.« Er überflog die Zeilen. »Ermordet in Austin, mieses Viertel. Der Fall wurde nicht aufgeklärt.«

»Richtig.«

Er klappte die Akte wieder zu und schob sie zur Seite. »Im Laufe der letzten beiden Jahre haben Sie Ihre Fälle zu Ihren Gunsten ausgehen lassen. Was hat das mit der Suche nach dem Mörder Ihrer Schwester zu tun?«

»Jeder Tag bringt mich ihrem Mörder näher. Ich weiß, dass er sich irgendwo im Untergrund verkriecht, ein hochrangiger Drogenboss, der sie umbringen ließ, weil sie herumgeschnüffelt hat. Es sind viele Puzzleteile, die man finden muss, Mr. Charlton, das verstehen Sie bestimmt.«

Er verschränkte die Arme vor der Brust und neigte den Kopf zur Seite, als wollte er meine Worte auf ihren Wahrheitsgehalt überprüfen. Komm nur näher, Adler, so manche Maus stellt sich als Falle heraus.

»Ich denke, Sie wissen, dass ich Sie nicht so einfach weiterkämpfen lassen kann. Sie könnten mir von großem Nutzen sein.« Damit hatte ich bereits gerechnet. Es langweilte mich. Bei ihm hatte ich kurz die Hoffnung gehabt, dass er mich überraschen würde ...

»Sie wollen vermutlich, dass ich gewisse Leute laufen lasse.«

»Und andere einbuchte«, fügte er hinzu. »Ich kann es nicht leiden, wenn man meine Geschäfte stört. Es geht um weitaus mehr als nur billigen Drogenhandel.«

Ich lächelte. »Menschenhandel erweist sich sicherlich als lukrativeres Geschäft.«

Er ging nicht darauf ein, behielt mich nur im Blick.

»Was habe ich davon? Und sagen Sie jetzt nicht mein Leben.

Sie sollten wissen, dass ich nicht so sehr daran hänge, um mich kastrieren zu lassen.«

»Sie stellen in Ihrer Position Forderungen?«, fragte er leise und griff nach seinem Brandyglas.

»Wir sind Verhandlungspartner auf Augenhöhe. Sie wollen etwas von mir, ich von Ihnen. Wir können uns von gegenseitigem Nutzen sein.«

Er hatte angebissen, das wusste ich in dem Moment, als er die Lippen schürzte und überlegte. »Was wollen Sie?«

»Drei Dinge: weiter in den Ring steigen und nach dem Mörder meiner Schwester suchen.«

Er kostete einen winzigen Schluck. »Das waren zwei Dinge.«

Ich lehnte mich nach vorn. »Mit ein wenig professioneller Hilfe kämen wir beide schneller ans Ziel. Ich will Livia in der Pathologie.«

Jetzt leerte er das Glas in einem Zug und ließ es mit einem Rumms auf dem Tisch aufkommen. Nun würde sich entscheiden, wie es um mein Schicksal stand. Der Scheißkerl glaubte, er hätte mich in der Hand, als würde ich fiepend vor ihm hocken. Dabei hatte er eine entscheidende Tatsache vergessen: Es gab Mäuse, die lediglich vorgaben, die Verschreckten zu sein.

»Livia in der Pathologie? Sie denken, sie ist dort sicherer?«

»Es gibt überall ein Leck, aber Ihre Villa ist eine Zielscheibe. Und selbst wenn ihr hier niemand ein Haar krümmt, Livia wird Fluchtversuche wagen. Die Erfahrung hat mir gezeigt, dass man Tiger nicht in einen Käfig sperren sollte. Man schickt sie in ihr vertrautes Terrain, mit einem Wildschützer, der jederzeit bereit ist, den Betäubungsschuss abzugeben.«

Zack – und weg ist die Maus. Adler ohne Beute.

***

Ich traute ihm nicht. Es war die Verschwiegenheit, die er an den Tag legte, die mich misstrauisch werden ließ. Ich hatte jetzt zwei Tiger in freier Wildbahn, ich würde einen weiteren Schützen benötigen. Jemanden, der bereit war, ihn auszuknipsen, wenn er mir zu nahe kam.

Der Kerl war nur eine weitere Spielfigur auf dem Brett. Ein Bauer, der sich vor den König stellte. Aber solange ich durch ihn mein Ziel erreichte, würde ich mich als die Maus geben, die sich vor dem Adler versteckte.

Im großen Saal hielt ich Ausschau nach Livia. Sie war nirgends zu sehen. Ich ging über den Marmorboden zur doppelflügeligen Tür, die auf die Terrasse führte. Das Plätschern von Wasser vermischte sich mit dem Gelächter der hier Anwesenden und ein Schwall kühler Luft kam mir entgegen, als ich nach draußen trat.

Livia hatte sich gegen die Balustrade gelehnt, die Arme vom Körper abgewinkelt. Als hätte sie auf mich gewartet … um unter ihr Kleid zu greifen und mir den goldenen Schuss zu verpassen.

»Da du noch lebst, ist davon auszugehen, dass du meinen Bruder nicht verärgert hast.« Sie hob anerkennend eine Augenbraue, ehe sich ein spöttischer Zug auf ihre dunklen Lippen legte. »Das heißt aber nicht, dass du ihn um den Finger gewickelt hast.«

Ich kam langsam näher, genoss es, den Funken Wut in ihren Augen zu erkennen. »Es muss schrecklich für einen Tiger sein, eingesperrt in seinem Käfig zu hausen.« Ich nahm ihr Kinn zwischen meine Finger. »Wie ihm Stück für Stück die Kontrolle entzogen wird, weil andere über seinen Verbleib entscheiden.«

Livia war viel zu sehr in ihrer Rolle, als dass es zu einem Ausbruch kam. Sie sagte nichts, hielt still.

»Du kannst mir später danken, Livia. Und spar dir deine Gleichgültigkeitsmasche, sie zieht bei mir nicht. Dass du so über

Holly gesprochen hast, zeigt mir nur, dass du in ihr eine Konkurrenz siehst. Eine Gefahr.«

Sie schnalzte mit der Zunge. »Du schätzt mich falsch ein, Harvey, aber du bist nicht der Einzige, der mit den Konsequenzen dieses Fehlers leben muss.«

Ich beugte mich zu ihr, strich mit meinen Lippen über ihre. »Es würde um einiges einfacher sein, wenn du aufhörst, dir etwas vorzumachen. Ich bin dir nicht egal, dein kontrollwütiges Ich kann es nur noch nicht akzeptieren.«

»Du täuschst dich«, hauchte sie und biss mir in die Unterlippe. Sanft und doch fest. Irritierend erotisch.

»Wir sehen uns wieder, Livia. Ich würde dir raten, deinen Bruder nicht zu sehr zu reizen.«

Sie legte ihre Hand auf meine Schulter und umfasste sie mit einer Kraft, die ich ihr nicht zugetraut hätte. Der Schmerz machte sich bemerkbar, aber ich gab ihr nicht die Genugtuung, sie wegzuschieben, auch wenn es eine natürliche Reaktion wäre.

»Du bist nur dank mir am Leben, ich würde dir also raten, mich nicht zu sehr zu reizen.«

Sie war in der Tat der einzige Mensch, der es auf Dauer schaffte, mich auf die Palme zu bringen. In Momenten wie diesen wurde der Drang übermächtig, sie über die Schulter zu werfen, mit nach Hause zu nehmen und ihr eine Lektion zu erteilen, die sie nicht vergessen würde.

Livia war ein harter Brocken, ein Mensch, der zu viel gesehen hatte, aber das änderte nichts daran, dass sie endlich Regeln kennenlernen musste. Sie spielte hier nicht um Geld, sondern um ihr Leben.

»Die Zeit für Forderungen ist vorbei, Livia. Du hast dich auf ein Spiel mit dem Teufel eingelassen. Ich hoffe, du bist vorbereitet.«

Ich spürte sie lächeln. »Wovor sollte ich mich fürchten,

Harvey? Wenn du mich umbringen wolltest, hättest du es längst getan. Irgendetwas muss ich dir also bedeuten.«

Ich löste mich von ihr, trat einen Schritt zurück und griff in meine Sakkoinnentasche. Eine Mischung aus Neugier und Misstrauen setzte sich in ihrem Blick fest. Ich streckte den Arm aus und hielt ihr etwas hin.

Die Strähne, die Dan ihr abgeschnitten hatte.

Ihre Miene fror ein. Ein deutliches Zeichen dafür, dass sie nicht damit gerechnet hatte.

»Wovor du dich fürchten solltest? Vergiss nicht, dass der Teufel keine fairen Regeln kennt. Er betrügt.«

Sie nahm die Strähne entgegen und schluckte. So sehr sie auch die Starke, die Unnahbare mimte, so gut wusste ich, dass sie nur eine Show abzog.

Das Leben hatte sie gelehrt, niemals Emotionen zu zeigen. Sie hatte dabei aber eine wichtige Lektion vergessen: Im richtigen Moment die falschen Emotionen zu zeigen, konnte das ganze Spiel drehen.

Kapitel 18

Livia Moriarty

Ich war weder Engel noch Teufel.
Ich war die, die das Leben aus mir gemacht hatte.

MEINE LETZTE BEGEGNUNG mit Harvey lag einige Tage zurück. Seitdem war er nicht mehr bei meinem Bruder aufgetaucht und ich war froh darüber. Ich war es leid, mir über all diese Dinge den Kopf zu zerbrechen. Mich als Schachfigur für seinen Rachefeldzug einspannen zu lassen und dabei meine Gefühlswelt nicht mehr unter Kontrolle zu haben.

Ich zupfte den Kragen des Kleides zurecht, als ich mein Spiegelbild zufrieden betrachtete und nach meiner Handtasche griff. Heute durfte ich endlich wieder arbeiten – und das wurde auch dringend Zeit, denn mir fiel bereits die Decke auf den Kopf. Insgeheim tüftelte ich zwar noch immer einen Fluchtplan aus, um Jacksons Gefängnis zu entkommen, aber eine sichere Lösung war mir bisher nicht eingefallen. Zu versuchen, meinen eigenen Bruder zu töten, wäre mein letzter Ausweg. Ein Weg, der mein eigenes Überleben nicht sichern würde.

Als ich die Treppe hinunterkam, stand Ronny dort bereits. Ich rollte mit den Augen, als ich wortlos an ihm vorbei schritt und das Anwesen verließ. Er schien sich daran gewöhnt zu haben, dass ich ihn weitestgehend wie Luft behandelte. Folgte mir schweigend und entriegelte den Wagen, damit ich einsteigen konnte. Natürlich fuhr er mich. Mein Auto stand noch in der Tiefgarage meines Apartmentkomplexes. Ohnehin ließ Jackson mich nicht aus den Augen. Ich war mir sicher, dass Ronny dasselbe in der Pathologie tun würde.

Doch für heute hatte ich längst einen Plan. Zwar einen, der mich in Schwierigkeiten bringen würde, aber das war es allemal wert.

Ronny parkte den Wagen auf dem Mitarbeiterparkplatz der Pathologie und ich stieg ohne ein Wort aus, genoss den sterilen Duft, der mir entgegenwehte, als ich die Räumlichkeiten betrat. Wohlwissend, dass ich ohne Jacksons Kontakte vermutlich nicht so schnell zurückgekehrt wäre. Vielleicht auch nie.

Ich hatte meine Bürotür gerade geöffnet, da stürmte Jonah bereits herein. Fast hatte ich ihn vergessen.

»Es ist so gut, dass Sie wieder da sind«, sprudelte es direkt aus ihm heraus, während er mir in mein Büro folgte und die Tür hinter sich schloss, als würden wir Geheimnisse teilen. »Im Archiv fehlen Akten.«

Ich hob die Augenbrauen und schwieg einige Sekunden, ehe ich meine Tasche neben dem Schreibtisch abstellte. »Die werden schon irgendwo sein. Sicher falsch einsortiert.«

»Nein, ich hab die letzten Tage dort aufgeräumt. War nicht so viel los hier, während Sie weg waren«, erwiderte er unbeirrt und schien keinerlei Verdacht zu schöpfen. Süß.

»Sie werden irgendwo sein, Jonah«, gab ich gleichgültig zurück und setzte mich an meinen Schreibtisch. Öffnete einige der Schubladen. Alles so, wie ich es zurückgelassen hatte. Nichts wies darauf hin, dass man mein Büro durchsucht hatte.

Umso besser.

Ich sah den Praktikanten wieder an und lächelte. »Würdest du mir zwei Kaffee machen?«

Jonah sah mich irritiert an, zog letztlich aber los.

Ich nutzte die Chance und ließ einige Fläschchen und Spritzen aus meinem Schreibtisch in meine Handtasche gleiten. Jackson schien nicht damit gerechnet zu haben, dass ich sie so leichtsinnig in meinem Büro aufbewahrte. Meine Wohnung hatte er sicher auf den Kopf gestellt. Ich hatte ihn mit den Akten gesehen, die ich aus der Pathologie hatte mitgehen lassen.

Meine Finger flogen über das Display meines Smartphones, das ich sonst lediglich für meine Kontakte aus dem Untergrund benutzte. Glücklicherweise hatte es im Büro gelegen, als Jackson entschieden hatte, mich zu seiner Gefangenen zu machen. Mein anderes hatte ich bis heute nicht wieder.

Das Freizeichen ertönte in der Leitung. Es dauerte einige Sekunden, ehe eine tiefe Stimme die Stille durchbrach. »Ja?«

»Hallo Kane.«

»Wer ist da?« Er schien mich wirklich nicht zuordnen zu können. Klang locker und entspannt.

»Red«, war meine knappe Antwort.

Schweigen.

»Was willst du?«, knurrte er plötzlich und ich hörte die Ablehnung, die mir entgegenschlug.

»Informationen. Was sonst? Sehnsucht hab ich keine«, antwortete ich ihm ebenso kühl und strich mit meinen Fingern über die Holzmaserung meines Schreibtisches.

Er lachte bitter. »Ist das dein Ernst? Du wolltest alles vernichten.«

»Dinge ändern sich, Kane«, erwiderte ich lediglich.

»Vergiss es. Was auch immer du willst ... nein.« Seine Verärgerung war deutlich zu hören. »Ich lass dein perfektes, neues Leben auffliegen.«

Jetzt war es an mir zu lachen. »Perfekt, schön wär's. Ich will eine Akte.«

»Dann besorg sie dir.«

»Sie ist bei euch unter Verschluss.«

»Und aus welchem Grund sollte ich sie dir besorgen? Das ist Irrsinn. Du bist verrückt«, fluchte er ins Telefon.

Vielleicht hatte er recht. Aber es war mir egal.

»Interessiert mich nicht. Ich gebe dir zwei Stunden. Ansonsten landen diese wunderschönen Fotos von dir ... und mir ... bei deiner Frau und deinen Kollegen und ...«

»Welche Akte?«, unterbrach er mich unwirsch.

»Holly Webber«, sagte ich knapp. Allein, wenn ich ihren Namen aussprach, zog sich mein Magen zusammen. Erinnerte mich an jene Nacht, in der ich ihn das erste Mal aus seinem Mund gehört hatte.

»Wer sagt mir, dass du sie danach nicht trotzdem öffentlich machst?«, knurrte er.

»Um mich selbst zu demütigen? Natürlich, Kane. Weil ich so sehr darauf stehe«, sagte ich tonlos und konnte ein ungeduldiges Seufzen nicht unterdrücken. »Entscheide dich.«

»Und was willst du dann als Nächstes von mir?«

»Nichts. Ich hab dich die letzten Jahre auch wegen nichts bestochen. Hier bleibt mir leider keine andere Wahl.«

»Irgendwann wird dich jemand endgültig in Ketten legen, Red«, zischte er und ich hörte die Verachtung, die er für mich empfand. Dabei sollte ich sie für ihn empfinden.

Ich lachte bitter. »So, wie du es getan hast, damit du dich männlich fühlst? Fick dich, Kane. Drei Stunden für die Kopie. Ich lasse dir meine Kontaktdaten zukommen.«

Bevor er etwas erwiderte, legte ich auf. Genau im richtigen Moment, denn Jonah betrat mit zwei dampfenden Tassen Kaffee mein Büro und stellte sie vor mir ab.

»Könntest du mir den Ordner aus dem Schrank dort drüben geben? Den mit meinen Berichten vom Januar.« Mit einem flüchtigen Lächeln wartete ich, bis er die Schranktüren geöffnet hatte und zu suchen begann. Träufelte etwas Narkotikum in eine der beiden Tassen und ließ das Fläschchen schnell wieder verschwinden.

Kurz darauf legte Jonah mir den Ordner auf den Tisch. »Sonst noch was?«

»Draußen auf dem Parkplatz sitzt ein Bekannter im Wagen und wartet. Du könntest ihm etwas Gutes tun und ihm den Kaffee bringen«, bat ich ihn und schob die Tasse zu ihm hinüber. »Und er ist nicht von mir.«

»Wieso?« Jonah sah mich verwirrt an. Kein Misstrauen in seinem Blick.

»Ich möchte nicht, dass er sich wegen so etwas falsche Hoffnungen macht. Sag einfach, du hast ihn warten sehen und dachtest, er könnte einen Kaffee brauchen.« Ich setzte mein liebliches Lächeln auf, während die Ungeduld bereits in mir brodelte. Er sollte einfach gehen.

»Okay.« Er zuckte mit den Schultern, als wäre es keine große Sache und meine Begründung schlüssig. Jonah schnappte sich den Kaffeebecher und verschwand aus meinem Büro.

Als ich seine Schritte auf dem Flur nicht mehr hörte, stand ich auf und eilte zur Tür. Verschloss sie, um mich in Ruhe umziehen zu können. Alles, was Jackson mir gekauft hatte, landete auf dem Boden. Ich zog die Tasche aus einem der Schränke, in der ich meine Ersatzkleidung aufbewahrte, und schlüpfte hinein. Selbst den Schmuck und die Haarspangen legte ich ab, stopfte alles in die Tasche und verstaute sie wieder.

Jackson schien in all den Jahren vergessen zu haben, dass wir Geschwister waren.

Ein kurzer Blick verriet mir, dass es an der Zeit war zu gehen.

Ich packte das ein oder andere aus meinem Schreibtisch in meine Handtasche, ehe ich die blonde Perücke aufsetzte und die

Pathologie durch den Vorderausgang verließ.

Das erstbeste Taxi war meines. Ich hatte einiges zu erledigen, wenn auch nicht zu Hause.

Ich verbrachte zwei Stunden in einem Hotelzimmer, während ich auf eine Nachricht von Kane wartete. Erst als ich die Mail mit der Adresse des Motels erhielt, fuhr ich dorthin.

Er war nicht dort. Auf dem Bett im Zimmer lag lediglich die Kopie der Akte – und ein kleiner Gegenstand, den ich einsteckte. Alles wie besprochen. Nun konnte ich mein eigentliches Ziel ansteuern; nutzte die Dunkelheit, die Chicago mittlerweile einhüllte. Ich war mir sicher, dass Jacksons Leute bereits nach mir suchten.

Ob der schlafende Ronny ihn wohl verärgert hatte?

Ob er überhaupt noch lebte?

Es war bereits kurz nach sieben, als ich Harveys Apartment betrat und die blonde Perücke von meinem Kopf zog, ehe ich sie auf eine Kommode im Flur warf. Alles war dunkel, er schien noch nicht zu Hause zu sein.

Für einen kurzen Moment betrachtete ich zufrieden den Schlüssel, den ich hatte nachmachen lassen, als er sich in meiner Wohnung von seinen Verletzungen erholt hatte. Ich hatte gewusst, dass ich ihn früher oder später brauchen würde, und immerhin war er auch einfach in meine Wohnung eingedrungen.

Meine Finger fuhren über die glatte Oberfläche des Sideboards, in dem Harvey die Glock aufbewahrte. Erinnerungen kamen hoch und ich sah flüchtig auf meine Handgelenke. Lediglich blassrote Striemen erinnerten noch an jene Nacht.

Ich stellte die Tasche neben dem Sessel ab, in dem er damals gesessen hatte, ehe ich mir ein Glas seines Whiskys einschenkte und es mir darin bequem machte. Er würde sicher nicht mehr allzu lange auf sich warten lassen.

Das Licht ließ ich aus, während ich mich zurücklehnte und wartete.

Erst eine Stunde später hörte ich, wie die Tür aufgeschlossen wurde. Wie er innehielt, als er vermutlich die blonde Perücke im Flur liegen sah. Mein Herz schlug einen Takt schneller, ich umfasste das fast leere Glas fester. Hatte die Beine überschlagen, seine Glock lag auf meinem Schoß.

Langsam betrat er den Wohnbereich. Der Schein des Ofens, den ich angezündet hatte, tauchte ihn in warmes Licht. Ich sah die Anspannung in jeder Faser seines Körpers, als er mich im Sessel entdeckte und sich seine Augen verengten.

»Was machst du hier, Livia?« Er klang fast so abweisend wie Kane, als er mich am Telefon erkannt hatte. »Und wie bist du hier reingekommen?«

»Ich wusste, du würdest dich freuen, mich zu sehen«, erwiderte ich mit einem Lächeln und stellte das Whiskyglas beiseite, ehe ich den Zweitschlüssel demonstrativ daneben legte. »Ich denke, du brauchst dich nicht zu beschweren. Oder wer von uns war zuerst in wessen Wohnung?«

Ich sah zu, wie er die Schublade öffnete und ins Leere starrte. Sich wie in Zeitlupe zu mir umdrehte und die Wut in seinen sonst so kalten Augen aufflammte.

Mit einem Lächeln ließ ich die Glock am Bügel an meinem Finger baumeln. »Suchst du die hier?«

Ich nahm die Munition aus der Waffe, legte sie beiseite und ging zur Balkontür, trat nach draußen. Bemerkte aus dem Augenwinkel, dass er mich abhalten wollte, doch ich machte einen Satz nach vorn und warf sie über die Brüstung. Als er mich an den Schultern packte, war es bereits zu spät.

Er wirbelte mich zu sich herum.

»Was soll der Scheiß, Livia?«, knurrte er und schob mich mit seinem Körper so weit nach hinten, dass sich das Geländer schmerzhaft in meinen Rücken presste.

Ich sah zu ihm auf. Lächelte. Ließ meine Hände über seinen Oberkörper wandern und öffnete seine Krawatte. Ließ sie ebenfalls in die Tiefe fallen. Nicht eine Sekunde wandte ich meinen Blick von ihm ab.

»Ich hab da etwas, das du gern hättest«, flüsterte ich, als meine Finger die ersten Knöpfe seines Hemdes öffneten, ich sie zaghaft über die Haut an seinem Hals gleiten ließ. Die Tattoos betrachtete, wie ich es schon beim ersten Mal an diesem Ort getan hatte.

Ein Kribbeln durchfuhr meinen Körper.

»Und was soll das sein?« Er griff meine Handgelenke, sodass ich in der Bewegung innehielt.

Ich musste mich auf Zehenspitzen stellen, um seinen Lippen nah genug zu kommen, solange er sich nicht hinab beugte. Doch es reichte, um sie sanft berühren zu können.

»Das zeige ich dir, wenn du mich loslässt«, flüsterte ich.

Harvey spannte sich an. Meine Wirkung auf ihn war noch immer jene, die ich bereits bei unserer ersten Begegnung auf ihn gehabt hatte. In diesem Moment war ich dankbar für meinen Job während des Studiums, der mir gezeigt hatte, wie ich mich kontrollieren konnte.

Mit einem leisen Fluchen ließ er von mir ab, wich einen Schritt zurück. »Wenn du mich verarschst, Livia ... wirst du es bereuen.«

»Ich weiß«, sagte ich lediglich und zuckte gleichgültig mit den Schultern, als ich an ihm vorbeiging und das Wohnzimmer wieder betrat, zu meiner Handtasche hinüberging und den Zettelstapel herauszog. Ich presste ihn fest an meinen Körper, sah zu Harvey, der noch in der Balkontür stand und mich mit den Augen eines Raubtieres beobachtete.

»Was ist das?«, durchbrach seine Stimme die Stille.

»Erinnerst du dich daran, was du zu mir gesagt hast?«

»Ich habe vieles zu dir gesagt, Livia.«

»Du sagtest, dass du mich beschützen willst. Vor allem ... vor mir selbst.« Meine Stimme war fest, jedoch leise. Ich ging einen Schritt rückwärts, ohne ihn aus den Augen zu lassen.

Sein Kiefer spannte sich an. Er kam näher, doch ließ er einige Schritte Raum zwischen uns. »Du wolltest nicht beschützt werden.«

Mein Herz begann, zu rasen, hämmerte gegen meine Brust. Ich presste die Lippen aufeinander, umklammerte das Papier fest mit meinen zitternden Fingern. Suchte nach den richtigen Worten. »Jemand ... wie du, kann mich nicht beschützen oder gar ... retten.«

»Was soll das heißen?« Seine Stimme glich einem tiefen Knurren, als er einen weiteren Schritt auf mich zukam. »Was willst du, Livia?«

»Das einzige Ziel, das du vor Augen hast, ist, eine Tote zu rächen. Und das ist ...«, ich stockte, biss mir auf die Unterlippe, ehe ich weitersprach. »Es ist okay. Aber nicht mit mir an deiner Seite. Ich bin kaputt. Schon viel zu lange, als dass es noch zu reparieren wäre. Verschwinde aus meinem Leben, Harvey.«

Die Worte schmerzten. Versetzten mir selbst einen Stich ins Herz. Doch das, was wie ein Tornado über uns hereingebrochen war, würde uns zerstören. Ihn und mich. Früher oder später.

»Das entscheidest nicht du. Meine Regeln, Livia.« Er kam einen weiteren Schritt auf mich zu.

Ich löste eine Hand von dem Papierstapel. Spürte die Hitze in meinem Rücken. »Nein, das entscheidest nicht du. Ich werde dir bei deinem Rachefeldzug nicht zusehen. Dieses Spiel mit dir spielen, damit die Gedanken an Holly dich nicht erdrücken, wenn du nicht auf der Jagd bist oder im Ring stehst. Dafür bin ich nicht da, Harvey«, flüsterte ich und meine Finger griffen nach dem Verschluss des Ofens. Öffneten die Klappe. Die Hitze strömte gegen mein nacktes Bein.

Er beobachtete mich. Schien nach den richtigen Worten zu suchen, doch er fand sie nicht. Es gab sie nicht.

Vielleicht waren wir uns zu ähnlich. Die Dunkelheit in uns beiden zu tief verankert, sodass sie uns verschlingen würde, wenn wir ihr gemeinsam nachgaben. Er würde mich nicht retten können. Sein Einsatz war sein Leben und das galt einer anderen.

»Das hier ... ist Hollys Akte vom FBI«, durchbrach ich die angespannte Stille und verfluchte die Unsicherheit, die für einen Moment darin mitschwang; den Kloß in meinem Hals. »Sie gehört dir, wenn du mich gehen lässt. Aus meinem Leben verschwindest. Dich von Jackson fernhältst.«

Mein Herz wurde schwer, mein Magen verkrampfte sich. Mir wurde übel. Auf meiner Brust lag ein Gewicht, das mir die Luft abschnürte. Ich hatte Mühe, zu atmen. Ich wusste nicht, wann es zuletzt so wehgetan hatte. Sehnte mich nach dem Schmerz, den ich kontrollieren konnte.

»Das ist Bullshit, Livia. Gib sie her«, er knurrte, doch ich hörte die Panik darin. Er wusste nicht, was er tun sollte. Ich gab ihm nicht genügend Zeit, eine Entscheidung zu treffen. Doch genau das wollte ich. Er sollte keine Gelegenheit bekommen.

Harvey kam auf mich zu.

»Bleib stehen«, flüsterte ich und nahm die erste Seite vom Stapel. Hielt sie dicht an die Flammen, sodass das Papier bereits angesengt wurde. »Sag mir, dass du mich gehen lässt. Dann gehört sie dir. Ich bin kein Engel und ich werde dich nicht auf diesem Weg begleiten. Du wirst dich verlieren ... oder mich. Harvey, du kannst nicht alles besitzen. Ebenso wenig, wie ich alles kontrollieren kann.«

Ich konnte den Ausdruck in seinem Gesicht nicht deuten. Er verschwamm vor meinen Augen, als die ersten Tränen über meine Wange liefen.

Als er einen Schritt auf mich zuging, warf ich die erste Seite in die Flammen des Ofens. Sie schlugen hoch, die Hitze drängte sich an meine nackte Haut. Ich kannte dieses Brennen. Doch es überdeckte den Schmerz nicht. Dieses Mal nicht.

»Kontrollier mich«, hauchte ich kaum hörbar.

Kapitel 19
Harvey Cavendish

Ich sah nicht nur den Teufel in ihren Augen.
Sie war das Feuer, das alles verschlang.

ICH MUSSTE KLAR denken. Rational. Berechnend.

Aber es gab eine Sache in meinem Leben, die immer wieder dafür sorgte, dass ich Fehler beging: Holly.

Mein Blick fiel auf den schmalen Stapel in Livias Arm, wanderte zu dem in Flammen aufgegangenen Papier, von dem nur noch Reste übrig waren.

Hollys Akte.

Plummings war derzeit meine einzige Chance gewesen, an sie heranzukommen. Doch nun war die alte Schachtel tot und ich musste wieder vorn beginnen. Oder auch nicht …

Livias Finger glitt über die nächste Seite. Sie hob sie an, zerknüllte sie und warf sie in das Feuer. Mit einer Seelenruhe, bei der ich Gefahr lief, rotzusehen.

Atme.

Atme.

Atme, verdammte Scheiße.

Sie zog Seite drei vom Stapel und bei Gott, ich hasste sie dafür. Ich wollte sie bestrafen, ihr Schmerzen zufügen, ihr das nehmen, was ihr am meisten bedeutete. Mein Puls schoss in die

Höhe, das Kribbeln in meinen Fingern breitete sich über meine Arme aus.

Ein einziger Gedanke war meine Erlösung. Holly. Ich hatte zwei Jahre gekämpft und ich würde weiterkämpfen, um an ihre gottverdammte Akte zu gelangen. Aber eines stand fest: Ich würde mich niemals erpressen lassen.

Langsam verschwand der rote Schleier vor meinen Augen. »Los, wirf sie ins Feuer«, sagte ich kalt und bewegte mich nicht vom Fleck.

Unsicherheit flackerte in ihrem Blick auf, sie zog minimal die Augenbrauen zusammen. »Das willst du wirklich?«

»Du hast einen schweren Fehler begangen, Liebes. Wage es niemals, mich zu erpressen. Denke nicht, dass ich wie ein Hündchen betteln werde.«

Die Stimmung zwischen uns änderte sich. Livia wusste, dass sie die Kontrolle über die Situation verlor, damit hatte sie nicht gerechnet. Ihre Finger krallten sich um den Stapel, ihr Atem kam in langen Stößen, als müsste sie sich zusammenreißen, nicht auf mich loszugehen. »Tust du das wegen mir oder weil es dein Stolz nicht zulässt, vor eine Entscheidung gestellt zu werden?«

Ja, das war es, worauf ich hinauswollte. »Such es dir aus.«

Ich hatte die Kontrolle wieder. Eine Tatsache, mit der sie sich niemals abfinden konnte. Sie hatte mich nicht mehr in der Hand.

»Gut. Wie du willst.«

Ich widerstand dem Drang, sie festzuhalten, als sie die Akte mit einer schwungvollen Bewegung ins Feuer warf. Funken stoben auf, verloren sich in der Höhe.

Livia zählte nicht zu der Sorte, mit der ich mich sonst herumschlagen musste. Sie war unberechenbar, intensiver, gefährlicher. Die einzige Person, deren nächsten Schachzug ich überhaupt nicht vorhersehen konnte.

Sie kam auf mich zu, ihre nassen Wangen straften ihrer aufrechten Haltung Lügen. »Ich weiß, dass du es nicht wegen mir getan hast, Harvey. Du kommst damit klar, wenn ich aus deinem Leben verschwinde. Es geht dir nur um deine Rache, dafür ernennst du jeden zu deiner Spielfigur, der dich ihr irgendwie näherbringt.« Sie hob die Hand, als wollte sie mich ohrfeigen.

Ich hielt still. Wusste, dass ich es nicht anders verdient hatte. Ich ließ sie im Unklaren, hatte das Spiel gedreht.

»Nein«, hauchte sie, ballte die Faust und ließ ihren Arm wieder sinken. »Das bist du nicht wert.« Sie wirbelte zur Seite, stöckelte auf ihre Tasche zu und griff hinein. In einer fließenden Bewegung warf sie einen Gegenstand auf den Beistelltisch, der mit einem klappernden Geräusch die Oberfläche berührte.

Ihr Blick traf mich bis ins Mark.

»Auf dem Stick ist Hollys Akte. Ich mag ein Miststück sein, Harvey, ich spiele vielleicht mit deiner größten Schwäche, aber ich werde mich nicht zwischen dich und deine Rache stellen. Das wäre Verlieren, bevor das Spiel überhaupt begonnen hat. Wie man sieht ...« Ihre letzten Worte waren nur noch ein Flüstern.

Ich wollte auf sie zugehen, als sie in ihre Tasche griff und eine Waffe hervorholte.

Beretta. Interessante Wahl für eine Lady.

»Komm nicht näher«, zischte sie. »Du hast schon genug angerichtet. Das ist meine letzte Warnung an dich, Harvey: Halte dich von mir fern.« Ihr Arm zitterte, unbändiger Hass auf mich flackerte in ihren Augen auf.

»Du hasst mich«, sagte ich leise. »Zurecht. Ich zeige dir Seiten, von denen du keine verdammte Ahnung hattest. Ich reize dich. Ich lasse dich deine Einstellungen überdenken. Es ist der Kontrollverlust, der dir Angst macht, Livia. Du wolltest mich nie vor die Wahl stellen, aber die Versuchung war zu groß, richtig?« Ich kam näher, erinnerte mich an den Schmerz, als mich das letzte Mal ein Schuss getroffen hatte. Das Gefühl, als würde etwas in mir zerreißen und gleichzeitig in Flammen stehen.

Sie trat mehrere Schritte zurück, hielt den Lauf weiterhin auf mich gerichtet. »Bleib stehen! Du hast, was du wolltest.«

»Nein«, erwiderte ich scharf. »Das, was ich will, versucht gerade, mich umzubringen.«

Ihre Lippen bebten, noch mehr Tränen flossen ihre Wangen hinab. »Hör auf damit.«

In diesem Augenblick fiel mir die Entscheidung noch nie so leicht. Ich hatte Hollys Akte neben mir - musste nur zum Laptop gehen, um hineinzusehen - und doch wusste ich, dass die Vergangenheit warten konnte. Sie lief mir nicht davon, im Gegensatz zu meiner Gegenwart.

»Ich werde dich nicht gehenlassen. Niemals. Vorher musst du abdrücken.«

Sie tastete mit der einen Hand nach der Klinke, während die andere auf mich gerichtet war.

»Es ist so einnehmend, oder? Das Gefühl, mich jederzeit erschießen zu können«, flüsterte ich und blieb stehen. Ich wollte sie triezen, aber nicht zu einer Entscheidung zwingen.

»Was willst du?«, fauchte sie, fasste auch mit der zweiten Hand nach der Waffe, weil ihr Arm so stark zitterte.

»Dass du freiwillig nachgibst.«

Eine Zeit lang waren die knisternden Flammen und ihr schwerer Atem die einzigen Geräusche im Raum.

»Bleib«, sagte ich ruhig. »Bleib bei mir.«

»Warum sollte ich?«, kam es bebend zurück, ein wahnsinniges Lächeln schlich sich auf ihre Lippen. »Damit du mich demütigen kannst? Ich weiß, dass du deine Vergangenheit vor mich stellen wirst. Immer.«

»Warum habe ich dann noch nicht nach der Akte gegriffen und dich im hohen Bogen rausgeworfen?«

Das war eine Frage, mit der sie nicht gerechnet hatte. Ihr Arm sank langsam nach unten, sie ließ mit der zweiten Hand los und klammerte sich stattdessen am Türrahmen fest.

Ich beschloss, aufs Ganze zu gehen. Gerade in meiner Situation konnte jeder Tag das Ende bedeuten. Hollys Tod hatte mir gezeigt, wie verdammt schnell sich alles änderte. Wie hilflos man sich vorkam, wenn man es nicht verhindern konnte.

»Ich habe schon einmal jemanden verloren, der mir etwas bedeutet hat. Das werde ich nicht noch mal zulassen«, stellte ich klar. Es fiel mir unheimlich schwer, nicht auf sie zuzustürmen, sie zu packen und ihr zu zeigen, dass ich sie wollte.

»Du willst mich brechen, richtig? Weil du es liebst … Du liebst es, Menschen zu kontrollieren, mit ihren Ängsten zu spielen. Aber nicht mit mir, Harvey, ich bin nicht deine verfickte Marionette.«

Es war immer wieder faszinierend, wie sich die beiden Seiten in ihr ein Gefecht lieferten. Der Kontrollwahn, der nun wieder an die Oberfläche drang, gegen den Wunsch, loszulassen. Sich völlig fallenzulassen.

»Bleib.« Es war nur ein Wort, aber es veränderte die Stimmung zwischen uns schlagartig. Livia starrte auf die Waffe, fuhr mit dem Finger über den Lauf.

Ich hielt es keine Sekunde länger auf der Stelle aus, stob auf sie zu und riss ihr die Beretta aus der Hand, schleuderte sie in die Ecke.

Sie hatte kaum die Zeit, einen Atemzug zu nehmen, als ich sie packte und gegen die Tür presste. »Es war ein Fehler, mich vor die Wahl zu stellen, Livia. Ein Fehler, den du bitter bereuen wirst.« Ich griff unter ihren Arsch, hob sie hoch und trug sie zur Couch. Sie schlang die Beine um mich, fasste in mein Haar und küsste mich mit einer Leidenschaft, die mich schwindlig werden ließ. Ich stöhnte auf, als sie in meine Unterlippe biss. Schmeckte Blut. Sie riss an meinen übriggebliebenen Knöpfen, drängte den Stoff mit bebenden Fingern zur Seite.

Wir schafften es irgendwie ins Schlafzimmer, zerrten an unseren Klamotten, verloren uns völlig ineinander. Holly war meine Vergangenheit, Livia meine Gegenwart. Rache gegen Hoffnung. Blutdurst gegen den Wunsch, zu vergessen.

»Ich hasse dich«, keuchte sie, krallte sich an meinen Schultern fest und presste ihr Becken gegen meines. »So sehr, Harvey, ich hasse dich so sehr.«

Ich zog ihr Gesicht zu mir, hielt es gefangen, drückte meine Finger gegen ihre weiche Haut, sodass ihr ein leiser Schmerzensschrei entfuhr. »Tust du nicht.«

Das Ganze hatte nichts Sanftes an sich, es war nicht wie beim ersten Mal. Livia verlor die Kontrolle über sich, ließ zu, sich von mir führen zu lassen.

Stoff riss, unser Keuchen erfüllte den Raum, ich verlor das Gefühl für die Zeit. Es existierte nur noch sie. Livia. Mein Verderben.

Ich schob den Slip von ihrer Hüfte, sodass sie splitterfasernackt unter mir lag. Sie drängte mich mit ihrem Knie weg, schob sich über mich, half mir bei der Hose. Schnappte nach Luft, als die Boxershorts folgte und sich meine Härte gegen ihre kleine Hand presste. Scheiße, so musste es sich anfühlen, wahnsinnig zu werden.

Ich wollte sie küssen, aber sie wich aus, schüttelte leicht den Kopf. »Nein. Auf den Rücken.«

Sie wartete nicht auf meine Reaktion, presste mich auf die Matratze und neigte ihren Kopf zur Seite. Ihre Haare fielen weich auf meinen Oberkörper, ihr warmer Atem traf auf meinen Schwanz, der zu zucken begann. Im nächsten Augenblick fühlte ich ihre Lippen, ihre Zunge, ihre Nässe.

Ich war mir sicher, in der Hölle angelangt zu sein. Fluchend krallte ich die Hände in die Decke, wehrte mich gegen den Drang, in ihrem Mund zu kommen. Sie leckte an mir, saugte, triezte mich.

»Livia«, keuchte ich. »Hör auf.«

Sie schob ihre Lippen weiter nach unten, nahm mich tief in sich auf, bevor sie langsam wieder zurückwich. Folter. Pure Folter.

»Niemals«, flüsterte sie, leckte über die Spitze.

Ich hielt es keine Sekunde länger aus, schoss nach vorn und packte ihren Kopf, zwang sie, mich anzusehen. Ihre Lippen waren leicht geöffnet, glänzten.

Hör auf, mich so anzusehen!

Livia wusste genau, wie sie auf mich wirkte. Sie würde ihre Kontrolle niemals abgeben, wenn sie nicht wüsste, wie sehr ich sie wollte.

Sie zu dominieren, ihr zu zeigen, wie unfassbar einnehmend ein Kontrollverlust sein konnte, trieb mich an meine Grenzen. Ich zog sie hoch, wirbelte sie herum, drückte ihre Hände gegen das Bettgestell und brachte meine Lippen an ihr Ohr. »Vertraust du mir?«

Sie streckte ihren Arsch gegen meinen Schwanz, bog ihren Rücken durch. Zu meiner Überraschung zögerte sie nicht, sondern nickte sofort. Ich schloss die Augen, konzentrierte mich auf meine Atmung, um nicht augenblicklich auf ihr abzuspritzen. Diese Hexe. »Halt dich fest.«

Ich kniete mich hinter sie, strich über ihren Arsch, glitt mit den Fingern durch ihre Nässe. Langsam schob ich einen Finger in sie, reizte ihre Klit mit meinem Daumen.

»Gott, ja«, stöhnte sie auf, drückte sich fester gegen mich, zitterte unaufhörlich. Sie war bereit. So bereit.

Ich packte meinen Schwanz, brachte ihn in Position und versenkte mich in einer fließenden Bewegung in ihr.

Reizte sie.

Dominierte sie.

Trieb sie immer weiter nach vorn.

»O Gott, bitte ... Harvey«, keuchte sie, presste sich mit aller Kraft gegen mich, versteifte sich. Ich griff an ihre Klit, hielt meine Hand dagegen, während ich mich wieder und wieder in ihr versenkte.

Tiefer. Intensiver. Härter.

Sie.

Ich.

Die Dunkelheit, die zu unserem Zuhause geworden war.

Ihre Muskeln begannen, zu zucken, umschlossen mich fester, katapultieren mich direkt in mein eigenes Verderben. Ich vernahm ihren Schrei nur am Rande, alles wurde schwarz, einnehmend. Mit einem lauten Stöhnen zerbarst ich in ihr, verlor den Halt, ließ mich fallen wie nie zuvor.

Sie knickte ein, ich rutschte zur Seite und rollte auf den Rücken. Das Atmen fiel mir schwer, der Schmerz in meiner Schulter vermengte sich mit dem unbändigen Verlangen nach ihr. Ich griff zur Seite um ihre Taille, zog sie zu mir. Ihr Gesicht war heiß, als sie keuchte.

Keine Ahnung, wie lange wir schweigend nebeneinanderlagen, ehe sie sich über mich rollte. Ihre Haare fielen auf mich. So weich. »Schlaf jetzt«, flüsterte sie und lehnte ihre Stirn gegen meine.

Ich grinste. »Du erteilst mir wieder Befehle?«

»Wieder? Immer. Nur subtiler als du.«

***

»Harvey?«

Ich schreckte auf, griff im Reflex unter mein Kissen. Keine Waffe.

»Hey, ich bin's nur.«

Livia.

Ich rieb mir über die Augen und setzte mich auf. Die Sonne war noch nicht aufgegangen, ich erkannte nur Schemen, aber sie war definitiv angezogen. »Wo gehst du hin? Hast du auf die Uhr geschaut?«

Sie drehte den Kopf zur Seite, sah nach draußen in die Stadt, die langsam zum Leben erwachte. »Ich werde gehen ... aber nicht, ohne mich zu verabschieden.«

Auf einen Schlag war ich wach. »Was heißt das?«

Jetzt drehte sie sich leicht zu mir, strich mir mit einem Finger über die Wange. Ihre Haut war eiskalt. »Du hast die Akte, Harvey. Tu, was du tun musst.«

»Deswegen musst du nicht gehen.«

Ich hörte sie schlucken. »Doch. Du wirst verstehen, warum. Aber eines möchte ich dir noch sagen ...« Sie brach ab und legte Finger für Finger an meine Wange, kam näher, küsste mich. Ich schmeckte etwas Salziges, fühlte ihre Lippen zittern.

»Livia ...«

»Nein. Lass mich ausreden.« Sie lehnte ihre Stirn gegen meine. »Du wirst erkennen müssen, dass es sich manchmal nicht lohnt, der Vergangenheit nachzujagen. Glaub mir, ich weiß, wovon ich rede.«

Ich stutzte. »Livia, hast du Drogen genommen?« Ich warf einen Blick auf die Funkuhr. Vier Uhr morgens und sie saß angezogen und gehfertig neben mir. Es war ein Abschied, das gab sie mir deutlich zu verstehen.

»Dann wäre die ganze Scheiße zumindest erträglicher, aber nein, mit Drogen habe ich keine guten Erfahrungen gemacht.

Wie dem auch sei ... Ich hoffe, du findest, wonach du suchst. Aber eines kann ich dir versichern: Befriedigung wird es nicht sein.«

Ich schlang die Arme um ihre Taille, zog sie zu mir. Sie versteifte sich, presste die Hände gegen meinen Oberkörper. »Nein.«

»Livia, was zur Hölle ist los?«

»Lies die Akte, dann wirst du verstehen. Auch, warum ich sie lieber verbrannt hätte.« Als sie sich zurücklehnte, um Abstand zu gewinnen, ließ ich sie los. Ein dumpfes Gefühl setzte sich in meinem Magen fest, mein Herz begann, zu rasen.

Die Akte.

Livia stand auf und verschwand. So schnell, als hätte ich es mir nur eingebildet, dass sie hier gewesen war. Nur der Geruch nach ihr erinnerte mich daran, dass es kein Traum gewesen war. Ich blickte durch die offene Schiebetür ins Wohnzimmer. Der Beistelltisch lockte mich. Ich schwang die Beine aus dem Bett, stand auf und rannte fast dorthin. Mit bebenden Fingern nahm ich den Stick, ging zum Couchtisch und fuhr den Laptop nur einen Moment später hoch, ehe ich den Stick in dessen Slot steckte. Dann starrte ich auf die Datei.

FBI.

Bis heute hatte ich nicht verstanden, warum das FBI den Fall übernommen hatte. Es war ein Raubmord gewesen, eine bestialische Tat, aber kein Grund dafür, dass sich diese Typen eingeschaltet hatten.

Zwei Jahre. Über sechshundert Tage, die ich mit der Suche nach diesem Scheißding verbracht hatte.

Ich fuhr mir mit den Händen über das Gesicht und öffnete die digitale Akte. Hollys Bild stach mir entgegen, sorgte dafür, dass mich die Erinnerung an jene Nacht mit voller Wucht rammte. Meine Gedanken überschlugen sich, Schmerz wütete in mir. Ich wollte ihren Mörder. Lebend.

Ich überflog den Bericht des Gerichtsmediziners. Nichts, was ich nicht schon vermutet hatte. Als ich bei ihren Daten ankam und schon dabei war, weiterzuklicken, hielt ich inne.

Die Welt blieb nicht stehen. Sie drehte sich immer weiter.

Es war unmöglich, dass die Zeit einfror, und doch fühlte es sich gerade so an, als hätten die Uhren aufgehört, zu ticken.

Als hätte ich aufgehört, zu existieren.

»Das kann nicht sein.« Ich schüttelte den Kopf, blinzelte mehrmals, versuchte, mein Hirn auszutricksen. Der Moment unserer ersten Begegnung überrollte mich. Unser zufälliges Treffen im Gerichtsgebäude. Die weiteren zufälligen Treffen an Orten, an denen ich mich gern aufgehalten hatte. Meine Lieblingsbar und mein Sportclub.

Nein. Nein. Nein.

Ich wollte aufhören, zu atmen, wenn es kein verdammter Reflex wäre.

Ich wollte, dass mein Herz aufhörte, zu schlagen, aber es erinnerte mich mit jedem dumpfen Pochen umso mehr daran, dass ich keinen Einfluss darauf hatte.

Ich wollte auf dem Boden aufschlagen, dabei befand ich mich in einer Endlosschleife im freien Fall.

Der Mensch, für den ich mein Leben gegeben hätte, war nichts anderes als eine Illusion gewesen. Zwei Jahre, in denen ich ohne zu zögern gestorben wäre, wenn ich den Scheißkerl mitgerissen hätte.

Für eine Farce.

Für jemanden, der mit mir gespielt hatte.

Holly Webber hatte drei Jahre lang an meiner Seite gelebt, mir ihre Liebe vorgespielt, obwohl ich nur ein Job gewesen war. Die Frau, die ich mit Haut und Haaren geliebt hatte, stolz und selbstbewusst ... war eine Informantin des FBI gewesen.

Kapitel 20

Livia Moriarty

Seine Vergangenheit zerstörte alles.
Alles, wonach ich mich insgeheim sehnte.

EINE WOCHE WAR vergangen. Eine Woche, in der ich nichts von Harvey gehört und mich nicht bemüht hatte, etwas daran zu ändern.

Nachdem ich morgens um vier Uhr sein Apartment verlassen hatte, war ich zu Jacksons Anwesen zurückgekehrt. Ich wusste, dass eine Flucht sinnlos war, solange ich nicht die Stadt verließ, und ich hatte mich nicht vor dem gefürchtet, was mich dort erwartete. Er hatte mich noch nie ernsthaft verletzt. Ronny hingegen war tot. Ich hatte es billigend in Kauf genommen, als ich ihm entwischt war. Jackson war nicht mehr der, der sich vor sieben Jahren in Detroit von mir verabschiedet hatte.

Es überraschte mich, dass er mich nach meinem kleinen Ausflug weiterhin arbeiten ließ. Vermutlich nur, weil ich zurückgekehrt war, ohne dass mich einer seiner Männer hatte schnappen können. Mittlerweile durfte ich sogar allein zur Arbeit oder abends ausgehen. Lediglich für den Untergrund hatte er mir ein absolutes Tabu erteilt. Zu groß wäre die Gefahr, dass man mich schnappte, um ein Druckmittel gegen ihn zu haben – seiner Meinung nach.

»Noch einen«, sagte ich und schob dem Barkeeper das leere Glas zu.

Es war seit Wochen das erste Mal, dass ich abends ausging und mich nicht im Untergrund herumtrieb. Aber ich hatte raus aus diesem Zimmer gemusst. Hatte den Kopf frei bekommen wollen, es einfach nicht länger ausgehalten. Alles in mir hatte sich nach Ablenkung gesehnt, nach der Gefahr, dem Kick. Und ich hatte gewusst, dass ich ihn damit würde aus meinen Gedanken verbannen können.

Der Barkeeper schob mir mit einem Grinsen den nächsten Gin rüber. Ich lächelte nur matt und ließ meine Fingerspitze über den Rand des Glases wandern. Hing den Gedanken nach, die ich nicht denken wollte. Es war vorbei.

Harvey Cavendish spielte keine Rolle mehr in meinem Leben. Er würde Holly rächen und danach in ein Loch fallen. Wenn er nach dem Inhalt der FBI-Akte nicht bereits zu tief gefallen war. Ich hatte sie einfach lesen müssen, bevor ich sie ihm überließ.

Jemand ließ sich auf den Barhocker neben mir sinken, doch ich sah nicht hin. Bis mich eine tiefe Stimme aus meinen Gedanken riss. »Red?«

Mein Herz blieb stehen. Das war nicht Jacksons Stimme.

Langsam hob ich den Kopf, blickte direkt in ein mir bekanntes Gesicht. »Nate?«

Meine Augen weiteten sich, ehe sich ein Lächeln auf meine Lippen schlich. Das ehrlichste Lächeln seit Tagen. »Was machst du hier in Chicago?«

»Geschäftliche Termine. Aber ich hab nicht damit gerechnet, dich ausgerechnet hier wiederzusehen. Arbeitest du noch?«, fragte er, bevor er ein Bier beim Barkeeper bestellte. »Ich könnte morgen Abend eine Begleitung gebrauchen.«

»Ich mache diesen Job nicht mehr, Nate«, erwiderte ich etwas zu bissig und nahm einen Schluck von meinem Gin.

Er sah mich einige Sekunden an, bevor sich dieses typisch spitzbübische Grinsen auf seine Lippen schlich. »Ich dachte, dass du mich auch so begleiten würdest.«

»Weil wir so gute Freunde sind, oder was?« Nun musste ich doch lachen. Tatsächlich war Nate eine meiner wenigen Bekanntschaften, die ich nicht über den Job gemacht hatte. Dennoch hatte er meine Dienste mehr als einmal in Anspruch genommen.

»Sind wir das etwa nicht?«

»Nein, wir hatten nur guten Sex.« Ich schüttelte lächelnd den Kopf und strich eine Haarsträhne aus meiner Stirn.

»Das ist eine gute Basis für viele Dinge, Red«, gab er amüsiert zurück und nahm einen Schluck von seinem Bier. »Du siehst aus, als hättest du seit Tagen nicht wirklich geschlafen. Was ist los?«

Er hatte mich seit drei Jahren nicht gesehen, dennoch fiel es ihm sofort auf. Dabei hatte ich mir solche Mühe gegeben, es mit teurem Make-up zu verdecken. Augenscheinlich nicht genug. »Es gibt da so eine Sache, die mich beschäftigt.«

»Ein Mann?«, hakte er nach und ich spürte, wie er sich eine meiner langen Haarsträhnen griff und um seinen Finger wickelte. »Red lässt sich nie von Männern aus dem Konzept bringen. Oder willst du mir erzählen, es wäre mehr als Sex?«

Ich hatte stur auf mein Glas gestarrt, doch nun sah ich Nate an. Hob die Augenbrauen und verzog das Gesicht. »Natürlich nicht.«

»Lügnerin«, er grinste. Er kannte mich einfach zu gut. Wir waren gemeinsam zur Schule gegangen, hatten als Teenager etwas geführt, das wir damals Beziehung nannten. Dann hatten wir uns aus den Augen verloren. Bis zu dem Tag, an dem ich das Restaurant betreten und er als mein Kunde dort gesessen hatte.

»Nate ...« Ich sah ihm direkt in die Augen. »Halt den Mund.«

Er lachte. Bevor ich reagieren konnte, schob er seine Hand unter mein Haar und umfasste meinen Nacken. Zog mich zu sich, ehe er seine Lippen auf meine presste.

Unweigerlich durchfuhr mich ein angenehmes Kribbeln. Sein vertrauter Geruch hüllte mich ein, seine Berührungen fühlten sich noch an wie damals. Niemandem vertraute ich so sehr wie ihm. Selbst jetzt, nachdem wir uns so lange nicht gesehen hatten. Doch mein nächster Gedanke galt Harvey. Der Frage, wie es ihm gerade ging.

Er löste sich von mir, ohne mich loszulassen. Studierte meinen Blick, als könnte er in ihm eine Antwort auf all seine Fragen finden. »Wer hat sich in deinen hübschen Kopf geschlichen?«

»Niemand, der mich verdient hätte«, entgegnete ich, ohne darüber nachzudenken, und verfluchte mich im nächsten Moment. Dennoch setzte ich ein tapferes Lächeln auf. Ein Thema, worüber ich mit ihm nicht sprechen wollte. Mit niemandem wollte ich über Harvey sprechen.

Ich wusste nicht, wieso es mich überraschte. Er hatte die Akte, ich war gegangen. Hatte ich geglaubt, er würde um mich kämpfen? Mich zurückholen, nun, wo er seinem Ziel so nah war?

»Aber anscheinend jemand, der dich hätte haben können«, stellte Nate fest und seine Finger strichen sanft über die empfindliche Haut meines Nackens.

»Niemand kann mich haben, Nate. Man besitzt mich nicht. Niemals«, flüsterte ich mit Nachdruck und sah ihn mit einem Blick an, der keinen Widerspruch zuließ. »Ich dachte nur, ich hätte mal etwas Abwechslung haben können. Jemand, der es mit mir aufnehmen kann.«

Ich wusste, dass er glaubte, er wäre so jemand. Doch das war eine Lüge. Nicht mit der Frau, die ich heute war. Als Teenager mochte das anders ausgesehen haben, Nate war ein dominanter Typ gewesen. Das, was ich brauchte und eigentlich wiederum nicht wollte. Aber er würde flüchten, sollte ich die Beretta auf ihn richten.

»Ich könnte dich etwas ablenken«, bot er mir mit einem anzüglichen Lächeln an, das er schon als Junge perfekt beherrschte. Eines, bei dem die Mädchenherzen dahingeschmolzen waren.

Doch bevor er mich dichter zu sich ziehen konnte, landete eine gezielte Faust in seinem Gesicht.

Nate ließ von mir ab, fluchte und hielt sich das Auge.

Ich wich erschrocken zurück und wäre fast von meinem Barhocker gerutscht, hätte mich nicht ein fester Griff am Oberarm zurückgehalten.

»Du kommst mit«, knurrte er.

Ich sah direkt in Harveys Gesicht. Das Deckhaar, das er sonst immer perfekt zurückgestylt trug, hing in seiner Stirn. Sein Blick wirkte verklärt, der Geruch nach Alkohol schlug mir entgegen, obwohl ich ebenfalls schon etwas getrunken hatte.

»Geht's noch, Mann? Lass die Finger von ihr«, mischte sich Nate ein, ehe ich etwas sagen konnte. Ich wollte nach Harveys Arm greifen, der mich festhielt, doch bevor Nate ihn erreichte, landete Harveys andere Faust in seinem Magen.

Die Blicke ruhten auf uns. Die ersten Kerle standen von ihren Plätzen auf, um einzugreifen, wenn die beiden sich nicht gleich benahmen. Ich spürte indes, wie mir die Röte in die Wangen stieg. Das hier war wie eine Szene aus einem schlechten Film.

Nate wollte zum Gegenschlag ausholen, hielt jedoch inne, als er meinen Blick sah. Schnaubte wütend. Ich sah ihm an, dass er noch immer zuschlagen wollte. Und auch Harveys Hand zuckte verräterisch.

»Lass mich los, Harvey«, forderte ich ihn mit Nachdruck auf

und versuchte, meinen Arm aus seinem Griff zu befreien.

Die Finger seiner anderen Hand umfassten mein Kinn. So, wie sie es immer taten, wenn er mich zwang, ihn anzusehen. Wenn er jede Regung in meinen Augen sehen wollte. Doch er war zu betrunken, als dass er sie wirklich erkennen könnte. Er sah müde aus, als hätte er seit Tagen nicht geschlafen.

»Du kommst jetzt mit, Livia«, knurrte er und ließ von meinem Kinn ab, ehe er mich vom Barhocker zog und ich in seine Arme stolperte.

Ich spürte die Augenpaare, die auf uns lagen. Wusste, dass ich nur schreien musste, damit die Leute mir helfen würden, Harvey rauszuwerfen und die Polizei zu rufen. Ein kleiner Teil von mir wünschte sich genau das. Probleme für ihn. Lektionen. Doch ein anderer sträubte sich dagegen. Wusste ich doch, was ihn so aus der Bahn geworfen hatte.

»Red«, versuchte Nate, mich aufzuhalten, als er den Zwiespalt in mir sah.

Harvey musterte ihn abschätzig. »Sie hat einen Namen, Arschloch.«

»Ich weiß. Aber als Red ist sie viel entspannter und freier. Du hast keine Ahnung, wer sie ist«, knurrte Nate und mein Herzschlag setzte einen Moment aus.

»Halt den Mund!«, fauchte ich ihn an. Musste mich beherrschen, dass es nun nicht an mir war, ihm eine zu verpassen. Was sollte dieser Scheiß? Brauchte er das für sein Ego? So zu tun, als würde er jedes Detail von mir kennen? Harvey unterschwellig mitzuteilen, dass er mit mir geschlafen hatte? Männer waren alle gleich, wenn es um ihren Stolz ging.

Harvey wollte erneut zuschlagen, doch ich versuchte, ihn abzufangen. Verzog schmerzhaft das Gesicht, als seine Faust meine Hand traf, als ich sie in der Schlagbewegung beiseite drückte. Er zuckte nicht einmal.

»Hör auf damit, Harvey. Es reicht!«, fuhr ich an ihn und schob ihn etwas von Nate weg, bevor ich mich diesem zuwandte. »Vielleicht sehen wir uns noch mal, solange du in der Stadt bist.«

»Du gehst jetzt nicht ernsthaft mit ihm, Red.« Nate musterte mich, verschränkte die Arme vor der Brust. Die Lederjacke spannte sich um seine trainierten Oberarme. Er hätte es gegen Harvey versuchen können, doch ich war mir sicher, dass dieser der erfahrenere Kämpfer war.

»Er ist betrunken. Das gibt nur Ärger. Belass es einfach dabei«, erwiderte ich und rang mir ein Lächeln ab, während ich bereits versuchte, Harvey Richtung Ausgang zu bugsieren. »Und danke für die Einladung, Nate.«

Harvey und ich hatten auf der Taxifahrt zu seinem Apartment kein Wort miteinander gesprochen. Auch nicht im Aufzug. Erst als die Wohnungstür hinter mir ins Schloss fiel, stieß ich ihn von mir. Ignorierte das leichte Schwanken in seinem Gang.

»Was sollte diese Szene?«, fuhr ich ihn an, ehe ich innehielt. Mein Blick glitt durch den Wohnraum. Harvey musste Hollys Akte mehrfach ausgedruckt haben, denn dutzende Blätter lagen verteilt im Raum. Überall standen leere Gläser, die eine oder andere leere Flasche daneben.

»Wer war der Wichser?«, war Harveys knurrende Antwort auf meine Frage. Das Chaos, das ich hier vorfand, ignorierend.

»Das hat dich nicht zu interessieren. Bei dir geht es nur um sie«, gab ich bissig zurück und deutete auf die Zettel. »Sie ist doch der Grund, warum es dir so beschissen geht. Warum es hier so aussieht. Komm endlich mit der Vergangenheit klar, Harvey. Sie macht dich kaputt.«

Er packte mich. So ruckartig und fest, dass ich leise aufschrie und vor Schmerz das Gesicht verzog. Seine Finger umklammerten meine Oberarme. Er zog mich so dicht vor sich, dass wir uns fast berührten. Ich hatte Mühe, meine Füße auf dem Boden zu halten. Berührte ihn nur noch mit den Spitzen meiner Schuhe, weil er mich leicht angehoben hatte.

Die Wut in seinem Blick schlug mir entgegen. »Hör auf, so über sie so zu reden.«

»Wenn dir das nicht passt, verschwinde doch einfach aus meinem Leben. Dann musst du es dir auch nicht anhören. Das hast du die letzte Woche doch auch so gehandhabt«, gab ich zwischen zusammengepressten Zähnen zurück. Er tat mir weh, doch ich würde ihn nicht anbetteln, mich loszulassen.

Als er von mir abließ, stolperte ich zurück. Die Wand in meinem Rücken verhinderte einen Sturz. Mein Herz schlug einen Takt schneller, weil die Wut in mir aufkochte.

»Geh duschen, los!«, befahl ich ihm unwirsch und schob ihn Richtung Bad, bevor er wusste, wie ihm geschah. »Du musst nüchtern werden.«

»Damit du abhauen kannst?« Er sah mich in diesem Moment nicht an, stand bereits im Bad.

Ich hielt im Türrahmen inne. Zögerte. Ich sollte gehen. Ich war ihm nichts schuldig. Hatte mehr für ihn riskiert, als er es wert war, als ich ihm die Akte besorgt hatte. Hatte es getan, obwohl ich gewusst hatte, dass es alles zwischen uns beenden würde. Zwar nicht auf diese Art, doch ich hatte es geahnt. Auch wenn ich nicht gewollt hatte, dass die Wahrheit ihn derart verletzte und aus der Bahn warf.

»Wirst du gehen, Livia?«, riss er mich aus meinen Gedanken.

»Ich warte, bis du fertig bist«, flüsterte ich und schloss die Tür, als ich einen Schritt zurück in den Flur machte.

Seufzend ließ ich mich gegen die kühle Wand sinken, musste einen Moment die Augen schließen und durchatmen. Ich wusste nicht, wieso ich blieb. Vielleicht, weil ich mir ein stückweit

Sorgen machte; Harvey noch nie so unkontrolliert gesehen hatte. Doch ich wusste auch nicht, wozu er in diesem Zustand in der Lage war.

Ein weiteres Seufzen verließ meine Lippen, ehe ich den Kopf schüttelte. Ich hatte keine Angst vor ihm und ich würde verschwinden, sobald er geduscht hatte und halbwegs nüchtern auf seiner Couch saß. Ich war diesem Kerl nichts mehr schuldig. War es nie gewesen.

Während ich das Rauschen des Wassers hörte, räumte ich die herumstehenden Gläser und Flaschen in die Küche. Sammelte die Aktenblätter zusammen und warf sie auf den Beistelltisch, auf den ich schon den Stick vor einer Woche gedonnert hatte – wissend, was er auslösen würde.

Mein Blick blieb an Fotos hängen, die ebenfalls auf der Glasplatte lagen. Zögernd griff ich nach den Rahmen und ließ mich auf die Couch sinken. Betrachtete eines nach dem anderen, obwohl es mit jedem Bild schlimmer wurde – das Gefühl, wie sich mein Magen zusammenzog und das Blut in meinen Ohren rauschte.

Ich betrachtete sie. Ihr unbeschwertes Lachen, die Lebensfreude in ihren Augen. Der Blick, mit dem Harvey sie ansah. Als würde er sie anbeten. Ich hasste sie. Und ich hasste ihn.

Seine Vergangenheit zerstörte alles. Und meine war es, die mich nicht damit umgehen ließ.

Mit Mühe widerstand ich dem Drang, die Fotos zu zerstören. Legte die Rahmen gerade wieder ab, als Harvey im Wohnzimmer auftauchte. Das Wasser tropfte noch von seinen Haaren, die Shorts hing tief auf seinen Hüften.

Ich musterte ihn. Betrachtete all die Tattoos, als hätte ich sie noch nie gesehen. Prägte sie mir ein, als wäre es das letzte Mal, dass ich die Gelegenheit dazu hatte. Versuchte, meinen Herzschlag zu ignorieren, der schneller wurde.

»Komm her«, sagte er, ohne mich aus den Augen zu lassen.

Langsam erhob ich mich von der Couch. »Ich werde jetzt gehen, Harvey. Wir hatten unseren Abschied bereits.«

»Das war kein Abschied«, erwiderte er, rührte sich jedoch nicht von der Stelle.

»Doch ... Doch, es war ein Abschied, Harvey. Wir zerstören uns, wenn wir dieses Spiel weiterspielen«, flüsterte ich und wandte meinen Blick von ihm ab. Ging zur Tür und spürte das kühle Metall der Klinke unter meinen Fingern.

Er riss mich herum. Presste mich gegen die Wohnungstür. Bevor ich reagieren konnte, hatte er meine Hände über meinen Kopf geschoben. Fixierte sie dort mit einer Hand, sodass ich kaum Bewegungsfreiheit hatte. Mit seinem Oberschenkel hielt er meine Beine gefangen.

Aus aufgerissenen Augen sah ich ihn an. Spannte meinen Körper an und spürte meinen rasenden Puls. Er liebte es, wenn er mich in diese hilflosen Situationen brachte.

»Was meinte der Wichser in der Bar, Red?« Sein Atem streifte mein Ohr. Seine Lippen glitten hinab über meinen Hals.

»Meine Vergangenheit geht dich nichts an. Komm erst mal mit deiner eigenen klar«, gab ich zurück und versuchte, meine flache Atmung zu kontrollieren.

»Du hast mit ihm geschlafen«, stellte Harvey tonlos fest und seine freie Hand glitt über die nackte Haut meines Oberschenkels. Schob sich langsam unter den Stoff des Kleides.

»Dachtest du, du hast mit mir eine Jungfrau gefunden?«, erwiderte ich und ein bitteres Lachen verließ meine Lippen. Ich versuchte, gegen seinen Griff anzukämpfen; meine Hände zu befreien. Wand mich an der Tür, in der Hoffnung, ich würde ihn so weit von mir schieben können, dass ich zutreten konnte. Doch Harvey bewegte sich nicht einen Millimeter.

»Verfluchter Mistkerl. Lass mich gehen!«, fauchte ich und

bewegte meinen Kopf so ruckartig, dass rote Haarsträhnen meine Sicht teilweise versperrten.

»Hast du mich nicht zuletzt darum gebeten, dich zu kontrollieren, Livia?« Sein warmer Atem traf mein Schlüsselbein. Seine Finger strichen über meine Hüfte, hatten den Rock des Kleides nach oben geschoben.

Mein Kopf sank gegen das Holz der Tür. Ein Kribbeln fuhr durch meinen Körper. Ich wollte es nicht, doch ich reagierte immer wieder auf ihn. Darauf, dass er nicht nachgab. Dass er mich hielt, obwohl ich nicht zu halten war.

Doch ich wusste, dass er gleichzeitig Gift für mich war. Und ich für ihn ebenso. Es gab keine Zugeständnisse, die wir uns machten. Jeder von uns kämpfte für etwas, das er dem anderen nicht geben konnte.

»Niemand kann das«, murmelte ich und keuchte, als seine Finger über meine Mitte strichen. Ich spürte die Berührung durch den Stoff meines Slips viel zu deutlich. »Das hier wird uns nicht retten.«

»Willst du denn gerettet werden, Livia?« Er biss leicht in meinen Hals.

»Nein ... Aber ich lasse mich dennoch nicht zerstören. Nicht von dir, nicht von deiner Vergangenheit. Von niemandem. Dafür habe ich zu viel ertragen.« Ich musste mir auf die Unterlippe beißen, als er die Berührung zwischen meinen Beinen intensivierte. Ich wünschte, mein Körper würde nicht jedes Mal so auf ihn reagieren; dass ich ihm vorgaukeln könnte, es wäre mir egal, was er dort tat. Doch alles verriet mich. Mein stoßartiger Atem, mein rasender Puls, die Feuchtigkeit.

»Hast du je darüber nachgedacht, wie ich an diese Akte gekommen bin?«, brachte ich keuchend über meine Lippen, als sich seine Finger unter meinen Slip schoben, und versuchte erneut, meine Hände aus seinem Griff zu befreien, doch er ließ nicht locker.

Ich wollte ihn ansehen. Spürte, dass er meine Regungen beobachtete. Doch die Haare, die mir ins Gesicht hingen, verhinderten, den Ausdruck in seinen Augen zu erkennen und seine Mimik zu lesen.

Die Ungewissheit ließ mein Herz noch schneller schlagen. Ich fühlte mich so ausgeliefert, wie ich es in diesem Moment war. Meine Hände kämpften nur noch halbherzig gegen seine feste Umklammerung, meine Muskeln spannten sich verräterisch an.

»Wenn ich es getan hätte, würdest du es mir erzählen?«, durchbrach Harveys raue Stimme die Stille und ließ einen Schauer durch meinen Körper wandern.

»Nein.« Meine Antwort wurde von meinem eigenen Stöhnen unterbrochen, als er mit einem Finger in mich eindrang. »Wenn es dir wichtig wäre, wüsstest du es bereits«, fügte ich atemlos hinzu und drängte mich unfreiwillig seinen Berührungen entgegen.

»Gib die Kontrolle ab, Livia.« Seine Stimme war meinem Ohr ganz nah. Sein Atem streichelte meine Haut. »Lass dich fallen.« Er umfasste meine Handgelenke fester, als sein Daumen über meine Klit strich, ich mich stöhnend unter ihm wand. Als hätte ich eine Chance, mich zu befreien – statt seine Berührungen damit nur zu verstärken.

Die fehlende Kontrolle ließ mein Herz rasen, das Adrenalin durch meinen Körper schießen. Doch ich hatte keine Angst vor ihm. Ich wusste, dass er mir nicht wehtun würde. Nicht so, nicht in diesem Augenblick.

Seine Berührungen wurden intensiver. Er spürte, wie sich mein Körper weiter anspannte, der Höhepunkt näherkam.

Ich biss auf meine Lippe, keuchte, wand mich stärker. Wollte mich dem aufkommenden Sturm hingeben. Doch bevor ich mich mitreißen lassen konnte, war es vorbei. Harvey ließ von mir ab. Brachte einen Schritt Abstand zwischen uns.

Meine Arme fielen kraftlos herunter. Ich taumelte, musste mich mit den Handflächen an der Tür abstützen. Wischte mir mit zitternden Finger die wirren Haare aus dem Gesicht, damit ich ihn ansehen konnte. Fassungslos, wütend. Mein Atem ging noch immer stoßweise.

»Willst du immer noch gehen, Livia?« Er beobachtete mich. Der Alkohol ließ ihn unkontrollierter sein, doch er wusste genau, was er tat. Er war nicht vollkommen betrunken.

»Nein. Ich will dich gerade gern umbringen«, sagte ich atemlos und richtete mich mühevoll auf. Reckte mein Kinn und strich den Rock meines Kleides glatt. »Was sollte das?«

»Ich möchte, dass du bleibst«, erwiderte er.

Er sagte es mir nicht zum ersten Mal. Doch es war das erste Mal, dass ich etwas in seinen Augen sah, das vorher nie dort gewesen war: Angst. Angst davor, dass ich ging. Davor, dass er angreifbar und verletzbar wurde.

»Und was ist, wenn ich es tue?«, flüsterte ich und verfluchte mich im gleichen Moment dafür, überhaupt mit diesem Gedanken zu spielen. Auch wenn sich alles in mir danach sehnte, nicht in das Zimmer in Jacksons Anwesen zurückzukehren. Wenigstens diese eine Nacht nicht.

Kapitel 21

Harvey Cavendish

Die Gefahr konnten wir nicht beeinflussen.
Ob wir Angst vor ihr hatten, schon.

UND WAS IST, wenn ich es tue?

Wenn sie es tat, würden wir in unser Verderben rennen. Unser Tempo vor dem Ende noch einmal beschleunigen. In meinem Zustand war es ein Fehler, Livia hierzubehalten, aber der Scheißkerl in mir wollte sie an diesem Ort. Mit ihr war es leichter und doch schwerer. Ich glaubte nicht an Schicksal, ich war der festen Überzeugung, dass man sich den Weg selbst ebnen musste. Aber bei Livia geriet mein Denken ins Wanken.

Ich ballte die Fäuste und wehrte mich gegen die Schwäche in mir. Gegen den Drang, wieder im Alkohol zu versinken. Mein Hirn wollte es nicht wahrhaben, dass ich für Holly nur eine Spielfigur gewesen war.

»Du willst doch überhaupt nicht, dass ich bleibe«, durchbrach sie die Stille zwischen uns und schluckte. »Du willst nur jemanden, der dich ablenkt.«

»Nein«, schoss es aus mir heraus. Ich überbrückte den Abstand zwischen uns mit einem langen Schritt und nahm ihr Gesicht in meine Hände. »Nein.«

Ich hasste es, sie so zu sehen, und ich hasste es, dass ich

schuld daran war. Scheiße.

»Warum bin ich hier, Harvey?«

»Weil ich dich brauche.« Es war so verdammt schwer, es auszusprechen. Doch nichts hatte sich in letzter Zeit richtiger angefühlt. Es war die Dunkelheit in Livia, die mich lockte. Die dafür sorgte, dass ich mich nicht verstellen musste; dass ich der Wichser sein konnte, der ich war.

»Du lügst, du brauchst niemanden.«

Ich sah die Unsicherheit in ihren Augen aufflackern. Sie hatte Angst. Angst, mir ausgeliefert zu sein, davor, dass ich sie brechen könnte.

»Gott, Livia«, knurrte ich, beugte mich nach vorn und küsste sie. Hart. Unnachgiebig. Rau. Ich griff in ihr Haar, knetete es, genoss die Weichheit zwischen meinen Fingern. So ruckartig, wie ich mich auf sie gestürzt hatte, ließ ich wieder von ihr ab. Sie schnappte nach Luft, sah mich mit großen Augen an.

»Glaubst du jetzt immer noch, dass ich lüge?« Ich legte einen Finger an ihre Halsschlagader, fühlte ihren Puls kraftvoll gegen meine Haut pochen.

Bumm. Bumm. Bumm.

Ich strich mit meinen Lippen über ihre, presste meinen Finger fester gegen ihren Hals, stellte mit Genugtuung fest, wie die Schläge schneller wurden. Sie wollte mich.

Ich löste mich wieder von ihr, ließ sie zu Atem kommen.

Die Sekunden verstrichen, während sie mich fixierte, als versuchte sie, meine Mauer zu durchbrechen. Sie würde noch lernen müssen, dass ich niemanden mehr an mich heranließ. Dass ich einen Teil immer zurückhalten würde. Aus reinem Selbstschutz.

Sie schloss die Augen, seufzte leise und ließ sich nach vorn sinken. Ihr Atem traf auf meinen Hals, ihre Arme schlangen sich um meine Taille. Ich ertrug diese Art von Nähe nicht, die nichts mit reinem sexuellem Verlangen zu tun hatte, aber ich hielt still. Sie musste mir vertrauen, sie musste einfach.

»Und jetzt?«

»Jetzt verschwinden wir«, flüsterte ich und strich über ihre Oberarme.

»Verschwinden?«

»Zieh dich vorher um. Ich wette, dass dein Bruder dich bald holen wird.«

Sie trat einen Schritt zurück. »Ich habe noch Ausgang.« Ihre Stimme triefte vor Sarkasmus.

»Ja, aber ich wette, der Ausgang bezieht sich nur auf die Bar, nicht meine Bude. Ich wäre mir an deiner Stelle nicht sicher, ob er nicht irgendwo einen Peilsender angebracht hat. Komm mit.« Ich nahm sie an der Hand, zog sie mit mir ins Schlafzimmer, bevor wir den begehbaren Kleiderschrank betraten. Mit einem Schnippen meiner Finger ging das Licht an. »Ausziehen.« Ich ließ sie los, griff nach einem Kleid. »Welche Schuhgröße?«

Irritiert trat sie neben mich. »Wo hast du alles her? Überbleibsel deiner Affären?«

Ich grinste. »Im Gegenteil. Für Situationen wie diese. Ich habe eine Affäre noch nie mies gekleidet aus meiner Wohnung geworfen.«

Sie boxte gegen meinen Oberarm. »Arschloch.« Ihre Hand schoss nach vorn zu den hohen Schuhen. Sie inspizierte sie prüfend, ließ den Blick dann über die Kleider schweifen.

»Ich habe schon eines für dich.«

Sie zog eine Augenbraue nach oben. »Steht Nutte auf meiner Stirn, oder was?« Kopfschüttelnd langte sie nach einem blauen Kleid, drehte es auf dem Haken und nickte. »Das hier ist okay.«

Okay? Der scheiß Fummel hatte mehrere tausend Dollar gekostet.

Sie hängte es zurück und zog sich aus. Ich erwartete, dass sie die Unterwäsche anbehielt, stattdessen streifte sie sie vom Körper und legte sich neue raus.

Ich schluckte. Ihr Arsch war perfekt gerundet. Ich widerstand dem Drang, sie gegen das Regal zu stoßen und Dinge mit ihr anzustellen, für die mich ihr liebenswerter Bruder foltern lassen würde.

»Was ist? Fallen dir schon die Augen raus?«, witzelte sie, beugte sich nach unten und zog die Strümpfe aus. Dieses Miststück wusste genau, wie es mit seinen Reizen spielte.

»Mach schnell. Es interessiert mich nicht, dass wir den Anstandswauwaus deines Bruders begegnen werden«, brummte ich, griff nach einem Anzug und verschwand damit zum Bett.

Fünf Minuten später standen wir beim Aufzug, ich spielte mit dem Autoschlüssel.

Als wir ihn betraten, nahm sie mir den Schlüssel aus der Hand. »Du kannst nicht mehr fahren.«

Ich kam näher, schob sie gegen den Spiegel, presste meine Hand gegen ihren Schritt. »Du liebst es, zu spielen, richtig? Schon mal daran gedacht, dass du öfters verlieren könntest, als dir lieb ist?«

Es war das erste ehrliche Lächeln, seit ich sie in der Bar aufgegabelt hatte. »Hast du schon mal daran gedacht, dass mir die Bestrafung vielleicht gefallen könnte?«

Das war der Grund, warum ich Livia bei mir haben wollte. Sie lenkte mich ab, zeigte mir, dass die Medaille noch eine andere Seite hatte. Bei Livia verschwand das Gefühl, bei vollem Bewusstsein zu ersticken.

»Du solltest vorsichtig mit deinen Wünschen sein«, raunte ich, nahm ihr Ohrläppchen zwischen meine Zähne, zog leicht daran.

»Wohin fahren wir?«

Ich lächelte. »An einen Ort, an dem uns niemand finden wird.

Heute Nacht darfst du mich Greg Walters nennen.«

Sie lachte auf, schob mich von sich. »Unerotischer geht's nicht mehr, oder ... Greg?«

Der Aufzug blieb mit einem Pling auf Garagenhöhe stehen. Wenn mein persönlicher Bereich nicht so streng abgeriegelt wäre, hätte ich erwartet, dass Typen mit Maschinengewehren hier auf uns warten würden.

»Dein eigenes Parkloft? Ich bin beeindruckt«, sagte sie süffisant und drückte auf den Knopf des Autoschlüssels. Der Audi blinkte auf. »Ich hoffe, das Schätzchen gibt was her.«

»Du hast ja keine Ahnung.«

Wir stiegen ein. Ich hasste es, auf dem Beifahrersitz ausharren zu müssen, war es doch das Adrenalin, das mir das Fahren versüßte. Bei Livia kam es höchstens zur Ausschüttung von verdammt vielen Stresshormonen.

»Also, wohin geht's?«

Ich öffnete das Handschuhfach, holte einen gefälschten Reisepass hervor. »Park Hyatt.«

»In ein Hotel?«

»Es ist nicht irgendein Hotel. Greg Walters ist dort ein gern gesehener Gast.« Ich verschwieg ihr, dass der Rezeptionist geschmiert war und genau wusste, wer ich war.

»Gut. Los geht's.«

Sie ließ den Motor röhrend zum Leben erwachen. Mir zog es die Eingeweide zusammen – einen Audi fuhr man scharf, rasant, aber dennoch mit weicher Hand. Livia mochte es brutal, das erkannte ich schon an der Art, wie sie das Lenkrad umfasste.

Ich tippte den Code für das automatische Tor auf meinem Smartphone ein. Sie drückte das Gaspedal durch und raste die Rampe nach oben. Noch bevor wir uns in den fließenden Verkehr einfädeln konnten, schoss ein SUV um die Ecke und verschwand in der Tiefgarage. Er hatte uns nicht bemerkt.

Pech gehabt, Arschlöcher.

***

Die Suite lag im letzten Stock. Eine große Terrasse mit einem Whirlpool war eine der vielen Annehmlichkeiten, die die Buchung beinhaltete.

»Nett«, murmelte Livia, während mein erster Weg zum Sideboard führte. Ehe ich es schaffte, mir einen Schluck einzuschenken, fühlte ich Livias festen Griff auf meinem Unterarm. »Du hast genug.«

Ich hielt die Karaffe in der Hand, suchte ihren Blick. Erbarmungslos. Hart. Sie scherzte nicht.

»Sagt die Richtige.«

»Warum hast du mich hierher gebracht?«, wollte sie wissen, nahm mir die Karaffe aus der Hand und schüttete den Whisky in die Topfpflanze. Ich widerstand dem Drang, sie aufzuhalten, ihr die Genugtuung zu geben, dass ich mich nach einem starken Tropfen sehnte. In den letzten Tagen hatte ich wenige nüchterne Momente gehabt.

»Es gefällt mir hier«, gab ich knapp zurück.

»Lügner.« Sie machte sich am Knoten meiner Krawatte zu schaffen. Die Luft zwischen uns heizte sich mehr und mehr auf. »Sag mir die Wahrheit, Harvey.«

Jemand wie ich knickte nicht ein, niemals. Er stand aufrecht, kämpfte bis zum letzten Atemzug, sei es auch nur gegen eine Frau. Livia hatte diese verdammte Angewohnheit, Seiten in mir zu reizen, die ich am liebsten auslöschen würde. Sie sorgte dafür, dass Hass und Rachedurst nicht mehr alles überdeckten.

Livia zog an der Krawatte, warf sie zu Boden, bevor sie die Knöpfe meines Hemdes öffnete. Ihre eiskalten Finger auf mir entfachten eine Gänsehaut, die sich über meine Arme zog.

»Was willst du wirklich hören? Es interessiert dich doch einen Scheiß, ob wir in einem Hotel oder einer verdammten Absteige sind.«

Sie antwortete nicht gleich, arbeitete sich bis zum letzten Knopf vor und strich mir das Hemd samt Sakko von den Schultern. Ihre Miene wurde ernst, als sie zu mir hochsah. »Du musst irgendwie herausgefunden haben, dass ich heute Abend in der Bar war. Wie, ist mir egal, ich will nur wissen, warum.«

»Das weißt du doch längst«, sagte ich leise, verfluchte mich innerlich dafür, dass sie etwas in mir ausgelöst hatte, was niemand in den letzten zwei Jahren geschafft hatte.

Ein trauriges Lächeln schlich sich auf ihre Züge. »Du kennst mich überhaupt nicht, Harvey. Du hast keine Ahnung von meinem Leben.«

»Du irrst dich.«

»Beweise es.«

Ohne zu zögern, griff ich nach ihrem Kleid, zog es nach oben bis zu ihrem Bauch. »Hände in die Luft.«

Sie schien mir zu vertrauen, tat, was ich sagte, sodass sie nur noch in Unterwäsche vor mir stand. Verdammt heiße Unterwäsche.

Ich fuhr mit den Fingern über die Narben an ihrem Schlüsselbein, sie erschauderte. »Ich tippe auf Verletzungen durch ein Messer. Du hast dich gewehrt, die Eindringtiefe war gering.« Ich trat hinter sie, küsste sie in den Nacken. »Zwei verbrannte Stellen, an der Zigaretten ausgedrückt worden sind. Jemand wollte dich foltern oder einschüchtern.« Meine Finger glitten über ihren Oberarm zu ihren Ellenbogen. »Lange Narbe, ich tippe auf Operation nach Bruch. Entweder wurdest du zusammengeschlagen oder hast versucht, dich zu wehren. Würde auch zu einer typischen Abwehrverletzung passen.«

Ich trat wieder vor sie, aber ich hätte niemals mit dem Bild gerechnet, das sich mir bot. Sie hatte die Hände zu Fäusten geballt, die Lippen zu einer schmalen Linie gepresst, aber die feuchten Augen straften ihre Stärke Lügen.

Ich strich über die Innenseite ihrer Arme. »Keine Nadelstichverletzungen, also kein Heroin. Dein Äußeres spricht auch nicht für ständigen Alkoholkonsum. Du warst stark, obwohl du dich gern der Schwäche hingegeben hättest, richtig?«

»Hör auf«, antwortete sie bebend. Sie riss die Arme zurück, schlang sie um ihren Oberkörper, als wollte sie sich vor mir schützen.

»Ich bin nicht derjenige, vor dem du dich beschützen musst, Livia.«

»Durch und durch der Anwalt«, sagte sie leise. »Du würfelst irgendwelche Vermutungen zusammen, die nicht stimmen müssen.«

»Deiner Reaktion nach zu urteilen, liege ich aber richtig.« Ich trat vor sie, legte die Arme um ihre Hüfte und drückte sie fest an mich.

»N-Nein«, wimmerte sie, versuchte, sich aus meiner Umarmung zu befreien, mit den Fäusten gegen meinen Oberkörper zu trommeln.

»Halt still. Vertrau mir«, ging ich nicht auf ihren Wutanfall ein, hielt sie nur noch fester, bis sie schließlich erschöpft gegen mich sank. Ich wollte mir nicht vorstellen, dass sie missbraucht worden war, dass jemand ihr auch nur ein Haar gekrümmt hatte. »Wenn irgendein Arschloch, das dir zu nahegekommen ist, noch lebt, gib mir seinen Namen. Ich habe noch Platz für Tattoos.«

Sie antwortete nicht, ihre Schluchzer wurden leiser, sie sank kraftlos gegen mich. »Warum tust du das, Harvey? Wieso willst du mich so sehen?«

Obwohl sie es bestimmt nicht gern tat, blickte sie zu mir nach oben. Ihre verheulten Augen schürten die Wut in mir. Ich strich über ihre nassen Wangen bis zu ihren Lippen. »Weil ich will, dass du damit abschließen kannst. Ein Leben in Freiheit. Du kettest dich mit deinen eigenen Fesseln an die Wand.«

Sie lachte bitter auf. »Du versuchst, alles aus den Leuten herauszukitzeln, sie zu demütigen, sie an ihre Schwächen zu erinnern, während du nichts von dir preisgibst.«

»Warum sollte ich irgendwem, der mir scheißegal ist, etwas von mir preisgeben? Sag mir, Livia, vor wie vielen bist du schon in Tränen ausgebrochen? Verrate es mir.«

Ihre Nägel krallten sich in meinen Oberkörper, ihr Blick war tödlich wie der Biss einer Kobra. »Ich bin dir also scheißegal? Was mache ich dann überhaupt hier? Warum lässt du mich nicht in Ruhe?«

Ich verlor endgültig die Geduld, nahm ihre Hand und legte sie auf meine Schulter. »Schussnarbe, weil ich jemanden retten wollte.« Ich schob ihre Hand zu meinem Unterarm. »Fast eine gebrochene Speiche, weil ich Schläge abwehren musste, als mich jemand abgelenkt hat.«Weiter zu meinem Oberschenkel. »Eine tiefe Stichwunde, weil ich alles dafür getan habe, eine bestimmte Frau vor einem skrupellosen Wichser zu bewahren.«

Hinauf zu meinem Schritt. Sie sog scharf die Luft ein, ließ mich nicht aus den Augen. »Tagelang schmerzhafte Eier, weil ich von Anfang an versucht habe, eine bestimmte Frau auf Abstand zu halten. Weil ich schon damals wusste, dass sie die Einzige ist, die mir gefährlich werden könnte.«

Ich umfasste ihr Handgelenk fester, presste es gegen meine Brust, an die Stelle, an der mein Herz dumpf schlug. »Das Herz war für mich immer nur ein verdammtes Organ, das Blut durch meinen Körper pumpt. Ich bin niemand, dessen Herz rast, wenn er Angst hat oder in einer scheinbar aussichtslosen Situation ist. Egal, wie schwierig der Fall war, ich bin ruhig geblieben, bedacht, mit einem kühlen Schädel. Aber als Dan dich zum Ring gezerrt hat und ich nicht wusste, ob er dich an Ort und Stelle erschießt, hat es gerast, Livia. So gerast, dass ich dachte, es bleibt stehen.«

Ich hasste es, Schwäche zuzugeben. Es lag in der Natur eines Anwalts, das Arschloch zu sein, mit anderen zu spielen, ihnen eine Reaktion zu entlocken, die den Fall wendete.

Mein Blut kochte. »Verstehst du jetzt, warum ich nicht will, dass du aus meinem Leben verschwindest, Livia? Warum du mir zur Hölle nicht scheißegal bist?«

Die Sekunden, die verstrichen, fühlten sich an wie Folter. Als ob mir jemand wieder und wieder ein Messer in den Rücken rammte. Ich hasste mich dafür, ihr gestanden zu haben, dass sie Macht über mich hatte. Auf der anderen Seite wollte ich ihr Vertrauen, ihr zeigen, dass wir auf eine verquere Art und Weise zusammengehörten.

»Du hattest recht«, sagte sie so leise, dass ich es kaum verstand. »Ich wollte immer jemanden, dem ich wichtig bin. Der fragt, wo ich bleibe, wenn ich nicht nach Hause komme, und mir nach einem Scheißtag ein Glas Wein auf den Tisch stellt. Eine Illusion, ich weiß.« Ihre Lippen bebten unaufhörlich, dennoch zwang sie sich zu einem Lächeln. Ich ertrug es kaum, sie so zu sehen.

»Wer hat dir die Illusion genommen?«

Ich hörte ihren Atem, glaubte, die Angst in ihren Augen zu sehen. Nur ein kurzes Aufflackern, ehe sie den Blick abwandte. »Es war mein anderer Bruder«, kam es tonlos über ihre Lippen. »Es war mein Bruder, der mich verändert hat.«

Die Art, wie sie sprach, wie sie mich ansah, traf mich mit einer ungeheuren Wucht. Sie zeigte mir die Livia, die sie irgendwann gewesen war. Die noch Träume, Ziele, Moralvorstellungen gehabt hatte. Die an nichts anderes als eine Familie hatte glauben wollen.

»Hat er -«, meine Stimme brach, ich versuchte mit aller Macht, meine Wut zu kontrollieren, »dich angefasst?«

Ein undefinierbarer Ausdruck legte sich in ihre Miene, als sie den Kopf schüttelte. Die Wut in mir verschwand nicht, aber sie wurde auch nicht intensiver. »Nein, dazu hatte er keine Möglichkeit mehr.«

Ich runzelte die Stirn, löste meinen Griff um ihre Hand.

Sofort ließ sie die Arme hängen, als würden ihre Schultern sie nach unten ziehen. »Und bevor du fragst, Harvey ...« Sie lehnte sich gegen mich, suchte nach Halt. »Ja, ich weiß, wie es ist, verraten zu werden. Von Menschen, die einem etwas bedeuten. Der Höhepunkt war, als er versucht hat, mich zu brechen.«

Ein schweres Gewicht legte sich auf meine Brust, brachte mich dem Abgrund näher. »Was hat er dir angetan?«

»Er kam nicht dazu, mir etwas anzutun«, flüsterte sie und ich vernahm ein leichtes Zittern in ihrer Stimme. »Es war das erste Mal, dass ich jemanden umgebracht habe.«

Kapitel 22

Livia Moriarty

Wie sehr ich auch versuchte, vor der Dunkelheit
zu fliehen, ich entkam ihr nicht.

ICH DRÜCKTE MICH von Harvey weg und wandte mich ab. Drehte ihm den Rücken zu und musste einen kurzen Moment die Augen schließen. Durchatmen. Zu präsent waren die Bilder der Vergangenheit, die wie ein Film in meinem Kopf abliefen. Die Gefühle in mir auslösten, die ich seit Jahren verdrängte. Nie zugelassen hatte.

»Livia«, durchbrach Harveys Stimme die Stille, doch ich konnte ihn nicht ansehen.

Meine Arme schlangen sich um meinen Körper. Ich fröstelte und nichts würde mich in diesem Moment wärmen können. Es war diese innere Kälte, die sich ausbreitete. Einnehmend und unaufhaltsam. Nur allzu gut kannte ich sie.

Ich ging langsam zu dem großen Bett, auf dem sich unzählige Kissen stapelten, die einladend darauf warteten, dass man sich hineinwarf. Meine Finger glitten über den weichen Stoff der Tagesdecke, während mein Blick in die Dunkelheit vor dem Fenster starrte.

Harvey war mir gefolgt. Ich spürte es. Doch er sagte nichts. Vermutlich zerriss es ihn innerlich, nicht zu wissen, was geschehen war. Vielleicht hatte er gelernt, dass er verschlossene Türen bei mir nicht mit Gewalt öffnen konnte. Ich es erst zuließ, wenn ich den richtigen Zeitpunkt für gekommen hielt.

»Es ist … sechs Jahre her«, begann ich leise und spürte, wie meine Finger zitterten. »Ich war bereits ausgezogen, studierte. Musste nur irgendwelche Unterlagen von zu Hause holen. Niemand außer Jason war dort …«

Ich musste innehalten. Mich einige Sekunden darauf konzentrieren, ein- und auszuatmen, damit ich nicht in Panik verfiel. Ich wusste, was diese Situation in mir auslösen konnte. Zwei Mal hatte ich bereits mit einer anderen Person darüber gesprochen, und beide Male hatte es in einer Katastrophe geendet, weil ich die Kontrolle über mich verloren hatte. Wie in jener Nacht.

Harvey schwieg. Ich hörte lediglich seinen gleichmäßigen Atem. Hatte das Gefühl, seine Wärme in meinem Rücken zu spüren, weil er so dicht hinter mir stand, doch ich war mir nicht sicher. Konnte mich nicht umdrehen.

»Meine Familie war nie … einfach. Unsere Eltern … sie haben sich für keinen von uns interessiert, solange wir kein Geld nach Hause brachten. Jason ist daran zerbrochen, auf die schiefe Bahn geraten. Ich hab mich mit aller Macht gegen dieses Leben gewehrt, schon als Kind. Ich weiß nicht, wieso«, flüsterte ich, meine Unterlippe bebte. »Ich glaube, Jason hat mich ab dem Moment gehasst, als ich von zu Hause auszog, um zu studieren. Raus aus diesem Leben. Jax half mir, wir waren beide fort. Jason blieb zurück.«

Wie oft ich daran gedacht hatte, ihn im Stich gelassen zu haben? Unzählige Male. Doch damals war es mir leicht gefallen. Jason hatte mir immer das Leben schwergemacht, schon als Kind. Mich bei unseren Eltern verraten, mich vorgeschoben, wenn er Scheiße gebaut hatte. Spätestens an jenem Tag, als Drogen verschwunden waren und er mich dafür den Kopf hatte hinhalten lassen. Ich war gerade zwölf Jahre alt gewesen. Niemals würde ich vergessen, wie es sich angefühlt hatte. Die Narben der Zigaretten waren nur der Anfang jenes Abends gewesen.

Die Erinnerungen ließen meine Schutzmauer bröckeln. Als wäre sie nur noch eine Ruine, die einfach niedergerissen werden konnte.

»Li-« Harvey kam einen Schritt näher, doch ich hob abwehrend die Hände.

»Nein ... bleib dort stehen«, flüsterte ich, ohne mich ihm zuzuwenden. Ich konnte in diesem Augenblick keine Nähe ertragen. Auch seine nicht.

Für einen kurzen Moment suchte ich seinen Blick in der Spiegelung der großen Fenster. Sah, wie er in der Bewegung innehielt und stehenblieb. Dennoch spannte sich mein Körper an. Ich spürte, wie mein Herz schneller schlug. Mein Puls unangenehm spürbar für mich war.

»Als ich damals zu Hause war, um die Unterlagen zu holen ... Jason war total zugedröhnt. Wir gerieten in Streit. Er beschimpfte mich, sagte, ich hätte ihn verraten.«

Die Szenen liefen wie ein Film vor mir ab. Ich war nicht mehr in dieser noblen Hotelsuite, sondern stand in dem Loch, das sich jahrelang mein Zuhause geschimpft hatte. Stritt mich mit Jason, wir schrien uns an. Ein Wort ergab das andere. Er verlor immer mehr seine Beherrschung. Die Drogen taten ihr Übriges.

In einem unachtsamen Moment packte er mich, zerrte mich in sein Zimmer. Stieß mich auf sein Bett ...

»Er ... Ich weiß nicht mehr ... Er stieß mich im Streit auf sein Bett ... War plötzlich über mir. Presste meine Hände über meinem Kopf in die Matratze, umfasste sie mit einer Hand ...« Ich stockte. Für den Bruchteil einer Sekunde vermischten sich die Bilder. Jene von damals und die von vorhin, wie Harvey mich an der Tür seiner Wohnung gefangengehalten hatte. Die Empfindungen waren so widersprüchlich, dass sich mein Magen verkrampfte. Mir wurde übel. Ich musste die aufsteigende Magensäure herunterschlucken.

Zittrig fuhr ich mir mit den Fingern durch das Haar, schloss meine Augen. »Er griff nach etwas, das auf seinem Nachtisch lag. Ich sah es nur aus dem Augenwinkel, doch sein Blick sagte alles. Es lag so viel Hass darin ...«

Ich hielt erneut inne. Musste den Strudel aus Emotionen und Bildern sortieren, der mich immer weiter in die Tiefe riss. Niemals zuvor hatte ich jemandem erzählt, was wirklich geschehen war.

»Ich konnte eine Hand befreien ...« Es fiel mir schwer, weiterzusprechen, doch ich zwang mich dazu. »Ich riss ihm blindlings die Spritze aus der Hand, dafür packte er meine Kehle, drückte mit beiden Händen zu. Und ... ich hab zugestochen. Einfach so ...«

Meine Stimme bebte, Tränen liefen über meine Wangen. Jasons Tod hatte mich nicht befriedigt. Mir kein gutes Gefühl gegeben. Nicht eine Sekunde lang. Es hatte mich zerstört. Mich zu einer Löwin gemacht, die ihr eigenes Leben mit allem verteidigte. Egal, wem gegenüber. Seitdem vertraute ich niemandem mehr. Manchmal nicht einmal mehr mir selbst.

»Er war so erschrocken, dass er von mir abließ. Ich hatte sie ihm direkt in den Hals gerammt ... Kämpfte mich unter ihm frei und ... ich blieb einen kurzen Moment in der Tür stehen, er sah mich an. Er sah mir direkt in die Augen, Harvey. Und das Letzte, was er zu mir sagte, war ... der Teufel wird dich finden, Red.«

Noch mehr Tränen liefen über meine Wangen, doch meine Stimme klang fest. Ich ballte die Hände zu Fäusten, um das Zittern zu unterdrücken. Versuchte, den Kloß, der mir die Kehle zuschnürte, herunterzuschlucken. Die Gefühle sollten aufhören.

Ich wollte diesen Blick nicht mehr sehen, mit dem er mich damals angesehen hatte. Den Hass und die Wut, die Abscheu.

»Ich bin einfach gegangen. Hab erst eine Stunde später erfahren, dass sie Jason tot zu Hause gefunden haben. Er hatte sich den goldenen Schuss mit Heroin gesetzt.« Ich lachte bitter. »Niemand ahnte zu dieser Zeit, dass ich es war ... dass ich meinen eigenen Bruder an seinen Drogen habe verrecken lassen.« Nur langsam und zögernd drehte ich mich um. Wischte mir mit den Fingern die Tränen und die verlaufene Mascara von den Wangen. »Aber vielleicht hatte Jason recht ... Der Teufel würde mich finden. Nicht wahr, Harvey?«

Unsere Blicke trafen sich, doch seiner war für mich unergründlich. Ich hatte Angst davor, Mitleid in ihm zu erkennen. Angst, dass er mich anders ansehen würde als noch vor einer Stunde. Ich wollte für ihn keine gebrochene Frau sein, die man von ihrem schweren Schicksal heilen musste. Niemand musste an meiner Seite sein, damit ich mich gut fühlte. Ich hatte meine eigenen Wege gefunden, mit dem Chaos in meinem Inneren umzugehen, wenn es Überhand gewann.

Dieser Moment war einer von ihnen. In mir tobten so viele verschiedene Emotionen, dass ich mich wie bei einem freien Fall in den Abgrund fühlte. Jedoch nicht mit der Gewissheit, dass mich unten etwas Schönes erwarten würde. Nur Harvey war es bisher gelungen, mich glauben zu lassen, dass die Hölle ein wunderschöner Ort sein konnte. Doch vermutlich war auch das nur eine Illusion.

Er sagte noch immer nichts. Wir sahen uns einfach nur an. Die Stille drohte, mich zu erdrücken. Ebenso wie die Gefühle, die mich übermannten; die so schwer auf meiner Brust lagen, dass es sich anfühlte, als würde ich an ihnen ersticken.

»Ich ...«, begann ich und mein Blick flog durch den Raum, als wäre ich auf der Flucht. Als wäre der Teufel hinter mir her.

Meine Finger strichen über meinen Hals, als könnte ich damit die unsichtbare Schlinge entfernen, die sich immer weiter zuzog. »Ich … brauch jetzt eine Dusche.«

Mein Blick blieb an der Tür hängen, die direkt vom Schlafbereich abging. Ich war mir sicher, dass sich dahinter das Bad befand, und ging darauf zu, ohne Harvey anzusehen. Berührte mit den Fingerspitzen das kühle Metall der Türklinke.

»Livia.« Seine Stimme war tief. Er sprach meinen Namen aus, als wäre es ein Befehl.

Ich hielt mitten in der Bewegung inne, doch meine Hand ruhte auf dem Griff der Tür. Ich sagte nichts. Drehte mich nicht zu ihm um.

»Du tust das jetzt nicht.« Es war kein sanfter Versuch, mich aufzuhalten. Es war ein leises Knurren, das den Raum erfüllte, als würde er sich auf mich stürzen, wenn ich einen Schritt weiterging.

»Was? Duschen?«, fragte ich und klang dabei fast amüsiert. Doch mein Blick war noch immer auf die geschlossene Tür vor mir gerichtet. Langsam drückte ich die Klinke hinunter. Stück für Stück.

»Wann willst du damit aufhören?«

»Wann hörst du auf, nur für deine Rache zu leben?«, erwiderte ich lediglich und trat einen Schritt zurück, damit die Tür aufschwingen konnte.

»Das ist ein dummer Vergleich, Livia«, knurrte er und ich spürte, dass dieser Punkt ihn noch immer traf. Obwohl er nun den Inhalt der Akte kannte, hatte ich das Gefühl, dass er nicht aufhören würde, ihren Mörder zu suchen. Vielleicht, um Antworten zu bekommen, vielleicht aber auch, weil die Liebe einfach zu groß gewesen war.

»Ist es nicht, Harvey. Du riskierst dein Leben …«, flüsterte ich und betrat das geräumige Badezimmer. Mein Herz schlug noch einen Takt schneller, meine Schultern verspannten sich. Jede Faser meines Körpers wusste, was ihr bevorstand.

»Ich zerstöre mich dabei aber nicht selbst«, gab er zurück und ich hörte die Anspannung in seiner Stimme. Er wollte mich am liebsten packen und hier herauszerren. Oder mich auf anderen Wegen von dem abhalten, was ich bereit war, zu tun, um die Emotionen in mir einzudämmen. Um sie zu übertünchen, in einem satten Rot, das wie Feuer auf meiner Haut brannte.

Ich sah über meine Schulter zu ihm. Ein mattes Lächeln auf den Lippen. »Das ist eine Lüge, Harvey. Der Unterschied ist nur, dass du es von anderen machen lässt. Ich tue es selbst, kontrolliere es. Dein Rachefeldzug ist unkontrollierbar.«

Ich sah die Wut in seinen blauen Augen aufflackern. Wir wussten beide, dass ich recht hatte. Er war sich seiner Sache sicher. Doch Storm hätte ihn fast getötet, Jackson ebenso. Und mit Sicherheit gab es noch andere dort draußen, die ihre Chance nutzen würden, wenn sie sich ergab.

»Mich in deinem Leben zu haben, wird es nicht einfacher machen. Jax kann es nicht ertragen, wenn andere mich kaputtmachen«, fügte ich hinzu und löste den Verschluss meines BHs, ließ ihn zu Boden gleiten. Genoss das Gefühl, als meine Haare über die nackte Haut meines Rückens glitten.

»Ich mache dich nicht kaputt, Livia.« Harvey kam auf mich zu, doch ich ging einen Schritt vor. Brachte wieder mehr Abstand zwischen uns. Er blieb im Türrahmen des Badezimmers stehen.

»Doch, tust du. Bewusst oder unbewusst. Es macht mich kaputt, über all diese Dinge zu sprechen, mich an sie zu erinnern«, flüsterte ich.

Langsam drehte ich mich zu ihm um. Suchte seinen Blick. Meine Finger fuhren die Narbe an meinem Schlüsselbein nach. »Ein Typ, der dachte, es wäre mein Job, mit ihm zu schlafen.

Der dachte, die Angst um mein Leben würde mich gefügig machen.«

Ich strich mein Haar über eine Schulter, sodass die feinen Narben auf der anderen zu sehen war. »Mein Vater, den ich in seinem Alkoholrausch zur Weißglut getrieben habe. Sein Schlag ließ mich in die Glasscheibe der Wohnzimmertür fallen.«

Es waren nicht die Art von Narben, die mich gezeichnet hatten. Sie erinnerten mich lediglich an das, was geschehen war.

»Die Brandwunden in meinem Nacken ... Jason, nachdem ich rausbekam, dass er mein Geld, das ich mir mit Nachhilfe verdient hatte, für Kippen geklaut hatte, die ich daraufhin in die nasse Spüle warf.« Ich strich über die Narbe an meinem Arm. »Du hast recht, Armbruch. Abwehrverletzung, als Kane auf mich losging, nachdem ich drohte, ihn anzuzeigen.«

Die Narbe an meinem Arm war verblasst, doch die Erinnerung an jene Nacht ließ mich noch heute manchmal aus dem Schlaf hochschrecken.

Meine Finger fuhren die Narbe zwischen meinen Rippen unter der linken Brust nach. »Ein Messerstich, der mich fast das Leben gekostet hätte, als ich spät abends von einem Job nach Hause lief. Zufallsopfer, aber sie waren gut. Besser als andere, die mich gezielt loswerden wollten.«

Ich deutete auf die kleine Narbe zwischen meiner Augenbraue und Lid. »Jax, der jemandem eine reinhauen wollte, und ich meinte, ich müsste mich dazwischen werfen.«

Die Gefühle drohten, mich zu überwältigen. Es war das erste Mal in meinem Leben, dass ich all diese Dinge in so kurzer Zeit Revue passieren ließ. Mein Leben, das in Sekunden an mir vorbeizog. All die Dinge, die geschehen waren. So vieles, über das ich nie wieder hatte nachdenken wollen. Viele der Blessuren, die ich davongetragen hatte, sah ich längst nicht mehr. Sie verschwammen vor meinen Augen, wenn ich in den Spiegel sah. So, als würde ich mich selbst davor schützen. Denn ich wusste, dass ich verrückt werden würde, wenn ich zuließ, dass alles auf mich niederprasselte.

Harvey stand noch immer in der Tür zum Bad. Verfolgte jede meiner Bewegungen, als würde ich mir die Narben auf meiner Haut selbst zufügen. Ich bemerkte, wie er seine Hände zu Fäusten ballte. Sah die Wut in seinen Augen und fragte mich für einen Moment, wem sie galt.

Mir? Weil ich ihm all das preisgab, obwohl es uns nicht weiterbrachte? Vielleicht alles noch komplizierter machte?

Jason? Meinen Eltern? Weil sie mein Leben so verpfuscht hatten? Es gab eine endlose Liste, wenn er meine Vergangenheit vollständig aufwühlen würde.

Als mein Blick zur Dusche wanderte, begannen meine Finger zu zittern. Ich krallte meine Nägel in die nackte Haut meiner Oberschenkel. Zögerte einige Sekunden. Hatte keine Ahnung, wie ich anfangen sollte. Niemand außer Jackson wusste davon. Und auch wenn Harvey es bemerkt haben musste, so war es etwas anderes, es vor ihm auszusprechen. Es zuzugeben.

»Das erste Mal ... ich war zwölf, glaube ich. Ich weiß nicht mehr, was der Grund war. Aber ich war wütend ... über mein Leben und auf die ganze Welt. Bin zu Hause ausgeflippt. Meine Mutter hat mich gepackt und ins Bad geschleift. Mir den Pullover über den Kopf gerissen und unter die Dusche gestellt«, begann ich leise und hörte selbst, wie meine Stimme zitterte. Fast so sehr wie meine Hände, die ich noch immer an meine Haut presste. Meine Nägel tief in sie hineinbohrte. »Sie drehte das Wasser auf und ich ... ich hab es nicht verstanden, bis zu dem Moment, als es kochend heiß wurde. Ich dachte, ich würde ersticken. Alles hat sich zusammengezogen, ich konnte nicht mehr atmen. Aber ... meine unkontrollierbare Wut war weg ... einfach weg.«

Ich stockte. Biss mir auf die Unterlippe. Schloss kurz die Augen, ehe ich Harvey wieder ansah. Er würde mich für verrückt erklären. Eine Wahnsinnige, die nicht gelernt hatte, mit ihren Emotionen umzugehen. Doch das war die Realität. Ich konnte sie nicht ändern.

Wenn er mich fragen würde, könnte ich ihm nicht sagen, wann ich es das erste Mal selbst getan hatte. Meine Mutter hatte mich noch vier oder fünf weitere Male so gemaßregelt, bevor ich zu alt gewesen war und sie keine Kontrolle mehr über mich gehabt hatte. Erst danach hatte ich begonnen, diesen Schmerz für mich zu nutzen. Ich war zu feige gewesen, mich bluten zu lassen. Hatte keine weiteren Narben auf meiner Haut gewollt. Nicht dauerhaft gezeichnet sein wollen. Doch der Schmerz war groß genug gewesen, um alles andere auszublenden. Die Rötungen ließen sich verstecken, solange ich meine Arme und das Gesicht schützte. Ich hatte gelernt, es zu verstecken. Hatte gelernt, meine Emotionen damit zu kontrollieren. Genau wie ich es mit allem anderen in meinem Leben tat.

»Du wirst mich nicht einfangen können, Harvey. Ich weiß nicht, wann der Moment kommt, in dem ich um mich schlage, wenn du mich hältst«, flüsterte ich und ein leichtes Lächeln huschte über meine Lippen.

Auch der Teufel würde mich nicht in Ketten legen. Ich hatte es bereits selbst getan und würde sie nicht aus der Hand geben. Denn ich wusste nicht, was geschehen würde, wenn er mich von ihnen befreite.

Kapitel 23
Harvey Cavendish

Ich war der Einzige, der die Hölle verstand, in der sie lebte. Denn sie war auch mein Zuhause.

»ICH MUSS DICH nicht einfangen. Du wirst freiwillig zu mir kommen.«

Livia zog eine Augenbraue in die Höhe. »Dein Ego ist wirklich verdammt groß. Könnte dir irgendwann zum Verhängnis werden.«

»Vielleicht. Das macht es so reizvoll.« Ich streckte meine Hand aus. »Komm mit, wir bleiben nicht hier.«

Sie erstarrte. »Ich wollte duschen gehen.«

»Das geht danach auch noch.«

Livia schlang die Arme um ihren Oberkörper, als wollte sie sich vor dem beschützen, was folgen würde. »Wohin wirst du mich bringen?«

»Vertrau mir.«

Sie versteifte sich. »Das ist echt dein Lieblingssatz.«

Ich schnaufte tief, drehte mich um und ging zurück zu der Stelle, an der ihr Kleid am Boden gelandet war. Hob es auf, verschwand wieder im Bad und warf es ihr zu. »Du hast drei Minuten. Ich warte im Foyer auf dich.«

Bevor ich das, was ich eigentlich mit ihr vorgehabt hatte, in die Tat umsetzen konnte, zog ich die Tür hinter mir zu und lehnte mich dagegen. Das Arschloch in mir würde mir am liebsten eine reinhauen – dafür, dass ich jemanden zu retten versuchte, der nicht gerettet werden wollte. Dafür, dass ich überhaupt darüber nachdachte, jemanden zu retten. Ich wollte sie. Die ganze Nacht und den ganzen nächsten verdammten Tag.

Kopfschüttelnd stieß ich mich von der Tür ab, streifte mir das Hemd über und knotete die Krawatte neu, bevor ich in das Sakko schlüpfte. Livia würde es niemals zugeben, aber sie sehnte sich nach ein wenig Normalität in ihrem Leben. Auch wenn das etwas war, das uns niemals vergönnt sein würde. Wir waren nicht für die Normalität geschaffen, wir wollten nur kurz darin verschwinden, bevor wir in die Dunkelheit zurückkehrten und davon zehrten.

»Ich bin fertig«, kam es von der Tür, und ich drehte mich zur Seite.

Das Misstrauen in ihren Augen brachte mich zum Grinsen. »Denkst du, ich führe dich zur Schlachtbank?«

»Bei dir kann man das nie wissen«, murrte sie, zog ihren Mantel über und stöckelte auf mich zu.

»Ich glaube, es wird dir gefallen.«

Der skeptische Ausdruck blieb, aber immerhin wehrte sie sich nicht mit Händen und Füßen dagegen. »Wir werden sehen.«

Ich nahm sie an der Hand und ging mit ihr zum Aufzug. Je mehr ich dem Drang widerstand, etwas mit ihr anzustellen, desto stärker wurde er. Als sich die Türen schlossen, schob ich sie an den Schultern gegen den Spiegel, fasste ihr unter den Arsch und hob sie hoch. Sie schlang die Beine um mich, hielt mein Gesicht fest, küsste mich. Anders als sonst. Verzweifelter. Auch wenn sie es niemals zugeben würde.

»Wohin bringst du mich?«, keuchte sie zwischen zwei Küssen, krallte die Fingernägel in meine Haut, presste ihr

Becken gegen meines.

Ich lächelte an ihrem Mund. »So verdammt neugierig. Es wird dir gefallen.«

»Da bin ich mir nicht so sicher.«

Als der Aufzug im Erdgeschoss ankam, ließ ich sie hinunter und zog den Ausschnitt ihres Kleides gerade.

»Wie fürsorglich. Hast du Angst, dass jemand hineinfallen könnte?«

Ich gab ein Knurren von mir. »Der Einzige, der hineinfallen wird, bin ich.« Ich stellte mich neben sie, zupfte mein Sakko zurecht, bevor wir die Halle betraten. Sie hakte sich bei mir unter und gemeinsam verließen wir das Hotel, visierten ein Taxi an.

Ich ließ sie einsteigen, umrundete den Wagen und setzte mich neben sie. Dann nannte ich dem Fahrer die Adresse.

»Was soll dort sein?«, fragte sie misstrauisch.

Ich griff an ihren Oberschenkel, zog das Kleid leicht nach oben, sodass meine Finger auf ihre nackte Haut trafen. »Ich werde mich nicht wiederholen, Livia. Strapaziere meine Geduld nicht.«

Die restliche Fahrt verbrachten wir schweigend. Als wir ankamen, gab ich dem Fahrer mehrere Scheine.

»Wunderbar, wir sind in der Pampa gelandet. Willst du mich also doch umbringen?«

Wir befanden uns etwas außerhalb von Chicago neben dem Michigan Lake. Es war einer meiner Lieblingsorte. Ich nahm sie an der Hand, überquerte die Straße und bog in einen schmalen Feldweg ein.

»Harvey«, zischte sie, stemmte sich gegen mich.

Ich wirbelte herum, packte sie an den Oberarmen. »Herrgott, Livia, vertrau mir einfach. Ist das so schwer? Wenn ich dich umbringen wollte, hätte ich es längst getan.«

»Vielleicht willst du mir Schlimmeres antun, als mich umzubringen.«

»Komm mit«, brummte ich, griff wieder nach ihrer Hand und zog sie mit mir. Sie stöckelte hinter mir her, bis wir zum Ufer gelangten, an dem vor Jahren ein Pub eröffnet worden war.

»Was ist das?«, hauchte sie und blickte auf das beleuchtete Haus, das mich entfernt an die Buden in Schottland erinnerte.

»Ein Pub.«

»Und was sollen wir hier?«

»Essen.«

Sie blinzelte mehrmals, ihr Mund stand sperrangelweit offen. »Ich hatte schon die Befürchtung, du entführst mich in einen Luxusclub.«

»Auch wenn es nicht den Anschein macht, das ist nicht meine Welt, Livia. Dieser Ort hier gibt dir für ein paar Stunden Normalität zurück. Das ist es doch, was du dir wünschst. Deinem Leben kurz entfliehen, bevor es dich wieder einholt.«

»Das ist Wahnsinn«, flüsterte sie und rieb sich die Schläfen. »Du kennst mich doch überhaupt nicht. Woher willst du wissen, was ich mir wünsche?«

Ich lächelte und ging voran. Stimmengewirr drang zu uns, ich öffnete die Eingangstür und betrat das Gebäude. Es war gemütlich, ganz anders als meine Wohnung oder mein Büro. Der Geruch nach Holz, Whisky und Essen lag in der Luft. Hier trafen sich die einfachen Leute, hier rechnete niemand mit uns.

Molly, die Kellnerin, mit der ich ein paar Mal gevögelt hatte, kam auf uns zu. »Matt, wie schön, dich zu sehen. Was kann ich für dich tun?« Ich merkte an dem Blick, den sie Livia zuwarf, dass sie soeben beschlossen hatte, sie zu hassen.

»Ein Tisch für zwei, im ersten Stock.«

Sie schürzte die Lippen. »Ein Glück, dass wir noch einen frei haben.« Sie zwinkerte mir zu und schritt die Stufen nach oben.

»Matt?«, zischte Livia und boxte mir in den Oberarm. »Du hast ja ein bewegtes Leben.«

»Und du bist ein Unschuldslamm?«, hielt ich dagegen, zog sie in einer schnellen Bewegung an mich und küsste sie. Fluchend biss sie mir in die Unterlippe und wich von mir weg. »Eifersüchtig, Süße? Keine Sorge, ich habe kein Interesse mehr an Molly.«

»Wie schön.« Sie raffte ihr Kleid und folgte der Bedienung die Treppe nach oben. Dabei hatte ich einen hervorragenden Ausblick auf ihren kurvigen Arsch.

Molly hatte uns den Tisch am Fenster zugewiesen. Wären Livia und ich Romantiker, würden wir uns darüber freuen. Wir beide zogen es allerdings vor, in der Dunkelheit zu bleiben.

»Was kann ich euch zu trinken bringen?«

»Scotch und für meine reizende Begleitung eine Cola«, sagte ich mit einem Lächeln. Ich wusste, dass Livia kurz vorm Feuerspucken war.

Als die Kellnerin verschwand, trommelte sie mit den Fingern auf der Tischplatte. »Was tun wir hier, Harvey? Denkst du, du kannst mich mit einer Ex-Affäre eifersüchtig machen? Da hast du dich getäuscht.«

»Dass Molly heute Dienst hat, ist ein unglücklicher Zufall. Wir sind aus einem anderen Grund hier.« Ich zog die Serviette vom Tisch und blies die Kerze aus. Wie ich Romantik hasste.

»Und der wäre?«

»Heute Nacht sind wir zwei völlig fremde Personen, die kein Schwein kennt. Genieß für wenige Stunden das, was andere Normalität nennen.«

Der wütende Ausdruck verschwand aus ihrem Gesicht, wich Skepsis. »Du bist mit mir hier, damit ich eine Auszeit nehmen kann?«

»Ich bin mit dir hier, damit du einen Abend lang nicht Livia

Moriarty sein musst. Lass dich auf dieses Spielchen ein.«

Sie zögerte, umfasste mit den Fingern die Serviette, bevor sie sie auf ihren Schoß legte. »Das ist verrückt.«

»Und doch so verlockend, richtig? Du wolltest, dass ich dir beweise, wer du für mich bist. Wolltest, dass ich etwas von mir preisgebe. Das hier ist der Ort, an dem ich noch niemanden mitgenommen habe. Niemanden.«

Sie nahm ein paar lange Atemzüge und als ihre Augen feucht wurden, blickte sie zur Seite und tat so, als würde sie den See bestaunen. »Ein paar Stunden Normalität?«

»Richtig.«

»Und wann ist das Spiel zu Ende?«

Die Stimmung zwischen uns veränderte sich, wurde düsterer. Ich beugte mich nach vorn, umfasste ihr Kinn und drückte leicht zu. »Bis wir im Hotelzimmer sind und du eine neue Lektion erhältst.«

***

Wir schafften es nach dem Essen nicht bis in das Hotelzimmer. Nicht, weil wir bereits vor dem Pub übereinander herfielen, sondern weil Livia auf dem Weg zum Steg plötzlich stehenblieb und mir eine Frage stellte, die in meinen Ohren surrte.

»Du hast sie wirklich geliebt, oder?«

Ihre Stimme war so leise, dass ich die Worte kaum hören konnte. Dennoch bohrte sich jedes davon in meine Brust.

Du. Hast. Sie. Wirklich. Geliebt. Oder?

Es war das erste Mal, dass ich die Unsicherheit in ihren Augen aufleuchten sah, als ich mich umdrehte. Trotz der schummrigen Beleuchtung vor dem Pub sah ich ihre Züge nur zu deutlich. Für einen Moment erinnerte sie mich an Holly ... darauf wartend, dass ich ihr endlich sagen konnte, wie viel sie mir bedeutete. Dass meine Zunge sich nicht jedes Mal verknotete, wenn ich mich dazu durchringen wollte.

Ich liebe dich.

Drei einfache Worte. Für mich die Schwierigsten meines Lebens.

»Wie kommst du auf einmal darauf?«, wich ich ihrer Frage aus, ganz der Anwalt, der ich war. Ich wollte nicht über Holly reden ... nicht hier, an diesem geschützten Ort, den ich nur mit Livia teilte.

Sie kam näher, blieb knapp vor mir stehen und hob den Kopf. »Du hast mich heute Abend hergebracht, um mir zu zeigen, dass auch Menschen wie wir Normalität erfahren können. Dass es Orte gibt, die unsere Monster zähmen, damit wir durchatmen können.«

Ich hörte keine Frage aus ihren Worten, deswegen schwieg ich und wartete. Das verräterische Funkeln in ihren Augen ließ mein Herz einen Takt schneller schlagen. »Aber warum willst du mir zeigen, wie sich Normalität anfühlt?«

Für einen Moment blieb mir die Luft weg. Ich hatte mit vielem gerechnet, aber nicht mit dieser Frage. Für Monster wie uns war Normalität nichts Selbstverständliches ... Im Gegensatz zu den meisten Menschen, bedeutete sie für uns den Ausbruch aus dem Käfig. Einen Abend lang nicht der Killer sein, nicht die Frau mit den Narben, nicht die Bestie, in die ich mich im Untergrund verwandelte.

Langsam hob ich die Hand, strich ihr eine verlorene Haarsträhne hinter das Ohr. Ich wünschte, meine Fingerspitzen würden nicht kribbeln, wenn ich sie berührte. Ich wünschte, Livia weckte in mir den Wunsch nach mehr Normalität nicht.

»Du kennst die Antwort«, sagte ich ruhig.

»Vielleicht irre ich mich aber«, kam es zurück, ihre übliche defensive Haltung mischte sich zu ihrer Unsicherheit.

»Du hast mich gefragt, ob ich sie wirklich geliebt habe«, begann ich wieder und sah ihr in die Augen. »Ja, ich habe sie geliebt …«

»Aber?«, hauchte sie, ein Zittern schwang in ihrer Stimme. Es erinnerte mich an das Gefühl des Hasses in mir, weil ich nie die Stärke hatte, Holly meine einzige Schwäche zu gestehen: sie.

Sie starb einsam in dieser Gasse und hatte nie diese drei Worte aus meinem Mund gehört. Kein einziges verdammtes Mal. Holly hatte gewusst, wie schwer ich mit Nähe umging – und anstatt mich zu drängen, hatte sie geduldig gewartet. Gewartet und gewartet. Vergeblich.

Ich nahm einen tiefen Atemzug. »Aber ich habe es ihr nie gesagt.«

Stille senkte sich über uns, ich blendete die Geräusche in der Umgebung aus und konzentrierte mich auf Livia. Und als ich die Erkenntnis in ihren Augen bemerkte, wusste ich, dass sie verstand.

***

Als ich am nächsten Morgen das Stockwerk zu meinem Büro betrat, wusste ich, dass etwas nicht stimmte. Es war eine leise Vorahnung in meinem Kopf, die dafür sorgte, dass sich meine Nackenhärchen aufrichteten. Nicht nur die Ruhe irritierte mich, auch der fremde Geruch. Niemand zündete hier eine Kippe an, wirklich niemand.

Livia und ich hatten das Hotel heute Morgen an unterschiedlichen Ausgängen verlassen. Niemand hatte ihr aufgelauert. Sie müsste um diese Zeit in der Pathologie sein, stattdessen spielte mir mein Gehirn vor, dass hier etwas nicht so lief wie geplant.

Und wo war Melanie?

Es war ein Stöhnen, das meine Aufmerksamkeit auf mein

Büro richtete. Mit geballten Fäusten steuerte ich darauf zu und schlug die Tür auf. Obwohl ich einiges gewohnt war, zuckte ich bei dem Anblick, der sich mir bot, zusammen.

Es war nur der Hauch einer Sekunde, ein Wimpernschlag, ehe ich mich wieder fing.

Livia, die von einem kleinen Wichser festgehalten wurde, der wie ein Bodyguard aussah.

Ihr missratener Bruder, der eine Knarre gegen die Schläfe meiner Assistentin presste. Sie kniete am Boden, blickte mich mit verheulten Augen an und wimmerte leise.

»Netter Empfang. Gibt es einen Anlass?« Ich ging zum Schreibtisch und ignorierte die Arschlöcher. »Und warum steht hier kein frischer Kaffee, Melanie?«

»Willst du mich verarschen?«, knurrte Jax und zog Melanie noch enger an sich, als würde er sie als Schutzschild benutzen wollen.

Ich lehnte mich gegen den Schreibtisch. »Wer versucht hier, wen zu verarschen? Bin ich in deinem Büro aufgekreuzt?«

Jax grinste. »Das hast du gestern geschickt eingefädelt, um mit Livia eine ungestörte Nacht zu verbringen. Ohne meine Erlaubnis. Das wird Konsequenzen haben.«

»Ich bin nicht dein verdammtes Eigentum!«, fauchte Livia und versuchte, sich aus dem Griff ihres Beschützers zu befreien. Vermutlich hätte auch ein Preisboxer keine Chance gegen diesen Kerl.

»Ich werde dich beschützen, hast du mich verstanden? Und jetzt Klappe!«

»Was willst du?«, fragte ich gelangweilt und ging ein paar Schritte auf ihn zu, blieb auf meinem teuren Aubussonteppich stehen, der einige Blutspritzer abbekommen hatte. »Meine Assistentin als Strafe umbringen, weil Livia und ich uns ein kleines Spielchen erlaubt haben?«

Ich wusste, wie sehr Typen wie er es hassten, wenn man sie verspottete. Die Ader an seiner Stirn zeichnete sich deutlich ab. Er erinnerte mich an einen Stier, der jederzeit bereit war, loszulaufen. Ich lockte ihn aus der Reserve, hatte seinen Schwachpunkt entdeckt: Livia.

Zumindest in dieser Hinsicht ähnelten wir uns.

»Damit wären wir quitt, Arschloch.«

Ich hatte bereits damit gerechnet. Es war absehbar gewesen, dass er mir jemanden nehmen wollte, der mir offensichtlich wichtig war. Er hatte aber vergessen, dass ich jeden auf Abstand hielt. Immer so viel, dass mir sein Tod nichts ausmachen würde. Zumindest, bis ich Livia getroffen hatte. Aber das war ein anderes Thema.

Ich war bereit, jemanden zu opfern. Trotz allem, was geschehen war, wollte ich diesen kranken Typen Dexter Harris immer noch in die Finger bekommen, und Jax war eine gute Möglichkeit, an ihn heranzukommen. »Gut, knall sie ab. Wenn du allerdings willst, dass gewisse Fälle zu deinen Gunsten entschieden werden, würde ich sie am Leben lassen. Es ist verflucht langweilig, eine neue Assistentin in diese dunkle Welt einzuführen.«

Melanie war eine zuverlässige Bitch, aber wenn ich mich entscheiden müsste, würde es immer schlecht für sie aussehen. Sie war eine Spielfigur, nicht mehr. Jemand, der mir gewisse Dinge erleichterte und hin und wieder fickbar aussah.

Schwarze Spuren zogen sich über ihre Wangen, ihre Lippen bebten und sie verzog das Gesicht, als er sie an den Haaren nach hinten riss.

»Wenn du meine Schwester willst, musst du dich verdammt noch mal als würdig erweisen.«

Ich lächelte schmal. »Sagt der, der sie jahrelang im Stich gelassen hat?«

Es war dünnes Eis, auf dem ich mich bewegte. Verflucht

dünnes Eis. Seine Kieferpartie spannte sich an, sein Finger am Abzug wurde unruhiger.

»Vorsichtig«, flüsterte er und presste den Lauf der Pistole fester gegen Melanies Schläfe.

»Jax, lass das!« Livias Tonfall hatte sich verändert, war bedrohlicher geworden. Sie versuchte nicht länger, an die Vernunft in ihm zu appellieren. »Du brauchst ihn, das weißt du ganz genau.«

»Halt deine Schnauze!« Der Blick, den er ihr zuwarf, hätte die Hölle mühelos in ein Eisparadies verwandelt. Ich wusste genau, was er dachte. Er hasste sich dafür, sie jahrelang im Ungewissen darüber gelassen zu haben, was aus ihm geworden war. Er hasste sich dafür, dass er nicht fähig gewesen war, sie zu beschützen. Das hier war seine kranke Art zu zeigen, wie viel Livia ihm bedeutete.

»Sag deinem Schoßhund, er soll mich loslassen. Sofort. Oder er landet auf meinem Seziertisch.« Die Stimmung zwischen ihnen war so aufgeladen, dass man sie bald würde knistern hören. Sie hassten und liebten sich im selben Atemzug.

Der Wichser nickte seinem Wichtigtuer zu, woraufhin der von Livia abließ. Ich entspannte mich innerlich ein wenig.

»Du sagst, ich kann ihm trauen? Für wen würde er sich wohl entscheiden, Livia? Seine Assistentin, die er ab und zu fickt und die ihm die Recherche erleichtert, oder für eine durchgeknallte Irre, die Leichen aufschneidet?«

Livias Blick traf auf meinen. Sie ließ es nicht zu, dass ich in ihren Augen lesen konnte, war völlig ausdruckslos. Aber ich wusste, dass sie unsicher wurde, ich spürte es förmlich. Allein dafür würde ich diesem Wichser gern eine verpassen.

»Also ... Harvey ... als kleine Bestrafung dafür, dass du meine Schwester ohne mein Einverständnis von mir ferngehalten hast, stelle ich dich vor eine Wahl.«

»Ich kann es kaum erwarten«, gab ich ruhig zurück, ging zu meinem Schreibtisch und griff nach der Karaffe. »Redest du gern um den heißen Brei oder kommst du irgendwann zur Sache? Wenn du Melanie umbringen willst, nur zu.«

»Was?«, kreischte sie und riss die Augen auf, Wut und Angst standen darin. Sie hasste mich und war gleichermaßen entsetzt über meine Skrupellosigkeit. Was erwartete sie von mir? Reue?

»Nein, so einfach mache ich es dir nicht, Arschloch.« Er drückte Melanie von sich weg, sodass sie in die Arme seines Bodyguards stolperte, bevor er auf mich zukam. Ich hielt das Whiskyglas in der Hand, schwenkte die Flüssigkeit umher, behielt ihn im Blick.

Er knallte die Waffe auf den Tisch. »Beweise, wie sehr ich dir trauen kann. Knall die kleine Schlampe ab.«

Kapitel 24

Livia Moriarty

Ich wollte vergessen, wer ich war.
Dabei erinnerte ich mich immer wieder selbst daran.

MEIN BLICK RUHTE auf der Waffe, die Jackson auf den Schreibtisch geknallt hatte. Langsam wanderte er zu Harvey, der direkt davor stand und einen Schluck von seinem Whisky nahm. Ganz so, als würden wir hier gerade ein geschäftliches Gespräch führen und nicht um Leben und Tod verhandeln.

Das Empfangskomitee hatte mich bereits erwartet, als ich das Anwesen meines Bruders erreicht hatte. Sie hatten mich gepackt, ins Auto gezerrt und waren mit mir hergefahren. Es war das erste Mal, dass ich einen Fuß in Harveys Büro gesetzt und seine Assistentin kennengelernt hatte. All das hatte ich mir unter anderen Umständen vorgestellt.

Ich wusste, wozu Jax in der Lage war. Und ich hätte mir bewusst sein müssen, dass ich Harveys Leben riskierte, wenn ich nicht wieder im Anwesen aufkreuzte. Doch letzte Nacht war es mir egal gewesen. Ich hatte den Abend genossen, auch wenn er so vieles aufgewühlt hatte.

»Wenn ich also meine Assistentin umbringe, darf ich deine Schwester ficken, ohne dass du mir eine Kugel durch den Kopf jagst?«, fragte Harvey in einem amüsierten Tonfall; herausfordernd. Seine Finger lagen bereits auf der Waffe, die noch auf dem Schreibtisch ruhte.

»Das ist nicht dein Ernst, du Mistkerl!«, keifte seine Assistentin und ich verzog fast schon schmerzerfüllt das Gesicht. Ihre Stimme war furchtbar. Sie war hysterisch, heulte. Es war eine Farce. Eine Genugtuung für Typen wie meinen Bruder. Das, was sie wollten. Melanie hatte keine Ahnung, wie man sich durchbiss. Vermutlich hatte sie bisher alles in ihrem Leben durch eine schnelle Nummer bekommen.

Jackson lachte indes. »Du denkst tatsächlich noch, dass man Livia einfach nur für ein paar schnelle Nummern haben kann? Versuch's, Harvey, dann wird sie dich selbst aus dem Weg räumen. So wie andere vor dir.«

Der Blick meines Bruders wanderte zu mir. Meine Augen verengten sich und ich sah ihn wütend an. Warnend. Er fing an, in meiner Vergangenheit zu wühlen. Und er konnte vor Harvey noch ganz andere Dinge auspacken als jene, die ich ihm in der letzten Nacht anvertraut hatte.

»Du meinst euren Bruder Jason?«, fragte Harvey unberührt und ließ seine Finger über die Waffe gleiten.

Ich sah die Verwunderung in Jacksons Gesicht. Er hatte nicht damit gerechnet, dass Harvey davon wusste. Ich hatte es immerhin nie jemandem anvertraut.

»Denkst du, du kennst sie, weil sie dir erzählt hat, wie sie jemandem das erste Mal tötete?« Jackson baute sich vor Harvey auf, überragte ihn ein stückweit, sah auf ihn hinab. »Du hast keine Ahnung, welche Abgründe in meiner Schwester schlummern, Cavendish. Vielleicht wirst du eines Morgens einfach nicht mehr aufwachen. Sie ist unkontrollierbar, wenn es nicht nach ihrem Sinn läuft.«

Mein Herz raste. Das Adrenalin ließ die Wut schneller durch meinen Körper wandern. Ich ballte meine Hände zu Fäusten, während ich die beiden ansah. Wie sie über mich sprachen, als würde ich keine drei Schritte von ihnen entfernt stehen und alles mit anhören. Als wäre ich etwas, worum man feilschte.

Ich war es gewohnt, dass Männer diese Dinge dachten. Doch dass es ausgerechnet die beiden waren, die sich vor meinen Augen dieses Duell lieferten, ärgerte mich. Ich fühlte mich benutzt, unverstanden. Von meinem eigenen Bruder und dem Mann, der mir gestern einen meiner Wünsche hatte erfüllen wollen. Einen Moment Normalität.

»Und du denkst, du kannst etwas daran ändern? Weil du es auch verhindern konntest, dass sie ihre Emotionen kontrolliert, indem sie sich selbst verbrennt?«, erwiderte Harvey und seine Stimme klang wie ein Donnerschlag.

Stille breitete sich im Raum aus. Jedes ihrer Worte fühlte sich für mich an wie eine Faust ins Gesicht. Heftig, brennend. Am liebsten hätte ich wie ein Kind um mich geschlagen, sie beide angeschrien, dass sie aufhören sollten. Doch mein Stolz ließ mich wie gebannt dastehen. Ich spürte, wie Harveys Assistentin mich musterte, als hätte ich den Verstand verloren.

»Du willst mich für eine Irre erschießen?«, fragte sie hysterisch und machte eine abwertende Handbewegung in meine Richtung.

Jackson und Harvey sahen sie unbeeindruckt an, ehe ihr Blick zu mir wanderte. Aber ich stand noch immer reglos inmitten des Büros. Meine Finger krallten sich in den Rock des Kleides, mein Gesicht blieb unberührt. Nur für einen kurzen Moment hatte ich den Eindruck, dass Harvey den Sturm in meinen Augen toben sah. Er umklammerte die Waffe, ließ sie jedoch auf dem Schreibtisch liegen.

»Denkst du wirklich, es ist die richtige Entscheidung, für jemanden wie meine Schwester zu töten, Cavendish?«, fragte Jackson ihn mit einem unbeeindruckten Lächeln.

Ich hasste ihn dafür. Auch wenn ich wusste, dass er im Grunde nicht schlecht von mir dachte, so nutzte er all das, um Harvey von mir fernzuhalten. Er wollte ihn gar nicht in meinem Leben sehen. Wartete nur auf einen Grund, ihn umzubringen. Hoffte darauf, dass Harvey etwas sagen würde, das mich seinen Tod besser verkraften ließ. Etwas, das dazu führen würde, dass ich ihm selbst den Tod wünschte.

»Ich töte für niemanden außer mich selbst, Jax«, erwiderte Harvey kalt und fixierte ihn.

»Dann wirst du Livia früher oder später verlieren. Ich möchte nicht wissen, wie viele Männer dort draußen ihr den Tod wünschen«, begann Jackson, während er sich gelassen an die Schreibtischkante lehnte und mich plötzlich ansah. »Mir ist zu Ohren gekommen, dass du Kane verärgert hast, Red. Was hat dich dazu geritten, einen FBI-Agenten zu erpressen?«

Mein Atem stockte. Ich starrte Jackson an, spürte, wie Harvey mich ansah. Blickte unauffällig zu ihm hinüber, sein Körper spannte sich an.

»Wäre nicht die richtige Frage, was einen FBI-Agenten dazu geritten hat, mir etwas anzutun? In dieser verfluchten Nacht? Ist er nicht einer von denen, die du hättest töten sollen, Jax?«, erwiderte ich und versuchte, die aufkommenden Emotionen zu unterdrücken. In mir zu begraben, unter all der Wut und der Enttäuschung, die ich ohnehin empfand.

»Du wolltest ihn nicht einmal anzeigen, weil du damals schon wusstest, dass es dir irgendwann zugutekommen könnte. Wieso sollte ich mir da die Hände schmutzig machen?«, war Jacksons Antwort, während er mich seelenruhig musterte. Sein Blick blieb an meinen verkrampften Fingern hängen, die sich noch immer in den teuren Stoff krallten. »Lass es raus, Red.«

»Wenn es hier ohnehin um sie geht, kann ich doch gehen, oder?«, warf Melanie plötzlich ein und ich konnte nicht anders, als mit den Augen zu rollen. Sah mit hochgezogenen Brauen zu ihr, betrachtete sie, während einer von Jacksons Männern sie noch immer festhielt. Verlaufenes Make-up, verquollene Augen, Panik in ihrem Blick. Auch wenn sie versuchte, sich in dieser Sekunde tough zu geben.

Bedächtig ging ich zum Schreibtisch, ließ einen Schritt Abstand zwischen den zwei Männern und mir, stand jedoch genau in ihrer Mitte. »Wollt ihr hier gewisse Dinge klären oder geht es darum, meine Psyche und meine Vergangenheit zu analysieren?«

Beide starrten mich an. Keiner von ihnen schien zu wissen, was er mir antworten sollte. Was es war, das ich hören wollte. Doch es gab keine richtige Antwort auf diese Frage. Diese ganze Situation war eine Farce. Ein Spiel, in dem ich mich wie ein Preis fühlte, der ich nicht sein wollte. Es war, als würden sie um mich pokern, obwohl ich keinem von ihnen gehörte.

»Cavendish wäre doch sicher einer deiner Kunden gewesen, den du auch in dein Bett gelassen hättest, nicht wahr, Red?«, durchbrach Jackson die Stille.

»Mein Job scheint ein ziemliches Problem für dich gewesen zu sein. Wenn du davon wusstest und dir hier ein Drogenimperium aufgebaut hast, wieso hast du mich dann nicht finanziell versorgt, Jax?«, erwiderte ich und warf ihm einen eisigen Blick zu.

»Weil es zu der Zeit nicht möglich war«, knurrte mein Bruder und ich erkannte in seinen Augen, dass er sich dafür hasste. Doch ich verstand nicht, wieso er mich dann so bloßstellte. Wieso er mich immer wieder auf das reduzierte, was ich getan hatte. Ich war mir sicher, dass das, was er in seinem Leben getrieben hatte, keinen Deut besser war. Vermutlich schlimmer.

Melanie zog unsere Aufmerksamkeit auf sich, als sie einen

Fluchtversuch unternahm. Doch Jacksons Begleiter riss sie am Arm wieder zurück, sodass sie schmerzhaft aufschrie und auf die Knie fiel. Direkt vor mir, als ich mich langsam zu ihr umdrehte.

Sie sah zu mir auf. Und obwohl sie nichts über mich wusste, blickte sie mich mit solch einer Abscheu und einem Hass an, dass ich nur matt lächeln konnte.

»Ärgert es dich, dass du für mich sterben musst?« Meine Stimme klang überraschend einfühlsam, als ich meine Finger unter ihr Kinn legte und sie zwang, mich weiter anzusehen. »Für die, die von ihrem Bruder und deinem Boss als Verrückte dargestellt wird?«

Ihre Augen verengten sich. Ich spielte mit ihrem Stolz. Wusste nur allzu gut, wie sehr es einen reizte, selbst wenn die Situation aussichtslos war. Und das war sie. Melanie würde diesen Raum nicht lebend verlassen. Wir alle wussten es. Wenn Harvey es nicht tat, würde Jackson es tun und ihn danach dafür bestrafen. Im Grunde hatte er also keine andere Wahl.

»Er wird sich nie wirklich für dich interessieren. Er will dich einfach nur ficken«, fauchte sie mich an, in der Hoffnung, sie würde mich damit treffen.

»Ich weiß«, erwiderte ich gelassen und strich ihr eine wirre Haarsträhne hinter das Ohr, während ich auf sie hinabblickte. »Dennoch wirst du meinetwegen sterben. Weil du dich auf einen Mann eingelassen hast, den du nicht kontrollieren kannst. Dessen Abgründe du in deinem Leichtsinn nicht einmal erahnt hast. Das ist der Unterschied zwischen uns, Melanie.«

Sie lachte hysterisch, schien mich nicht richtig zu verstehen. »Als ob du ihn kontrollieren könntest.«

Mein Herz schlug ruhig in meiner Brust. Ich schloss für einige Sekunden die Augen. Erinnerte mich an die Momente zwischen Harvey und mir. Daran, dass jede unserer Begegnungen in gewisser Weise ein Machtkampf war.

»Nein«, flüsterte ich und sah sie wieder an. »Aber er mich auch nicht. Das ist der Unterschied zwischen uns. Du würdest nicht einen einzigen Fall in unsere Abgründe überleben.«

»Er wird dich benutzen«, erwiderte sie eisig, doch ich sah, wie ihre Lippen bebten. Wie die Angst durch ihre Adern floss und sie daran hinderte, andere Dinge zu tun, als mir lediglich all diese Worte an den Kopf zu werfen. Worte, von denen sie dachte, dass sie mich treffen und verunsichern würden. Doch nichts von alldem war mir neu. Ich wusste, worauf ich mich einließ. Mir war klar, dass Harvey mir nie das geben könnte, wonach sich ein kaum sichtbarer Funke in mir sehnte. Er würde meine Dunkelheit nicht durchbrechen. Niemals.

»Halt den Mund, Melanie«, knurrte Harvey und kam einen Schritt auf uns zu. Ich sah, wie er die Waffe umfasste und sie von der Tischplatte zog.

»Schluss mit den Spielchen. Geh aus dem Weg, Red. Das hier ist Cavendishs Job«, mischte sich auch Jackson ein und wollte nach meiner Schulter greifen, um mich von Melanie wegzuzerren. Raus aus der Schusslinie.

Doch meine freie Hand war längst in meine Manteltasche geglitten, den ich offen trug. Hatte die Kappe der Spritze bereits gelöst, als ich sie hinauszog und sie ihm in die Haut rammte. In letzter Sekunde das Narkotikum injizieren konnte, bevor er fluchend seinen Arm wegzog. Mich hasserfüllt ansah.

»Was ist das, Red?«, schrie er mich an und zog die Spritze aus seinem Arm, die noch darin steckte. Warf sie wütend auf den Boden.

Sein nutzloser Bodyguard wollte auf mich losgehen, doch Harvey hatte längst die Waffe auf ihn gerichtet. Ich hörte, wie er sie durchlud.

»Keine Panik. Nichts, was dich umbringen wird, wenn ich

dich nicht rette, Jax. Ich denke nur, ein kleines Schläfchen wird dir dabei helfen, dich zu entspannen.« Ich schenkte ihm ein flüchtiges Lächeln, als ich bereits die ersten Anzeichen der Wirkung sah.

Er wusste, dass es sinnlos war, jetzt auf mich loszugehen. Stattdessen stützte er sich am Schreibtisch ab, ging langsam herum und ließ sich auf Harveys Bürostuhl sinken. Jackson wusste, dass er dagegen nicht ankämpfen konnte.

Ich mochte ihnen allen körperlich unterlegen sein, doch ich hatte gelernt, meine Chancen zu nutzen. Wusste, wann ich diese Mittel einsetzen konnte und wann es nutzlos war. In Jacksons Anwesen brachten mir all die Spritzen, Medikamente und Gifte nichts, die in ihrem Versteck lagerten. Dort waren zu viele, die auf einen Fehler von mir warteten.

Doch hier wusste ich genau, was ich tat.

»Können wir gehen?«, ertönte Harveys Stimme in meinem Rücken und ich sah flüchtig zu ihm. Er richtete die Waffe noch immer auf Jacksons Typen, der ihn mordlustig ansah. Harvey beobachtete jede seiner Regungen.

Ich hob beiläufig die Spritze auf, die Jackson auf den Boden geschmissen hatte. Biss mir auf die Unterlippe, als ich den letzten Rest sah, der noch drin war. Ich zog die Nadel ab, die noch drauf steckte, und entfernte die einer anderen Spritze, die in der Manteltasche verborgen lag. Ihr Inhalt allerdings würde den Tod bedeuten. Ich wollte sie nicht nutzen.

Ich steckte die saubere Nadel auf die Spritze, die noch zu einem Drittel gefüllt war. Ignorierte, dass der andere Behälter gerade in meiner Tasche auslief. Der dunkle Mantel würde den Fleck verbergen.

»Livia?« Harvey erinnerte mich daran, dass nicht mehr viel Zeit blieb.

Jacksons leises, unkontrolliertes Lachen verriet, dass er jeden

Moment völlig im Land der Träume versinken würde. »Irgendwann wirst du merken, dass der Teufel gegen eine Hexe machtlos ist, Cavendish.«

Als Harvey seine Worte verstand, sah er zu mir. Die Waffe noch immer auf Jacksons Begleiter gerichtet. Ich sah das Misstrauen in seinem Blick, die Berechnung. Doch bevor er erfassen konnte, was ich tat, stand ich vor ihm und griff nach seinem Handgelenk mit der Waffe, stach die Nadel in seine Vene und spritzte ihm den Rest Narkosemittel. Dann zog ich die Waffe aus seinen Fingern und schoss dem nutzlosen Aufpasser, ohne zu zögern, ins Knie. Er sackte fluchend auf den Boden.

Harvey packte mit einer Hand meinen Oberarm, mit der anderen mein Kinn. »Was soll das, Livia?« Seine tiefe Stimme klang bedrohlich, ließ mich einen Moment erschaudern, doch meine Finger schlossen sich fester um die Waffe in meiner Hand.

»Ihr verhandelt über mich, als wäre ich eure Ware. Der Preis, den man zahlen muss oder gewinnen kann. Das bin ich nicht, Harvey«, hauchte ich und berührte für den Bruchteil einer Sekunde seine Lippen. »Ich lasse mich nicht zum Spielball für eine Tote machen. Und solange dein Herz das nicht begreift, wirst du immer wieder einstecken müssen. Ich kann dich nicht aufhalten, aber ich werde auch nie nach deinen Regeln spielen.«

Sein Griff wurde lockerer. Er würde nicht so wegtreten wie Jackson. Dafür war die Dosis zu gering. Aber er würde die Kontrolle verlieren.

Ein Schuss hallte ohrenbetäubend durch das Büro. Melanie schrie, stolperte einen Schritt von der Tür zurück, bis zu der sie es geschafft hatte. Achtlos hatte ich in das Holz geschossen. Sah nicht einmal zu ihr. »Nächstes Mal treffe ich.«

»Livia ...« Harveys Stimme war nur noch ein Flüstern, als er zu wanken begann und auf die Knie sank. Sich gegen den Sichtschutz des Schreibtisches lehnen musste.

Ich beugte mich zu ihm hinab. Dieses Mal war ich diejenige, die sein Kinn umfasste. »Ich habe mich dazu hinreißen lassen, in meiner Vergangenheit zu wühlen, um dir diese Akte zu besorgen. Ich habe dir mehr von mir gezeigt als jemals jemandem zuvor. Und du jagst noch immer dieser Sache nach, ohne nach links und rechts zu sehen. Nur stehe ich mitten in deinem Weg, Harvey.« Ich hauchte einen flüchtigen Kuss auf seine Lippen. »Denkst du, du bist gut genug, dass ich für dich berechenbar bin?« Lächelnd richtete ich mich auf. Wandte mich von Harvey ab und ging auf Melanie zu, die sich mit dem Rücken an die Bürotür presste. Sie überragte mich, doch ich sah die Panik in ihren Augen.

»Ich werde niemandem etwas sagen«, brachte sie mit Mühe über die Lippen.

»Stimmt. Dafür würde mein Bruder sorgen, sobald er aufwacht. Vielleicht auch Harvey, wenn er wieder kann«, sagte ich gelassen und musterte sie, spielte mit der Waffe in meiner Hand. Lud sie erneut durch. »Aber niemand von euch scheint zu denken, dass ich es tue.«

Ein erneuter Schuss hallte durch das Büro. Doch in meinen Ohren klang er dumpf und weit weg.

Die Kugel traf direkt ihr Herz. Ich wusste, wohin ich zielen musste. Verzog keine Miene, als ihr Körper leblos neben der Tür zu Boden sank.

Jackson hätte sie ohnehin getötet. Sie hatte zu viel gesehen und gehört. Es war unausweichlich. Nun diente sie immerhin noch dazu, ihm und Harvey meinen Standpunkt zu verdeutlichen.

»Wir sehen uns später, Harvey.« Ich drehte mich noch einmal zu ihm um, schenkte ihm ein letztes Lächeln und öffnete die Bürotür, klemmte die Waffe unter den Taillengürtel meines

Kleides, schloss den Mantel und verließ das Büro ohne ein weiteres Wort.

***

Eine Stunde lag ich auf dem Bett in seinem Apartment, starrte an die Zimmerdecke, die Waffe auf dem Nachttisch neben mir. Die blutigen Klamotten hatte ich in seinem Bad gelassen, mein nasses Haar tränkte das Kissen. Ich trug eines seiner Shirts, um die Spuren zu verbergen.

Mein Herz schlug so ruhig, wie schon lange nicht mehr. Doch ich konnte mich nicht erinnern, wann ich mich zuletzt so leer gefühlt hatte. Nicht ihretwegen. Es waren die letzten Wochen. Harvey und ich fanden kein Miteinander. Es waren nur flüchtige Momente. In uns beiden tobte ein Sturm, der uns immer wieder einholte.

Wir gingen gemeinsam durch die Dunkelheit, doch sobald wir die Hand des anderen fanden, kam der nächste Abgrund. Seiner. Meiner. Es spielte keine Rolle.

Denn wir fielen allein.

Kapitel 25

Harvey Cavendish

Gebrochene Menschen wie Livia waren gefährlich.
Sie zeigten dir, wie sich die Hölle tatsächlich anfühlte.

ICH HATTE VERSTANDEN.

Livia hatte zwar eine merkwürdige Art, ihre Wünsche mitzuteilen, aber ich wusste, worauf sie hinauswollte. Was sie getan hatte, grenzte an Wahnsinn, aber Livia war jemand, der permanent seine Grenzen austestete, der wissen wollte, wie weit man gehen konnte, ohne mit dem Leben bezahlen zu müssen.

Jackson kam langsam zu sich, stöhnte in den Teppich.

Ich griff nach dem Handy, wählte Dickys Nummer. Er hob beim dritten Mal ab.

»Was gibt's?«

»Ich brauche deine Dienste. Mein Büro, letztes Stockwerk, in zwei Stunden. Beseitige die Leiche und sämtliche Spuren.« Es war nicht das erste Mal, dass Dicky die Drecksarbeit erledigte. Für ein nettes Sümmchen war er bereit, einiges zu tun.

Ich legte auf und exte den Whisky, bevor ich an Jackson vorbeiging. »Sobald du wach bist, verschwinde aus meinem Büro. Ich kann es nicht leiden, wenn sich fremde Menschen ohne meine Erlaubnis hier aufhalten.«

Er gab ein Brummen von sich und versuchte aufzustehen,

aber es gelang ihm nicht. Seine Muskeln waren erschlafft und ich wettete, er wollte Livia würgen wie einen Truthahn.

Ich warf einen letzten Blick auf Melanie, ihr blutüberströmtes Gewand und den entsetzten Ausdruck auf ihrem Gesicht. Sie hätte überleben können, aber sie hatte sich mit der Falschen angelegt. Das sollte man wissen, wenn man es mit Livia zu tun hatte.

Ich ging zum Aufzug, drückte den Kopf und strich meinen Anzug glatt. Livia würde noch erkennen müssen, dass nichts ohne Konsequenzen blieb, egal, welche Botschaft in ihren Taten versteckt war. Sie wollte kontrolliert werden? Das konnte sie haben. Das Fass war übergelaufen. Showdown.

Eine halbe Stunde später betrat ich meine Wohnung. Ohne nachzusehen, wusste ich, dass sie hier war. Es war die Präsenz, die sie ausstrahlte, der Geruch, der sich in meiner Nase festgesetzt hatte. Ich schälte mich aus dem Anzug, ging ins Bad und sprang unter die Dusche. Heute hatte sie mich überreizt, sie würde die Konsequenzen dafür tragen, auch wenn sie sich nicht mit ihren Emotionen auseinandersetzen wollte. Livia würde lernen, sich selbst zu kontrollieren; zuzugeben, dass sie nichts mehr wollte, als sich fallenzulassen.

Ich drehte den Wasserhahn zu, stieg aus der Dusche und trocknete mich ab. Meine Haut war rot, mein Innerstes glühte. Sie hätte den Teufel nicht aus seinem Versteck locken sollen. Seelenruhig ging ich nackt ins Schlafzimmer und knipste die Ecklampe an, die ein schummriges Licht auf das Bett warf. Gerade so viel, dass man Umrisse erkennen konnte, aber nichts Genaueres. Die Waffe lag auf dem Nachttisch. Ein Rascheln der Bettdecke folgte, ehe sich Livia zur Seite drehte, mich direkt ansah.

Ich sagte kein Wort, betrat den begehbaren Schrank und

schnippte mit den Fingern. Licht flackerte auf. Ich visierte einen separaten Schrank an, öffnete ihn und holte meine Fesseln hervor. Es war lange her, dass ich sie benutzt hatte. Vorsichtig strich ich über das Leder, stellte mir vor, wie ich es um Livias Haut band.

Ich schloss die Schranktüren und ging zurück ins Schlafzimmer. Livia hatte sich halb aufgesetzt, ließ den Blick von meinem Gesicht hinabgleiten. Mit Genugtuung stellte ich fest, dass ihr die Situation nicht so egal war, wie sie es gern hätte. Finger für Finger krallte sich um die Decke, sie sagte kein Wort.

»Rutsch zum Ende hinauf«, befahl ich ihr mit rauer Stimme, bevor ich näher zum Bett kam.

Der übliche Funken Trotz glomm in ihren Augen auf und sie rührte sich nicht. Ich ließ die Fesseln auf die Decke fallen, meine Hand schoss nach vorn und packte ihr Kinn. Ihr Atem traf auf mein Gesicht, eine Mischung aus Alkohol und etwas Süßlichem.

»Ich habe verstanden, Livia«, raunte ich an ihren Lippen. »Auch wenn deine Art, es zu zeigen, mörderisch ist. Du willst kontrolliert werden? Willst, dass dich jemand lehrt, mit deinen Emotionen umzugehen? Ich hoffe, du bist eine hörige Schülerin.«

Sie biss sich auf die Unterlippe, zögerte.

»Rauf. Zum. Bettende«, presste ich hervor und ließ sie los. Dieses Mal gehorchte sie, rutschte nach oben und lehnte sich mit dem Rücken dagegen.

»Ich lasse mich nicht schlagen«, flüsterte sie und das Beben in ihrer Stimme passte überhaupt nicht zu der skrupellosen Braut, die ohne mit der Wimper zu zucken jemanden erschossen hatte. Es hatte mich einige Zeit gekostet, um hinter ihre Maske zu blicken. Gefallen ist sie erst in meinem Büro. Sie zeigte ihre Schwächen nur bei mir; nur jemandem, dem sie tief in ihrem Inneren vertraute, auch wenn sich ihr Monster dagegen wehrte.

Ich kniete mich über sie, strich mit dem Leder über ihre Haut, während ich sie sanft küsste und gleichzeitig hart packte. Sie erbarmungslos kontrollierte. Weil es das war, was sie wollte.

»Du zeigst mir deine Grenzen, Livia. Aber wenn du nicht bereit bist, etwas zu opfern, wirst du nie erfahren, wie es ist, sich frei zu fühlen. Gib mir deine Hände.«

»Und wenn ich dich anfassen will?«, hauchte sie, strich über meinen Rücken, kratzte mich leicht.

»Du bist nicht diejenige, die jetzt Forderungen stellt. Gib mir deine Hände.«

Ich rückte ein wenig von ihr ab, blickte ihr in die Augen. So viel Angst, so viel Mut, so viele Bedenken. »Du beantwortest mir jetzt eine Frage. Ehrlich. Die Antwort entscheidet darüber, wie meine nächsten Schritte sind.«

Jetzt hatte ich ihre volle Aufmerksamkeit. Ihr Atem kam in keuchenden Stößen. »Okay.«

»Vertraust du mir?«

Das war eine Frage, mit der sie nicht gerechnet hatte, ich erkannte es an dem entsetzten Ausdruck in ihren Augen. Grün wie Gift.

»Antworte.«

Das war der Schritt, der darüber entscheiden würde, wer sie sein wollte. Wer sie bereit war, zu sein. Was sie bereit war, zu opfern.

»Ja«, hauchte sie.

Es war nur ein Wort, aber es ließ mich dermaßen hart werden, dass ich mich zusammenreißen musste, meine Pläne nicht über den Haufen zu werfen. Ich nahm einen langen Atemzug, griff nach ihrem Shirt und zog es ihr über den Kopf. Ich beugte mich nach vorn, strich mit meinen Lippen über ihren Hals, fühlte ihren Puls hart pochen.

»Harvey«, stöhnte sie, presste sich fester an mich, während

sie die Arme nach oben hob.

Ich ließ von ihr ab, nahm die Fesseln und wickelte sie um ihre Handgelenke, fixierte sie am oberen Teil des Bettes. Sie lag vor mir, streckte mir den Oberkörper entgegen. Ich fuhr die Konturen ihrer Rippen nach, streifte über ihre Brüste hinunter zu ihrem Bauch. Livia erschauderte, wimmerte leise. Sie hasste es, mir ausgeliefert zu sein, und gleichzeitig liebte sie es.

»Wehr dich nicht gegen mich«, raunte ich und wanderte weiter über ihren Venushügel. »Lass dich fallen..«

Sie schloss die Augen, verkrampfte sich, als würde der rationale Teil in ihr versuchen, sie zur Vernunft zu bringen. Ich schob mich nach unten, küsste sie vom Bauch hinab zu ihrer Klit. Sie war so warm, so feucht. »Lass es zu.«

Ich schob meine Hände unter ihren Arsch. Zog sie näher zu mir, tauchte meine Zunge wieder und wieder in sie. Ich verlor mich völlig in ihr, schmeckte sie, reizte sie, trieb sie nahe an ihren Höhepunkt. Sie wand sich, zerrte an den Fesseln, schlang die Beine um mich. Als sie kurz davor war, zu kommen, zog ich mich zurück.

Ein erstickter Schrei entfuhr ihr. »Nein, nicht!« Verzweifelt hob sie ihr Becken an, aber ich hielt sie auf der Decke.

»Lass dich fallen, Livia.«

»Das tue ich doch«, murrte sie, ließ sich kraftlos nach unten sinken.

Ich schob mich über sie, drückte meinen Schwanz gegen ihre Klit. Eine kurze, aber kraftvolle Bewegung, die sie weiter anheizte. Sie presste die Lippen aufeinander, versuchte, ein Stöhnen zu unterdrücken. Ich knabberte an ihrem Kinn, fuhr mit den Lippen über ihre, so lange, bis sie weicher wurden und sie mich einließ. Ich küsste sie. Tiefer. Intensiver. Härter.

Zitternd presste sie ihr Becken gegen mich, schrie förmlich nach Erlösung.

Ruckartig stoppte ich, hielt völlig still, löste mich von ihrem Mund.

»H-Harvey …«, stöhnte sie leise, versteifte ihre Oberarme, als sie an den Fesseln zog.

»Ja?« Ich wanderte wieder nach unten, zog mit meiner Zunge eine Spur über ihren Bauch hinab zu ihrem Venushügel.

»Ich vertraue dir.«

Mir war klar, wie schwer ihr das fiel. Wie viel Kraft es sie kostete, es laut auszusprechen. Lächelnd nahm ich ihre Klit in den Mund, saugte daran, während ich einen Finger in ihre Nässe schob. Das war zu viel.

Sie bäumte sich auf, zuckte, explodierte in tausende Teile.

Ihr Schrei hallte in meinen Ohren wider, brachte mich selbst dem Abgrund nahe. Ich war so kurz davor, mich gehen zu lassen. Keuchend verkrampfte ich mich, kämpfte gegen den Drang, sie mit einem einzigen heftigen Stoß zu nehmen. Schweißperlen traten auf meine Stirn, meine Oberarmmuskeln bebten.

Ich robbte nach oben, löste sie von ihren Fesseln, vergrub meine Finger in ihrem leicht feuchten Haar.

»Wir sind noch nicht fertig mit der Lektion, Babe«, knurrte ich, ließ es zu, dass mich die Dunkelheit überrollte. Sie gehörte mir.

»Du bist verrückt«, flüsterte sie, öffnete die Augen, sah mich mit einem verklärten Blick an. »Völlig verrückt.«

»Deswegen passen wir so gut zusammen. Komm her.«

Kraftlos hievte sie sich auf, schlang die Arme um meinen Hals. Ich hob sie auf meinen Schoß, drehte uns zur Seite, sodass sie auf mir saß, während ich auf dem Rücken lag.

»Und jetzt?«, hauchte sie, stützte sich mit den Händen auf meinem Oberkörper ab. »In dieser Position sieht es schlecht für deine Macht aus.«

»Du vergisst eines: Ich stelle die Forderungen. Setz dich auf mich.«

Sie verzog die Lippen zu einem sadistischen Grinsen. »Das habe ich doch schon, Harvey.«

»Livia«, knurrte ich. »Wenn du nicht gehorchst, fessle ich dich wieder ans Bett und versohle deinen Arsch so hart, dass du morgen nicht mehr sitzen kannst.«

Ihre Miene wurde ernst, ihre Brüste hoben und senkten sich. Sie hob ihr Becken an, umfasste meinen Schwanz und ließ sich auf ihn gleiten.

Ich presste die Kiefer aufeinander, packte sie an der Hüfte, ohne sie nach unten zu drücken. Als ich endlich vollständig in ihr war, wollte ich nichts anderes, als sie hart zu nehmen. Wieder und wieder.

»Ich habe dir gezeigt, wie es sich anfühlt, die Kontrolle abzugeben, Livia. Tu es wieder. Gib sie ab.«

»Wie?« Ihre Stimme war leise, ein unsicherer Unterton schwang darin.

Ich brachte mich in die Senkrechte, umschlang sie, drückte sie fester auf mich. Sie keuchte leise, stützte sich mit ihren Händen auf meine Schultern. »Lass dich führen. Komm schon, lass es zu.«

Sie kam näher, küsste mich. Zaghaft. Unschuldig. Als wäre das eine völlig neue Erfahrung. Ich schob meine Hände zu ihrem Hintern. »Beweg dich.«

Sie begann, mit dem Becken zu kreisen, während ich ihren Arsch anhob, ihren Körper leicht wegdrückte und mich in ihr versenkte. Sie legte den Kopf in den Nacken, fuhr mit ihren Händen über meinen Rücken. Ich nahm einen Nippel zwischen meine Zähne, zog leicht daran, leckte ihn, während ich mich wieder und wieder in sie schob. Quälend langsam, Zoll für Zoll.

»Hör nicht auf«, bettelte sie, wollte ihr Tempo beschleunigen, aber ich hielt sie fest.

»Meine Regeln«, stellte ich klar, hielt sie an mich gepresst, sodass sie sich nicht rühren konnte. Es pochte in ihrem Inneren, so fest, dass ich jederzeit explodieren könnte. Diese Hexe.

Als sie sich wieder entspannte, setzte ich das Spiel fort. Ich gab ihr Zeit, ließ ihr Raum. Zog sie näher, schob sie von mir weg und holte sie wieder zu mir.

Sie umfasste mein Gesicht, presste ihre Lippen auf meine, stöhnte in meinen Mund. Ich hielt es keine Sekunde länger aus, grub meine Finger in ihren Hintern, versenkte mich mit einem letzten harten Stoß in ihr. Jemand stöhnte auf. Ich wusste nicht, ob ich oder sie. Ein leiser Schrei, wie von weit weg, ihr Körper so fest an meinen gepresst, dass mir die Luft wegblieb.

Ich ließ mich nach hinten fallen, zog Livia mit mir. Der Raum drehte sich, mein Schwanz hörte nicht auf, zu zucken. Zitternd barg sie ihren Kopf an meinen Hals, ihr heißer Atem prallte gegen meine Haut. Keine Ahnung, wie viel Zeit verging, bis sich unser Atem normalisiert hatte.

»Du hast verstanden, Harvey«, flüsterte sie, drückte ihre Lippen gegen meinen Hals.

Ich strich über ihre Haare. »Du glaubst, das war alles, Süße?« Sie quietschte auf, als ich mich über sie rollte und die Unterarme rechts und links von ihrem Gesicht abstützte. »Wir haben erst angefangen.«

***

Zwei Tage später, nachdem ich einen Anruf von Jackson erhalten hatte, fuhr ich die kiesgesäumte Auffahrt zu seinem Möchtegern-Anwesen hinauf. Ich war gespannt, ob er Livia verziehen hatte. Dabei sollte er doch am besten wissen, wie schwer es war, seine Schwester zu zähmen.

Erregung durchfuhr mich, als ich an die letzte gemeinsame Nacht mit ihr dachte. Nicht jeder war dafür gedacht, Livia zu zähmen. Ich schon. Und ich konnte kaum erwarten, ihr etwas Neues beizubringen.

Wie immer warteten uniformierte Typen auf mich, tasteten mich ab, ehe ich nach drinnen ging. Der Einzige, für den ich hier Sympathie hegte, war der Butler. Ein verschrobener alter Kerl, der vermutlich schon zu viel gesehen hatte, um irgendwie erstaunt zu sein. »Mr. Cavendish, Sie werden in der Bibliothek erwartet.«

»Nicht im Arbeitszimmer?«

»Nein, Sir.«

Ich hob eine Augenbraue. Der Kerl interessierte sich für Bücher? Nach außen hin wirkte er so, als würde er keine Seite schaffen.

Ich folgte dem Butler in den ersten Stock, der mit einem dunkelroten Teppichboden ausgelegt worden war. Perfekt, damit man keine Blutspritzer sehen konnte. Jackson war praktisch veranlagt.

Obwohl ich damit gerechnet hatte, hier irgendwo auf Livia zu treffen, gab es kein Anzeichen dafür, dass sie wirklich hier war. Ob ihr lieber Bruder die Leine mittlerweile verlängert hatte?

»Wenn ich noch etwas für Sie tun kann, lassen Sie es mich wissen«, verabschiedete er mich an der Tür, bevor ich eintrat.

Deckenhohe Regale, dicke Wälzer und der unverkennbare Geruch nach Zigarren empfingen mich. Jackson stand neben dem Fenster, hatte die Hände in den Hosentaschen vergraben. Er blickte nicht zu mir.

»Wie schön, dass du es einrichten konntest.« Der Zynismus in seiner Stimme war unüberhörbar. Ich sah ihm von weitem an, dass er noch immer an der Niederlage in meinem Büro zu knabbern hatte. Von der eigenen Schwester ausgeknockt ...

»Was willst du?« Ich schlenderte zum Sideboard, studierte die drei Karaffen und entschied mich nur nach meiner Nase. »Du hast doch nichts dagegen, oder?«

»Bediene dich nur. Ich wäre allerdings vorsichtig, ob Livia nicht ihre Finger im Spiel hatte. Rattengift wäre ihr zuzutrauen«, sagte er gedehnt.

Ich blickte zu ihm, während ich mir ein Glas einschenkte. Das Plätschern war Musik in meinen Ohren. Eine Augenbraue hob sich, als er mich abscannte. Er wusste nicht, wie er mich einschätzen sollte. Obwohl dieser Scheißkerl seit Jahren im Drogenbusiness unterwegs war, unterliefen ihm noch immer Anfängerfehler, was seine Gestik und Mimik anbelangte.

»Du wirst etwas für mich erledigen.« Er nahm sich seinen Sessel, schob ihn neben den Kamin und setzte sich hin, ohne mich aus den Augen zu lassen.

»Wenn es um Livia geht, werde ich passen. Sie lässt sich weder einsperren noch braucht sie einen Wachhund.«

Er knackte mit den Knöcheln, seine Miene fror ein. »Wie sie ja eindrucksvoll bewiesen hat, richtig? Lehn dich nicht zu weit aus dem Fenster.«

»Wir hätten wissen müssen, dass Livia sich einmischen würde. Auf die eine oder andere Art. Leider neigen wir dazu, sie zu unterschätzen«, stichelte ich weiter. Ich wollte ihn aus der Reserve locken, wollte wissen, wie weit ich gehen konnte, bis er explodierte. Aber er blieb ruhig, auch wenn mich seine Haltung an eine Statue erinnerte.

»Livia ist meine Sorge, nicht deine. Es geht um einen Fall.«

Das wunderte mich nicht. Dafür brauchte er mich schließlich: Um seine Schäfchen ins Trockene zu bringen, wenn sie bereits vom Regen erwischt worden waren. »Um wen geht es?«

»Winchesters Verhandlung«, entgegnete er. »Ich will nicht nur, dass du ihn vertrittst, ich will auch, dass du für einen Freispruch sorgst.«

»Warum?«

Jackson ließ den vergoldeten Kugelschreiber zwischen seinen Fingern rollen. »Was weißt du über Winchester?«

Er wollte mich testen. Wie weit konnte ich gehen? »Staatsanwalt, keine ernstzunehmende Konkurrenz, vermutlich in Drogengeschäfte verwickelt.«

Jackson legte den Kugelschreiber ab und verschränkte die Finger ineinander, bevor er mit dem Kopf auf den Sessel ihm gegenüber deutete. Ein klares Zeichen dafür, dass dieses Gespräch länger dauern würde.

Ich nahm den Whisky mit und ließ mich nieder, behielt meine Maske aber auf, obwohl ich wissen wollte, was dieser Wichser vor mir verbarg.

»Du hast dich für diesen Fall als würdig erwiesen, Cavendish. Mach weiter so, vielleicht wirst du irgendwann meine rechte Hand werden.«

Ich zuckte nicht einmal mit der Wimper. »Wer sagt, dass das mein Ziel ist?«

»Du spielst gern, das könnte dich eines Tages den Kopf kosten. Also, Winchester ... Der Grund, warum ich ihn draußen haben will, ist seine Verbindung zu den Drogenlieferanten.«

»Er arbeitet für dich?«

Jackson lachte auf. »Ich habe noch Anforderungen an meine Schäfchen. Winchester eignet sich höchstens als Informant in der Staatsanwaltschaft, für mehr aber auch nicht. Nein, ein wichtiger Geschäftspartner von mir will ihn. Lebend.«

»Gut. Meine Aufgabe ist es, ihn auf freien Fuß zu bekommen, und deine, ihn danach zu schnappen?«

Er lächelte. »So in der Art. Mein Geschäftspartner hat großes Interesse an ihm. Obwohl er ein einfältiger Wichser ist, hat er Kontakte und Informationen, die von Nutzen sein können, um ein Imperium zu erweitern.«

»Und dieser Geschäftspartner ist so ein großer Fisch, dass es sich lohnt?«

Etwas in Jacksons Miene veränderte sich. Gier flackerte in seinen Augen auf. »Du hast bestimmt schon von Dexter Harris gehört, oder?«

Kapitel 26

Livia Moriarty

Harvey war das Feuer, mit dem ich spielte.
Unberechenbar und gefährlich. Genau, wie ich es liebte.

ICH BLICKTE AUF die Frauenleiche, die vor mir auf dem Obduktionstisch lag. Man hatte sie gestern nackt aus einem Fluss gezogen. Tödliche Schussverletzung direkt ins Herz. Sie war erst einige Zeit nach ihrem Tod ins Wasser geworfen worden. Das Projektil war entfernt. Kaum Abwehrverletzungen. Hämatome zeugten davon, dass sie festgehalten worden war. Von jemandem mit ungeheurer Kraft.

Für einen kurzen Moment lief Melanies Tod wie ein Film in meinem Kopf ab, ehe ich ihren Körper mit einem weißen Tuch bedeckte und mir die Handschuhe abstreifte, sie achtlos in den Müll warf. Der weiße Schutzkittel folgte.

Zwei Tage waren seit der Nacht mit Harvey vergangen. Noch immer durchfuhr mich dieses Kribbeln, wenn ich daran zurückdachte. Mein Herz schlug für ein paar Sekunden in einem schnelleren Takt.

Er tat das mit mir, was ich vorher nie bei jemandem zugelassen hatte – er führte mich. Auf eine Art, wie es für viele unverständlich sein mochte, doch es half mir. Für den Augenblick war es die einzige Ebene, auf der ich es zulassen konnte. Und auch wenn ich wusste, dass es andere Situationen in meinem Leben gab, wo ich jemanden wie Harvey brauchte, so war ich hiermit zufrieden.

Er war stark genug, mich zu zwingen, die Kontrolle ein stückweit abzugeben. Schreckte nicht vor mir zurück, ließ sich von mir herausfordern, ohne selbst die Beherrschung zu verlieren. Harvey war berechnend, weniger impulsiv als ich.

Vielleicht würde er irgendwann wissen, wie man mich hielt, wenn ich bereit war, die selbstauferlegten Ketten fallenzulassen.

Mit einem Lächeln auf den Lippen verließ ich den Obduktionssaal und holte Mantel und Handtasche aus meinem Büro.

Jackson hatte seine Bewacher abgezogen, nachdem ich ihn und seinen Bodyguard verletzt und danach Melanie getötet hatte. Er schien begriffen zu haben, dass er mich auf diese Weise nicht ändern würde. Nicht beschützen konnte. Er machte mich nur unkontrollierbarer. Wenn Jax gewollt hätte, hätte er mich geknebelt und gefesselt in seinem Anwesen einsperren müssen. Doch tief in seinem Herzen war ich eben doch seine kleine Schwester. So ein harter Kerl er nach außen auch sein mochte, er liebte mich auf seine ganze eigene verquere Weise.

Als ich eine Dreiviertelstunde später Harveys Apartment erreichte, wusste ich, dass er nicht dort sein würde. Ich hatte mitbekommen, dass mein Bruder sich mit ihm treffen wollte, während ich arbeiten war. Vermutlich sorgte er sich, dass ich seine Pläne erneut durchkreuzen würde. So wie vor zwei Tagen. Doch insgeheim dankte ich ihm dafür, dass er mich an jenem Morgen für sein Spiel hatte missbrauchen wollen. Er hatte Harvey und mir ungewollt geholfen, einen Weg zu finden, auf dem es vielleicht funktionieren würde.

Eine Garantie gab es nicht. Niemals.

Der Aufzug hielt in Harveys Stockwerk. Ich zog gerade den

Apartmentschlüssel aus meiner Manteltasche, als ich fast mit jemandem zusammenstieß. In letzter Sekunde hielt ich inne und sah langsam zu dem älteren Herrn hoch, der mich im Gegenzug abschätzig musterte.

»Ich wusste nicht, dass er sich Frauen wie Sie nun schon in seine Privaträume bestellt«, stellte er nüchtern fest.

Fragend hob ich die Augenbrauen. Ich musste nicht an mir hinuntersehen, um zu wissen, dass ich sicher nicht wie eine Nutte aussah. Das Kleid hatte fast tausend Dollar gekostet, reichte mir fast bis zu den Knien und war eher verspielt als sexy. Ich sah alles aus, aber sicher nicht billig.

»Wie sollen Sie das auch wissen? Für Sie wäre ich unbezahlbar«, erwiderte ich süffisant und schenkte ihm das schönste Lächeln, das meine roten Lippen zu bieten hatten. Spielte währenddessen mit dem Apartmentschlüssel zwischen meinen Fingern.

»Ganz schön frech für eine, die Männer gegen Geld befriedigt«, legte er nach und schob seine Hände in die Manteltaschen. Für einen alten Mann war er ziemlich dreist. Ich würde ihn Anfang sechzig schätzen. Gräuliches Haar, perfekt zurückgekämmt. Stechendblaue Augen, die mich durchbohrten; auf eine verräterische Reaktion von mir warteten.

»Sie scheinen sich auf dem Gebiet ja bestens auszukennen, Mister«, gab ich zurück und machte keine Anstalten, einen Schritt beiseitezugehen oder mich an ihm vorbei zu Harveys Wohnungstür zu schieben. Stattdessen hielt ich seinem Blick stand und nahm die Herausforderung an.

Er wollte mich packen. Nach meiner Kehle greifen, wie Harvey es mit Vorliebe tat. Doch seine Reflexe waren genauso alt wie er. Vielleicht sah ich es auch kommen, weil seine Augen ihn längst verraten hatten. Mit einem leisen Schmunzeln wich ich seiner Hand aus.

»Ich würde aufpassen. Ihr Sohn ist sehr eigen mit mir. Er sieht es nicht gern, wenn andere mir wehtun.«

Der alte Mann musterte mich erneut. Ich sah die Wut in seinen Augen, hatte ihn verärgert. Doch viel mehr ärgerte er sich darüber, dass ich ihm entwischt war. Wenn es ihn überraschte, dass ich ihn erkannte, dann ließ er es sich nicht anmerken.

»Harvey war schon immer sehr besitzergreifend. Ich dachte nur, er würde es bei Frauen ablegen, die er bezahlt«, erwiderte er kalt.

»Mr. Cavendish, wir lassen dieses Spielchen jetzt, in Ordnung? Auch für Ihren Sohn wäre ich unbezahlbar«, beendete ich das Theater mit einem Kopfschütteln, als müsste ich ein Kind belehren. Dann schob ich mich an ihm vorbei.

Gerade wollte ich die Tür aufschließen, als er mich fest am Oberarm packte. So hart, dass ich schmerzhaft das Gesicht verzog und ihn über die Schulter hinweg ansah. »Lassen Sie mich los.«

»Ich wüsste nicht, was Sie in seiner Wohnung verloren haben, wenn er nicht zu Hause ist.«

»Und ich wüsste nicht, was Sie das angeht.« Meine Stimme war erstaunlich ruhig.

»Ich werde mit Ihnen auf ihn warten.« Er schien sich kurzfristig für diesen Plan zu entscheiden.

Mir entlockte er lediglich ein leises, verächtliches Schnauben. Das hatte mir gerade noch gefehlt. Ich hätte wissen müssen, dass es keine gute Idee war, wenn ich versuchte, so etwas wie Normalität in mein Leben zu bekommen.

»Und wenn ich Nein sage?«, fragte ich dümmlich und musste mein Lachen hinunterschlucken.

»Dann sterben Sie, Miss«, war seine knappe, kalte, aber ehrliche Antwort. Ich sah in seinen Augen, dass er es ernst meinte.

Es war dieser Ausdruck, den ich bei Harvey aufblitzen sah, wenn ich ihn bis an die Grenzen seiner Beherrschung trieb.

»Sie sind nicht der Erste, der mir damit droht.« Ich zuckte mit den Schultern, als wäre es kein wichtiges Thema.

Sein Griff um meinen Arm wurde noch fester. »Aufschließen.«

»Finger weg«, fauchte ich leise, als er immer grober wurde und mein Herz schneller schlug. Unbehagen breitete sich aus. Doch er ignorierte es.

Ich rollte mit den Augen, als ich meinen Blick abwandte und die Tür aufschloss. Er stieß mich in die Wohnung und warf das Holz hinter uns ins Schloss. Streifte sich den Mantel ab und drückte ihn mir in die Hand, als würde er nach Hause kommen.

Durchatmen. Ich musste einen kurzen Moment durchatmen. Dann ließ ich den Mantel achtlos auf den Boden in Harveys Flur fallen, zog meinen eigenen aus und hängte ihn an die Garderobe. Nach Melanies Tod hatte ich mich hier heimischer gefühlt. Ich hatte mich erneut nach diesem Gefühl gesehnt. Hatte wissen wollen, ob es sich noch einmal einstellen würde, wenn ich seine Wohnung betrat. Doch mir war klar, dass es nicht geschehen würde. Nicht heute.

Harveys Vater ließ sich in dem Ledersessel nieder und griff nach dem Whisky, der auf dem Beistelltisch stand. Schenkte sich etwas in das Glas daneben ein. »Sind Sie seine Ablenkung für Holly?«

Er fragte es beiläufig. So, als würde er mit mir über etwas Belangloses sprechen. Doch ich war mir sicher, dass er mich damit treffen wollte. Vielleicht war es auch ein Test, wie sehr es mich berühren würde. Ob es mich überhaupt berührte.

Für einen Moment ballte ich meine Hände zu Fäusten. Wusste, dass er es nicht sehen konnte. »Das sollten Sie Harvey fragen.«

Ich kontrollierte meine Wut. Lediglich ein Hauch Bissigkeit schwang in meiner Antwort mit, doch für ihn würde es reichen. Er erkannte es. Und ich hasste mich dafür, dass ich bei diesem Thema so ungehalten war. Dass meine perfekte Fassade jedes Mal bröckelte, wenn es um diese tote Frau ging, die keine Rolle mehr spielen sollte.

Etwas zu kraftvoll räumte ich die Sachen aus dem Kühlschrank auf die Arbeitsplatte. Ich hatte schon vor Dienstbeginn in der Pathologie eingekauft und es bei Harvey vorbeigebracht. Natürlich erst, als er bereits im Büro gewesen und vermutlich damit beschäftigt war, eine neue Assistentin zu finden.

Harveys Vater erwiderte nichts mehr.

Ich widmete mich der Suche nach den Küchenutensilien, die ich brauchte. Es sollte eigentlich keine große Sache werden. Dass der alte Mann nun hier war, brachte mich in die Versuchung, meinen Plan zu ändern und wieder zu verschwinden. Doch die Blöße wollte ich mir vor ihm nicht geben.

Ich betrachtete das Messer in meiner Hand einige Sekunden. Musste mich beherrschen, die Chance nicht zu nutzen. Doch letztlich begann ich, die Zutaten zu schneiden, und versuchte auszublenden, dass ich nicht allein in Harveys Apartment war.

Eine Stunde später warf ich einen flüchtigen Blick auf die Uhr. Der Alte hatte kein Wort mehr mit mir gesprochen. Ich auch nicht mit ihm. Der Duft nach gebratenem Rinderfilet zog durch die Wohnung. So, wie die Küche vorher ausgesehen hatte, war ich die Erste, die hier jemals kochte.

Ich strich mir eine wirre Haarsträhne aus der Stirn und lehnte mich an die Arbeitsplatte. Kam nicht umhin, über mein Verhalten den Kopf zu schütteln, während ich das Essen auf dem Herd betrachtete. Die Situation würde unter diesen Umständen wesentlich seltsamer wirken, als ich ohnehin befürchtet hatte.

In dem Moment, als die Wohnungstür aufgeschlossen wurde, blieb mein Herz stehen. Ich widerstand dem Drang, aus der Küche zu rennen und diese erste Begegnung zu beobachten. Doch ich hörte, wie Harvey abrupt stehenblieb. Ich vermutete, in dem Moment, als er seinen Vater sah.

»Was willst du hier und wie bist du in meine Wohnung gekommen?«

Ich musste nicht zusehen, um zu wissen, wie eisig die Stimmung war. Es war deutlich zu hören.

»Das ist keine angemessene Begrüßung nach einem Jahr.« Sein Vater musste sich aus dem Sessel erhoben haben. Seine Schritte erklangen auf dem Boden. »Wenn mir in New York zu Ohren kommt, dass sich mein Sohn im Untergrund von Chicago herumtreibt, bleibt mir keine andere Wahl. Was tust du hier, Harvey?«

»Nichts, was dich zu interessieren bräuchte«, erwiderte Harvey kalt. Schien sich nicht vom Fleck zu rühren. »Hast du deine Köchin aus New York gleich mitgebracht?«

Sein Vater lachte. Doch bevor er etwas erwidern konnte, trat ich aus dem Küchendurchgang und ließ meine Finger über die Klinge des Messers gleiten, das ich in der anderen Hand hielt.

»Erst degradiert mich dein Vater zu einer Nutte, jetzt du zu einer Köchin«, warf ich kühl ein und musterte Harvey. Sah die Irritation in seinen Augen, als er realisierte, dass ich tatsächlich hier war. Dass ich es war, die aus der Küche spazierte, als wäre es selbstverständlich, dass ich in seiner Wohnung war.

»Seit wann holst du deine Gespielinnen zu dir nach Hause?«, fragte ihn sein Vater.

»Was willst du hier?«, war Harveys knurrende Antwort.

»Jemand vom FBI sagte mir, dass er erpresst wurde, Hollys Akte zu kopieren. Ich gehe davon aus, dass du etwas damit zu tun hast.«

Stille.

Mein Herzschlag machte eine Pause, als müssten seine Worte erst auf mich wirken. Ich starrte ins Leere, in der Hoffnung, dass meine Augen nichts verraten würden. Harvey wusste, dass ich die Akte besorgt und einen FBI-Agenten erpresst hatte. Doch nicht, unter welchen Bedingungen; womit genau ich ihn erpresst hatte.

»Und das interessiert dich?«, fragte Harvey tonlos, sah mich nicht an.

»Keine Frau ist es wert, die Karriere für sie zu riskieren. Das solltest du gelernt haben. Aber es enttäuscht mich nicht mehr, Harvey«, antwortete sein Vater und baute sich vor ihm auf. »Mein Informant beim FBI hat mich allerdings gewarnt, dass ich ein Auge auf dich haben sollte. Die Dame, die ihn erpresst hat, könnte dich in große Schwierigkeiten bringen. Sie soll ... unberechenbar sein. Kaum vorzustellen bei einer Frau.«

Mein Herzschlag setzte wieder ein. Viel zu schnell. Kane kannte Harveys Vater. Er hatte ihn tatsächlich vor mir gewarnt. Vermutlich war es nicht allzu schwierig, herauszufinden, für wen ich die Akte besorgt hatte, wenn man sich mit dem Fall auseinandersetzte.

»Falls du sie kennst – die, die er Red nennt – verabschiede dich von ihr, Harvey. Kane wird das nicht auf sich beruhen lassen. Ein billiges Escort wird seine Karriere nicht zerstören, nur weil sie denkt, sie wäre unbezahlbar.«

Die tiefe Stimme des alten Cavendish ließ meinen Magen verkrampfen. Sein Blick wanderte langsam zu mir hinüber. Ich sah diesen Ausdruck in seinen Augen, den der Überlegenheit. Er wusste es genau.

»Und deine kleine Gespielin dort«, nickte er zu mir hinüber. »Hast du ihr gesagt, dass sie nie ein Ersatz für Holly sein kann?

Du solltest ehrlich zu den Frauen sein, die du dir nach Hause holst.«

Die Wut kochte in mir hoch. Ich umklammerte den Messergriff fester, presste die Lippen aufeinander. Nur langsam trat ich aus dem Bogen zur Küche und ging auf die beiden Männer zu.

»Sie sollten gehen, Mr. Cavendish.« Ich legte das Messer lautstark auf dem Wohnzimmertisch ab. Es war besser, wenn ich es nicht länger in der Hand hielt.

Er hatte recht. Ich würde nie ein Ersatz für Holly sein. Aber das wünschte ich mir nicht einmal. Wünschte mir stattdessen nichts mehr, als dass Harvey mich sah und sie endlich zu seiner Vergangenheit machte. Und das, obwohl ich nicht wusste, ob es je geschehen würde.

»Sie jagen einem Mann hinterher, der seine große Liebe und sein ungeborenes Kind verloren hat. Geben Sie auf.« Er klang spöttisch, als er das sagte. Nicht betroffen von dem, was geschehen war. Er sagte es, um mich zu treffen. Und es gelang ihm.

Meine Kehle schnürte sich zu, meine Brust zog sich zusammen. Ich sah nur für den Bruchteil einer Sekunde zu Harvey, doch sein Blick verriet mir nichts.

Ich wusste nicht mehr, wo mir der Kopf stand. Woran ich zuerst denken sollte. Hatte es nicht in der Akte gestanden? In ihrem Autopsiebericht? Hatte ich ihn nicht aufmerksam genug gelesen?

Tausend Fragen. Und ich wusste, dass es für den Moment keine Antwort auf sie gab.

Vor drei Tagen hätten meine Emotionen mich in diesem Augenblick überrollt. Ich hätte um mich geschlagen oder wäre geflüchtet. Raus hier. In den Untergrund. Hätte den Kick gesucht, den seelischen Schmerz und alle anderen Gefühle betäubt.

Doch in diesem Moment presste ich lediglich die Lippen aufeinander. Warf Harvey noch einen letzten Blick zu, ehe ich mich zwischen ihm und seinen Vater hindurchzwängte und hinter mir die Schlafzimmertür schloss.

Ich musste einige Male tief ein- und wieder ausatmen, während ich an dem Holz lehnte, um mein rasendes Herz zu beruhigen. Meine Zähne gruben sich so fest in meine Unterlippe, dass sich der metallische Geschmack von Blut in meinem Mund ausbreitete.

Meine Gefühlswelt war ein einziges Chaos. Das war sie schon immer gewesen. Doch seit Harvey Cavendish in mein Leben getreten war, war etwas hinzugekommen, das es einfacher oder unerträglich machen konnte. Und es machte mich wahnsinnig, dass es in seiner Hand lag.

Ich war nicht gegangen, hatte seinem Vater nichts angetan. War geblieben, obwohl es mich unendliche Überwindung gekostet hatte, nicht meinen Gewohnheiten zu folgen. Doch das Zittern meiner Finger und die Luft, die aus meinen Lungen presste, ließ mich nicht vollkommen ausbrechen. Es erdrückte mich und Tränen sammelten sich in meinen Augen. Es war zu viel.

Mein Zögern dauerte nur eine Sekunde. Es war das erste Mal, dass ich es überhaupt empfand. Aber es reichte nicht aus. Ich streifte die Schuhe ab, ließ das Kleid zu Boden sinken und ging in das angrenzende Bad.

Ich hatte Angst, wahnsinnig zu werden, wenn ich es nicht tat. Um mich zu schlagen und alles erneut zu zerstören. Diese Art des Schmerzes würde es erträglicher machen. Harvey würde mich nicht vor allem schützen können. Am wenigsten vor mir selbst.

Als ich hörte, dass die Schlafzimmertür aufging, stand ich in seinem Ankleidezimmer und streifte mir gerade ein graues Kapuzensweatshirt von ihm über. Es erinnerte mich an den

Untergrund. An den ersten Abend, an dem wir uns begegnet waren.

Nur zögernd drehte ich mich um, strich mein nasses Haar über eine Schulter. Doch ich hielt in der Bewegung inne, als sich unsere Blicke trafen.

Kapitel 27

Harvey Cavendish

Man könnte mich quer über das Spielfeld schieben,
aber ich würde niemals ein Bauer sein.

»HOLLY WAR NICHT schwanger. Unmöglich«, flüsterte ich und kam auf sie zu. »Das hätte sie mir gesagt.«

Livia wich ein paar Schritte zurück, bis sie gegen die Fliesen prallte, ihre Arme noch enger um sich schlang. Sie sagte kein Wort, ich konnte förmlich sehen, wie sie dagegen ankämpfte, von ihrem Kontrollwahn überrollt zu werden.

Ich wusste nicht, worauf ich mich zuerst konzentrieren sollte. Sie davon abzuhalten, durchzudrehen, oder sie daran zu erinnern, dass es in so einer Situation eine menschliche Reaktion war. Aber Livia und ich waren nicht menschlich im üblichen Sinne, wir waren anders. Hartgesottener. Brutaler. Genau deshalb fiel es uns so schwer, mit solchen Dingen umzugehen.

»Mein Vater ist Anwalt. Ein verdammt guter, das muss man ihm zugestehen, aber so gut, wie er seinen Job macht, so gut lügt er. Ich werde mich um ihn kümmern, aber nicht, bevor ich mich um dich gekümmert habe.«

Meine Stimme war ruhig. Livia erinnerte mich an ein verschrecktes Reh, sie krallte die Fingernägel so fest in ihre Haut, dass ich jederzeit mit Blut rechnete. Ich wollte nicht, dass sie litt. Eine völlig neue Erfahrung für mich … und scheiße, sie machte mir Angst. Ich begann, mich zu sehr um sie zu sorgen, und ich wusste, wo es enden würde. In meiner persönlichen Hölle, in der ich keinen Einfluss, keine Macht hatte. Die mich verschlang und nicht wieder ausspuckte. Trotzdem ging ich auf sie zu, fasste sie an den Schultern und zog sie zu mir.

Das war der Moment, in dem der Damm in ihr brach. Sie fauchte, begann, um sich zu schlagen, trommelte mit den Fäusten gegen meinen Oberkörper. Je mehr sie sich wehrte, desto fester hielt ich sie, ertrug ihren Ausbruch schweigend.

»Ich bin hier, Livia«, knurrte ich, hielt sie so fest, dass ich glaubte, ihre Rippen könnten brechen. Ihr Atem kam in hektischen Stößen, sie zitterte und brachte zeitgleich eine solche Kraft auf, die mich für ihre Statur wunderte.

Sie schlug um sich.

Sie kämpfte um ihre Kontrolle.

Aber ich würde nicht zulassen, dass sie wieder von ihr dominiert wurde.

»Sieh. Mich. An«, stieß ich hervor und obwohl ich damit rechnete, eine Faust zu kassieren, trat ich einen Schritt zurück. Meine Hände schossen nach oben, packten ihr Gesicht und hielten es fest. Strähnen hingen ihr über die Stirn, ihr Blick war fahrig. »Ich weiß, dass du kämpfen willst. Es gab Zeiten, in denen ich dieselben Reaktionen hatte wie du. Es ist okay, Livia, ich bin hier. Und ich gehe erst, wenn du dich beruhigt hast.«

Ich beugte mich nach vorn, küsste sie auf den Mund, sanft, zurückhaltend, damit sie sich nicht bedroht fühlte. Scheiße, ich wusste so verdammt genau, wie sie sich fühlte. Was in ihr vorging. Wie sehr sie dagegen anzukommen versuchte.

Ich wusste nicht, wie viel Zeit verging, bis ihr Atem endlich ruhiger wurde, das Beben ihres Körpers nachließ. Als ihre Arme erschlafften, zog ich sie wieder an mich, drückte ihren Kopf gegen meinen Oberkörper und legte mein Kinn auf ihren Haaren ab.

»D-Danke«, stammelte sie und ließ zu, dass ich sie hielt, dass ich sie auffing.

»Ich habe dir etwas versprochen, das halte ich«, gab ich leise zurück. Wir standen einige Sekunden in völliger Stille da, bis meine Pflicht mich daran erinnerte, dass mein Vater auf mich wartete. »Du musst gehen, Livia. Die Dinge, die ich mit dem Mistkerl zu klären habe, gehen nur mich etwas an. Notfalls werde ich aus ihm herausprügeln, wie er darauf kommt, dass Holly schwanger war.«

Ich lehnte mich leicht nach hinten, zog ihr Gesicht zu mir und küsste sie erneut. »Warte in deinem Apartment auf mich. Sollte dich Jackson abfangen, fahre ich zur Villa.«

»Okay«, hauchte sie, und das kleine Lächeln, das sich auf ihren Lippen bildete, traf mich bis in mein Innerstes.

Meine eigenen Dämonen wehrten sich heftig gegen diese Art von Nähe. Sie hatte nichts mit Lust oder Sex zu tun, sie ging tiefer. Mit jedem Mal, das ich sie davon abhielt, in ihre alten Muster zu verfallen, ging ich selbst einen Schritt näher zum Abgrund. Aber unten erwartete mich nicht die Dunkelheit, die ich schon kannte; in der ich gelernt hatte, sie zu genießen. Unten wartete der Tod.

***

Als Livia gegangen war, setzte ich mich auf die Couch, meinem Vater gegenüber, damit ich ihn besser im Blick hatte. Er hatte sich nicht verändert, war noch immer durch und durch ein Arschloch, das erkannte ich allein an seinem Blick.

»Was willst du hier? Sonst lässt du dich auch nicht blicken«, sagte ich stoisch in seine Richtung und erntete dafür ein Heben seiner buschigen Augenbraue.

Er überschlug die Beine, verschränkte die Finger ineinander und lehnte sich zurück. Seine blauen Augen strahlten eine solche Kälte aus, dass sie in der Lage war, meiner Konkurrenz zu machen. Der Apfel fiel nicht weit vom Stamm.

»Es geht nicht nur um die FBI-Sache mit Holly, es geht generell um sie«, erwiderte er gedehnt und schien es zu genießen, mich in der Hand zu haben.

»Lass uns eine Sache klarstellen ... Vater. Du bist hier in meiner Wohnung, in meinem Revier. Dort draußen ist ein herrlicher Balkon. Wir wollen doch nicht, dass du über die Brüstung fällst, richtig? So ein Sturz aus zig Stockwerken würde übel enden. Sprich oder fall, keine Spielchen.«

Er schürzte die Lippen und nickte mir anerkennend zu. »Dann habe ich dir wohl doch etwas beigebracht.«

»Wie man ein Arschloch wird, richtig. Was ist mit Holly?«

Er schien zu spüren, dass mir nicht nach Spielen war. Dass ich seinen Besuch so kurz wie möglich halten wollte.

»Wie schon gesagt, wurde mir mitgeteilt, dass jemand Hollys Akte durchgesehen hat. Ein Typ beim FBI, den deine kleine Spielgefährtin scheinbar in der Hand hat. Ich nehme an, sie hat dir die Akte gegeben. Der nette Mann hat mich vorher allerdings darüber informiert, dass sie sie will.«

Ich versteifte mich. »Warum informiert er dich darüber?«

»Du weißt, dass ich enge Kontakte zum FBI pflege. Unter anderem will ich über jede Bewegung informiert werden, die irgendetwas mit Holly zu tun hat.«

»Warum?«

Jetzt zögerte er.

Ich stand auf, ging zum Sideboard und nahm die Glock mit. Es war so verdammt verlockend, sie auf ihn zu richten und den

Scheißkerl endgültig zu vernichten. Seelenruhig setzte ich mich wieder hin und legte die Waffe neben mich. Er beobachtete jeden meiner Züge, regte sich aber keinen Zoll.

»Wie du weißt, kannten Holly und ich uns schon vor eurer Zeit.«

»Ja, ja, Dad, sie war Journalismus-Praktikantin bei dir, die Geschichte kenne ich zufälligerweise«, unterbrach ich ihn.

»Lass mich ausreden oder bring mich um, diese beiden Optionen hast du«, erwiderte er kalt.

In einer scheinbar wohlwollenden Geste erlaubte ich ihm, fortzufahren. Meine Nerven waren bis aufs Äußerste ausgereizt, wie immer, wenn Holly zur Sprache kam. Selbst nach zwei Jahren.

»Ja, Holly hat ein Praktikum bei mir gemacht, sie hat aber außerordentliches Talent bewiesen und mit ihrer Recherche dafür gesorgt, dass schwierige Fälle gelöst werden konnten. Das FBI bekam Interesse an ihr.«

Die Richtung, in die sich dieses Gespräch entwickelte, gefiel mir nicht.

»Sie wurde zu deren Informantin, noch bevor sie dich kennengelernt hat. Holly war gut, verdammt gut. Ich hätte nicht damit gerechnet, dass sie ihre Karrierechance in New York sausen lässt, nur weil sie sich in dich verliebt hat. Aber was soll's. Sie zog also nach Chicago, arbeitete hier heimlich weiter als Informantin. Sie war an Dexter Harris dran, so viel wusste ich, und ich war mir sicher, dass es nicht mehr lange dauern würde, bis er ihr in die Falle ging. Den Rest kennst du …«

Mein Herz schlug dumpf und langsam. Als wollte es mich mit jedem Schlag daran erinnern, dass ich noch lebte. Dass es kein Traum war. In meinen Ohren surrte es. Ich ballte die Fäuste und hielt mich nur mit Mühe auf der Couch. »Du wusstest die ganze Zeit, dass Holly eine Informantin war?«

»Ja. Und deswegen bin ich hier. Sie hat nicht dich ausspioniert. Im Nachhinein kann ich sagen, dass sie dich wirklich geliebt hat … und dafür mit ihrem Leben bezahlen musste.«

In den letzten beiden Jahren war ich mit so viel Leid, Schmerz und Wut konfrontiert gewesen, dass ich eigentlich gedacht hatte, dagegen abgehärtet zu sein. Dass es mir nichts mehr ausmachen würde, wenn mich jemand reizte. Dass Holly zwar ein Schwachpunkt war, den ich aber mit der Zeit gelernt hatte, zu kontrollieren.

Die Tage, in denen ich mich sinnlos besoffen hatte, von Bar zu Bar getorkelt war und Holly dafür verflucht hatte, mich benutzt zu haben, zogen wie in Zeitlupe an mir vorbei.

Ich hatte keine einzige Sekunde daran gedacht, dass nicht ich es war, den sie ausspioniert hatte. Keine einzige verdammte Sekunde.

Als ob mein Vater es liebte, mich mit der Vergangenheit zu quälen, fuhr er fort. »Ich habe nicht gelogen. Holly war zum Zeitpunkt ihres Todes in der sechsten Woche schwanger. Bevor du den Bericht erhalten hast, habe ich diese Information herausnehmen lassen.«

Erinnerungen überrollten mich. Holly, wie sie mich anlächelte, wie sie sich morgens unter der Decke verkroch, weil sie nicht aufstehen wollte. Holly, die bei jedem Film auf meiner Brust einschlief. Holly, die mich am Morgen ihres letzten Tages mit einem so strahlenden Blick angesehen hatte. Jetzt wusste ich, warum. Sie hatte mir sagen wollen, dass sie schwanger war.

Holly war schwanger gewesen.

Schwanger.

Mit meinem Kind.

Das war zu viel für mich. Ich stob von der Couch hoch, sprang über den Tisch und packte dieses Arschloch an der Kehle, drückte so fest zu, dass ich glaubte, jederzeit seinen Kehlkopf zu zerquetschen. Er riss die Augen auf, fuchtelte mit den Armen, versuchte, sich gegen mich zu wehren.

Ich sah nur noch rot, wollte, dass er litt. Genauso wie ich gelitten hatte.

»Zwei Jahre lang hast du mir dabei zugesehen, wie ich versucht habe, ihren Mörder zu finden«, brüllte ich. »Du hast deinem eigenen Sohn zugesehen, du verdammter Wichser!«

Ich drückte so fest zu, dass meine Arme zitterten. Sein Gesicht lief blau an, ein starker Kontrast zu seinen grauen Haaren. Ich genoss es, die Todesangst in seinen Augen zu sehen, saugte dieses Gefühl förmlich in mich auf. Aber ein Funken Verstand drang durch meine Wut hindurch. Mir war klar, dass mich sein Tod keinen Schritt weiterbringen würde, und wer wusste schon, ob ich dieses Schwein nicht noch brauchen könnte.

Ruckartig ließ ich von ihm ab, kam wieder auf die Beine und ging zum Sideboard. Dieses Mal, um mir einen Whisky zu holen. Meine Finger zitterten, als ich die Karaffe nahm und das Glas ungelenk befüllte. Kostbare Tropfen landeten auf dem Mahagoniholz, aber es war mir egal.

Sein Röcheln befriedigte mich. Ich ging zurück, setzte mich wieder auf meinen ursprünglichen Platz und sah ihm genussvoll dabei zu, wie er nach Luft rang. Seine Haare waren zerwühlt, seine Hand lag an der Kehle und er hustete.

Ich wartete, sagte kein Wort, trank das Glas auf ex. Die Flüssigkeit brannte in meinem Hals, zog eine Spur hinab zu meinem Magen.

»Du … hast … mich nicht ausreden lassen«, keuchte er und kam wieder in die Senkrechte, ein grimmiges Lächeln lag auf seinen Lippen. »Wie immer, wenn du deine Kontrolle verlierst.«

Der rote Schleier machte sich wieder bemerkbar, zog langsam vor mein Blickfeld. Ich wollte ihn umbringen. Jede Faser meines Körpers wollte ihn tot sehen.

»Hollys Schwester«, brachte er hervor, setzte sich aufrecht hin und nahm einige tiefe Atemzüge.

Mein Magen verkrampfte sich, erinnerte mich daran, dass mich meine Vergangenheit im Griff hatte.

»Was ist mit Alanna?«, knurrte ich und knallte das Whiskyglas auf den niedrigen Tisch vor mir. Nach Hollys Ermordung war sie ins Zeugenschutzprogramm gekommen, weil man davon ausgegangen war, dass Holly ihr etwas erzählt haben könnte. Alanna war nicht mehr sicher, denn jeder wusste, dass Dexter Harris dafür bekannt war, Leute kaltzumachen. Ich hatte in den zwei Jahren nie Kontakt zu ihr gehabt, zu groß war die Gefahr, dass jemand davon Wind bekommen würde.

Es war das erste Mal, dass ich so etwas wie Reue in Vaters eisblauen Augen aufblitzen sah. Ich wusste, wie sehr er Holly vergöttert hatte – wie eine Tochter, die ihm verwehrt geblieben war. »Alanna ist verschwunden.«

Kapitel 28

Livia Moriarty

Ich wollte nichts mehr als die Selbstkontrolle;
nichts mehr, als sie zu verlieren.

ER WAR NICHT gekommen.

Die ganze Nacht hatte ich in meinem Apartment gesessen und gewartet. Auf Harvey, wie er es versprochen hatte. Auf Jackson, von dem ich gedacht hatte, er würde mich eigenhändig zurück ins Anwesen zerren. Doch sie beide hatten mich allein gelassen. Bei dem einen berührte es mich nicht, bei dem anderen zerbrach es etwas, das ich gerade erst gefunden hatte.

Die Stunden in der Pathologie fühlten sich an wie eine Ewigkeit. Ich brauchte nicht immer wieder auf mein Smartphone zu sehen, wie es gewöhnliche Verliebte in meinem Alter taten. Zum einen, weil ich keine Liebe empfand, zum anderen, weil zwischen Harvey und mir nichts so war, wie es sein sollte. Wir hatten uns illegal Zutritt zum Apartment des jeweils anderen verschafft. Das sagte alles über unsere Beziehung.

Als ich nach der Arbeit in meinen Wagen steigen wollte, ließ ein Zettel an meiner Windschutzscheibe mich innehalten. Ich zog ihn hinter dem Scheibenwischer hervor und sah mich um, ehe ich ihn auseinanderfaltete.

Niemals hätte ich gedacht, dass du das, was du dir aufgebaut hast, für einen Mann riskieren würdest, Red.
Jetzt lässt du ihn das gleiche durchleiden, was er schon einmal erlebt hat.
Verabschiede dich, Red. Oder willst du auch ihm den Tod bringen?

Ich zerknüllte das Stück Papier zwischen meinen Fingern. Widerstand dem Drang, es einfach wegzuwerfen, aus Angst, jemand könnte es finden. Stattdessen schmiss ich es achtlos auf die Rückbank meines Wagens.

Mir war bewusst, von wem die Nachricht stammte. Harveys Vater hatte mich gestern bereits vorgewarnt. Ich kannte Kane. Er war wie ein Terrier, wenn er sich erst einmal festgebissen hatte. Das Risiko war mir bewusst gewesen, als ich mich dazu entschieden hatte, ihn mit dem Vorfall von damals zu erpressen, um an Hollys Akte zu kommen. Dass ich den Vorfall damals überhaupt überlebt hatte, hatte ich einem fremden Typen zu verdanken. Heute wusste ich, dass es jemand von Jacksons Leuten gewesen war.

Ich stieg in den Wagen und hielt inne. In meinem Kopf herrschte Chaos. Ich wusste nicht mehr, was ich tun sollte. Was richtig und falsch war. Für mich, für Harvey. Nachdem er sich letzte Nacht nicht an das gehalten hatte, was er mir versprochen hatte, wusste ich, dass es wahr sein musste. Ich brauchte kein weiteres Mal Hollys Akte durchzusehen. Selbst wenn es nicht drinstand, hatte sein Vater ihm beweisen können, dass es die Wahrheit war. Er hatte seine Liebe und sein Kind verloren.

Ich war nicht die richtige Frau, um dieses Schicksal verarbeiten zu können. War jene, die den Tod brachte.

Als ich den Wagen startete, wusste ich, wo mein Weg mich

nach einem kurzen Zwischenstopp in meinem Apartment hinführen würde. Der Untergrund hatte mich sicher bereits vermisst.

***

Die Kälte der Katakomben hüllte mich ein, als ich sie zum ersten Mal nach so langer Zeit betrat, doch ich genoss das Gefühl auf meiner Haut, atmete den vertrauten Geruch ein. Das hier war ein stückweit wie nach Hause kommen, auch wenn ich diesen Ort manchmal ebenso sehr hasste, wie ich ihn liebte. Doch vielleicht lag das in meiner Natur. Bei Harvey war es nicht anders.

Seit Dans Tod hatte sich nichts verändert. Jackson hatte alles so laufen lassen wie zuvor, war nur selten an diesem Ort. Ich wusste, dass er einen seiner langjährigen Vertrauten abgestellt hatte, um hier unten alles im Auge zu behalten. Aber was interessierte es mich? Ich würde mir das hier nicht auch noch nehmen lassen. Viel zu lange hatte ich mich an dieses unsinnige Verbot gehalten, nicht in den Untergrund zu gehen.

»Wen haben wir denn da?« Dicky kam mit einem Grinsen im Gesicht und einer Kippe in der Hand zu mir geschlendert. Wenig überrascht, dass ich wieder hier war. »Bist du hier, um Leben zu retten oder den Tod zu bringen?«

Jackson hatte mir, in einem seiner wenigen Gesprächsmomente, erzählt, dass Dicky geblieben war. So loyal er gegenüber Dan auch gewesen sein mochte, der arme Kerl sicherte auch nur sein Überleben. Wenn der alte Boss schon das Zeitliche gesegnet hatte, konnte er sich immerhin auch einem anderen verschreiben. Obwohl ich mir nicht sicher war, ob Jackson eine bessere Wahl war. Aber wer von uns hatte schon eine wirkliche Wahl bei irgendetwas?

»Das liegt nicht an mir, sondern an den anderen«, erwiderte

ich mit einem flüchtigen Lächeln, ehe ich mich umsah und die Leute musterte, die an diesem Abend hier waren. Einige von ihnen kannte ich, andere waren neu. Vermutlich hatte sich der ein oder andere nicht mehr hierhergewagt, nachdem Jackson so eindrucksvoll aufgeräumt hatte.

»Bist du wegen H hier?«, riss Dicky meine Aufmerksamkeit wieder an sich und zog an seiner Kippe.

»Nein«, erwiderte ich tonlos und ließ mir nicht anmerken, wie sehr mich seine Frage verunsicherte und traf. Nachdem Harvey letzte Nacht nicht mehr in meinem Apartment aufgetaucht war, hatte ich ihn auch an diesem Ort nicht erwartet. Ich war davon ausgegangen, dass er Zeit für sich brauchte oder wichtige Dinge zu erledigen hatte. »Was macht er hier?«

»Er ist wie von Sinnen. Hatte schon zwei Kämpfe heute Abend. Was hast du mit ihm gemacht?« Dicky wirkte nicht besorgt, eher neugierig.

Ich lachte. Schüttelte kurz den Kopf, weil selbst ich die Bitterkeit darin hören konnte. Hoffte, dass es Dicky nicht auffiel. »Nichts. Ich habe gar nichts damit zu tun. Wie kommst du darauf?«

»Och ... na ja ...«, begann Dicky und nahm noch einen Zug von seiner Kippe. »Du hast da so eine Art, die Menschen in den Wahnsinn oder in den Tod treibt, Catherine. Dan und Storm sind tot, du hast es ausgelöst. Melanie geht auf dein Konto, wie man mir erzählte. Dein Bruder ist wie ein Wahnsinniger, wenn es um dich geht. Und H ... keine Ahnung, was das mit euch ist.«

»Catherine gibt es nicht mehr«, ignorierte ich seine Ausführungen, obwohl ich wusste, dass er recht hatte. Stattdessen deutete ich nur flüchtig auf meinen Kopf, um ihn daran zu erinnern, dass ich keine blonde Perücke mehr trug.

»Wie soll ich dich dann nennen?«, erwiderte er mit einem Lachen, als er den Kippenstummel auf den Betonboden warf und austrat.

»Überleg dir was, Dicky. Du hast doch schon so eine schöne Vorstellung von mir.« Ich lächelte, in meiner Stimme schwang fast schon eine Herausforderung mit.

»Nach dem nächsten Kampf, Liebes. Halt dich bereit, du könntest Arbeit bekommen. H ist heut ziemlich unkontrolliert, aber es ist sein dritter Kampf. Wer weiß, was er noch einstecken kann«, warnte Dicky mich, bevor er sich abwandte und zwischen den Menschen verschwand.

Ich war an diesem Abend nicht hergekommen, um Wunden zu versorgen und Typen vor dem Tod zu bewahren, die ihm wissentlich entgegentraten. Doch ich war froh, dass Dicky mich augenscheinlich hier sein ließ, obwohl er sicher wusste, dass ich es nicht durfte. Also würde ich ihm diesen Gefallen tun, sollte man mich brauchen.

Als er den Kampf ankündigte, drängte ich mich durch die Menge. Nur so weit, dass ich alles beobachten konnte. Ich wollte nicht, dass Harvey mich sah. War mir nicht einmal sicher, ob ich ihm begegnen wollte.

Mein Puls beschleunigte sich, als er in den Ring stieg.

Er wirkte angespannt, voller aufgestauter Wut. Enttäuschung.

Ich fühlte mich machtlos. Konnte ihm das Leben retten, ihm den körperlichen Schmerz nehmen ... Aber ich war nicht die Frau, die seine Seele heilen konnte. Kein Licht, das ihn durch seine Dunkelheit begleiten würde. Zu einnehmend waren meine eigenen Schatten, die immer wieder alles zu verschlingen drohten. Die nicht davor zurückschreckten, andere mit hineinzuziehen. Die um sich schlugen und schon zu lange mit mir verwoben waren, als dass ich sie gehenlassen konnte.

Dicky hatte recht. An mir hafteten Wahnsinn und Tod. Früher oder später war das die Konsequenz, wenn man mein Leben betrat.

»Jemand hat sich vor zwei Tagen nach dir erkundigt«, riss Ally mich aus meinen Gedanken, als sie plötzlich neben mir stand.

Ich sah nur flüchtig zu ihr, ehe ich meinen Blick wieder auf den Kampf richtete. »Nichts, was mich momentan überrascht.«

»Man hat mich nach dem Tod des alten Plummings gefragt. Kann es sein, dass dein altes Leben dich gerade einholt?«, fragte sie leise, während sie ebenfalls stur nach vorn sah.

»Es holt mich nicht ein. Ich habe es selbst heraufbeschworen, Ally. Danke noch mal für deine Hilfe bei Plummings, aber du solltest dich vorerst von mir fernhalten«, erwiderte ich und lächelte kurz. »Ich bedeute Ärger.«

Wir waren keine Freundinnen. Wenn wir uns im Untergrund nicht zufällig trafen, hatten wir keinen Kontakt. Aber ich empfand eine gewisse Sympathie für sie. Spätestens seit dem Zeitpunkt, als wir zufällig von unseren gemeinsamen Erlebnissen mit den alten Plummings' erfahren hatten. Jetzt verband uns der Tod eines Menschen.

»Das ist nichts Neues, Kleines.« Ally lachte leise, schob die Hände in die Taschen ihrer engen Jeans. »Aber man munkelt hier, dass H auf Ärger steht.«

»Was willst du damit sagen?«

»Er hat versucht, dir das Leben zu retten. Das ist nicht allen hier entgangen. Wer von euch ist hier in wessen Schusslinie geraten?«

»Ich denke ... jeder in die des anderen. Der Unterschied ist ... meine kostet Leben.«

»Seine nicht? Er wirkt nicht, als würde er Freunde suchen.« Ally sah kurz auf mich hinab, dann zog der Kampf wieder ihre Aufmerksamkeit auf sich. Die alte Narbe über Harveys Auge war aufgeplatzt, Blut strömte heraus.

»Es ist etwas anderes, Ally. H zieht den Tod nicht so magisch an, wie ich es tue. Er verfolgt Ziele, bei denen er die Verwüstung, die meine Vergangenheit hinterlassen hat, nicht gebrauchen kann.« Ich versuchte, locker zu klingen, rang mir ein Lächeln ab.

»Ich werde das Gefühl nicht los, dass du es gern anders hättest.« Ich sah das Grinsen auf ihren Lippen.

»Lassen wir das Thema.«

»Wenn ich ihn mir so ansehe ... Ich bin mir sicher, er könnte deine Monster zähmen. Wer sonst?« Sie provozierte mich. Wollte mir eine ehrliche Reaktion entlocken.

»Niemand kann das, Ally«, erwiderte ich und ballte die Hände zu Fäusten. »Schon gar nicht, wenn man einem Licht hinterherjagt, das längst erloschen ist. In mir findet man kein neues.«

»Vielleicht ist die Dunkelheit mittlerweile viel reizvoller als das Licht«, gab Ally zurück und ich bemerkte, wie sie mich eingehend musterte. »Lass ihn das entscheiden.«

»Nein«, war meine knappe Antwort, als Dicky den Kampf beendete. Harveys Gegner lag bewusstlos am Boden, wurde von zwei bulligen Typen herausgetragen. Ich sah das Blut, das über sein Gesicht strömte. Wie er sich die Rippen hielt und das Gesicht schmerzhaft verzog, als er aus dem Ring sprang und in die Kabine ging. Er hatte einiges eingesteckt. Vermutlich auch schon in den zwei Kämpfen davor.

Was auch immer letzte Nacht vorgefallen war – wenn er so weiter machte, würde er sich zerstören. Dann wären immerhin nicht mehr ich oder meine verkorkste Vergangenheit an dem Tornado schuld, der gerade durch sein Leben fegte und alles mit sich riss.

»Wenn sich noch mal jemand bei dir meinetwegen meldet, sag mir Bescheid. Ich muss jetzt arbeiten«, verabschiedete ich mich von Ally, als Dicky mir ein Zeichen gab. Entweder sorgte er sich wirklich um Harvey oder er hielt es gerade für eine gute Idee, uns aufeinander loszulassen.

Meinen schnellen Herzschlag ignorierend, stieß ich die Tür zur Kabine auf. Ließ sie lautstark wieder hinter mir ins Schloss knallen, bevor ich es wagte, Harvey anzusehen.

Unsere Blicke trafen sich. Ich sah für einen kurzen Moment die Überraschung in seinem Gesicht aufflackern, während er auf der Bank saß. Er hatte mich während des Kampfes nicht bemerkt. Vor allem aber hatte er nicht damit gerechnet, mir an diesem Ort zu begegnen.

»Livia.«

»Sei still. Ich will nichts hören!«, fuhr ich ihn an, damit er den Mund hielt. Ich brauchte keine Erklärung. Er war mir nicht schuldig, zu erzählen, was sein Vater ihm offenbart hatte. Seine Vergangenheit mit Holly ging mich nichts an. Ich hatte mich in genügend Schwierigkeiten gebracht, um ... Um was zu tun? Ihm zu helfen? So uneigennützig war ich nicht. Um seinen Rachefeldzug zu beenden? Die Hoffnung hatte vielleicht für einen kleinen Moment existiert. Hatte ich es für mich getan? Möglicherweise ...

Er sah mich an, musterte mich von oben bis unten. Ich wandte den Blick ab und holte Desinfektionsmittel und sterile Tücher aus der Tasche, die Dicky bereits vor meinem Eintreffen in die Kabine gestellt hatte.

»Du solltest nicht hier sein«, durchbrach Harvey die Stille.

Langsam richtete ich mich vor ihm auf, straffte die Schultern, sah zu ihm hinab. »Das ist allein meine Entscheidung. Weder Jax noch du haben sich da einzumischen. Es hält sich ohnehin keiner von uns an Absprachen oder gar Versprechen. Lassen wir dieses Theater also einfach.«

Ich presste eines der Tücher auf die blutende Wunde über seinem Auge, bevor ich mit einem anderen das Blut von seinem

Gesicht wischte. Zaghafter, als ich es bei anderen tat, doch ich hatte Mühe, das Zittern meiner Finger zu unterdrücken.

Ich wusste nicht, wann ich zuletzt so etwas wie Enttäuschung empfunden hatte.

Die Wut vermischte sich mit ihr, seit ich wusste, dass er hier war. Gefühle, die ich so lange so weit von mir geschoben hatte. Doch Harvey riss mich von einem Strudel in den nächsten, mit jedem Mal war der Sog tiefer. Und zum ersten Mal empfand ich Angst. Angst davor, irgendwann nicht mehr allein wieder auftauchen zu können. Er würde nicht immer da sein, um mich vor dem Ertrinken zu retten. Es war nicht seine Aufgabe.

»Ein Klammerpflaster reicht nicht. Ich muss nähen«, stellte ich tonlos fest, als ich das Tuch von der Wunde nahm und das Blut mir nicht mehr die Sicht versperrte.

Ohne ihn anzusehen, griff ich nach der Spritze mit der örtlichen Betäubung und stach ein paar Mal um die Stelle, warf sie danach achtlos in einen der herumstehenden Eimer.

»Ich habe dir nichts versprochen.« Harveys Worte ließen mich innehalten. Er sah mich unverwandt an.

Ich hielt die Nadel bereits in der Hand, blickte stur auf meine bebenden Finger. »Stimmt. Tu es bitte auch niemals, solange du leben möchtest.«

Ich umfasste sein Kinn und drehte sein Gesicht so, dass das spärliche Licht am besten auf die Wunde fiel, ehe ich die Nadel ansetzte. Ohne zu zögern, durchbohrte ich seine Haut. Jeder Stich fühlte sich an, als würde er direkt in mein Herz gehen. Wir waren uns viel zu nah. Sein Duft hüllte mich ein, ich spürte die Wärme seines Körpers.

Als ich fertig war, wich ich zwei Schritte zurück. Warf die Nadel weg und reichte ihm einen Blister mit Schmerztabletten aus der Tasche, ehe ich ihm den Rücken zuwandte. »Das war's. Du solltest nach Hause gehen.«

Ich musste einen Moment die Augen schließen, presste die Kiefer aufeinander. So fest, dass es wehtat. Dieses dumpfe Gefühl in mir sollte endlich aufhören. Ich wollte so etwas wie Enttäuschung nie wieder empfinden. Niemand sollte mir je wieder so nahestehen.

Ziellos ging ich durch den kleinen Raum. Einfach nur, um ihn nicht ansehen zu müssen. Um das Zittern meiner Hände zu verbergen und die Tränen der Wut, die ich herunterschluckte und die dennoch in meinen Augen brannten.

Alles in mir schrie nach einem Ausgleich zu diesen Emotionen. Sie zu übertünchen mit dem Schmerz, der wieder verschwinden würde. Den man betäuben konnte.

»Geh endlich«, flüsterte ich, als ich weder seine Schritte noch die Tür hörte.

»Livia«, begann Harvey, und ich sah aus dem Augenwinkel, wie er aufstand.

»Nein! Ich halte das nicht aus!« Meine Stimme wurde lauter, unkontrollierter. Ich hörte das verräterische Beben in ihr.

Meine Gefühle überrollten mich. Wut, Enttäuschung Hilflosigkeit. Wie hatte ich glauben können, dass es jemanden gab, der sie kontrollieren konnte? Ich konnte es ja nicht einmal selbst.

Ich blickte in einen kleinen Spiegel, der an der Wand hing, sah Harvey einige Schritte hinter mir stehen. Sah die Tränen in meinen eigenen Augen glänzen, das Zittern meiner Lippen. Das wurde also aus mir, wenn ich versuchte, die Kontrolle abzugeben.

»Geh endlich!« Mein Schrei hallte durch den Raum. Dann traf meine Faust auf mein Spiegelbild, ließ das Glas unter meiner Haut zerbersten. Feine, rote Linien zogen sich durch die Risse. Blut quoll aus den Schnitten in meiner Hand. Und die erste Träne lief über meine Wange.

Kapitel 29

Harvey Cavendish

Am lebendigsten fühlte ich mich, wenn ich dem Tod direkt ins Auge blickte. Dann atmete ich.

ICH HATTE DEN Blutrausch spüren, mich völlig in ihm verlieren wollen. Hatte vergessen wollen, dass mir meine Macht Stück für Stück entglitt. Drei Kämpfe an einem Tag waren der pure Wahnsinn, der an Todessehnsucht grenzte. Dabei hatte ich gewusst, dass Sterben keine Option war. Dass ich es zwar oft darauf angelegt, aber in Wahrheit nur nach dem Gefühl von Leben gesucht hatte.

Ich fürchtete mich nicht vor dem Sterben. Sondern vor dem Weiterleben, mit dem Wissen, dass ich verdammt viel Scheiße gebaut hatte. Versagt hatte.

»Komm her«, sagte ich rau und deutete auf die Bank, auf der sie mich bei unserem ersten Aufeinandertreffen verarztet hatte.

Sie hielt die Hände leicht von sich weggestreckt, ich sah die Glassplitter darin, die sich mit dem Blut vermischten. Allein ihr Blick verriet mir, dass sie mich am liebsten umbringen würde.

»Ich weiß, dass du mich dafür hasst, etwas aus dir herausgekitzelt zu haben, was du lieber weiter versteckt hättest. Aber es ändert nichts an der Tatsache, dass du über deine Grenzen hinausgegangen bist. Auch wenn du es nicht so siehst. Und jetzt komm her.«

»Fick dich«, zischte sie, setzte sich in Bewegung.

Ich machte einen Satz nach vorn, fasste sie an der Taille und zog sie zu mir. Sie prallte gegen mich, erwischte ausgerechnet meine Rippen.

Ich stöhnte auf, kniff die Augen zusammen, als der Schmerz durch mich schoss. Scheiße.

»Lass mich los!«, kreischte sie. »Ich hasse dich für das, was du aus mir gemacht hast. Dafür, dass ich mich nicht mehr kontrollieren kann!«

Als wüsste sie, wie schmerzhaft es war, presste sie ihren Rücken enger gegen mich. Fluchend wirbelte ich sie zur Seite, sodass sie gegen den Spind prallte. Ich nutzte den Moment, packte sie an der Schulter und drückte sie auf die Bank.

»Sitzen bleiben!«, knurrte ich, atmete gegen den Schmerz an. Ich griff nach dem Koffer, öffnete ihn und suchte nach einer Pinzette. »Du hättest nicht kommen sollen, du hättest einfach in deinem scheiß Apartment bleiben sollen.«

Ihre Hände bebten. Ich setzte mich neben sie, nahm ihren Unterarm und zog ihn auf mein Bein. Sie verkrampfte sich, hielt den Kopf zur Seite gerichtet, damit sie mich nicht ansehen musste. Schweigend entfernte ich die Splitter aus der ersten Hand, dann aus der zweiten. Sie zuckte nur ein paar Mal, sah mich aber kein einziges Mal an.

»Was muss ich jetzt tun?«, wollte ich wissen, als ich die Pinzette wieder weglegte.

»Spülen«, flüsterte sie, ihre Stimme hörte sich weit entfernt an.

Ich suchte im Arztkoffer nach einer Flasche. »Kochsalzlösung?«

»Ja.«

Ich drückte den Verschluss hinunter und hielt sie kopfüber

auf Livias Hände. Das Rot wurde langsam zu rosa. Ich spülte so lange, bis die Flüssigkeit klar wurde.

Dann suchte ich nach Strips, nähen konnte ich sowieso nicht. Schweigend wühlte ich zwischen Pflastern und Verbänden, bis ich das Zeug fand. Ich zog es vom Plastik und klebte es über die Schnitte.

»Ich wollte zu dir«, brachte ich gepresst hervor. »Wirklich.«

»Aber du konntest nicht.«

Als ich fertig war, zog sie die Hände schnell wieder zu sich und tat einen langen Atemzug, als hätte ich sie die ganze Zeit die Luft angehalten.

»Du verstehst nicht, Livia. Es geht nicht nur um Holly, sondern auch um dein Leben.«

Sie gab ein verächtliches Lachen von sich. »Erspar mir deine Sorge um mein Leben. Ich bin vor dir zurechtgekommen, ich werde es auch danach schaffen.«

Mir war klar, dass ich vollgepumpt mit Adrenalin war, dass ich nicht rational denken konnte und von diesen scheiß Emotionen gelenkt wurde. Schmerzen, Blutrausch und der Wunsch, den Nervenkitzel zu suchen, waren eine miese Kombination.

Ich hatte mich nicht länger im Griff.

Grob packte ich sie am Kinn und drehte ihren Kopf zu mir. Die funkelnde Wut in ihren Augen stachelte mich an. »Sei vorsichtig, Livia.«

»Sonst was?«, spie sie mir entgegen.

Ich wusste, wie sehr sie versuchte, die kühle Maske aufrechtzuerhalten. Und wie sehr sie sich dafür hasste, dass ihr Blick sie verriet.

»Es gibt Leute, die es auf mich abgesehen haben. Die nur darauf warten, dass ich ihnen eine Schwachstelle biete. Du hast keine Ahnung, in welche Scheiße sich Holly geritten hat. Ich konnte nicht verhindern, dass sie kaltblütig ermordet wurde, aber beim Teufel, Livia, ich werde dich nicht in die Schussbahn bringen. Und wenn das bedeutet, dass ich mich von dir fernhalten muss, dann werde ich das tun.«

»Du hast nichts verstanden, Harvey Cavendish«, entgegnete sie mit brüchiger Stimme. »Wenn mich jemand umbringen will, wird er es so oder so versuchen. Wieso gibst du nicht einfach zu, dass es um Holly geht? Dass ich keinen Platz in deinem Leben habe?«

»Gottverdammt, ich will dich in meinem Leben. Das ist das verschissene Problem«, brüllte ich und zuckte im nächsten Moment zusammen, rutschte zur Seite. Weg von ihr. Weit weg.

Wir gehörten nicht zusammen.

Aber auch nicht auseinander.

Wir waren zwei vertraute Fremde.

Dieses Mal war ich derjenige, der zur Seite sah. Ich ertrug es nicht, meine Fehler in ihren Augen zu sehen. Wütend stand ich auf, öffnete meinen Spind und zog mir meinen Mantel über. Es war mir scheißegal, dass ich mit meinen Blutflecken nach draußen spazieren würde.

»Du kannst nicht einfach gehen«, drang ihre Stimme zu mir.

Ich warf die Spindtür zu und schlüpfte in meine Schuhe. »Willst du mich aufhalten?« Dann schloss ich meine Knöpfe.

»Ich fahre dich nach Hause.«

»Nein.«

»Halt deine verdammte Klappe, Harvey. Es reicht. Du musst akzeptieren, dass nicht immer nach deinen Regeln gespielt wird. Und wenn wir in deiner Wohnung sind, will ich die Wahrheit hören, hast du mich verstanden?«

Ich ignorierte sie, ging an ihr vorbei und durchquerte den Zuschauerbereich, der sich langsam lichtete. Das Klackern ihrer Absätze verriet, dass sie mir folgte. Als ich endlich draußen war, atmete ich die nasse Nachtluft tief in meine Lungen. Ich bereute es sofort, als sich meine Rippen bemerkbar machten.

Livia hatte ihr Auto nur eine Querstraße weiter geparkt. Es herrschte gespenstige Stille, als wir in den Wagen einstiegen und sie den Motor anließ. Ich wusste, dass sie mich beschützen wollte; dass sie mich davon abhalten wollte, weiteren Blödsinn zu verzapfen. Während der Fahrt sprachen wir kein Wort.

»Hast du stärkere Pillen dabei?«, durchbrach ich die Stille, als sie sich in die Parklücke neben meinen Audi quetschte.

»Auf dem Rücksitz.«

Ich stieg aus, öffnete die hintere Tür und wollte nach dem kleinen Koffer am Boden greifen, als mir ein Zettel auffiel.

»Nicht«, zischte sie, wollte nach hinten greifen, aber ich hatte ihn schon erwischt. »Harvey, gib ihn her!«

Ich lehnte mich zurück und faltete ihn auseinander. Nach der heutigen Nacht dachte ich eigentlich, dass ich keine tiefergehende Wut mehr empfinden konnte. Aber ich hatte mich getäuscht.

In einer schwungvollen Bewegung schlug ich die Tür zu und umrundete den Wagen. Livia war gerade ausgestiegen und blickte mich nicht einmal schuldbewusst an. Eher nüchtern. Als handelte es sich hier um einen netten Liebesbrief.

»Warum hast du mir nichts davon erzählt?«, wollte ich wissen und fuchtelte mit dem Zettel vor ihrem Gesicht. »Bist du des Wahnsinns?«

»Das geht dich nichts an.« Sie riss ihn mir aus der Hand und ließ ihn in ihrem Mantel verschwinden.

»Ich fasse es nicht.« Fluchend nahm ich sie an der Hand und zog sie bis zum Aufzug. Wider Erwarten protestierte sie nicht. Es kam mir wie eine Ewigkeit vor, bis endlich das vertraute Ping ertönte. Während der Fahrt nach oben spürte ich meinen Herzschlag nur zu deutlich, genauso wie die Enge der Kabine. Ich wollte sie schütteln, anbrüllen, Dinge mit ihr anstellen, die weit über ihre Vorstellungskraft hinausgingen.

Ich betrat die Wohnung und deutete zur Couch. »Setz dich hin.«

»Harv-«

»Setz. Dich. Hin«, knurrte ich und kam ihr so nahe, dass sich unsere Nasenspitzen berührten. »Wann wolltest du mir davon erzählen?«

»Gar nicht«, entgegnete sie ruhig und fachte die Wut in mir noch mehr an. Der rote Schleier zog vor mein Sichtfeld und ich ging mehrere Schritte rückwärts. Völlig außer mir nahm ich die Karaffe und goss mir ein Glas ein. Randvoll. Ich genoss die Schärfe des Whiskys, die sich in meinem Mund ausbreitete, meine Kehle hinabglitt.

Erst nach mehreren Schlucken stellte ich es wieder ab, ging zur Couch, auf die sich Livia gesetzt hatte, und ließ mich neben ihr nieder. Die Selbstsicherheit war aus ihrem Blick verschwunden, aber der übliche Trotz war geblieben. Sie würde sich niemals bändigen lassen, sie würde immer einen Teil ihrer Kontrolle behalten. Bis zu ihrem Tod.

»Du willst wissen, warum du dich von mir fernhalten wirst?«, fragte ich in die Stille und rieb mit meinen Handflächen über die Oberschenkel. Ich konnte mich kaum auf der Sitzfläche halten.

»Weil du es mir befehlen wirst?«

Ich wusste, dass es kein Zurück gab. Dass ich sie einweihen musste. Meine Dämonen brüllten, kämpften gegen die Ketten an, wollten mich dazu drängen, meinen Mund zu halten, mein Geheimnis nicht preiszugeben. Aber es ging nicht anders. Wenn ich Livias Leben beschützen wollte, musste ich auspacken.

»Holly war drauf und dran, Dexter Harris auffliegen zu lassen. Deshalb starb sie. Ich will den Typen nicht nur tot sehen, weil er sie umgebracht hat. Livia, ich will ihn beseitigen, weil sein Einfluss immer mehr zunimmt.«

Ich hasste mich dafür, dass meine Stimme brüchig geworden war. Dafür, dass ich zunehmend an Macht verlor. Ich atmete tief durch, ehe ich fortfuhr. »Ich wette, dass ich mittlerweile genauso in Dexters Visier bin. Dass es nicht mehr lange dauern wird, bis ich das erste Mal von ihm höre. Und ich werde dich nicht in Gefahr bringen! Du bist meine Schwachstelle, Livia. Er kann dich gegen mich benutzen, weil du mir etwas bedeutest ... mehr, als du dir vorstellen kannst.« Ich lachte zynisch auf, fuhr mir mit der Hand übers Gesicht. »Wir wissen beide, dass wir nicht dazu fähig sind, jemanden zu lieben. Das ist es doch, was wir an der Dunkelheit bevorzugen – die Leere, die Kontrolle und die Macht. Aber bei dir ist es verdammt schwer, dort bleiben zu wollen, es noch zu genießen.«

Dieses Geständnis war das schwierigste, das ich in den letzten Jahren hatte ablegen müssen. Ich hatte ihr auf meine Weise gestanden, dass sie mir mehr bedeutete, als ich kontrollieren konnte. Dass ich Gefahr lief, Fehler zu begehen, die ich nicht mehr würde ausbügeln können.

Ich hob den Kopf und sah sie an. Ohne dass sie etwas sagte, wusste ich, dass sie verstand. Sie presste die Lippen aufeinander und nickte.

»Und genau deshalb werde ich alles dafür tun, damit du sicher bist. Ich werde deinen Bruder über Kane informieren und du wirst für eine bestimmte Zeit in seiner Villa bleiben. Bis er ihn kaltmachen lässt.«

»Nein, Harvey, das kannst du –«

»Du wirst genau das tun, was ich sage, Livia. Ich meine es todernst. Glaub nicht, dass ich dich nicht betäuben und fesseln würde, um mein Ziel zu erreichen. Ich werde dich nicht verlieren.«

Sie öffnete den Mund, schloss ihn dann wieder. Ihre Augen glänzten verräterisch. Ich stand auf, ging zu ihr und beugte mich hinab. Als ich sie küsste, wusste ich, dass ich das Richtige tat. Dass es meine Aufgabe war, alles zu tun, um sie vor diesem Mistkerl zu schützen.

»Versprich mir, dass du in der Villa bleibst, bis der Wichser nicht mehr atmet«, verlangte ich von ihr, als ich mich wieder zurückzog.

Livia sah zu mir nach oben, von Wut und Enttäuschung war nichts mehr zu sehen. Sie verstand. Auch wenn die Art und Weise, wie ich es ihr mitgeteilt hatte, ungewöhnlich war. Langsam stand sie auf, nahm mein Gesicht in ihre Hände und fuhr mit den Daumen über meine Haut. »Du weißt doch längst, dass ich dir nichts versprechen werde, Harvey.«

Ich griff in meine Hosentasche und holte mein Smartphone raus. »Dann eben deinem Bruder.«

***

Eine Woche war vergangen, seit ich Livia ihrem Bruder übergeben hatte. Er hatte die Sicherheitsvorkehrungen verschärft, ein hohes Kopfgeld auf Kane ausgesetzt. Es war nur eine Frage der Zeit, bis dieses Arschloch sein Leben aushauchen würde.

Ich blickte in den Spiegel der Herrentoilette und zupfte meinen Anzug zurecht. Die Wunde an meiner Augenbraue sah besser aus, die blauen Flecken hatte ich überschminkt, um nicht aufzufallen. Ich hatte es übertrieben, das wusste ich, aber ich konnte es nicht gebrauchen, dass jemand Fragen stellte.

Heute war der Tag von Winchesters Verhandlung. Obwohl sich alles in mir dagegen sträubte, würde ich dafür sorgen müssen, dass er auf freien Fuß gelangte. Eine andere Wahl hatte ich nicht. Ich griff zu meinem Smartphone und wählte die

Nummer meines Vaters. Nach dem zweiten Tuten hob er ab. »Noch nichts Neues.«

Ich schloss die Augen. »Scheiße.«

»Ich habe gute Leute engagiert. Sie werden Alanna finden.«

Mit der Faust schlug ich gegen die Fliesen, genoss den Schmerz, der in mir aufwallte. »Wir brauchen keine guten, wir brauchen die besten. Ruf mich an, wenn es etwas Neues gibt.«

Ich legte auf und verstaute das Smartphone wieder in meinem Anzug. Als ich die Toilette verließ, rannte schon eine Journalistin auf mich zu. Ich rollte mit den Augen, beschleunigte meine Schritte und sah durch die geöffnete Tür in den Gerichtssaal.

»Mr. Cavendish, wie schätzen Sie Ihre Chancen ein, den Prozess zu gewinnen?«, schnatterte sie und fuchtelte mit dem Mikro vor meinem Gesicht. Ich hasste es abgrundtief.

Langsam drehte ich mich zu ihr, legte all meinen Hass auf die verdammten Journalisten in meinen Blick. Sie zuckte kurz zusammen, ehe sie mich ihre aufdringliche Art wieder spüren ließ und näherkam. Ich schüttelte den Kopf, ging weiter vorbei an den Gerichtsdienern, die diese Schlampe aufhielten.

»Mr. Cavendish, warum so verschwiegen? Wissen Sie schon, dass Sie verlieren werden?«

Jetzt drehte ich mich doch um. »Tiefer als Sie kann ich nicht sinken, deswegen besteht noch Hoffnung.«

Ich ließ sie mit offenem Mund stehen und ging zu meinem Platz. Winchester saß bereits dort, seine Hände in Handschellen, er trug den Gefängnisoverall.

»Hm, hätte nicht gedacht, Sie mal auf dieser Seite zu sehen. Das Orange steht Ihnen ausgezeichnet«, kommentierte ich seinen Aufzug.

Er hatte ein wenig abgenommen, sich einen Bart wachsen lassen. Richtig abgefuckt, aber sein schmieriges Grinsen war gleichgeblieben. »Sie werden mich rausholen müssen, so viel steht fest.«

Ich hob eine Augenbraue, legte den Aktenkoffer auf meinem Tisch ab. »Ach, muss ich das?«

Sein Grinsen wurde breiter, entblößte seine gelben Zähne. »Natürlich. Sie wollen sich doch nicht mit Dexter Harris anlegen.«

Dieser Mistkerl war verdammt unverschämt, leugnete nicht einmal, dass er mit einem Drogenbaron unter einer Decke steckte. Ich setzte mich hin und kontrollierte die Knöpfe meines Hemdes. »Also glauben Sie, dass er Sie mit offenen Armen empfangen wird? Sie sind eine Gefahr für ihn.«

Er lachte leise. »Ich habe zu viele wichtige Verbindungen. Er braucht mich.«

»Wer ist er?«

Seine Handschellen klirrten, als er die Finger ineinander verschränkte. »Das wüssten Sie wohl gern, oder? Ich hörte, er hat jemanden umgebracht, der Ihnen nahestand. Sie soll sogar schwanger gewesen sein. Furchtbar.«

Ich war im Gerichtssaal viel zu sehr Profi, um meine Fassung zu verlieren. Anstatt ihn an Ort und Stelle zu erwürgen, beugte ich mich zu ihm. »Selbst wenn ich Sie hier rausbringe, wer sagt, dass Sie es lebend zu diesem Schwanzlutscher schaffen?«

Langsam lehnte ich mich wieder zurück und genoss die Blässe auf seinen fleischigen Wangen. Nur kurz, ehe sich die Selbstsicherheit wieder in seinen Augen festsetzte. »Na, na, Sie wollen mir doch nicht drohen. Schließlich liegt es an mir, ob eine wichtige Person überlebt oder nicht.«

»Was meinen Sie damit?« Der Ausdruck in seinen Augen bestätigte mir meine schlimmsten Befürchtungen. Er musste es nicht sagen, ich wusste es auch so.

»Alanna lässt Ihnen schöne Grüße ausrichten. Noch liegt es

an mir, ob sie überlebt. Aber eines sollten Sie sich gewiss sein: Sie wird sterben, wenn ich nicht lebend bei Dexter Harris ankomme.«

Ich krallte die Finger um meine Aktentasche. »Sie bluffen.«

Er zuckte mit den Schultern. »Soll ich ihr das Tattoo auf ihrem Rücken als Andenken wegschneiden? Eine Erinnerung an Holly.«

Das war der Moment, in dem mein Innerstes zu Eis gefror.

Das Tattoo, das sie sich nach ihrem Tod hatte stechen lassen.

Winchester hatte es irgendwie geschafft, Alanna in seine Gewalt zu bringen.

Und es hing von mir ab, ob ich jemanden verlor, der mir etwas bedeutete.

Erneut.

Kapitel 30

Livia Moriarty

Ich wusste nicht, wann aus unserer Schachpartie
Russisch Roulette geworden war.

ICH SAH AUF meine Armbanduhr und wusste, dass Harvey jetzt im Gerichtssaal sitzen und versuchen würde, Winchester freizukriegen. Jackson hatte einen seiner Leute dort hingeschickt, um sicherzugehen, dass alles nach Plan lief. Mein Bruder hatte ja keine Ahnung, was ich so alles mitbekam, während man mich hier festhielt.

Seit einer Woche war ich in diesem Anwesen gefangen. Nicht einmal zu meinem Job ließen sie mich noch. Offiziell war ich krankgeschrieben, eine üble Grippe hätte mich erwischt. Dieses ganze Theater war das Lächerlichste, was Jackson je mit mir veranstaltet hatte. Aber momentan war er kaum zu bändigen. Sobald ich versuchte, ihn zu überzeugen, dass ich auch mal hier raus musste, drehte er vollkommen durch. Dieses Anwesen war besser bewacht als so manches Gefängnis in den Vereinigten Staaten.

Ich verstand, was Harveys Intention gewesen war, als er mich meinem Bruder ausgeliefert hatte, dennoch nahm ich es ihm übel. Es war absurd, zu glauben, dass er mich so beschützen könnte. Und selbst wenn Jackson Kane fand und ausschaltete, gab es laut seiner Theorie noch genügend andere, die mich gegen ihn verwenden konnten. Der Plan war also überflüssig.

Die arme Margret hatte keinen Verdacht gehegt, als ich mir in der Küche etwas zu trinken geholt hatte, während sie dabei gewesen war, den üblichen Nachmittagskuchen anzurühren. Ein kurzer Moment der Unachtsamkeit hatte genügt und schon war der Inhalt meines kleinen Fläschchens im Teig gelandet. Wie gut, dass ich Margrets Köstlichkeiten schon die letzten Tage abgelehnt hatte. Doch für Jacksons Leute war es normal, dass die gute Seele des Hauses alle mit Kaffee und Kuchen verköstigte. Und Margret vertraute meinen Rehaugen viel zu sehr. Armes Ding. Ich hoffte, sie würden alle etwas Schönes träumen, bevor Jackson ihr Leben zur Hölle auf Erden machte.

Ich lag auf meinem Bett und starrte die Zimmerdecke an. Wandte den Blick nur ab, wenn ich auf die Uhr an meinem Handgelenk sah. Bald war es fünf und somit schon eine Stunde her, dass sie Kaffee und Kuchen verteilt hatte. Ich betete inständig, dass Jacksons Männer niemanden würden von außen kontaktieren können, ehe sie einschliefen. Wenn doch? Dann musste ich umso schneller von diesem Grundstück verschwinden.

Ich schwang mich vom Bett. Schlüpfte in die einzigen Sneaker, die ich besaß, und beäugte mich skeptisch im Spiegel. Die enge Jeans stand mir, aber ich fühlte mich in Kleidern und Röcken eindeutig wohler. Doch sie wären nicht zweckmäßig für das, was ich vorhatte.

Mit wenigen Handgriffen band ich meine Haarmähne zu einem unordentlichen Knoten auf meinem Kopf zusammen. Prüfte mit einem Blick noch einmal mein Spiegelbild: Beretta im Hosenbund, Spritzen in den Taschen des Sweaters, Klappmesser in den hinteren Taschen der Jeans. Alles, was mein Herz begehrte.

Wenn Harvey und Jackson wirklich dachten, ich würde ihnen den Spaß überlassen, mussten wir dringend noch einmal an ihrem Bild von mir arbeiten. Kane war mein Problem. Und ich hatte gelernt, meine Probleme zu beseitigen.

Jackson hatte alle Fenster im Haus sichern lassen, sodass ein Alarm ausgelöst wurde, sobald eines ganz geöffnet wurde. Aber das hielt mich nicht auf. Nicht, wenn alle, die hier waren, den Schlaf der Gerechten schliefen. Ich spazierte die Treppe nach unten, lief an zwei Wachleuten vorbei, die friedlich in der Eingangshalle schlummerten.

»Livia. Was haben Sie vor?« Margrets Stimme ließ mich zusammenzucken. Langsam drehte ich mich zu ihr um.

»Ich gehe«, antwortete ich nüchtern und rollte innerlich mit den Augen. Wieso aß sie ihren eigenen, verdammten Kuchen nicht?

»Jackson wird fuchsteufelswild werden«, stellte sie ebenso tonlos fest.

Für einen Moment irritierte mich ihr Verhalten. Sie war weder hysterisch noch machte sie Anzeichen, mich aufzuhalten. Vielleicht wollte sie mich auch einfach nur ablenken und Zeit schinden, weil sie meinen Bruder bereits informiert hatte. Der war geschäftlich in der Stadt unterwegs.

»Jax soll sich um seine Geschäfte kümmern, ich kümmere mich um meine Probleme. Oder denken Sie, ich will auf ewig hier festsitzen?«, erwiderte ich und versuchte es mit einem verzweifelten Blick in ihre Richtung.

»Sie bringen sich in Gefahr«, erinnerte Margret mich und ich sah Sorge in ihren Augen. Ein Ausdruck, der meinem Herzen einen kurzen Stich verpasste. Doch ich ignorierte ihn.

»Margret, wenn man einen Bruder wie Jackson hat, lebt man in ständiger Gefahr. Das hat man uns in die Wiege gelegt.« Ich rang mir ein flüchtiges Lächeln ab.

»Wenn man einen Mann wie Harvey Cavendish liebt, dann auch«, gab sie zurück und lächelte ebenfalls.

»Über diese Theorie mit dem Lieben ... darüber reden wir, wenn ich wieder da bin«, antwortete ich mit einem Kopfschütteln und musste tatsächlich kurz auflachen. »Wie kommen Sie nur auf solche Ideen?«

»Er brachte Sie her, weil er sich um Sie sorgt. Und Sie sind immerhin eine Woche ohne Eskapaden geblieben. Aber ich wusste, dass dieser Tag kommen würde. Er muss noch viel über Sie lernen.« Der Blick, mit dem sie mich ansah, ließ mein Herz schwer werden. Es war jener, den ich mir in meiner Kindheit so oft gewünscht hatte. Liebevoll, voller Sorge.

Ich überwand die wenigen Schritte zu ihr und schloss sie in die Arme. »Wenn Jackson hiervon erfährt ... dann haben Sie auch Kuchen gegessen und nichts mitbekommen. Hören Sie? Ich möchte nicht, dass er wütend auf Sie ist.«

»Mit Mr. Charlton komme ich schon zurecht. Passen Sie lieber auf sich auf«, flüsterte sie und nahm meine Hand, drückte sie fest. »Sie sind eine starke Frau, Livia. Aber auch Sie brauchen irgendwann jemanden an Ihrer Seite. Sie dürfen manchmal schwach sein. In Ihnen steckt so viel mehr, das sehe ich in Ihren Augen.«

»Ich weiß, dass Sie es gut meinen, Margret ... aber ich muss jetzt gehen«, sagte ich leise und drückte ihre Hand ebenfalls, ehe ich sie losließ. »Wenn ich mich bis Sonnenaufgang nicht melde, dann war es schön, Sie kennengelernt zu haben. Und ... sagen Sie Harvey, dass nichts von alldem jemals in seiner Hand lag. So wenig, wie ich ihn aufhalten kann, kann er meine Vergangenheit oder mein Schicksal ändern.« Ich stockte kurz, schluckte schwer. »Sagen Sie ihm, dass er mir eine der schönsten Erfahrungen in meinem Leben geschenkt hat. Und er für immer der Einzige sein wird, der den Funken Licht in mir entfachen konnte.«

»In Ihnen schlummert viel mehr als das, Livia.« Margrets Blick zerriss mich innerlich, sodass ich ein paar Schritte rückwärts zur Tür wich.

»Ich weiß nicht, was Sie in mir sehen, Margret, aber ich danke Ihnen für die Zeit hier. Ohne Sie wäre ich wahnsinnig geworden«, sagte ich mit einem letzten Lächeln auf den Lippen, bevor ich mich umdrehte und die Tür des Anwesens öffnete. Ich sah noch einmal über die Schulter zu ihr. »Warum lassen Sie mich gehen, ohne Jackson zu rufen?«

»Wenn man eine Löwin einsperrt, wird sie wild und unberechenbar. Keiner von uns hat das Recht, über Ihr Leben zu bestimmen, nach allem, was Sie dafür bezahlt haben. Versprechen Sie mir nur, dass Sie wiederkommen.«

»Ich musste bereits Harvey ein Versprechen ausschlagen. Aber Sie wissen, dass ich mein Leben niemals kampflos aufgeben würde. Ich muss diesen Kampf nur allein kämpfen. So wie Harvey den seinen.«

Dann verschwand ich durch die Tür und stieg über die schlafenden Wachen hinweg, eilte den mit Kies gesäumten Weg entlang und verließ das Anwesen meines Bruders.

Die Freiheit und der Gedanke an das, was mir bevorstand, ließen das Adrenalin durch meine Venen schießen und meine Finger erwartungsvoll kribbeln.

Kane wollte spielen? Ich würde ihn mit der Königin schachmatt setzen.

Zwei Stunden wartete ich in dem Motelzimmer, in das Kane eincheckte, als er mir die Akte von Holly übergeben hatte. Ally hatte ihre Kontakte im Untergrund spielen lassen und mir bereits mitgeteilt, dass er sich noch in Chicago befand. Denn er wollte meinen Tod ebenso wie ich den seinen.

Die Dunkelheit brach über die Stadt herein. Nichts geschah. Kane tauchte nicht auf. Ich ahnte, wo er auf mich warten würde.

Ohne zu zögern, fuhr ich zu meinem Apartment. Betete, dass weder Harvey noch Jacksons Leute mir dort auflauerten. Doch als ich ohne Zwischenfälle in die Tiefgarage fahren und den Aufzug betreten konnte, wusste ich, dass entweder noch niemand mein Verschwinden bemerkt hatte, oder sie an den falschen Orten nach mir suchten.

In meiner Wohnung war alles dunkel. Ich schaltete das Licht nicht an, sondern ließ mich auf die Couch sinken, auf der ich bereits mit Harvey gesessen hatte. Ein flüchtiges Lächeln huschte über meine Lippen, als ich mich daran erinnerte.

Ich lauschte der Ruhe. Jede Faser meines Körpers war zum Zerreißen angespannt, Adrenalin schoss unaufhörlich durch meine Venen. Ließ mich ungeduldig werden. Kane durfte mich nicht enttäuschen.

Ein Luftzug wehte durch den Wohnbereich, ich hörte das Schiebeelement. Drehte mich mit dem Stuhl zum Balkon und sah zu der schemenhaften Gestalt in der Tür.

»Kane.« Ich lächelte, schlug die Beine übereinander und lehnte mich zurück. »Hast du gehofft, dass du uns gleich beide erwischst?«

Er trat einen Schritt näher, doch es war zu dunkel, als dass ich seine Gesichtszüge erkennen konnte. »Eigentlich dachte ich, es wäre nett, wenn er dir wenigstens beim Sterben zusehen kann. Da fällt der Abschied sicher leichter, als nur deine Leiche zu finden, Red. Aber du ersparst Cavendish auch nichts. Das wird wie ein Déjà-vu für ihn.«

»Jacksons Leute hätten dich damals umbringen sollen«, erwiderte ich kalt und erhob mich von meinem Platz. Spürte meinen rasenden Puls.

»Dann wärst du nie an Hollys Akte gekommen. Aber ich habe

dich damals gewarnt, was geschehen würde, wenn du auf die Idee kommen solltest, es gegen mich zu verwenden.« Ich hörte die Wut in seiner Stimme, doch noch kontrollierte er sich. Kam einen weiteren Schritt auf mich zu.

»Ich habe dich auch gewarnt, was geschehen würde, wenn du mich vergewaltigst. Das hat dich nicht davon abgehalten«, fauchte ich und ignorierte, dass sich mein Magen verkrampfte. Übelkeit überfiel mich und ich musste die aufsteigende Magensäure herunterschlucken. Es waren Erinnerungen, die ich längst verdrängt hatte.

»Red, wer diesen Job macht, muss wissen, dass alles seinen Preis hat.« Kanes Lachen hallte durch die dunkle Wohnung. Ließ Bilder jener Nacht vor meinen Augen aufflackern. Ich unterdrückte den Würgereiz.

Er nutzte die Chance. Hatte mit zwei großen Schritten den Abstand zwischen uns überwunden. Packte meine Kehle und zog mich so dicht an sich, dass ich jeden seiner Gesichtszüge trotz der Dunkelheit erkennen konnte. »Ich hatte fast vergessen, wie wunderschön deine Lippen sind.«

Ich röchelte. Konnte nichts erwidern. Zu fest drückte seine Hand zu. Er hob mich so weit an, dass nur noch meine Schuhspitzen den Boden berührten.

Mein Herz raste. Kanes Hand glitt über die Taschen meiner Hose, fand die Messer in den hinteren beiden. Er zog sie heraus und warf sie weit genug weg. Wollte in die Tasche meines Sweaters greifen, um nach einer Waffe zu suchen. Ich versuchte, das Rauschen des Blutes in meinen Ohren zu ignorieren. Mich an das zu erinnern, was ich einmal gelernt hatte.

Ich spannte meine Finger an – im nächsten Moment schlug ich zu. Meine Handkante traf seinen Hals mit voller Wucht. Er fluchte. Sein Griff lockerte sich.

Ich stieß ihn von mir und taumelte zurück. Rang nach Atem.

Brauchte den Sauerstoff in meinen Lungen.

»Mach es uns doch nicht so schwer, Red«, knurrte er und hielt sich die Stelle, an der ich ihn getroffen hatte. Er konnte froh sein, dass er mir zu nah gewesen war, als dass ich seinen Kehlkopf mit dieser Stärke hätte treffen können.

»Dachtest du, dass das hier kampflos verlaufen würde? Damals hattest du den Überraschungsmoment. Heute habe ich auf dich gewartet«, erwiderte ich keuchend.

Langsam ließ ich meine Hand unter den Bund des Sweaters gleiten. Sah nur seine schemenhafte Bewegung, als er nach etwas Griff.

Ohne weiter nachzudenken, zog ich die Waffe, lud sie durch.

Ein ohrenbetäubender Knall.

Stille.

Ein stechender Schmerz, der meinen Körper durchfuhr. Ich wollte schreien, doch ich konnte nicht. Hatte keine Kontrolle. Meine Muskeln spannten sich an, zuckten. Der Aufprall auf dem Boden war hart, doch ich nahm ihn nur dumpf wahr.

Mein Brustkorb zog sich zusammen, mein Herz schlug unregelmäßig und donnernd dagegen, erinnerte mich daran, dass ich leben wollte.

Alles vor meinen Augen wurde schwarz. Ich stöhnte, keuchte, rang nach Atem. Wünschte mir für einen Moment, das Bewusstsein zu verlieren, damit es aufhörte. Doch ich kämpfte dagegen an. Versuchte, die Geräusche, die klangen, als wären sie in weiter Ferne, einzuordnen.

Es fiel mir schwer, irgendetwas zu fokussieren. Mein Körper zitterte unkontrolliert. Doch ich spürte, wie er neben mich robbte. Warme Flüssigkeit tränkte meine Hand.

Ich musste ihn getroffen haben.

»Du wirst nicht leben, Red«, röchelte er so nah an meinem Ohr, dass ich seinen warmen Atem spürte. Der kalte Lauf seiner

Waffe drückte sich an meine Schläfe.

Ich kniff die Augen zusammen, presste die Lippen aufeinander. Die Wirkung des Tasers ließ langsam nach. Ich versuchte, meine Finger zaghaft zu bewegen. Tastete nach der Beretta, die neben mir liegen musste.

Ich hörte, wie Kane seine Waffe durchlud.

»Du riskierst dein Leben, um mich zu töten, und lässt deine Frau und dein Kind allein?«, brachte ich mühevoll hervor. Meine Stimme klang kratzig und schwach.

»Wenn ich es nicht tue, wird der Alte sie töten. Und dich«, keuchte er kraftlos. Bald würde er das Bewusstsein verlieren. Doch darauf konnte ich nicht warten.

Nur eine Sekunde. Mehr Zeit hatte ich nicht. Musste darauf vertrauen, dass ich die Kontrolle über meinen Körper so weit zurückerlangt hatte. Aber was hatte ich zu verlieren?

Ich schoss mit dem Oberkörper nach oben. Lud dabei die Beretta neu durch und rollte mich auf Kane.

Ein Schuss hallte durch die Wohnung.

Der Zweite klang nur noch dumpf in meinen Ohren.

Ich kniff die Augen zusammen. Spürte die warmen Blutspritzer über mein Gesicht laufen.

Es fühlte sich an, als würde sich alles drehen. Ich verlor den Halt. Mein Körper kippte zur Seite.

Warmes Blut breitete sich aus. Hüllte meine linke Seite ein.

Ich hörte Kanes Stimme.

Wenn ich es nicht tue, dann wird der Alte sie töten. Und dich.

Dann wurde alles schwarz. Dunkelheit.

Stille.

Kapitel 31
Harvey Cavendish

In manchen Momenten war ich nicht nur König.
Dann war ich Turm und Läufer und alles dazwischen.

»DER ANGEKLAGTE WIRD in allen Punkten freigesprochen.« Die Stimme der Richterin hallte in meinen Ohren wider. Ich wusste nicht, wie ich zwei Stunden lang hatte funktionieren und verdrängen können, dass dieser Scheißkerl Alanna in seiner Gewalt hatte.

Ich beugte mich zu ihm, widerstand dem Drang, an seinem Revers zu ziehen und ihm eine Kopfnuss zu verpassen.

Noch bevor ich etwas sagen konnte, grinste er. »Brach's Candy Factory. Dexter Harris lässt Ihnen Grüße ausrichten.«

Mein Herz rutschte in den Magen. Die verlassene Süßigkeitenfabrik lag in einem der gefährlichsten Viertel Chicagos – Austin. Es war keine Seltenheit, dass Dealer oder Junkies in den verlassenen Hallen lungerten und sich Zeug einwarfen. Wenn sie Alanna bemerkten ...

»Ich hoffe, du kommst nicht zu spät.« Winchester ließ sich von den Gerichtsdienern wegbringen. Ich sprang vom Sessel auf und hastete aus dem Gerichtssaal. Es war mir scheißegal, dass mich die Reporter zu verfolgen versuchten. Meine Gedanken galten nur noch Alanna. Ich durfte nicht zu spät kommen. Nicht noch einmal.

Der Weg zur Tiefgarage kam mir vor wie eine verfickte Ewigkeit. Ich griff nach dem Autoschlüssel und rannte zum Audi. Als ich mich auf den Fahrersitz warf, musste ich die Hände fest um das Lenkrad krallen, um nicht augenblicklich den Verstand zu verlieren. Ich war eine tickende Zeitbombe, jederzeit bereit, hochzugehen, aber ich durfte nicht. Noch nicht.

Ich drückte das Gaspedal durch und raste aus der Garage. In den fünfundzwanzig Minuten bis zur verlassenen Fabrik schossen mir Erinnerungen durch den Kopf. Sie malträtierten mich, verhöhnten mich, schürten die Wut in mir. Mit quietschenden Reifen bog ich um die Kurve, schoss über das Gelände und fuhr durch den verrosteten Zaun. Es war mir scheißegal, ob mein Wagen einen Schaden davontragen würde.

Ich blieb vor der Halle mit den zerschlagenen Fenstern stehen und stieg aus. Der Geruch nach Gras, Dreck und feuchter Erde schlug mir entgegen. Ich griff nach meiner Glock in der Innenseite des Sakkos, umfasste das kühle Metall und ging voran.

Als ich das Gebäude betrat, lauschte ich. Tropfen, das Klirren von Metall, als würde ein Gegenstand gegen den anderen schlagen. Leise Stimmen. Ich streckte den Arm von meinem Körper weg und näherte mich den Geräuschen. Lachen ertönte. Ich lugte hinter der Säule hervor, entdeckte am gegenüberliegenden Ende der Halle eine Gruppe abgefuckter Typen, die rauchten.

Winchester würde Alanna unmöglich hier versteckt halten, wo er dauernd Gefahr lief, von jemandem erwischt zu werden. Ich zog mich zurück, benutzte den verrosteten Durchgang zur zweiten Halle und lauschte wieder. Kein Geräusch. Den Maschinen nach waren hier die Süßigkeiten hergestellt worden, ein Schild mit der Aufschrift Mitarbeiter wies mir die Richtung zu den Büroräumen.

Das ideale Versteck.

Ich hastete durch den Gang, blickte mich immer wieder um. Nahm das heftige Pochen meines Herzens umso deutlicher wahr. Ich musste ruhig bleiben.

An dessen Ende öffnete ich eine Tür und fand mich in einem kleinen Bürotrakt wieder. Manche Türen standen offen. Ich lugte hinein, entdeckte alte PCs, Bücher und umgeworfene Tische. Zettel lagen auf dem Boden verteilt.

Ein Geräusch ließ mich aufhorchen. Ich blieb stehen, atmete so leise, dass ich mich auf das kleinste Geräusch konzentrieren konnte.

Ein Stöhnen.

Ich verschwand aus dem Büro und visierte die nächste Tür an. Geschlossen. Ich presste das Ohr dagegen. Jetzt hatte ich keine Zweifel mehr. Mit der Waffe im Anschlag nahm ich Anlauf und krachte mit voller Wucht gegen die Tür.

Ein gedämpfter Schrei.

Wimmern.

Klirren von Kletten.

Ich wirbelte herum, verschaffte mir einen Überblick. Mehr PCs, Büroartikel und eine Frau, die an den Heizkörper gefesselt war. Es roch nach Erbrochenem.

Sie riss die Augen auf, als sie mich bemerkte, stöhnte gegen den Knebel in ihrem Mund.

»Alanna«, flüsterte ich und stürmte auf sie zu, befreite sie von dem Fetzen, der sie am Reden hinderte. »Ist noch wer hier? Bist du allein?«

»A-Allein«, stotterte sie. Tränen rannen über ihre Wangen, sie zitterte am ganzen Körper. Ihr Atem kam in schweren Stößen, rasselte, als hätte sie eine Lungenentzündung. Sie saß auf einer alten Decke, trug eine Jeans und ein Shirt, ein Mantel hing lose über ihren Schultern.

Etwa zwei Yards entfernt von ihr lag der Schlüssel für die

Handschellen in einer Schale. Genau so weit entfernt, dass sie ihn nicht erreichen konnte. Ich stand auf, ging dorthin und holte ihn, bevor ich sie von den Handschellen befreite.

Sie stöhnte auf, rieb sich die Handgelenke.

»Hey, ich bin hier, ganz ruhig.« Ich nahm ihr Gesicht in meine Hände, strich ihr mit den Daumen über die Wangen.

Sie hatte tiefe Augenringe, ihre Lippen waren trocken, ihr Teint unnatürlich blass. Die Haare hingen strähnig an ihr hinab.

»Haben sie dir etwas angetan? Bist du verletzt?«

Sie schluckte angestrengt, schüttelte den Kopf. »Nein. Aber in meinem … in meinem BH ist eine Nachricht für dich.« Sie hob den Arm und griff zitternd in ihren Ausschnitt. »Ich dachte nicht, dass sie mich am Leben lassen, Harvey.«

Ihre Stimme war nur noch ein Flüstern. Sie mischte sich mit leisen Schluchzern. Ihr Kopf fiel nach vorn, ich schnappte mir den Zettel und mit der anderen Hand drückte ich sie fest an mich. »Ich bin hier, ich lasse dich nicht allein.«

Während ich sie hielt, faltete ich den Zettel auseinander.

Livia oder Alanna?

Du kannst dich weder von der einen noch von der anderen fernhalten. Aber ich werde dir helfen. Wie ich es damals bei Holly getan habe – es war eine Lektion, aus der du lernen solltest.

Verabschiedest du dich nicht von Livia, wird Alanna sterben.

Deine Entscheidung.

Ich zerknüllte den Zettel in meiner Hand, mein Arm begann zu zittern. Dieses verdammte Arschloch hatte mich die ganze Zeit auf dem Radar gehabt, obwohl ich vorsichtig gehandelt hatte. Obwohl ich mich langsam angetastet hatte.

Das zurückhaltende Spiel war längst vorbei.

Ich würde nach außen hin den Anschein erwecken, dass ich eingeknickt war. Aber ich würde niemals aufhören, nach diesem Mistkerl zu suchen, auch wenn ich mehrere Rückschläge kassiert hatte.

Dexter hatte mir den Krieg erklärt – er sollte ihn bekommen.

***

Ich stieg mit Alanna gerade aus dem Aufzug, als mein Smartphone klingelte.

»Was?«, blaffte ich in den Hörer.

»Ist Livia bei dir? Ich würde dir raten, nicht zu lügen«, knurrte Jackson am anderen Ende der Leitung. Er klang aufgebracht ... ungewöhnlich emotional.

»Ist sie nicht. Was ist passiert?«

Er schnaubte. »Sie hat es irgendwie geschafft, in meiner Abwesenheit meine Männer in einen Dämmerzustand zu versetzen, und ist aus der Villa verschwunden.«

Meine Eingeweide krampften sich zusammen. »Habt ihr in ihrem Apartment nachgesehen?«

»Es ist jemand auf dem Weg dorthin. Wenn sie bei dir ist und du mich verarschst ...«

»Für so einen Scheiß habe ich keine Zeit. Ruf mich an, wenn ihr sie habt. Sie kann nicht weit sein.« Ich legte auf, dann schloss ich die Tür auf und betrat meine Wohnung. Wütend warf ich das Smartphone auf die Couch und schob Alanna ins Bad, bevor ich ihr das Sakko von den Schultern zerrte. Sie zitterte wie Espenlaub, schlang die Arme um ihren Oberkörper.

»Schaffst du es allein oder soll ich dir helfen?«, fragte ich in ruhigerem Ton, deutete mit dem Kopf zur Dusche.

»Ich schaffe das schon. Hab die letzten sieben Tage schließlich auch überlebt«, murmelte sie, ihre braunen Augen blickten mich trüb an. Sie war völlig geschunden, müde und am Ende ihrer Kräfte. Dass sie überhaupt so lange durchgehalten hatte, grenzte an ein Wunder.

»Bist du sicher, dass du nicht verletzt wurdest?«

»Nur ein paar Schrammen, mehr nicht. Das geht vorbei.«

Ich glaubte ihr kein Wort, aber in dieser Hinsicht war sie wie Holly: Drängte man sie in die Ecke, entlockte man ihr noch weniger. Ich würde warten müssen, bis sie redete. »Okay. Ruf mich, wenn du etwas brauchst. Handtücher sind im Kasten, ich bestelle dir währenddessen etwas zu essen.«

Wie auf Kommando begann ihr Magen zu knurren und ihre Wangen wurden rot. Sie schämte sich.

Ich hob meine Arme, legte sie auf ihre Schultern. »Du hast Angst, ich weiß, aber ich werde dich beschützen.«

Sie lächelte verkrampft. »Der Typ, hinter dem meine Schwester her war, hat es auf mich abgesehen. Du kannst mich nicht beschützen.«

»Er ist nicht hinter dir her«, stellte ich klar. »Er will mich. Du bist für ihn nur eine Möglichkeit, um an mich ranzukommen, sonst hätte er dich niemals am Leben gelassen.«

Sie streifte sich eine Haarsträhne hinter das Ohr, ihr Blick wanderte fahrig im Raum umher. »Ich habe seinem Schlägertypen, der mich bewacht hat, geschworen, dass ich nichts über Dexter weiß. Dass Holly nie mit mir darüber gesprochen hat. Aber es gibt da etwas … und ich hoffe, dass du damit etwas anfangen kannst.«

Mein Herz machte einen Satz. »Sie hat dir von ihren Ergebnissen erzählt?«

Sie verzog ihre Lippen. »Nicht direkt, nur wenige Fakten, falls ihr etwas zustoßen sollte.« Alanna rieb sich über die Schläfen, ihre Finger bebten. »Ich versuche, mich zu erinnern. Aber da ist gerade nur Leere. Ich fühle mich so verdammt nutzlos.«

»Die Erinnerungen kommen wieder. Du befindest dich in einem völligen Ausnahmezustand. Geh duschen, dann iss etwas, okay?«

Sie ließ die Arme sinken, seufzte leise. »Okay.« Sie sah zu mir hoch. Ihre braunen Augen ähnelten Hollys, sie katapultierten mich direkt in die Vergangenheit, erinnerten mich daran, warum ich das alles tat. Wieso ich kämpfte.

Ich drehte mich um und verschwand aus dem Bad. Erst als ich das Wasser laufen hörte, ging ich zur Couch und bestellte über die App etwas zum Essen für Alanna. Mir war der Appetit längst vergangen.

Der Gedanke daran, auch bei Alanna zu spät gekommen zu sein, hatte alte Wunden aufgerissen.

Ich war Anwalt, hatte Macht, dennoch war es vergleichbar mit David gegen Goliath. Dexter war ein noch größerer Fisch, als ich angenommen hatte. Seine Kontakte reichten über die Staatsanwaltschaft bis zu Politikern, und ich wettete, dass er selbst im FBI seine Schäfchen hatte. Dieser Scheißkerl war ein Phantom, lebte im Untergrund und ließ seine Diener die Arbeit verrichten. Nicht umsonst gab es nicht einmal ein Foto von ihm. Nichts.

Ich rieb mir über das Kinn, sank nach vorn und ballte die Fäuste. Das hier war kein gewöhnlicher Feind, wie ich es von den Gerichtsverhandlungen gewohnt war. Ich kannte die Facetten des Bösen, verteidigte sie nur zu oft. Aber dieser Wichser war anders ... auf eine schlimmere Art gefährlich. Er besaß nicht die üblich primitive Brutalität, die mir aus dem Drogenmilieu bekannt war, er spielte mit seinen Opfern wie die Katze mit der Maus. Dexter Harris war ein völlig anderes Kaliber.

Ich musste Alanna vor ihm schützen, auch wenn mir die einzige Möglichkeit dazu, die mir derzeit einfiel, die Nackenhaare aufstellte.

Wenn ich mich nicht von Livia fernhielt, wäre sie die Nächste. Wie sollte ich die Frau von mir fernhalten, die genauso besessen von mir war wie ich von ihr? Ich kannte die Antwort. Wusste genau, wie ich es schaffen würde, dass Livia mich hasste und Abstand von mir nahm.

Der Lieferbote kam, bevor Alanna das Wasser abstellte. Ich drückte ihm wahllos ein paar Scheine in die Hand und knallte ihm die Tür vor der Nase zu.

Gerade als ich den Pizzakarton und die Coladose auf dem Couchtisch abstellte, trat Alanna ins Wohnzimmer. Sie hatte sich ein großes Handtuch um den Körper geschlungen, aber ihre Schultern konnte sie damit nicht bedecken. Ich sog scharf die Luft ein, als ich die vielen Blessuren sah. Grün, blau, gelb.

Sie drehte sich weg von mir, schluckte. »Hast du vielleicht etwas zum Anziehen?«

»Klar«, brachte ich tonlos über die Lippen, verschwand in den begehbaren Schrank und legte ihr einen übergroßen Pullover und eine Hose auf das Bett.

Es dauerte mehrere Minuten, bis sie ins Wohnzimmer zurückkam und sich neben mich auf die Couch sinken ließ. Sie griff nach einem Polster, legte es auf ihren Schoß und stützte sich darauf ab. »Danke, dass du mich gerettet hast.« Ihre Stimme traf mich bis ins Mark. Sie hatte Angst. Unglaubliche Angst um ihr Leben.

»Ich wäre fast zu spät gekommen.«

»Bist du aber nicht.«

Ich stand auf, schritt rastlos auf dem Teppich hin und her.

»Harvey, ich könnte versuchen, wieder ins Zeugenschutzprogramm zu kommen.«

Ich durchquerte das Wohnzimmer und ging zum Sideboard. »Nein. Wenn Dexter dich finden will, hilft dir auch das Zeugenschutzprogramm nichts. Ich wette, er hat Kontaktmänner beim FBI oder sogar in der verschissenen Regierung. Wir können dich nicht verstecken, wir müssen dich mit meinem Namen schützen. Somit bieten wir diesen Schweinen weniger Angriffsfläche. Weiß die ganze Stadt, dass du zu mir gehörst, überlegen sie sich zweimal, ob sie sich zurückhalten oder nicht.«

Ich griff nach meiner ältesten Flasche Whisky und schenkte mir ein. Das Plätschern beruhigte mich heute jedoch nicht, es fachte die Wut in mir nur an.

»Wie willst du das anstellen? Du kannst mich nicht offiziell als deine Schwester ausgeben. Jeder wüsste, dass das nicht stimmt.«

Ich ließ die Flüssigkeit im Glas schwenken, starrte in die gold-braune Farbe. »Ich weiß«, flüsterte ich und entschied mich für den nächsten Schritt, der alles verändern würde. »Es gibt nur einen Weg, Alanna. Du musst mir vertrauen. Es ist die beste Chance, dass du am Leben bleibst.«

Als ich zu ihr sah, leuchtete Unsicherheit in ihren Augen auf. Wie Holly begann sie, an ihrem Shirt zu nesteln, und leckte sich mehrmals über die Unterlippe. Sie waren sich so verdammt ähnlich.

»Dein Ton gefällt mir nicht. Und außerdem bist du mir nichts schuldig. Du kannst nichts dafür, dass Holly ermordet wurde. Hör auf, dir die Schuld zu geben.«

Ich nahm einen Schluck und schüttelte den Kopf. Es würde immer meine Schuld bleiben. Würde mich immer verfolgen. Aber jetzt hatte ich die Gelegenheit, zumindest einen Teil wiedergutzumachen. Ich war es Holly schuldig.

Als ich etwas erwidern wollte, klingelte das Smartphone. Ich hob ab. »Habt ihr sie?«

Ein Knurren wie das eines Wolfes, der verdammt angepisst war. »Sie ist nicht in der Pathologie, der Peilsender an ihrem

Auto ist abmontiert worden.«

Ich schluckte. »Fahrt zum Club, vielleicht ist sie im Untergrund. Ich suche in ihrem Apartment nach ihr.«

»Du Scheißer hast mir keine Befehle zu erteilen.«

Ich wollte etwas erwidern, da war die Leitung schon tot. Aufgebracht steckte ich das Smartphone in die Hosentasche und fuhr mir über das Gesicht. Wie konnte sie es wagen? Hatte sie noch immer nichts dazugelernt? Verdammte Scheiße, dieses Arschloch hätte sie umbringen können.

»Willst du mir erzählen, um welche Frau es geht?«

Ich drehte mich zu Alanna, erwartete, Missfallen in ihrem Blick zu entdecken. Nichts.

»Das war ein Typ.«

Sie hob eine Augenbraue. »Halt mich nicht für dumm, Harvey. Ich weiß, wie du drauf bist. Bis auf Holly hast du dir nie etwas aus jemandem gemacht. Also ... ich höre?«

Ich schnaubte. Mein Privatleben ging sie einen Scheiß an, aber ich brauchte sie, um meinen Plan durchzuziehen. Sie war eine wichtige Figur. Wenn ich sie nicht einweihte, würde es nach hinten losgehen.

»Okay«, gab ich nach. »Aber nur das Nötigste. Sobald ich zurück bin. Wenn ich mich nicht darum kümmere, haben wir ein weiteres Problem am Hals.«

Sie sagte nichts, während ich in meinen begehbaren Kleiderschrank lief und eine Beretta hervorholte. Ich lud sie durch, entsicherte sie und ging zurück zur Couch. »Du isst was und dann sperrst du dich damit im Bad ein, verstanden? Es ist unwahrscheinlich, dass jemand hier auftauchen wird, aber wenn, dann drückst du ab, verstanden?«

Ich wusste, dass sie mit einer Waffe umgehen konnte, Holly hatte es ihr beigebracht.

Zitternd nahm sie sie in ihre Finger und nickte. »Okay, aber ich schwöre dir eines, Harvey Cavendish, ich will danach wissen, was du mir verheimlichst. Ich habe nicht so lange durchgehalten, um an der Nase herumgeführt zu werden.«

Die übliche Stärke, die ich von ihr gewohnt war, kehrte langsam zurück. Sie hatten es nicht geschafft, sie zu brechen.

»Wir reden dann. Jetzt muss ich gehen.«

In meinem Job gab es eine einfache Regel: Wenn man versagte, wurde man bestraft.

Ich hatte versagt.

Und die Bestrafung würde mir das nehmen, was mir einen Funken Licht gebracht hatte: Livia.

***

Dass es heute noch schlimmer kommen könnte, hätte ich nicht gedacht, aber mein Gefühl verriet mir, dass Livia in verdammten Schwierigkeiten steckte. Ich raste zu ihrem Apartmentkomplex, stieg aus und nahm zwei Stufen auf einmal. Es gab nicht viele Orte, an denen sie sich verstecken konnte, und Livia war niemand, der floh. Sie scheute die Gefahr nicht, sie suchte sie eher.

Die Tür zu ihrer Wohnung stand einen Spalt offen, weshalb ich die Glock zückte und sie leicht aufstieß. Der metallische Geruch von Blut schlug mir entgegen. Ich drückte auf den Lichtschalter und machte mich auf das Massaker gefasst.

Der Teppich im Wohnzimmer war blutdurchtränkt, selbst der Holzboden hatte etwas abgekommen. Kane lag leblos da, während sich Livia gegen das Sofa lehnte und ins Leere starrte. Sie hielt die Waffe in der Hand, ruhig, ihre Finger zitterten nicht. Die Gesichtshälfte, die mir zugewandt war, leuchtete rot.

»Gott, Livia!«, fluchte ich, schlug die Tür hinter mir zu und hastete zu ihr. Ich verstaute meine Waffe, nahm ihr die ihre weg, packte sie an den Schultern und schüttelte sie.

Sie sah zu mir hoch. »Harvey.« Ein Lächeln schlich sich auf ihre Lippen.

»Scheiße, du hast einen Schock.« Ich kniete mich vor sie, strich ihr die blutigen Strähnen aus dem Gesicht und tastete sie ab. »Hat er dich erwischt? Was fällt dir überhaupt ein, so einen Scheiß zu machen? Bist du komplett durchgeknallt?« Mit jedem Wort wurde meine Stimme lauter. Ich brüllte fast, Adrenalin jagte durch meine Adern. »Dieses Mal bist du zu weit gegangen. Egal, was ich deinem Bruder drohe, er wird dich dennoch einsperren. Herrgott, Livia, Kane war nicht dein beschissenes Problem!«

Sie blinzelte mehrmals, schien wieder zu sich zu kommen. »Doch, war er. Er hätte mich so oder so gejagt. Ich regle die Dinge auf meine Weise.«

»Deine Weise wird dich ins Grab bringen, du stures Weibsstück!« Wütend griff ich nach dem Smartphone und wählte Jacksons Nummer.

»Hol sie in ihrem Apartment ab«, knurrte ich und legte wieder auf.

»Du hast mich gerade verpfiffen?«

Ich stand auf, zog sie mit mir und bugsierte sie auf die Couch. Blut. Überall Blut, als hätte sie zum Teil darin gebadet. »Du solltest froh sein, dass ich dir nicht deinen Arsch versohle, bis du auch dort blutest.«

Erst als ich mich versichert hatte, dass sie nichts abbekommen hatte, atmete ich durch.

»Schade um ihn. Er hätte mir noch nützlich sein können«, seufzte sie und blickte auf ihre Hände.

Ich fasste es nicht. Sie war so ruhig. So verdammt ruhig, obwohl sie dieser Wichser fast ins Jenseits katapultiert hätte.

»Komm mit«, knurrte ich, packte sie am Oberarm und riss

sie hoch. Wie ein störrisches Maultier zerrte ich sie ins Bad und drehte den Hahn auf.

»Spinnst du?«, fauchte sie. »Ich bin nicht dein Hündchen.«

Ohne zu antworten, schob ich sie hinein und schloss die Schiebetür hinter uns. Ich griff nach dem Duschkopf und brauste sie kalt ab. Sie schrie auf, drängte sich an die Wand und schlug um sich. Ich wich aus, duckte mich weg. »Halt still!«

»Verdammte Scheiße, bist du irre?«, fluchte sie und drehte den Regler auf die andere Seite. Sie keuchte auf, starrte mich mit großen Augen an, das Leere in ihrem Blick verschwand.

»Und? Wieder unter den Lebenden?«, fragte ich sarkastisch und spülte das restliche Blut von ihrem Körper. Dass sie ihre Klamotten noch trug, war mir scheißegal, Hauptsache, sie erinnerte mich nicht an eine Schlachtbank.

»Er hätte mich fast umgebracht«, flüsterte sie. »Aber nur fast.«

Ich hängte den Duschkopf wieder in die Vorrichtung, drängte mich gegen sie und presste sie an die Fliesen. »Wie konntest du dich nur so in Gefahr bringen?«

Sie reckte das Kinn in die Höhe. »Du hast nicht über mich zu entscheiden. Niemand hat das.«

Ich wusste, dass diskutieren sinnlos war. Dass sie nur auf eine Art verstehen würde. Ich packte sie im Nacken, zog sie zu mir und küsste sie hart. Keine Scheu, keine Zurückhaltung. Bestrafung.

Ich verstärkte meinen Griff, bis sie wimmerte, schob den nassen Stoff an ihrem Oberschenkel nach oben und befreite mich von meiner Hose.

Sie keuchte auf, als ich in ihre Unterlippe biss. Meine Finger so fest gegen ihre Klit drückte, dass es für sie an der Schmerzgrenze sein musste. Sie stöhnte auf, fiel leicht nach vorn. Ich ließ ihren Nacken los, packte sie unter ihrem Arsch und hob sie hoch. Kein Vorspiel. Die pure Härte.

Ich brachte meinen Schwanz an ihren Eingang, nahm sie mit einem dominierenden Stoß, sodass sie fester gegen die Fliesen prallte. Sie schrie auf, krallte die Finger in meine Schulterblätter, schlang die Beine um mich.

Ich nahm sie fester, erinnerte sie daran, wer von uns hier das Sagen hatte.

Es gefiel ihr. Ich merkte es an der Art, wie sie stöhnte, sich gegen mich presste. Sie wollte mehr. Noch mehr.

Ihre Muskeln begannen zu zucken, während ich mich fordernder in sie stieß, mein Tempo beschleunigte.

Als sie kam, brach sie über mir zusammen. Ich hielt sie fest, genoss ihre spitzen Schreie an meinem Ohr, verlor mich in ihr.

Wir sanken auf den Boden, ich drückte sie gegen die Duschwand, während das Wasser auf uns hinab prasselte. Unser Keuchen erfüllte die Kabine und ich hasste mich in diesem Moment dafür, dass ich mich nicht beherrschen konnte.

»Du hättest niemals in mein Leben treten sollen, Livia.«

***

Eine Stunde später betrat ich wieder meine Wohnung. Es war ruhig. Niemand, der mich mit einer Pistole an Alannas Schläfe erwartete. Ich hatte das Schloss zu meiner Wohnungstür austauschen lassen ... nach zwei Jahren, in denen ich meine Vergangenheit als Schlüssel mitgeschleppt hatte, fühlte es sich erleichternd an. Und ich verhinderte damit, dass Livia dieses Apartment jemals wieder unbemerkt oder überhaupt ohne meine Zustimmung betreten würde.

»Alanna? Ich bin's nur!«, rief ich zum Bad und hörte das Öffnen einer Tür. Sie drückte auf den Lichtschalter, kam mit der Beretta in der Hand heraus. Ihre Haare waren mittlerweile getrocknet.

»Hast du alles klären können?«, fragte sie leise und gab mir die Waffe zurück, als handelte es sich dabei um Gift. Ich wusste, dass sie nicht abdrücken wollte, aber hätte es die Situation verlangt, wäre ihr keine Wahl geblieben.

»Ja«, gab ich knapp zurück und ging zur Couch. Überreste einer Pizza lagen auf dem Tisch, daneben stand eine Coladose. Immerhin hatte sie etwas gegessen, während mein Magen nicht einmal ansatzweise knurrte.

Ich ließ mich auf die Couch sinken und sie setzte sich neben mich, formte ihre Beine zu einem Schneidersitz. »Ich höre.«

Auch in diesem Punkt war sie Holly so ähnlich - sie kam gleich zur Sache. Ich widerstand dem Verlangen nach einem ordentlichen Drink und lehnte mich zurück. »Es ist kompliziert.«

»Davon wäre ich jetzt überhaupt nicht ausgegangen.« Der sarkastische Unterton passte nicht zu ihrer sanften Art.

»Alanna, ich bin nicht der Typ für Gefühlsduselei.«

»Und trotzdem magst du diese Unbekannte. Ich sehe es dir an. Wag nicht, es zu leugnen! Holly hätte es sich für dich gewünscht.«

»Sobald Emotionen im Spiel sind, neigt man zu Fehlern, das weißt du«, wich ich ihr aus und starrte nach draußen auf die Skyline Chicagos.

Zaghaft legte sie eine Hand auf meinen Oberschenkel, als hätte sie Angst, dass ich sie wegschlagen würde.

Ich hasste es, wenn sie mich so berührte. Damit zeigte sie mir Verständnis. Ich wollte es nicht.

»Harvey ... in welche Scheiße hast du dich geritten?«

Ich wandte meinen Blick vom Fenster und starrte auf ihre Hand. »In verdammt große Scheiße.«

Weil ich wusste, dass es sinnlos war, es ihr zu verheimlichen, und sie die Wahrheit verdiente, begann ich, zu erzählen. Von der ersten Begegnung mit Livia, über den Plummings-Fall bis zu meinen Untergrundaktivitäten, um Dexter in die Finger zu bekommen.

Sie schwieg währenddessen, unterbrach mich kein einziges Mal.

»Er hat mir Holly genommen und wollte dich als Nächstes umbringen, davon gehe ich stark aus. Aber aus irgendeinem Grund liebt er es, mich leiden zu lassen. Deswegen kam Livia ins Spiel. Wenn ich sie nicht aus der Sache raushalte, stirbt sie«, beendete ich meinen Monolog und leckte mir über die trockenen Lippen.

»Ich glaube nicht nur, dass du sie magst. Harvey ... ich denke, dass du sie auf eine schräge Art und Weise liebst.«

Ich lachte auf. »Man liebt jemanden nicht nach ein paar Wochen, Alanna.«

»Es ist schwer, eine allgemeingültige Definition für Liebe zu finden, aber du weißt genau, was ich meine. Stell dich nicht dumm. Dexter hatte dich die ganze Zeit im Visier. Er hat nur darauf gewartet, dass die Sache zwischen Livia und dir ausartet. Wenn du jetzt nachgibst, wird er dich immer in der Hand haben.«

Ich schnaubte. »Wenn ich nicht nachgebe, wird sie sterben. Das«, ich schluckte, »würde ich nicht ertragen. Ich weiß genau, was es aus mir machen würde. Ein noch größeres Arschloch, das zu weitaus schlimmeren Taten fähig wäre.«

Sie drückte meinen Oberschenkel leicht. »Du bist nicht für mich verantwortlich, Harvey. Es ist nicht deine Aufgabe, mich zu beschützen.«

»Doch, Alanna«, brachte ich mit brüchiger Stimme hervor. »Genau das ist meine Aufgabe. Ich lasse dir keine Wahl, du wirst mitspielen. Sonst wirst du irgendwo mit aufgeschlitzter

Kehle in der Gasse liegen, ich weiß es.«

Sie nahm ihre Hand zurück, verschränkte die Finger fest ineinander. »Das kannst du nicht tun.«

Mein Geduldsfaden wurde immer dünner. »Doch, das kann und werde ich. Auch wenn du es niemals zugeben wirst, willst du Dexter ebenso wie ich. Hast du dir vorgestellt, was du mit ihm anstellst, wenn du ihn in deinen Fingern hast? Hast du dir ausgemalt, wie es sein würde, ihn sterben zu sehen?«

»Gottverdammt, ja!«, schrie sie und zuckte im nächsten Moment zurück, als hätte sie sich vor sich selbst erschreckt. Sie raufte sich die Haare, barg das Gesicht in ihren Händen. »Mehr als einmal, Harvey. Erst recht, als mir klar wurde, dass er mich benutzt, um dich zu treffen. Ich will ihn aufhalten. Aber wer bin ich schon? Ich habe Biologie studiert, nicht Kriminalwissenschaften.«

Dieses Mal war ich es, der sie berührte. Ich legte ihr eine Hand auf den Rücken. »Das brauchst du auch nicht. Ich bin nicht umsonst Anwalt, auch wenn ich in Zukunft zu härteren Methoden greifen muss, um das Schwein aus der Reserve zu locken. Wenn du leben willst, musst du bei mir bleiben. Es gibt nur eine Möglichkeit, wie ich deine Überlebenschancen erhöhen kann.«

Sie sah mich besorgt an. »So, wie es sich anhört, wird mir diese Möglichkeit nicht gefallen.«

»Keinem von uns beiden, aber es ist auf die Schnelle die einzige Chance, die wir haben. Mir bleibt keine Zeit, um Alternativen zu suchen. Dexter könnte dich schon morgen wieder erwischen.«

»Aber in dem Brief steht, dass ich überlebe, wenn du dich von Livia fernhältst«, murmelte sie und zog die Augenbrauen zusammen.

»Ich glaube ihm kein Wort. Aber eines ist sicher: Wenn ich

Livia nicht gehen lasse, wird sie ohne jeden Zweifel von ihm getötet werden.«

Alanna griff nach der Coladose und nahm einen Schluck. »Wir müssen es irgendwie schaffen, ihn dingfest zu machen. Während du weg warst, ist mir ein winziges Detail eingefallen, aber ich glaube nicht, dass es dich weiterbringt.«

Ich horchte auf. »Was?«

»Ich glaube, Holly hat geahnt, dass sie auf seiner Abschussliste stand. Sie hat mir nie gesagt, was genau sie herausgefunden hatte, vermutlich, um mich zu schützen, aber irgendwann übergab sie mir einen Zettel mit einer Buchstaben-Zahlen-Kombination: 1215JR. Sagt dir das etwas?«

Ich rieb mir die Schläfen, kramte in meinen Erinnerungen. Zählte die Zahlen zusammen, multiplizierte sie, aber nichts ergab einen Sinn. Ich stand auf, ging zum Sideboard und holte Stift und Zettel, ehe ich mir den Code notierte. »Es ist ein Anfang, Alanna.«

Ich merkte ihr an, dass ihr fehlendes Erinnerungsvermögen an ihr nagte. Dabei war es nur eine natürliche Reaktion des Gehirns auf ihr traumatisches Ereignis. Ich durfte sie nicht drängen, auch wenn ich alle Informationen am liebsten aus ihr hinausschütteln wollte.

»So, und jetzt will ich alles über deinen Plan wissen.«

Ich wunderte mich über die Ruhe in meiner Stimme, als ich ihr davon erzählte; mir immer wieder ins Gedächtnis rief, dass es der einzige Weg war. Als ich endete, starrte sie mich mit großen Augen an, hielt sich die Hand vor den Mund und schüttelte den Kopf. Es dauerte nur wenige Sekunden, bis die Tränen zu fließen begannen. Mein Hals wurde eng und das Bedürfnis, diesen verdammten Wichser zu verprügeln, bis nichts mehr von ihm übrig war, wuchs.

»Nein Harvey«, brachte sie bebend hervor, ihre Stimme

wurde von ihrer Hand gedämpft.

»Wenn du rational denkst, weißt du, dass es keinen anderen Weg gibt.«

Sie ließ die Hand sinken, griff nach dem Saum ihres Pullovers und wischte sich über das Gesicht. Wenn ich Alanna ansah, sah ich Holly. Der Unterschied zwischen ihn war: Die eine lebte, die andere war tot. Jetzt hatte ich noch die Gelegenheit, etwas zu unternehmen.

Die Stille zwischen uns war kaum erträglich, die Wut, die mich vereinnahmte, kaum kontrollierbar. Ich war gezwungen, diesen Schritt zu gehen. Dexter ließ mir keine andere Wahl.

»Dir ist klar, dass du damit alles verlierst, was dir wichtig ist?«

Sie musste den Namen nicht aussprechen. Ich wusste auch so, dass sie auf Livia anspielte. Und damit hatte sie recht.

»Ja.«

»Und dennoch willst du es tun?« Unverständnis mischte sich in ihre Worte. Ihre Augen waren gerötet, als könnte sie überhaupt nicht mehr aufhören, zu heulen.

»Ja.«

Mein Herz schlug dumpf und hart gegen meinen Brustkorb.

Wir beide wollten es nicht.

Aber uns blieb keine Wahl.

Handeln oder sterben.

Kapitel 32

Livia Moriarty

Schmerz konnte alles überschatten.
Für den Moment – nicht für die Ewigkeit.

MEIN HERZ SCHLUG ruhig in meiner Brust, während ich das Flackern des Kerzenscheins an meiner Zimmerdecke beobachtete. Ich fühlte mich so ausgeglichen wie schon lange nicht mehr. Das Adrenalin war aus meinem Körper verschwunden, hatte ein angenehmes Gefühl der Zufriedenheit hinterlassen. Doch vielleicht war es auch der Sieg über Kane, der all das auslöste.

Es klopfte an meiner Zimmertür und bevor ich etwas sagen konnte, stand Margret bereits im Türrahmen. »Ich dachte, Sie könnten einen warmen Tee vertragen.«

»Es geht mir gut, wirklich«, erwiderte ich und setzte mich langsam auf. Rutschte so weit nach oben, dass ich mich ans Kopfende des Bettes lehnen konnte.

»Wenn es nicht so wäre, würden Sie es auch nicht laut aussprechen«, gab sie trocken zurück und stellte den Tee auf meinem Nachttisch ab. Ohne zu fragen, ließ sie sich auf meine Bettkante sinken und musterte mich eingehend. »Sie wären fast gestorben, Livia.«

»Ich habe mich noch nie so lebendig gefühlt.« Eigentlich

wollte ich nicht darüber reden. Dennoch waren meine Worte nicht gelogen. Ich fühlte mich gut.

»Das macht mir viel größere Sorgen«, murmelte Margret und ich sah wieder diesen Ausdruck in ihren Augen. Voller Sorge und dem Versuch, mich verstehen zu wollen.

Ich wandte den Blick ab, griff stattdessen nach dem dampfenden Tee und umklammerte die Tasse mit beiden Händen. »Sie müssen sich um mich keine Sorgen machen. Ebenso wenig wie Jackson und Harvey. Es erdrückt mich.«

»Dass sich Mr. Cavendish um Sie sorgt, erdrückt Sie? Ich denke, Sie müssen Ihren Blickwinkel ändern. Bei Mr. Charlton glaube ich Ihnen.« Ein flüchtiges Lächeln huschte über ihre Lippen.

»War er wütend gestern Abend?«

»Ihr Bruder?«

Ich nickte. Dabei kannte ich die Antwort bereits.

»Er war außer sich. Aber er denkt, ich hätte nichts geahnt und Sie hätten mich betäubt. Er hat mir heute sehr deutlich gesagt, dass ich Ihnen nie über den Weg trauen darf.« Sie klang ernst, doch ich sah etwas in ihren Augen aufblitzen, das ich von mir kannte. Es interessierte sie nicht, was Jackson sagte. Jedenfalls in diesem Fall nicht.

Mein Lachen erfüllte den Raum. »Aber ihm sollte man trauen? Das ist doch verrückt.«

»Er will Sie beschützen.«

»Jeder will das. Aber sie wollen es zu spät. Das Leben hat aus mir gemacht, wer ich bin, Margret. Und das ist gut so. Ich werde mich für niemanden auf dieser Welt ändern. Das würde ich nur irgendwann bereuen.« Ich nippte an dem Tee.

»Wissen Sie, wer Sie sind?«

Ihre Frage ließ mich innehalten. Ich dachte einen kurzen Moment darüber nach. Hatte ich mich gefunden? Fand man sich überhaupt jemals? War das Leben nicht ein Prozess, dessen Ereignisse Blickwinkel und Einstellungen änderten?

Ich hatte keine Antwort auf ihre Frage. Das Einzige, was ich wusste, war, dass ich in den letzten Wochen das erste Mal Momente erlebt hatte, in denen ich mich ein stückweit hatte fallenlassen können; in denen ich das Gefühl gehabt hatte, angekommen zu sein. An einem Punkt, den ich nie gesucht hatte.

»Was denken Sie, wer ich bin?«, flüsterte ich und strich mir eine Haarsträhne hinter das Ohr.

»Eine unglaublich starke Frau, die viel zu schnell erwachsen werden musste und sich dabei verloren hat, Livia. Sie müssen nicht alles allein bestreiten in Ihrem Leben.«

»Doch. Es war immer so und wird sich auch nie ändern.«

»Was ist mit Mr. Cavendish?« Sie hob die Augenbrauen, ihr Mundwinkel zuckte verräterisch.

Ich zögerte. Dann schüttelte ich den Kopf. »Ich würde Ihnen so gern sagen, dass er vielleicht eine Chance für mich ist. Aber das wird nicht so sein, Margret.«

»Sie haben gestern selbst gesagt, dass er einen Funken Licht in Ihnen entzündet hat, bevor Sie gingen«, hielt sie dagegen und erinnerte mich an meine eigenen Worte.

»Das stimmt. Aber ... mein Gefühl sagt mir, dass die Dunkelheit zurückkehren wird. Und ich habe Angst davor, dass sie schlimmer und finsterer sein wird als je zuvor. Wir sind nicht dazu geschaffen, den anderen zu retten.« Die Worte taten weh, als ich sie laut aussprach. Dabei wusste ich schon seit unserer ersten Begegnung, dass der Anfang und das Ende bei Harvey und mir dicht beieinanderlagen. Es war ein Drahtseilakt. Nur ein falscher Schritt genügte, um ins Nichts zu fallen.

»Sie können nicht beide auf ewig vor Ihren Gefühlen davonlaufen«, sagte Margret mit einem Seufzen. Verzweifelt darüber, dass ich nicht einlenkte.

»Tue ich nicht. Ich habe mich bereits viel zu sehr darauf eingelassen. Aber ...« Ich stockte, überlegte. Doch dann schüttelte ich den Kopf. »Lassen wir das. Die Zeit wird es zeigen.«

»Werden Sie kämpfen?«, fragte sie plötzlich und es dauerte einen Moment, bis ich sie verstand.

»Wissen Sie, was ich mein Leben lang tue? Kämpfen. Für alles habe ich gekämpft. Und ja, ich werde weiterkämpfen. Aber nicht gegen die Vergangenheit eines anderen. Nicht gegen eine Tote.«

»Was ist, wenn er um Sie kämpft?«

»Was sollte dann sein?«

»Hat er eine Chance?«

»Vielleicht ...«, murmelte ich und versteckte mich fast schon hinter der Teetasse, als ich einen weiteren Schluck nahm.

Jacksons Räuspern durchbrach die Vertrautheit. Margret erhob sich sofort von meiner Bettkante, warf mir einen flüchtigen Blick zu, ehe sie sich an ihm vorbeidrängte.

»Was willst du?«, fragte ich kalt.

»Cavendish hat angerufen. Er will dich sehen«, sagte er tonlos und verzog dabei keine Miene. Seine Hände hatte er in die Taschen seiner Hose geschoben. Lehnte dort in dem Türrahmen meines Gefängnisses, als könnte er über alles und jeden bestimmen.

»Und das sagst du mir, weil du mich nicht gehen lässt?«, erwiderte ich bissig und ignorierte, dass sich mein Herz einen Moment zusammenzog. Nach allem, was in der letzten Nacht geschehen war, gab es so vieles, das ich ihm sagen wollte.

»Du kannst gehen. Maximal zwei Stunden«, knurrte mein Bruder.

Ich lachte bitter. »Darauf vertraust du? Keine Angst, dass wir gemeinsam durchbrennen?«

»Das wagt er nicht, wenn er überleben will. Und du besser auch nicht«, drohte er mir und ich sah in seinem Blick, wie ernst er es meinte. Doch ich empfand keine Angst. Nicht vor Jackson.

Ich stellte den Tee auf dem Nachttisch ab und schwang mich aus dem Bett. Schlüpfte in die Pumps, die neben dem Schreibtisch standen.

»Ich werde noch mal dein Untergang sein, Jax.« Mit einem Lächeln auf den Lippen klopfte ich im Vorbeigehen auf seine Schulter, ehe ich schnell die Treppe hinunter verschwand, bevor er es sich anders überlegte.

***

Als ich meinen Wagen neben Harveys Audi parkte, lehnte ich mich einen Moment in meinem Sitz zurück und atmete durch. Es fühlte sich zu vertraut an, herzukommen. Ein Gefühl, das mir nicht behagte. Mein Instinkt sagte mir, dass er früher oder später bereuen würde, mir den Code für die Tiefgarage gegeben zu haben.

Der Aufzug fuhr mich nach oben und als sich die Türen öffneten, erwartete Harvey mich bereits in der offenen Wohnungstür. Ein seltsames Bild, das mich innehalten ließ. Unschlüssig stand ich vor dem Fahrstuhl, dessen Türen sich in meinem Rücken wieder schlossen.

Ich straffte die Schultern. »Sollte ich herkommen, damit du mir einen Vortrag bezüglich gestern halten kannst? Dann gehe ich wieder.«

»Nein, Livia«, war seine knappe Antwort, dann trat er einen Schritt beiseite. Befahl mir mit einem leichten Kopfnicken, dass ich reinkommen sollte.

Zögernd setzte ich mich in Bewegung. Blieb direkt vor ihm

stehen. So nah, dass ich die Wärme seines Körpers spürte. Sah zu ihm auf. »Wenn ich es nicht besser wüsste, würde ich denken, dort drinnen wartet Kane auf mich, damit er mich doch noch umbringen kann.«

Er verzog keine Miene. Das Lächeln von meinen Lippen verschwand und ich betrat das Apartment, mit dem ich mittlerweile mehr als nur eine Erinnerung verband.

»Hast du noch immer nicht begriffen, dass du gestern fast gestorben wärst?«, fragte Harvey, nachdem die Tür ins Schloss gefallen war und er mir in den Wohnraum folgte.

Die Stimmung war seltsam angespannt. Anders, als es sonst zwischen uns war. Ganz automatisch sah ich mich um, als würde ich hier irgendwo den Auslöser dafür finden. Doch nichts war anders.

»Doch, habe ich«, gab ich beiläufig zurück und zuckte mit den Schultern. »Und gleichzeitig habe ich mich schon lange nicht mehr so gut gefühlt, Harvey. Wieso kannst du mich nicht so nehmen, wie ich bin?«

Er stand dort mitten im Raum, als wüsste er nicht, wohin mit sich. Ich bemerkte seine angespannten Kiefer, wie er mich eingehend musterte. Als würde er darauf warten, dass ich etwas Dummes tat. »Du kannst es doch auch nicht.«

Unsere Blicke trafen sich. Stille breitete sich aus. Ohne etwas zu erwidern, drehte ich ihm den Rücken zu und öffnete das Fensterelement zum Balkon. Atmete die kühle Luft ein, die hereinströmte. Für einen kurzen Moment beschlich mich wieder das Gefühl, dass etwas anders war. Doch der fremde Duft, der für den Bruchteil einer Sekunde an mir vorbeizog, war zu schnell wieder verschwunden. Nicht greifbar.

»Ich wusste, was ich tat, als ich Kane erpresst habe, um an Hollys Akte zu kommen. Und es war allein meine Verantwortung, dieses Risiko einzugehen. Ebenso, das Problem aus der

Welt zu schaffen«, begann ich leise und versuchte zu ignorieren, dass mein Herz wie wild in meiner Brust schlug. »Du kannst keinen anderen Menschen aus mir machen. Und das ist auch nicht, was ich möchte.«

Zögernd drehte ich mich zu ihm um. Er stand noch immer an der gleichen Stelle wie zuvor. Sagte nichts.

»Ich habe früh gelernt, mich um meine Angelegenheiten zu kümmern. Mir blieb keine Wahl. Und ... ja, es gibt Menschen, die mich für vollkommen wahnsinnig halten, weil ich so bin, wie ich bin. Vielleicht hat mich all das mehr gezeichnet, als ich mir je eingestehen werde. Aber ... ist es das, was du willst? Dass ich mich ändere?«

»Du sollst lediglich aufhören, dein Leben zu riskieren. Das ist ein Unterschied«, erwiderte er und für den Bruchteil einer Sekunde sah ich in seinen Augen aufblitzen, was ich seit meiner Ankunft vermisste. Doch es war viel zu schnell wieder verschwunden.

»Wieso stellst du Forderungen an mich, an die nicht einmal du dich halten kannst, Harvey? Hast du noch immer nicht begriffen, wie mein Leben bisher verlaufen ist?« Die Distanz zwischen uns machte mich wütend. Ich ballte die Hände zu Fäusten, meine Nägel gruben sich tief in meine Haut.

»Fang nicht damit an, Livia. Das Ziel, das ich verfolge, ist etwas völlig anderes. Du riskierst dein Leben für den Kick.« Es traf mich mehr, als eine Ohrfeige es je könnte.

»Du denkst also, dass du dir nach dieser kurzen Zeit anmaßen kannst, das zu beurteilen? Was weißt du schon über mich, Harvey?«

»Du musst lernen, die Kontrolle abzugeben«, erwiderte er lediglich. Schob seine Hände in die Hosentaschen. Vergrößerte die Distanz zwischen uns mit dieser Geste nur noch mehr.

Ein Gefühl der Hilflosigkeit überfiel mich. Tiefer als in jenem

Moment, als sich die Haken des Tasers in mein Bein gefressen und den Strom durch meinen Körper geschossen hatten. Gestern hatte ich den Auslöser für dieses Gefühl gekannt. In diesem Moment nicht.

Es ließ mich wütend werden. Ich kämpfte gegen den Drang an, einfach an Harvey vorbeizustürmen und all das hier hinter mir zu lassen. Aber es war zu viel geschehen, als dass es so einfach wäre.

»Das ist alles? Wirklich, Harvey?« Es überraschte mich, wie fest meine Stimme klang. Doch in jenem Moment, als ich weitersprach, fühlte es sich an, als würde ich einen Teil von mir aufgeben. »Ich will kein Mitleid für das, was mir geschehen ist. Scheiße, ich habe mir meine Eltern, meine Geschwister und meine Vergangenheit nicht ausgesucht. Ja, ich wurde geschlagen. Mehr als einmal. Und ich habe am Ende meinen eigenen Bruder getötet.« Ich hielt inne, stockte. Meine Lippen bebten, doch meine feste Stimme blieb. »Ist dir in unserer Zeit eigentlich bewusst geworden, womit ich mein Studium finanziert habe? Ich habe ein stückweit mich selbst verkauft, auch wenn ich nie mit diesen Typen gegen Geld geschlafen habe. Aber mehr bist du nicht für sie. Geldscheine, die sie auf den Tisch legen. Ein Ding, das käuflich ist. Soll ich mich dafür jetzt schämen? Ich wäre ohne diesen Job nicht da, wo ich heute bin.«

Es tat mir weh, so offen über all das zu reden. Ich hatte es nie getan. Mit niemandem. Aber so schmerzhaft es auch war, es trieb mir keine Tränen in die Augen. Ich würde nicht wegen meiner Vergangenheit weinen. Sie hatte mich zu der Frau gemacht, die ich war, und das war okay.

»Menschen haben versucht, mich umzubringen, schon vor Kane. Doch das, was er mir angetan hat, war viel schlimmer, als mir das Leben zu nehmen. Deswegen gehörte er allein mir. Ich hätte es damals schon tun sollen.« Meine Finger krallten sich in den Rock meines Kleides, ich spürte mein Herz bis in meine Kehle schlagen. Die Erinnerungen kamen hoch. Es war, als würde sein Parfum von damals in der Luft hängen. Wenn ich es aussprach, durchbrach ich eine Grenze, die ich mir vor Jahren selbst gesteckt hatte. Dennoch …

»Dass du diese Akte in deinen Händen halten konntest, ist dem Umstand geschuldet, dass Kane …« Ich wollte etwas sagen, doch kein Ton verließ meine Lippen. Für ein paar Sekunden herrschte Stille. Ich musste die Augen schließen, damit ich den Ausdruck in Harveys nicht sah. »Er ist damals über mich hergefallen, als wäre ich eine Nutte. Hat mir ein Geldbündel vor die Füße geworfen. Ich war damals schon stark, aber … dagegen war ich machtlos. Jeder Moment, in dem ich mich wehrte oder schrie, hat ihn angestachelt. Ich weiß nicht, wie lange es gedauert hat. Aber lang genug, um mich bis ans Ende meines Abgrundes zu treiben.«

Es brannte hinter meinen Lidern. Meine Kehle schnürte sich zu, als sich mein Magen zusammenzog. Ich legte den Kopf in den Nacken und versuchte, die aufsteigenden Tränen wegzublinzeln. Noch nie hatte ich mich so ausgeliefert gefühlt wie in diesem Moment. »Ich habe nach dieser Nacht das erste und letzte Mal darüber nachgedacht, alles zu beenden. Aber es wäre wie weglaufen gewesen. Ich laufe nicht weg. Ich habe begonnen, nach meinen eigenen Regeln zu spielen.«

Langsam ließ ich den Kopf wieder sinken. Zögerte noch einen Moment, ehe ich seinen Blick suchte. Es fühlte sich schlimmer an, als nackt vor ihm zu stehen. Das, was ich ihm gerade offenbarte, war so viel mehr als das. Auch wenn er niemals erfahren würde, was Kane in jener Nacht genau mit mir getan hat. Es würde mich zerbrechen.

»Du läufst weg, Harvey«, flüsterte ich, als ich seinen Blick endlich fand. Er es zuließ.

Ich wusste nicht, wovor. Doch ich wusste, dass ich keine ehrliche Antwort darauf bekommen würde.

Es war der Augenblick, in dem ich das Gleichgewicht auf dem Drahtseil verlor, das ich über meinen Abgrund gespannt hatte.

Ich fiel. Der Funken verblasste.

Meine Dunkelheit hieß mich willkommen, als wäre ich nie fortgewesen.

Kapitel 33

Harvey Cavendish

Als ich Livia verlor, konnte ich nicht mehr vergessen,
wer ich war. Wer ich wirklich war.

ES HATTE NUR einen vergleichbaren Moment in meinen Leben gegeben, in dem der Hass mich vollkommen eingenommen hatte. Der Tag von Hollys Ermordung. Jetzt stand ich hier, begrüßte ihn wie einen alten Freund.

Ich hasste Dexter.

Ich hasste meine Machtlosigkeit.

Aber am meisten hasste ich mich selbst.

Niemals hätte ich damit gerechnet, dass Livia mir ihre gesamte Vergangenheit offenbaren würde. Dass sie ihre Schwäche offenlegen und mir von Kane erzählen würde. Der Gedanke daran, dass er sie vergewaltigt hatte, weckte den Wunsch in mir, ihn wieder unter die Lebenden zu holen. Nur um ihn zu foltern und qualvoll sterben zu lassen.

Ich wollte zu ihr gehen, sie an mich ziehen und festhalten. Dabei wusste ich genau, dass ich sie im Moment verlor. Immer weiter von ihr wegtrieb. Wenn ich jetzt nicht auf meiner Linie blieb, würden die Konsequenzen über uns hereinbrechen.

»Ich laufe nicht davon«, widersprach ich und erwiderte ihren Blick. Unsicherheit mit einer Mischung aus Erkenntnis schlug mir entgegen. Sie wusste, dass etwas nicht stimmte. Dass wir gerade an einer Wegscheide standen, aber ich mich längst entschieden hatte – unfreiwillig.

»Nein? Wieso darf ich dann nicht näherkommen?« Ihre Stimme war kühler geworden, aber sie strafte ihrer verletzlichen Ausstrahlung Lügen. Livia wollte in jeglicher Situation starkbleiben, egal, wie sehr ihr ein Geständnis zusetzte.

Vielleicht hatte Alanna recht. Vielleicht bedeutete, jemanden zu lieben, mehr, als die Definition hergab.

»Weil ich es nicht will.«

Lüge.

Eine verdammte Lüge.

Ich wusste nicht, wie lange ich diese Rolle noch spielen konnte. Während es mir im Gericht ein Leichtes war, das Arschloch zu mimen, sträubte sich in mir alles dagegen. Ich wollte sie nicht verletzen, ich wollte sie nicht wegschicken.

Unsere erste Begegnung tauchte vor meinem inneren Auge auf. Dann der Abend im Pub. Der Ort, an den ich sonst niemanden mitgenommen hatte. Die Nacht, als sie mich zusammengeflickt hatte. Ich war drauf und dran, einen Fehler zu begehen.

Kraftvoll zwickte ich mich in den Handrücken, sodass ich etwas Feuchtes spürte. Blut. Schmerz schoss durch mich hindurch, verdrängte die Momente, die mich bis aufs Äußerste herausforderten.

»Wann wirst du mir sagen, warum du dich so benimmst?« Sie tat einen Schritt nach vorn, aber sie berührte mich nicht. Zum Glück nicht. Aber der Blick in ihren Augen trieb mich in den Wahnsinn.

»Glaubst du, ich merke nicht, dass du wieder in deine alten Muster verfällst? Du willst dich von mir fernhalten. Ich frage mich nur, warum.«

Als sie den Arm ausstreckte und mit ihren Fingern über meine Unterlippe strich, hielt ich den Atem an. Ich widerstand dem Drang, vorzupreschen, sie zu packen und alles zu vergessen. Ich verstand nicht, weshalb ausgerechnet sie es schaffte, mich aus dem Konzept zu bringen. Ob es ihre starke Persönlichkeit war und der unbändige Wille, etwas in der Welt zu verändern, wenn auch nicht immer zum Guten? Es war das Dunkle, das uns lockte. Der Ort, an dem wir uns heimisch fühlten.

Livia wollte die Dunkelheit mit mir teilen, ich hingegen musste sie wegstoßen.

»Ich habe dich nicht herbeordert, um mir deine Theorien anzuhören.« Grob packte ich ihren Unterarm und schob ihn weg.

Livia behielt ihre starre Maske bei, hatte die Schultern durchgestreckt, als wollte sie sich beweisen, dass ihr meine Abweisung nichts anhaben konnte.

Sie gab ein abgehacktes Geräusch von sich, das sich wie ein Lachen anhörte. »Warum durfte ich dann überhaupt zu dir? Weil du es so wolltest? Als ob mein Bruder mir nach allem einfach so Ausgang gewähren würde.«

Nun war der Moment, gegen den ich mich so sträubte, gekommen. Der Idiot in mir wollte zu ihr, sie küssen, sie bei mir behalten, weil sie mir das Atmen erleichterte. Livia hatte mir beigebracht, Momente wieder zu genießen, anstatt sie als etwas Selbstverständliches abzutun. Sie hatte mir gezeigt, dass ich trotz der Scheiße in den letzten Jahren fähig war, etwas anderes als Wut und Hass zu empfinden.

»Ich habe deinen Bruder von der Dringlichkeit deines Besuches überzeugt. Du bist hier, weil du etwas erfahren solltest. Ich kann und will es dir nicht länger verheimlichen. Nicht nach den ganzen Ereignissen, die in den letzten Wochen passiert sind. Ich muss wieder auf meine gewohnte Spur wechseln. Dexter jagen, Fälle gewinnen, Blut sehen.«

In den vergangenen Wochen hatte ich einen entscheidenden Fehler begangen. Nicht die Rationalität hatte mich beeinflusst, sondern unliebsame Emotionen, für die ich nicht geschaffen war. Ich, Harvey Cavendish, war nicht mehr fähig, jemanden zu lieben. Dennoch bildete ich mir den Stich in meiner Brust nicht ein, als Livias Blick auf eine samtene Box mit einer herzförmigen Rubinkette fiel, die auf dem Wohnzimmertisch lag.

Geöffnet.

Ich dachte immer, dass Hollys Tod alles Lebendige aus mir herausgerissen hatte. Dass von mir nichts anderes übrig geblieben war als Rachsucht und Zynismus. Wie ich mich getäuscht hatte ...

Als Livia mich ansah, hasste ich mich so abgrundtief, wie es noch nie zuvor der Fall gewesen war.

Ich hasste mich dafür, diesen Weg einzuschlagen, obwohl er die einzige Option war, die mir blieb.

Ich hasste mich dafür, sie zu belügen.

Aber am meisten hasste ich mich dafür, sie zu verletzen. Sie zu brechen.

»W-Was ist das?«, brachte sie über die Lippen und sah mich mit einem Blick an, der mich an meine Grenzen trieb. Der meinen kühlen Kopf mehr herausforderte, als ich es für möglich gehalten hatte.

Ich ballte hinter meinem Rücken die Fäuste, dachte daran, was passieren würde, wenn ich jetzt die falsche Entscheidung traf. Eine Entscheidung, die vom Herzen kam, nicht vom Kopf.

»Es wäre besser für dich gewesen, wenn wir uns nie über den Weg gelaufen wären. Du und ich, Livia, wir hatten von Anfang an ein Ablaufdatum.«

Sie zog die Augenbrauen zusammen, kam näher. Mein Stolz

verbot es mir, zurückzuweichen, obwohl es gerade das Einzige war, was ich tun wollte. Aus ihrer Nähe zu verschwinden.

Mein Puls schoss in die Höhe, als sie knapp vor mir stehen blieb. »Was soll das? Ich dachte, wir hätten die Spielchen hinter uns.«

Es fiel mir so verflucht schwer, sie nicht zu berühren, gegen die Wand zu drücken und besinnungslos zu küssen. »Es gibt kein uns, Livia, das hat es nie gegeben. Wir hatten unseren Spaß, aber es ist an der Zeit, dass wir uns wieder auf die wichtigen Dinge konzentrieren. Du gehörst in die Pathologie, ich in den Gerichtssaal. Das sind unsere Welten.«

Und der Untergrund, der uns immer verbinden wird, fügte ich im Stillen hinzu. Ich sehnte mich nach einem Kampf. Darauf, die Wut aus mir herauszulassen, dem Abgrund wieder näherzukommen, aber nicht hinunterzufallen.

Der Hass auf Dexter hatte Ausmaße angenommen, die ich erst lernen musste, zu kontrollieren. Ich durfte mir keine Fehler mehr erlauben.

Endlich schlich sich Erkenntnis in ihre Augen. Ich wusste nicht, wie viele Lügen ich noch ertragen hätte. Sie öffnete den Mund, schloss ihn dann wieder, ihr Blick fiel auf die Rubinkette, die ich aus dem Safe geholt hatte. Sie war exakt dort platziert, wo ich sie haben wollte.

»Was ist das?«, fragte sie mit bebender Stimme.

»Ein Geschenk«, sagte ich tonlos, wartete auf den Schlag, der nicht kam.

Jetzt trat sie einen langen Schritt zurück, etwas in ihr zerbrach. Ich erkannte es in ihren Augen. »Für wen?«

Ein Geräusch aus dem Nebenzimmer ließ sie aufhorchen. Ich wusste längst, was kommen würde. Dass jetzt der Moment da war. Ich hatte es sorgfältig eingefädelt. Sie sollte nicht denken, dass sie ausgetrickst wurde. Ich wusste, dass es nur einen Weg gab, Livia zu überzeugen, dass ich mit ihr fertig war. Dass sie sich von mir fernhielt und somit am Leben blieb.

Alanna kam in einem bodenlangen Kleid aus meinem Schlafzimmer. Die blauen Flecken in ihrem Gesicht hatte sie überschminkt, ihre Haltung war aufrecht, aber wenn man sie kannte, sah man die Angst in ihren Augen. Die Gewissheit, knapp überlebt zu haben. Ich verlangte viel von ihr, aber ohne sie konnte ich die Sache nicht glaubhaft durchziehen.

»Harvey, bist du bereit für das Dinner?« Ihr Blick fiel auf Livia, sie bemühte sich um einen fragenden Ausdruck.

Ich hörte Livia scharf einatmen. »Wer ist sie?«

Es wunderte mich, dass sie so ruhig sprach. Dass sie sich noch nicht auf mich gestürzt hatte, um mir irgendetwas in den Körper zu rammen.

Ich sah sie an. Meine Entscheidung war längst gefallen - und doch hatte sich nichts in meinem Leben je so verdammt falsch angefühlt.

Dunkelheit traf auf Dunkelheit.

Grün auf Blau.

Unverständnis auf die Gewissheit, dass nie wieder etwas so sein würde wie zuvor.

»Meine Verlobte.«

ENDE TEIL 1

Danksagung

Eine ewige Hassliebe. Auf der einen Seite bin ich jedes Mal glücklich, wenn ich an diese Stelle komme - ein Buch ist fertig. Auf der anderen Seite muss ich diese Geschichte damit loslassen und das bricht mir für eine gewisse Zeit das Herz.

Dennoch wäre ich nicht an diesem Punkt, wenn es jene tollen Leute nicht geben würde, die an mich glauben und mich unterstützen.

Hester ... wir haben unser erstes gemeinsames Buch beendet. Den 01.11.2019 werde ich nie vergessen, denn da begann unsere Geschichte, die sich im Laufe der Monate zu einer echten Freundschaft entwickelte. Wir sind nicht immer einer Meinung, manchmal gleichen wir zwei Pulverfässern, aber das Schönste daran ist, dass wir genau so sein dürfen, wie wir eben sind.

Wie im Leben gibt es auch in Freundschaften ein Auf und Ab. Wir treffen uns dennoch immer an der Mittellinie - manchmal durch PMS oder Hunger verzögert.

Diese Danksagung gilt also vorrangig dir. Dafür, dass du meine Schusseligkeit akzeptierst. Dass du hier bist, wenn der Hut brennt. Dass du mir gerade in der jetzigen Zeit eine Stütze bist.

Auf viele weitere Projekte ... und Fotos von Ylvie. Ich würde ja sagen, dass ich dich lieb hab, aber die Livia in dir würde die Nase rümpfen. :D

Marie, du hast diesen Buchsatz derart traumhaft gestaltet, dass ich ihn am liebsten die ganze Zeit anstarren möchte.

Nebenbei hast du dich intensiv mit der Geschichte befasst und einige Logikfehler ausgemerzt. Danke für deine unglaublich tolle Arbeit.

JACKY, du bist und bleibst einfach eine der wunderbarsten Freundinnen in meinem Leben. Wenn ich einen schlechten Tag habe, kommst du mit deinem Optimismus daher. Du bist die Sahnehaube auf meiner heißen Schokolade – und ich hab dich unglaublich lieb.

Danke auch an unsere tollen BLOGGERINNEN, die uns auf dieser Reise begleitet haben. Es ist so schön, zu sehen, mit welchem Eifer ihr dabei seid.

Rae L. Hadley

MEINE LIEBE CO-AUTORIN hat die Danksagung für dieses wunderbare Buch bereits begonnen, aber ich möchte sie natürlich fortsetzen. Bei zwei Autorinnen haben natürlich auch beide ständig etwas zu sagen. Daran müssen sich unsere Leser vermutlich gewöhnen.

Ich möchte an erster Stelle auch dir danken, liebe RAE. Ohne dich wäre dieser Weg nicht der gleiche und ich bin immer wieder aufs Neue glücklich, dass wir ihn gemeinsam gehen. Dass du in all diesen Monaten zu einer Freundin geworden bist, auf deren Ehrlichkeit und Rückhalt ich mich verlassen kann – auch wenn wir beide manchmal Dinge sagen, die die andere nicht hören will. Das ist gut so. Ich bin immer wieder überrascht, wie gleich und verschieden wir zur selben Zeit sein können. Unsere gemeinsamen Projekte sind für mich etwas ganz Besonderes und mir würde in meinem Autorenleben etwas ungemein Wichtiges fehlen, wenn sie nicht da wären. Ich hoffe sehr, dass wir sie noch alle zu Papier bringen werden.

Liebe MARIE, auch wenn Rae dir bereits für deine grandiose Arbeit gedankt hat, möchte ich das an dieser Stelle als Freundin tun. Ich danke dir dafür, dass du bist, wie du bist. Dass du bei allem, was du tust, mit dieser Liebe und Euphorie dabei bist. Dass du dir all diese Ideen aus meinem Kopf anhörst und irgendwie immer an meiner Seite bist, auch wenn uns manchmal die Zeit fehlt. Ich hoffe, dass wir irgendwann die Chance haben, uns persönlich kennenzulernen, du wunderbarer Mensch.

SARAH, du bist meine Covergöttin. Wirklich, ich weiß nicht, wie ich die Zusammenarbeit in Worte fassen soll. Das, was du für dieses besondere Projekt geschaffen ist, ist mehr, als wir uns erträumt haben. Ich danke dir dafür, dass du diese Arbeit mit so viel Herzblut machst und mit uns Autoren so tief in die Projekte eintauchst. Ich kann es kaum erwarten, all deine Arbeiten mit den Lesern zu teilen. Aber Projekt P wird immer etwas Besonderes für mich bleiben. Bald kann ich dir hoffentlich bei einer Tasse Tee persönlich dafür danken.

Wir möchten auch dir für die gute Zusammenarbeit danken, liebe MELINA. Danke, dass du Harvey und Livia so sehr in dein Herz geschlossen hast und mit ihrer Geschichte mitfieberst. Dass du diese zwei speziellen Charaktere genau so akzeptierst, wie sie sind, und nicht versucht hast, aus ihrer Story etwas anderes zu machen.

RICA, ich glaube, du wirst vermutlich in jeder Danksagung meiner Bücher stehen. Immer. Weil es niemand anderen gibt, der mich schon so lange und so unermüdlich auf diesem Weg begleitet. Mich aufbaut, mir zuhört und mit mir zusammen feiert, wenn es geschafft ist. Danke für deine Unterstützung in allem, was dazu gehört. Dafür, dass du dich jedes Mal wieder mit mir freust und an meiner Seite bist. Ich hab dich lieb.

Ich möchte mich an dieser Stelle noch besonders bei NADINE, JEANNY, VANESSA, FRANZI und LISA bedanken. Ich denke, es braucht keine großen Worte. Danke, dass ihr da seid.

Auch mein Dank gilt unseren wunderbaren BLOGGERINNEN, die dieses Buch mit so viel Herzblut unterstützen. Danke für die Zusammenarbeit, eure lieben Worte und euer Interesse an diesem Projekt. Ihr seid ein tolles Team.

Und natürlich ein riesengroßes Danke an euch LESER. Denn so sehr wir das Schreiben auch lieben, wäre dieser Weg ohne euch nicht möglich. Wir hoffen, dass euch unsere Geschichten ebenso mitreißen, wie sie es bei uns tun, wenn wir sie schreiben.

Hester O. Tate

Exklusive Leseprobe
des zweiten Teils der Touch-Trilogie:
A TOUCH SO DAUNTLESS

Kapitel 1

Livia Moriarty

Ich dachte immer, dass mein Abgrund die Welt
dunkel färbte. Doch dazu brauchte sie mich nicht.

Es gab Menschen, die sagten mir, dass Zeit alle Wunden heilte.

Ich wusste schon lange, dass dies eine Lüge war. Aber ich hatte gelernt, jene Wunden unter Wut, tiefem Hass und der Jagd nach Adrenalin zu begraben. So tief, dass ich sie selbst manchmal vergaß. Bis zu dem Punkt, an dem alles außer Kontrolle geriet und nur der Schmerz mir noch helfen konnte.

Noch nie war ich so tief am Boden gewesen. Noch nie hatte mein Stolz mich in diese Höhen getrieben.

Ich war bereit, zu fallen.

Vier Wochen waren vergangen, seit Harvey mir seine Verlobte vorstellte. Vier Wochen, seitdem sich alles verändert hatte. Noch nie hatte ich so empfunden wie in dieser Zeit. Nie zuvor war mein Hass auf alles so groß gewesen.

Ob es daran lag, dass ich meine gesamte Vergangenheit aufgewühlt hatte? Seinetwegen? Möglich. Doch es spielte keine Rolle mehr.

Ich stand vor dem kleinen Reihenhaus etwas außerhalb des

Zentrums von Chicago und blickte die Fassade hinauf. Konnte noch immer nicht glauben, dass dies mein neues Zuhause war, obwohl ich bereits seit einer Woche hier lebte. Alleine. Weit genug weg von Jackson und Harvey.

Das Apartment hatte ich verkauft. In der Hoffnung, dass die Erinnerungen mit ihm verschwanden. Ich wusste, dass es Blödsinn war, doch es war mein Weg, damit umzugehen. Ich brauchte Abstand zu allem und jedem. Nur Margret und Ally hatten mich bisher besucht – und so sollte es bleiben.

Noch kam das Gefühl eines Zuhauses nicht in mir auf, wenn ich die Fassade im viktorianischen Stil betrachtete. Doch ich hoffte, dass sich dies ändern würde. Irgendwann. Dann, wenn ich wieder zu meinem alten Ich zurückgefunden hatte. In diesem Moment war ich weder die Livia, die ich vor Harvey gewesen war, noch jene, die er für kurze Zeit aus mir gemacht hatte. Nie zuvor war ich so sehr eins mit der Dunkelheit in mir.

Ich erklomm die wenigen Stufen zur Haustür und schloss auf, ließ mich von dem Duft der Blumen und Kerzen einhüllen, die überall standen. Hoffte jedes Mal, wenn ich es betrat, dass die Gemütlichkeit die Wut in mir dämpfen würde. Doch sie war noch viel zu präsent. Flammte jedes Mal auf, wenn ich an das Rubinherz dachte oder den Blick, mit dem sie mich angesehen hatte. Besonders aber in jenen Momenten, in denen Harveys Verhalten wie ein Film vor meinem inneren Auge ablief. Dann empfand ich keine Wut, sondern tiefen Hass.

Das Klingeln meines Handys riss mich aus den unliebsamen Erinnerungen. Ohne auf das Display zu sehen, ging ich ran. »Ja?«

»Heute Abend um 20:00 Uhr im The Signature Room?«

»Sollte sich einrichten lassen. Bis später.« Ich legte auf und ließ das Handy wieder in meine Handtasche gleiten, nachdem ich sie auf der Kommode abgestellt hatte.

Ich streifte die High Heels von den Füßen und hängte den Mantel an die Garderobe, ehe ich ins obere Stockwerk ging, in dem sich ein Bad, das Ankleide- und mein Schlafzimmer befanden. Ich war lediglich hier, um mich frischzumachen; die Klamotten loszuwerden, die durch die letzte Nacht nach Zigarettenqualm und Alkohol stanken. Eine kurze Dusche würde mir sicherlich auch nicht schaden, bevor ich in die Pathologie fuhr.

Eine Stunde später betrat ich den Ort, an dem alles begonnen hatte; öffnete die Tür zu meinem Büro und hielt einen kurzen Moment inne. Versuchte, die Bilder, die sich in meinen Kopf schlichen, sofort unter all dem Negativen zu begraben, das ich für Harvey empfand.

Achtlos schmiss ich die Handtasche auf den Besuchersessel vor meinem Schreibtisch und nahm dahinter Platz. Ließ meine Finger über die Holzkante gleiten und schob den Gedanken, dass es vielleicht eine falsche Entscheidung war, beiseite. Es gab kein Zurück mehr.

Die letzten vier Wochen hatte ich sämtliche Fälle, die von Harvey auf meinem Tisch landeten, an Kollegen abgegeben. War ihm nur ein einziges Mal auf dem Gang der Büros über den Weg gelaufen, ohne ihn eines Blickes zu würdigen.

Jonahs Räuspern riss mich aus meinen Gedanken. »Sind Sie sich immer noch sicher? Sie sollten Ihre Entscheidung überdenken«, versuchte er es zum dutzendsten Mal diese Woche, während er hilflos im Türrahmen zu meinem Büro stand.

»Das ist nicht verhandelbar, Jonah«, erwiderte ich tonlos.

»Man würde es sicher sofort akzeptieren, wenn Sie sie zurückziehen, Dr. Moriarty«, blieb er hartnäckig, traute sich jedoch nicht, den Raum zu betreten. Jonah hatte in den vier Wochen mehr als einen Ausbruch meiner Wut erlebt. Ich war unberechenbar geworden.

Ich schüttelte lediglich den Kopf. »Das steht nicht mehr zur Debatte. Ich muss abschließen. Der Plummings-Fall hat alles verändert.«

»Das stimmt nicht! Sie wurden vollständig rehabilitiert. Ich bin mir sicher, dass es etwas mit diesem Anwalt zu tun hat«, hielt Jonah dagegen, zuckte jedoch zusammen, als er meinen durchdringenden Blick bemerkte.

»Ich diskutiere über diese Entscheidung nicht mehr.« Um meine Worte zu unterstreichen, wandte ich den Blick ab und öffnete eine Schublade meines Schreibtisches, holte einige Akten heraus und breitete sie vor mir aus. Überflog die Erste, bevor ich mir die nächste nahm. Arbeitete eine nach der anderen noch einmal durch, prüfte, ob alles drin war, was ich bereits ausgearbeitet hatte.

»Und was machen Sie zukünftig?«, unterbrach Jonah nach einigen Minuten des Schweigens. Er stand noch immer an der gleichen Stelle.

Mit einem Seufzen schlug ich die dritte Akte zu, legte sie beiseite. »Das ist nicht wichtig. Ich werde mein Geld schon verdienen, Jonah. Und jetzt lass mich das hier vernünftig beenden, wir sehen uns später sicher noch mal kurz.« Mit einer Handbewegung deutete ich ihm, die Tür zu schließen, und widmete mich der nächsten Akte.

Als ich den Entschluss gefasste hatte, hatte es einen kurzen Moment geschmerzt. Es war, als würde ich einen der Träume, für den ich am meisten gekämpft hatte, einfach aufgeben. Aber ich wusste, dass ich diesen Teil meines Lebens hinter mir lassen musste, wenn ich weitermachen wollte. Die Arbeit in der Pathologie befriedigte mich nicht mehr. Und in den letzten vier Wochen hatten mich zwei Jobs gleichzeitig ausgelaugt. Ich konnte mich auf die Autopsien nicht mehr richtig konzentrieren, war zu müde von den Nächten, in denen ich kaum geschlafen hatte. Und ich war niemand, der Dinge nur halbherzig tat. Immerhin neigte ich zum Perfektionismus.

Nachdem ich die Akten durchgearbeitet hatte, stapelte ich sie und ließ sie einfach liegen. Ich wusste nicht, welcher Kollege meine Fälle zugeteilt bekommen würde. Es war mir auch nicht wichtig. Ich wollte diesen Ort nur verlassen. Es war einer weniger, an dem ich Harvey Cavendish über den Weg laufen konnte.

Ich stand auf, nahm den Dienstausweis aus meiner Handtasche und legte ihn ebenfalls auf meinen Schreibtisch. Das war das Ende eines Jobs, für den ich so viel gegeben hatte.

Für einen kurzen Augenblick hielt ich inne, ehe ich die Sachen aus den Schubladen räumte und in meine Tasche warf. Ein kleiner Vorrat einiger Substanzen würde mir künftig sicher weiterhelfen. Doch ich hatte längst andere Quellen ausfindig gemacht, bevor ich meine Kündigung einreichte.

Als ich meine Tasche vom Stuhl nahm und auf die Bürotür zuging, spürte ich mein Herz für einige Schläge in meiner Brust hämmern. Doch es war zu kurz, als dass es etwas an meiner Entscheidung ändern konnte. Das hier gab mir nicht mehr die Befriedigung, die ich brauchte; das hier ließ mich nicht vergessen. Denn meine Vergangenheit, die ich tief in mir begraben musste, hatte sich ausgeweitet. Harvey Cavendish war ein Teil von ihr geworden.

RAE L. HADLEY

HR

HESTER O. TATE

Mehr von Hester O. Tate

Escape the Sinners – Desire

Hester O. Tate

Manchmal ist die Vergangenheit das, was unsere Gegenwart bestimmt. Immer wieder sind unsere Ängste die stärksten Fesseln, die uns gefangen halten. Unsere Dunkelheit ist ein Teil von uns. Ist das Begehren unser Licht?

GRETA: Ich schreie. Vor Angst, aus Verzweiflung. Im Kampf gegen die Dämonen in meinem Kopf. Ich laufe davon. Bleibe stehen und blicke in die Augen eines Savage Sinners. Ich spiele – mit meinem zweiten Gesicht, mit der kaputten Welt. Gegen ihn. Mit ihm. Ich sehe seine Dunkelheit, doch ich spüre sein Begehren.

MITJA: Ich kontrolliere. Mich selbst, das Monster in meinem Inneren. Nur so funktioniere ich. Ich spiele – habe etwas in ihrem Blick gesehen, bevor sie rannte. Sie wird mir gehören. Es ist mein Spiel. Gegen einen von uns – mit ihr. Denn in ihren Augen liegt so viel mehr als die Angst. Ich bin nicht ihr Retter. Und sie nicht meine Erlösung.

SEQUENZEN DER WIRKLICHKEIT

Marie Döling

Wenn du in den Himmel blickst,
siehst du Lichter. Ich sehe
W e l t e n.

Ich nehme die Welt, halte sie ganz fest, bis die Sekunden zu Momenten werden, und kleide ihre Wirklichkeit in Buchstaben. So lasse ich das Vergangene in Wahrheit, die Gegenwart in Zweifeln und die Zukunft in Worten zergehen. Bis wir nur noch der Moment sind, in dem wir beginnen, zu leben.

72 Gedichte treffen auf 10 Kurz- und Kürzestgeschichten, Aphorismen treffen auf Strophen, Reime auf Verswaisen. Doch jedes Wort in diesem Buch hat etwas mit dem nächsten gemein: Es ist zeitgenössisch und hinterfragt, was zu oft als selbstverständlich genommen wird. Im Vordergrund stets die Wirklichkeit, die Themen wie Selbstreflexion, Moral, Zwischenmenschlichkeit, Umwelt und Nachhaltigkeit eine Fläche bietet, sie einfängt und poetisch miteinander verknüpft.

TRIGGERWARNUNG

UM FÜR EUCH das bestmögliche Leseerlebnis zu schaffen, möchten wir darauf hinweisen, dass genre- und handlungsbedingte Themen angeschnitten oder verarbeitet werden, die potentiell schlechte Erinnerungen und Erlebnisse triggern können.

Die entsprechenden Inhalte findet ihr hier im Überblick:

- Panikattacken
- physische und psychische Gewalt
- häusliche Gewalt
- Missbrauch & Vergewaltigung
- Illegale Substanzen
- Tod

Bitte seid euch eurer eigenen Verantwortung bewusst und lest die Geschichte von Livia und Harvey nur, wenn euch die Thematisierung dieser Inhalte nichts ausmacht.

Viel Spaß beim Lesen und alles Liebe

Rae L. Hadley   Hester O. Tate